국어 교과서 소설에 눈뜨다

국어 교과서 문학 읽기 ⓫ 고등
국어 교과서 소설에 눈뜨다

1판 1쇄 인쇄 2011년 2월 20일
1판 1쇄 발행 2011년 2월 25일

엮은이 김상욱
펴낸이 김두레
펴낸곳 상상의힘
편집 책임 이현정 iobob@hanmail.net
영업 책임 김헌철 momohc@hanmail.net
교정 책임 박미향
디자인 씨디자인 **일러스트** 김은
등록 제2010-000312호(2010년 10월 19일)
주소 서울시 강남구 삼성동 157-3 LG트윈텔 2차 1707호
영업 전화 070-4129-4505 **팩시밀리** 02-2051-1618
홈페이지 www.sang-sang.net

ⓒ 상상의 힘, 2011

ISBN 978-89-965492-2-2   44810
ISBN 978-89-965492-0-8   (전3권)

이 책의 판권은 저작권자와 상상의힘에 있습니다.
무단 전재 및 복제를 금합니다.

국어 교과서에 소설이 눈뜨다

김상욱 엮음

사ㅇ사ㅇ의힘

일러두기

- 고등학교 검정 교과서 『국어』 16종 상·하 32책에 수록된 14편의 소설을 실었습니다.
- 수록된 소설은 모두 초판본 또는 생전 마지막 판본을 원본으로 삼아 원문 그대로를 살려 실었습니다.
- 맞춤법과 띄어쓰기는 현행 표기법에 따르는 것을 원칙으로 하였으나, 소설의 경우 작가가 선택한 비표준어는 최대한 원문대로 살려 놓았습니다.
- 작품 이해에 필요한 낱말은 소설의 아래쪽에 풀이를 달았습니다.

책을 펴내며

교과서가 새로 바뀌었습니다. 물론 해마다 교과서가 바뀝니다. 작년에도 새 교과서를 받았고 올해 역시 새 교과서를 받았으니까요. 그러나 올해는 여느 해와는 다르답니다. 우선 교과서의 종수가 늘어났습니다. 국가가 책임지고 한 종류의 교과서를 만들던 예전과 달리, 이제 여러 출판사에서 여러 사람이 여러 종류의 교과서를 만들기 때문입니다. 그리고 여러 종류의 교과서 가운데 한 종을 선택해서 공부해야 합니다.

그리 염려할 일은 아니랍니다. 한 교과서를 열심히 공부하기만 하면, 배워야 할 것들은 다 배울 수 있으니까요. 다만 공부하는 방식은 조금 달라져야 합니다. 물고기 한 마리 한 마리를 얻는 것보다 물고기 잡는 방법을 배우는 것이 중요하듯, 교과서에 실린 한 편 한 편의 글을 익히기 위해 애쓰기보다 교과서에 제시된 목표를 정확하게 이해하고 그에 맞는 활동을 해야 합니다.

그런데 문학 작품을 공부하는 방법은 조금 다르답니다. 단순히 교과서만 공부해서는 안 됩니다. 문학 작품은 우리에게 삶의 경험을 건네주고 그 경험으로부터 무엇을 배울 것인가를 알려 주기 때문입니다. 어떤 이들은 문학 작품을 읽는 것을 간접 경험이라고 하지만, 결코 그렇지 않습니다. 작품을 읽으며 내가 웃고 울며 감동한다면, 그것이야말로 우리들 자신의 경험과 조금도 다를 바 없는 살아 있는 경험입니다. 문학을 통해 우리는 내가 누구인지를 알며, 세상을 어떻게 살 것인지를 배웁니다. 나아가 나와 함께 이 세상을 살아가는 다른 존재들을 더욱 잘 알게 됩니다.

따라서 교과서에 제시된 목표를 익히고 활동을 잘하는 것뿐만 아니라, 작품을 즐겨 읽는 것이 그 무엇보다 중요하며 또 다른 공부의 기초를 이룹니다. 그리고 문학 작품을 읽고 생각하는 것은 읽기/쓰기 같은 다른 언어 활동과 밀접하게 연결되어 있습니다. 문학 역시 언어 자료의 하나이기 때문입니다. 그러니 좋은 문학 작품이야말로 국어 능력을 향상시키는 데 더할 나위 없는 좋은 재료인 셈이지요. 다행히 교과서들은 저마다 좋은 작품을 싣기 위해 여러 필자들이 심사숙고하여 만듭니다. 그러니 자연 더 좋은 작품이, 더 적합한 작품이 실려 있습니다.

이 책은 여러 종류의 교과서에 실려 있는 작품들을 시, 소설, 수필·평론으로 나누어 각각 한 권으로 볼 수 있도록 기획되었습니다. 좋은 문학 작품이 더 많은 학생들과 만나기를 바라는 마음으로 엮었습니다. 그리고 책을 엮으며 몇 가지 기준을 생각했습니다.

첫 번째는 학생들의 수준을 고려하여 깊은 울림을 건네줄 좋은 작품만을 선정하였습니다. 좋은 작품은 그 자체로 많은 것을 스스로 가르치고 또 배우게 하기 때문입니다. 그래서 16종의 교과서를 두루 살펴, 그 중에서 꼭 읽었으면 하는 감동적인 작품을 선정하고 또 필요하다면 교과서에 수록되지 않은 좋은 작품을 포함시켰습니다. 물론 조금 어려운 작품은 친절한 설명으로 쉽게 이해할 수 있도록 하였습니다.

두 번째는 국어 교육의 목표를 제대로 살려 학교 교육과 문학 작품을 긴밀하게 연결시켰습니다. 작품을 어떤 관점으로 보아야 하며, 작품을 통해 무엇을 알아야 할 것인지를 꼼꼼하게 살폈습니다. 교육 과정의 목표와 작품이 어떻게 연결되는가를 자세히 설명하고, 이를 통해 작품들을 어떻게 만나야 할지를 분명하게 제시하였습니다. 따라서 작품을 읽고 덧붙여진 설명을 읽는 것만으로도 문학과 국어가 한결 친숙해질 것입니다.

  세 번째는 실제 교과서에 수록된 다양한 활동들을 잘 녹여서 풀이하고자 하였습니다. 개념을 정확하게 이해하고 그 개념을 바탕으로 학습 활동을 직접 해 보고 결과를 곧바로 확인함으로써 어렵지 않게 스스로의 이해를 높여 나가도록 하였습니다.

  공부뿐만 아니라 우리들의 생각과 느낌, 그리고 깨달음은 우리들 자신의 경험으로부터 시작됩니다. 그리고 좋은 글은 그 경험을 더한층 또렷하게, 깊이 있게 경험할 수 있도록 해 줍니다. 삶을 환하게 비춰 보이는 것이 좋은 글의 역할인 셈입니다.

  이 책에 실린 작품들은 모두 그 역할을 하기에 손색이 없는 작품들입니다. 좋은 작품을 읽으며 나와 세상, 그 세상을 함께 살아가는 다른 이들을 한결 넓고 깊게 이해하게 되기를 바랍니다.

2011년 2월

김상욱

차 례

책을 펴내며 / 5

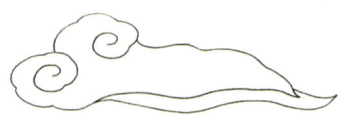

첫 번째 이야기
왜 소설을 읽는가

눈길―이청준 / 15
아우를 위하여―황석영 / 47
눈사람 속의 검은 항아리―김소진 / 73

두 번째 이야기
소설은 작가의 개성을 어떻게 드러내는가

양반전―박지원 / 99
메밀꽃 필 무렵―이효석 / 109
공산토월―이문구 / 125
하얀 배―윤후명 / 181

세 번째 이야기

소설은 전통을 어떻게 계승하는가

열녀춘향수절가―작자 미상 / 211
봄·봄―김유정 / 233
태평천하―채만식 / 253

네 번째 이야기

소설은 현실에 어떻게 대응하는가

만세전―염상섭 / 281
달밤―이태준 / 303
광장―최인훈 / 321
아홉 켤레의 구두로 남은 사내―윤흥길 / 345

부록 / 383

첫 번째 이야기

왜 소설을 읽는가

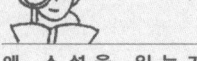

왜 소설을 읽는가

    소설은 이야기입니다. 이야기는 시간의 흐름에 따라 처음, 중간, 끝으로 이루어집니다. 우리는 그 시간 속에서 살고 있습니다. 시간의 흐름은 곧 우리네 삶의 흐름이기도 합니다.

    그런데 소설이 삶과 다른 것은 처음, 중간, 끝이 명확하다는 것입니다. 우리네 삶은 계속 이어지는 데 비해, 소설은 시작이 있고 끝이 있지요. 더욱이 소설은 하나의 주제 아래 묶여 있기도 하답니다. 우리네 삶이 여러 사건이 뒤죽박죽 섞인 채 진행되는 것과는 다르지요. 뿐만 아니라 우리네 삶의 경험은 그 자체로 의미를 함께 담고 있지는 못합니다. 저마다 스스로가 의미를 부여해야 하지요. 그런데 소설은 삶을 보여 줄 뿐만 아니라, 소설 속 삶의 의미가 무엇인지도 알려 줍니다. 무엇이 가치 있고 아름다운지를 넌지시 알려 주는 셈이지요. 그래서 우리는 소설을 통해 거꾸로 우리네 삶의 의미를 생각하게 된답니다.

    물론 소설은 허구입니다. 실제로 일어난 일이 아니라 작가의 상상력으로 만들어 낸 이야기입니다. 소설의 허구성은 경험을 한층 선명하게 밝혀 보이기 위한 것이지 속임수를 부리기 위한 것은 아니랍니다. 달리 말하면 소설은 모든 예술 작품이 그렇듯 생략과 과장이란 형상화의 방법을 활용합니다. 경험을 인식하는 데 거추장스럽고 불필요한 것들은 과감하게 생략하고 필요한 부분은 더 잘 볼 수 있도록 뚜렷하게 과장해 보입니다.

예컨대 사랑을 주제로 한 소설은 오직 사랑을 중심으로 삶의 단면을 보여 줍니다. 그와 관계없는 일상생활을 보여 줄 필요는 없는 셈이지요. 또 현실의 사랑은 언제 시작되고 끝나는지 알 수 없지만 소설 속 사랑은 봄에 시작되어 가을에 끝나는 것이 일반적이랍니다. 봄과 가을이 갖는 함축적 의미가 만남과 헤어짐을 한층 강렬하게 느끼도록 하기 때문입니다. 그러니 소설의 허구는 경험을 더 환히 비춰 보이기 위한 장치인 것입니다.

그럼 우리는 왜 소설을 읽는 것일까요?

무엇보다 소설은 어떻게 살 것인가 하는 문제를 정면으로 제기합니다. 한 인물이 주어진 상황 속에서 특정한 문제를 겪습니다. 그리고 그 문제에 맞서 어떤 선택을 하지요. 소설이 '길 찾기'인 까닭도 여기에 있습니다. 성공이든 실패든 선택을 통해 소설 속 인물은 우리에게 길이 어디를 향하는지 보여 줍니다. 소설을 읽으며 우리는 삶에 대한 새로운 깨달음을 얻습니다.

그런데 소설은 이 깨달음을 딱딱한 도덕적 가르침으로 전달하지 않습니다. 예술 본래의 특성에 맞게 감동이 있는 깨달음을 주지요. 물론 그 감동에는 아름다움과 재미 역시 포함됩니다. 우리의 마음을 움직임으로써, 다른 사람들과 스스로의 삶을 되돌아보게 만드는 것입니다. 그러니 문학 작품을 읽으면 삶을 더욱 깊이 있게 들여다볼 수 있게 됩니다.

왜 우리가 소설을 읽는지 좀 더 구체적으로 알아보기 위해 세 편의 소설, 「눈길」, 「아우를 위하여」, 「눈사람 속의 검은 항아리」를 실었습니다. 어느 것 하나 부족함 없이 소설 읽기의 즐거움을 건네줄 것입니다. 그 즐거움 속에서 우리는 가족의 의미를, 자유와 진보의 필요성을, 스스로에 대한 깨달음을 얻게 될 것입니다.

읽기 전에

가족은 우리를 있게 한 근원입니다. 그런데 사람들이 저마다 다르듯 가족도 저마다 다른 모습입니다. 때로 가족은 우리를 지탱하는 든든한 울타리이기도 하고 우리를 옥죄는 힘겨운 짐이 되기도 합니다. 여러분에게 가족은 어떤 존재인가요?

중요한 것은 여러분 역시 가족 구성원 중의 한 사람이란 사실입니다. 일곱 빛깔이 어울려 아름다운 무지개를 만들듯, 가족의 빛깔을 만드는 것은 여러분 자신이기도 하답니다.

소설 「눈길」에도 한 가족이 등장합니다. 작품 속에는 어머니에게 진 빚이 없다고 생각하는 아들과 객지로 아들을 떠나보낸 뒤 뒷산 잿등에 망연자실 앉아 있는 어머니가 있습니다. 둘 사이에는 어떤 일이 있었을까요? 그리고 둘은 어떻게 화해에 도달할 수 있을까요? 그리고 이 작품의 감동은 어디에서 오는 것일까요?

1

"내일 아침 올라가야겠어요."

점심상을 물러나 앉으면서 나는 마침내 입 속에서 별러 오던 소리를 내뱉어 버렸다.

노인과 아내가 동시에 밥숟가락을 멈추며 멀거니 내 얼굴을 건너다본다.

"내일 아침 올라가다니. 이참에도 또 그렇게 쉽게?"

노인은 결국 숟가락을 상 위로 내려놓으며 믿기지 않는다는 듯 되묻고 있었다.

나는 이제 내친걸음이었다. 어차피 일이 그렇게 될 바엔 말이 나온 김에 매듭을 분명히 지어 두지 않으면 안 되었다.

"예, 내일 아침에 올라가겠어요. 방학을 얻어 온 학생 팔자도 아닌데, 남들 일할 때 저라고 이렇게 한가할 수가 있나요. 급하게 맡아 놓은 일도 한두 가지가 아니고요."

"그래도 한 며칠 쉬어 가지 않고…… 난 해필 이런 더운 때를 골라 왔길래 이참에는 며칠 좀 쉬어 갈 줄 알았더니……."

"제가 무슨 더운 때 추운 때를 가려 살 여유나 있습니까."

"그래도 그 먼 길을 이렇게 단걸음에 되돌아가기야 하겠냐. 넌 항상 한 동자로만 왔다가 선걸음에 새벽길을 나서곤 하더라마는…… 이번에는 너 혼자도 아니고…… 하룻밤이나 차분히 좀 쉬어 가도록 하거라."

"오늘 하루는 쉬었지 않아요. 하루를 쉬어도 제 일은 사흘을 버리는걸요. 찻길이 훨씬 나아졌다곤 하지만 여기선 아직도 서울이 천 리 길이라 오는 데 하루 가는 데 하루……."

"급한 일은 우선 좀 마무리를 지어 놓고 오지 않구선……."

노인 대신 이번에는 아내 쪽에서 나를 원망스럽게 건너다보았다.

그건 물론 내 주변머리를 탓하고 있는 게 아니었다. 내게 그처럼 급한 일이 없다는 걸 그녀는 알고 있었다. 서울을 떠나올 때 급한 일들은 대충 다 처리해 둔 것을 그녀에겐 내가 미리 말을 해 줬으니까. 그리고 이번엔 좀 홀가분한 기분으로 여름 여행을 겸해 며칠 동안이라도 노인을 찾아보자고 내 편에서 먼저 제의를 했었으니까. 그녀는 나의 참을성 없는 심경의 변화를 나무란 것이었다.

그리고 그 매정스런 결단을 원망하고 있는 것이었다. 까닭 없는 연민과 애원기 같은 것이 서려 있는 그녀의 눈길이 그것을 더욱 분명히 하고 있었다.

"그래, 일이 그리 바쁘다면 가 봐야 하기는 하겠구나. 바쁜 일을 받아 놓고 온 사람을 붙잡는다고 들을 일이겠냐."

한동안 입을 다물고 앉아 있던 노인이 마침내 체념을 한 듯 다시 입을 열었다.

"항상 그렇게 바쁜 사람인 줄은 안다마는, 에미라고 이렇게 먼 길을 찾아와도 편한 잠자리 하나 못 마련해 주는 내 맘이 아쉬워 그랬던 것 같구나."

말을 끝내고 무연스런 표정으로 장죽 끝에 풍년초를 꾹꾹 눌러 담기 시작한다.

너무도 간단한 체념이었다. 담배통에 풍년초를 눌러 담고 있는 그 노인의 얼굴에는 아내에게서와 같은 어떤 원망기 같은 것도 찾아볼 수가 없었다. 당신 곁을 조급히 떠나고 싶어 하는 그 매정스런 아들에 대한 아쉬움 같은 것도 엿볼 수가 없었다.

성냥불도 붙이려 하지 않고 언제까지나 그 풍년초 담배만 꾹꾹 눌러 채우고 앉아 있는 노인의 눈길은 차라리 무표정에 가까운 것이었다.

나는 그 너무도 간단한 노인의 체념에 오히려 불쑥 짜증이 치솟았다.

나는 마침내 자리를 일어섰다. 그러고는 그 노인의 무표정에 밀려나기라도 하듯 방문을 나왔다.

장지문 밖 마당가에 작은 치자나무 한 그루가 한낮의 땡볕을 견디고 서 있었다.

2

지열이 후끈거리는 뒤꼍 콩밭 한가운데에 오리나무 무성한 묘지가 하나 있었다. 그 오리나무 그늘에 숨어 앉아 콩밭 아래로 내려다보니 집이라고 생긴 게 꼭 습지에 돋아오른 여름 버섯 형상을 닮아 있었다.

나는 금세 어디서 묵은 빚 문서라도 불쑥 불거져 나올 것 같은 조마조마한 기분이었다.

애초의 허물은 그 빌어먹게 비좁고 음습한 단칸 오두막 때문이었다. 묵은 빚이 불거져 나올 것 같은 불편스런 기분이 들게 해 오는 것도 그랬고, 처음 예정을 뒤바꿔 하루 만에 다시 길을 되돌아갈 작정을 내리게 한 것 역시 그러했다. 하지만 내게 빚은 없었다. 노인에 대해선 처음부터 빚이 있을 수 없는 떳떳한 처지였다.

노인도 물론 그 점에 대해선 나를 완전히 신용하고 있었다.

"내 나이 일흔이 다 됐는데, 이제 또 남은 세상이 있으면 얼마나 길라더냐."

이가 완전히 삭아 없어져서 음식 섭생이 몹시 불편스러워진 노인을 보

무연(憮然)스런 크게 낙심하여 허탈하거나 멍한.

고 언젠가 내가 지나가는 말처럼 권해 본 일이 있었다. 싸구려 가치라도 해 끼우는 게 어떻겠느냐는 나의 말 선심에 애초부터 그래 줄 가망이 없어 보여 그랬던지 노인은 단자리에서 사양을 해 버리는 것이었다.

"이럭저럭 지내다 이대로 가면 그만일 육신, 이제 와 늘그막에 웬 딴 세상을 보겠다고……."

한번은 또 치질기가 몹시 심해져서 배변을 힘들어하시는 걸 보고 수술 같은 걸 권해 본 일도 있었다.

노인은 그때도 역시 비슷한 대답이었다.

"나이를 먹어도 아녀자는 아녀자다. 어떻게 남의 눈에 궂은 데를 보이겠더냐. 그냥저냥 참다 갈란다."

남은 세상이 얼마 길지 못하리라는 체념 때문에도 그랬겠지만, 그보다 노인은 아무것도 아들에겐 주장하거나 돌려받을 것이 없는 당신의 처지를 감득하고 있는 탓에도 그리 된 것이었다.

고등학교 1학년 때 형의 주벽으로 가계가 파산을 겪은 뒤부터, 그리고 마침내 그 형이 세 조카 아이와 아이들의 홀어머니까지 포함한 장남의 모든 책임을 내게 떠맡기고 세상을 떠난 뒤부터 일은 줄곧 그렇게 되어 온 셈이었다.

고등학교와 대학교와 군영 3년을 치러 내는 동안 노인은 내게 아무것도 낳아 기르는 사람의 몫을 못 했고, 나는 또 나대로 그 고등학교와 대학과 군영의 의무를 치르고 나와서도 자식 놈의 도리는 엄두를 못 냈다. 노인이 내게 베푼 바가 없어서가 아니라 그럴 처지가 못 되었기 때문이다. 나는 나대로 형이 내게 떠맡기고 간 장남의 책임을 감당하기를 사양치 않을 수가 없었기 때문이다.

노인과 나는 결국 그런 식으로 서로 주고받을 것이 없는 처지였다. 노인은 누구보다 그것을 잘 알고 있었다. 그렇기 때문에 내게 대해선 소망도 원망도 있을 수가 없었다.

그런 노인이었다. 한데 이번에는 웬일인지 노인의 눈치가 이상했다. 글쎄 그 가치나 수술마저 한사코 사양을 해 온 노인이, 나이 여든에서 겨우 두 해가 모자란 늘그막에 와서야 새삼스레 다시 딴 세상 희망이 생긴 것일까.

노인이 아무래도 엉뚱한 꿈을 꾸고 있는 것 같았다. 그것도 너무나 엄청난 꿈이었다.

지붕 개량 사업이 애초의 허물이었다.

"집집마다 모두 도당 아니면 기와들을 얹는단다."

노인은 처음 남의 말을 하듯이 집 이야기를 꺼냈었다. 어제저녁때 노인과 셋이서 잠자리를 들기 전이었다. 밤이 이슥해서 형수는 뒤늦게 조카들을 데리고 이웃집으로 잠자리를 얻어 나가고, 우리는 노인과 셋이서 그 비좁은 오두막 단칸방에 잠자리를 함께 폈다.

어기영차! 어기영……. 그때 어디선가 밤일을 하는 남정들의 합창 소리가 왁자하게 부풀어 올랐다. 귀를 기울이고 듣고 있다가 무슨 소리냐니까 노인이 문득 생각난 듯이 귀띔을 해 왔다.

"동네가 너도나도 집들을 고쳐 짓느라 밤잠들을 안 자고 저 야단들이구나."

농어촌 지붕 개량 사업이라는 것이었다. 통일벼가 보급된 후로는 집집마다 그 초가지붕 개초가 어렵게 되었댔다. 초봄부터 시작된 지붕 개량 사업은 그래저래 제격이랬다. 지붕을 개량하면 정부 보조금 5만 원을 얻는다는 것이었다. 모심기가 시작되기 전 봄철 한때하고 모심기가 끝난 초여름께부터 지금까지 마을 집들 거의가 일을 끝냈댔다.

나는 처음 그런 노인의 이야기를 들었을 때 무턱대고 가슴부터 덜렁 내려앉고 있었다. 노인에 대한 빚 생각이 처음으로 머릿속에 떠오른 순간이

감득(感得) 느껴서 앎.
주벽(酒癖) 술버릇. 또는 술을 매우 좋아하는 습관.
도당 표면에 아연을 도금한 얇은 철판. 일본식 발음 'totan'에서 온 말.

었다. 이 노인이 쓸데없는 소망을 지니면 어쩌나. 하지만 나는 곧 마음을 가라앉혔다. 무엇보다도 나는 노인에 대해 빚이란 게 없었다. 노인이 그걸 잊었을 리 없었다. 그리고 그런 아들에게 섣부른 주문을 내색할 리 없었다. 전부터도 그 점만은 안심을 할 만한 노인의 성깔이었다. 한데다 노인이 설령 어떤 어울리잖을 소망을 지닌다 해도 이번에는 그 집 꼴이 문제 밖이었다. 도대체가 기와고 도당이고 지붕을 가꿀 만한 집 꼴이 못 되었다. 그래 저래 노인도 소망을 지녀 볼 엄두를 못 낸 모양이었다. 이야기하는 말투가 영락없이 남의 일이었다.

하지만 사실은 그게 오해였다. 노인의 속마음은 그게 아니었다.

"관에서 하는 일이라면 이 집에도 몇 번 이야기가 있었겠군요?"

사태를 너무 낙관한 나머지 위로 겸해 한마디 실없는 소리를 내놓은 것이 내 실수였다.

노인은 다시 자리를 일어나 앉았다. 그리고 머리맡에 놓아둔 장죽 끝에다 풍년초 한 줌을 쏘아 박기 시작했다.

"왜 우리 집이라 말썽이 없었더라냐."

노인은 여전히 남의 말을 옮기듯 덤덤히 말했다.

"이장이 쫓아와 뜸을 들이고, 면에서 나와서 으름장을 놓고 가고…… 그런 일이 한두 번뿐이었으면야…… 나중엔 숫제 자기들 쪽에서 사정조로 나오더라."

"그래 어머닌 뭐라고 우겼어요?"

나는 아직도 노인의 진심을 모르고 있었다.

"우길 것도 뭣도 없는 일 아니겠냐. 지놈들도 눈깔이 제대로 박힌 인간들일 것인디…… 사정을 해 오면 나도 똑같이 사정을 했더니라. 늙은이도 사람인디 나라고 어디 좋은 집으로 손봐 살고 싶은 맘이 없었소. 맘으로야 천 번 만 번 우리도 남들같이 기와도 입히고 기둥도 갈아 내고 하고는 싶지만 이 집 꼴을 좀 들여다보시오들, 이 오막살이 흙집 꼴에다 어디 기와를 없고 말 것이 있겠소…….”

"그랬더니요?"

"그랬더니 몇 번 더 발길을 스쳐 가더니 그 담엔 흐지부지 말이 없더라. 지놈들도 이 집 꼴을 보면 사정을 모를 청맹과니들이더라냐?"

노인은 그 거칠고 굵은 엄지손가락 끝으로 뜨거운 장죽 끝을 꾹꾹 눌러대고 있었다.

"그 친구들 아마 이 동네를 백 퍼센트 지붕 개량으로 모범 마을을 만들고 싶어 그랬던 모양이구만요."

나는 이제 그만 기분이 씁쓸해져 그런 식으로 슬쩍 이야기를 얼버무려 넘기려 하였다.

그런데 그게 오히려 결정적인 실수였다.

"하기사 그 사람들도 그런 소리들을 하더라. 오늘 밤일을 하는 저 집을 끝내고 나면 이 동네서 인제 지붕 개량을 안 한 집은 우리하고 저 아랫동네 순심이네 두 집밖엔 안 남는다니 말이다."

"그래도 동네 듣기 좋은 모범 마을 만들자고 이런 집에까지 꼭 기와를 얹으라 하겠어요."

"글쎄 말이다. 차라리 지붕에 기와나 도당만 얹으랬으면 우리도 두 눈 딱 감고 한번 저질러 보고 싶기도 하더라마는, 이런 집은 아예 터부터 성주를 다시 할 집이라 그렇제……."

모범 마을이 꼬투리가 되어 이야기가 다시 엉뚱한 곳으로 번지고 있었다. 나는 비로소 다시 가슴이 섬찟해 왔다. 하지만 이미 때가 너무 늦고 말았다.

"하기사 말이 쉬운 지붕 개량이제 알속은 실상 새 성주를 하는 집도 여

청맹과니 사리에 밝지 못하여 눈을 뜨고도 사물을 제대로 분간하지 못하는 사람을 비유적으로 이르는 말.
성주 성조(成造). 지어 만듦.
알속 사물의 핵심이 되는 중요한 부분.

러 집 된단다."

한번 이야기를 꺼낸 노인이 거기서부터는 새삼 마을 사정을 소상하게 털어놓기 시작했다.

그 지붕 개량 사업이라는 것은 알고 보니 사실 융통성이 꽤나 많은 일이었다. 원칙은 그저 초가지붕을 벗기고 기와나 도당을 얹는 것이었지만, 기와의 하중을 견뎌 내기 위해선 기둥을 몇 개쯤 성한 것으로 갈아 넣어야 할 집들이 허다했다. 그걸 구실로 대부분의 사람들은 성주를 새로 하듯 집들을 터부터 고쳐 지어 버렸다. 노인에게도 물론 그런 권유가 여러 번 들어왔다. 기둥이 허술해서 기와를 못 얹는다는 건 구실일 뿐이었다. 허술한 기둥을 구실로 끝끝내 기와 얹기를 미뤄 온 집이 세 가구가 있었는데, 이날 밤에 또 한 집이 새 성주를 위해 밤일을 벌이고 있다는 것이었다. 노인이 기와 얹기를 단념한 것은 집 기둥이 너무 허해서가 아니었다. 노인은 새 성주가 겁이 나 일을 단념할 수밖에 없었던 셈이다. 허술한 기둥만 믿을 수는 없었다.

일은 아직도 낙관할 수 없었다. 나는 불시에 다시 그 노인에 대한 나의 빚만을 생각하고 있었다.

노인도 거기서 한동안은 그저 꺼져 가는 장죽불에만 신경을 쏟고 있는 기색이었다. 하더니 이윽고는 더 이상 소망을 숨기기가 어려운 듯 가는 한숨기를 삼켰다. 그러고는 그 한숨기 끝에 무심결인 듯 덧붙여 왔다.

"이참에 웬만하면 우리도 여기다 방 한 칸쯤이나 더 늘여 내고 지붕도 도당으로 얹어 버리면 싶긴 하더라만……."

마침내 노인이 당신의 소망을 내비친 것이었다.

"오늘 당할지 낼 당할지 모를 일이기는 하다만, 날짐승만도 못한 목숨이 이리 모질기만 하다 보니 별의별 생각이 다 드는구나. 저런 옷궤 하나도 간수할 곳이 없어 이리 밀치고 저리 밀치다 보면 어떤 땐 그저 일을 저질러 버리고 싶은 생각이 꿀떡 같아지기도 하고……."

노인은 결국 그런 식으로 당신의 소망을 분명히 해 버리고 만 셈이었다.

지금은 아니더라도 적어도 그런 소망을 지녔던 것만은 분명히 한 것이다.

나는 이제 할 말이 없었다. 눈을 감은 채 듣고만 있었다. 노인에 대해선 빚이 없음을 골백번 속으로 다짐하고 있었다.

"이번에는 면에서도 그냥 흐지부지 지나가 주더라만 내년엔 또 이번처럼 어떻게 잠잠해 주기나 할는지. 하기사 면 사람들 무서워 집을 고친다고 할 수도 없지마는, 늙은이 냄새가 싫어 그런지 그래도 한데서 등짝 붙이고 누울 만한 방 놔두고 밤마다 남의 집으로 잠자릴 얻어 다니는 저것들 에미 꼴도 모른 체하지는 못할 일이더니라."

내가 아예 대꾸를 않으니까 노인은 이제 혼잣말 비슷한 푸념을 계속했다. 듣다 보니 노인의 머릿속엔 이미 꽤 구체적인 계획표까지 마련되어 있었던 것 같았다.

"나라에서 보조금을 5만 원이나 내주것다, 일을 일단 저지르고 들었더라면 큰돈이야 얼마나 더 들 일이 있었을라더냐······. 남정네가 없어 남들처럼 일손을 구하기가 쉽진 않았겠지만, 네 형수가 여름 한 철만 밭을 매 주기로 했으면 건넛집 용석이 아배라도 그냥 모른 체하지는 않았을 것이다······."

흙일을 돌볼 사람은 그 용석이 아버지에게 부탁을 하고 기둥을 갈아 낼 나무 가대는 이장네 산에서 헐값으로 몇 개 부탁해 볼 수 있었다는 거였다.

노인의 장죽 끝에는 이제 불기가 꺼져 식어 있었다. 노인은 연신 그 불이 꺼진 장죽을 빨아 대며, 예의 면 보조금 5만 원과 이웃의 도움이 아까워서라도 일을 단념하기가 아쉬웠다는 투였다.

하지만 노인은 그러면서도 끝끝내 내게 대한 주장이나 원망의 빛을 보이진 않았다. 이야기의 형식은 어디까지나 과거의 일로서 그런 생각을 해봤을 뿐이고, 그럴 뻔했다는 말일 뿐이었다. 그리고 그런 식으로 나에 대해

가대(架臺) 물건 따위를 얹어 놓기 위하여 밑을 받쳐 세운 구조물.

선 어떤 형식으로도 직접적인 부담감을 느끼게 하지 않으려는 식이었다. 말하는 목소리도 끝끝내 그 체념기가 짙은 특유의 침착성을 잃지 않은 채였다.

"하지만 다 소용없는 일이다. 세상일이 그렇게 맘같이만 된다면야 나이 먹고 늙은 걸 설워 안 할 사람이 있을라더냐. 나이를 먹으면 애기가 된다더니 이게 다 나이 먹고 늙어 가는 노망기 한가지제."

종당에는 그 은밀스런 당신의 소망조차 당신 자신의 실없는 노망기 탓으로 돌려 버리고 있었다.

하지만 나는 이제 노인의 내심을 못 알아볼 리 없었다. 한마디 말참견도 없이 눈을 감고 잠이 든 척 잠잠히 누워만 있던 아내까지도 그것을 분명히 눈치 채고 있었다.

"당신, 어젯밤 어머니 말씀에 그렇게밖에 응대해 드릴 방법이 없었어요?"

오늘 아침 아내는 마당가로 세숫물을 떠 들고 나왔다가 낮은 소리로 추궁을 해 왔다. 그때 나는 아내에게 그저 쓸데없는 참견 말라는 듯 눈매를 잔뜩 깎아 떠 보였다. 하니까 아내는 그러는 나를 차라리 경멸조로 나무랐다.

"당신은 참 엉뚱한 데서 독해요. 늙은 노인네가 가엾지도 않으세요. 말씀이라도 좀 더 따뜻하게 위로해 드릴 수 있었을 텐데 말예요."

아내도 분명 노인의 말뜻을 알아듣고 있었다. 그리고 나보다도 더 노인의 일을 걱정하고 있었다. 노인에 대한 내 속마음도 속속들이 모두 읽고 있는 게 당연했다. 내일 아침으로 서둘러 서울로 되돌아가겠노라는 나의 결정에 아내가 은근히 분개하고 나선 것도 그런 사연을 모두 알고 있기 때문이었다. 한다고 그녀들 무슨 뾰족한 수가 있을 수가 있는가.

어쨌든 노인이 이제라도 그 집을 새로 짓고 싶어 하고 있는 건 분명했다. 아무래도 알 수가 없는 일이었다. 아닌 게 아니라 나이를 먹으면 노인들은 모두 어린애가 되어 가는 것일까. 노인이 정말로 내게 빚이 없다는 사실을 잊어버리고 만 것인가. 노인의 말처럼 그건 일테면 노망기가 분명했다. 그런 염치도 못 가릴 정도로 노인은 그렇게 늙어 버린 것이었다. 하지만 나는 굳이 노인의 그런 노망기를 원망할 필요도 없었다. 문제는 서로 간의 빚의 문제였다. 노인에 대해 빚이 없다는 사실만이 내게는 중요했다. 염치가 없어져서건 노망을 해서건 노인에 대해 내가 갚아야 할 빚만 없으면 그만이었다.

'빚이 있을 리 없지. 절대로! 글쎄 노인도 그걸 알고 있으니까 정면으로는 말을 꺼내지 못하질 않던가 말이다.'

어디선가 무덥고 게으른 매미 울음소리가 들렸다.

나는 비로소 마음을 굳힌 듯 오리나무 그늘에서 몸을 힘차게 일으켜 세웠다. 콩밭 아래로 흘러 뻗은 마을이 눈앞으로 멀리 펼쳐져 나갔다. 거기 과연 아직 초가지붕을 이고 있는 건 노인네의 버섯 모양 오두막과 아랫동네의 다른 한 채가 전부였다.

'빌어먹을! 그 지붕 개량 사업인지 뭔지 하필 이런 때 법석들일구?'

아무래도 심기가 편할 수는 없었다. 나는 공연히 그 지붕 개량 사업 쪽에다 애꿎은 저주를 보내고 있었다.

3

해가 훨씬 기운 다음에야 콩밭을 가로질러 노인의 집 뒤꼍으로 뜰을 들어서려다 보니, 아내는 결국 반갑지 않은 화제를 벌여 놓고 있었다.

"이 나이에 내가 살면 얼마나 더 좋은 세상을 살겠다고 속없이 새 방 들이고 기와지붕을 덮자겠냐…… 집 욕심 때문이 아니라 나 간 뒷일이 안 놓여 그런다……."

뒤꼍에서 안뜰로 발길을 돌아 나서려는데, 장지문을 반쯤 열어제친 안방에서 노인의 말소리가 도란도란 흘러나오고 있었다.

"날씨가 선선한 봄가을철이나, 하다못해 마당에 채일이라도 치고들 지내는 여름철만 되더라도 걱정이 덜하겠다마는, 한겨울 추위 속에서 운 사납게 숨이 딸깍 끊어져 봐라. 단칸방 아랫목에다 내 시신 하나 가득 늘여 놓으면 그 노릇을 어찌할 것이냐."

　이번에도 또 그 집에 관한 이야기였다. 노인을 어떻게 좀 위로해 드린다는 것인가. 아니면 아내는 내가 그 노인의 소망을 더 어떻게 외면할 수 없도록 드러내 버리고 싶었던 것일까. 답답하게 눈치만 보고 도는 내게 대한 아내의 원망은 그토록 뿌리가 깊고 지혜로웠더란 말인가. 노인의 이야기는 아내가 거기까지 유도해 낸 게 분명했다. 노인은 그 아내 앞에 당신의 집에 대한 소망을 분명한 목소리로 털어놓고 있었다.

　그리고 이젠 당신의 소망에 대한 솔직한 사연을 말하고 있었다. 노인의 그 오랜 체념의 습관과 염치를 방패삼아 어물어물 고비를 지나가려던 내 앞에 노인의 소망이 마침내 노골적인 모습을 드러낸 것이었다. 노인의 소망은 이미 짐작하고 있었지만, 설마하면 그렇게 분명한 대목까지 만날 줄은 몰랐던 일이었다. 나는 마치 마지막 희망이 무너진 느낌이었다. 하지만 그 노인의 설명에는 나에게도 마침내 분명해진 것이 있었다. 노인이 갑자기 그 집에 대한 엉뚱한 소망을 지니게 된 내력이었다. 노인은 아직도 당신의 삶을 위해서는 새삼스런 소망을 지니고 있지 않았다. 노인의 소망은 당신의 사후에 내력이 있었다.

　"떠돌아 들어 살아오긴 했어도, 난 이 동네 사람들한테 못할 일은 한 번도 안 해 보고 살아온 늙은이다. 궂은 밥 먹고 궂은 옷 입고 궂은 잠자리 속에 말년을 보냈어도 난 이웃이나 이 동네 사람들한테 궂은 소리는 안 듣고 늙어 왔다. 이 소리가 무슨 소린고 하니 나 죽고 나면 그래도 이 동네 사람들, 이 늙은이 주검 위에 흙 한 삽, 뗏장 한 장씩은 덮어 주러 올 거란 말이다. 늙거나 젊거나 그렇게 날 들여다봐 주러 오는 사람들을 어찌할 것이냐. 사람은 죽어서 고단해지는 것보다 더 고단한 것도 없는 법인디, 오는 사람마다할 수 없고 가난하게 간 늙은이가 죽어서라도 날 들여다봐 주러 오는 사람들한테 쓴 소주 한잔이나마 대접해 보내고 싶은 게 죄가 될거냐. 그래서 그저 혼자서 궁리해 본 일이란다. 숨 끊어지는 날 바로 못 내다 묻으면 주검하고 산 사람들이 이 방 하나뿐 아니냐. 먼 데서 온 느그들도 그렇고…… 그래서 꼭 찬바람이나 막고 궁둥이 붙여 앉을 방 한 칸만 어떻게 늘여 봤으면 했더니라마는…… 그게 어디 맘 같은 일이더냐. 이도저도 다 늙고 속없는 늙은이의 노망길 테이제…….”

 노인의 소망은 바로 그 당신의 죽음에 대한 대비에서 비롯된 것이었다.

 알 만한 노릇이었다. 살림이 망하고 예 살던 동네를 나와 떠돌기 시작하면서부터 언제나 당신의 죽음에 대한 대비를 게을리해 오지 않던 노인이었다. 동네 뒷산 양지바른 언덕 아래다 마을 영감 한 분에게 당신의 집터(노인은 당신의 무덤 자리를 늘 그렇게 말했다.)를 미리 얻어 놓고 겨울철에도 날씨가 좋으면 그곳을 찾아가 햇볕바라기를 하다 내려온다던 노인이었다. 노인은 이제 당신의 죽음에 마지막 준비를 서두르고 있는 것이었다. 나는 더 노인의 이야기를 엿듣고 있을 수가 없었다. 발길을 움직여 소리 없이 자리를 피해 버리고 싶었다.

 한데 그때였다. 쓸데없는 일에 공연히 감동을 잘하는 아내가 아무래도 견딜 수가 없어진 모양이었다.

 “전에 사시던 집은 터도 넓고 칸수도 많았다면서요?”

 아내가 느닷없이 화제를 바꾸고 나섰다. 별달리 노인을 달랠 말이 없으니, 지나간 일이나마 그렇게 넓게 살던 옛집의 기억을 상기시켜서라도 노인을 위로하고 싶어진 것이리라. 그것은 노인도 한때 번듯한 집 살림을 해 온 기억을 되돌이키게 하여 기분을 바꿔 드리고 싶어서이기도 하겠지만, 그 외에도 그건 또 언제나 가난한 살림만을 보고 가게 하는 부끄러운 며느리 앞에 당신의 자존심을 얼마간이나마 되살려 내게 할 가외의 효과도 있을 수 있었다. 어쨌거나 나는 당분간 다시 자리를 피할 필요가 없어진 셈이었다.

"옛날 살던 집이야, 크고 넓었제. 다섯 칸 겹집에다 앞뒤 터가 운동장이었더니라…… 하지만 이제 와서 그게 다 무슨 소용이냐. 남의 집 된 지가 20년이 다 된 것을…….."

"그래도 어머님은 한때 그런 좋은 집도 살아 보셨으니 추억은 즐거운 편이 아니시겠어요? 이 집이 답답하고 짜증나실 땐 그런 기억이라도 되살려 보세요."

"기억이나 되살려서 어디다 쓰게야. 새록새록 옛날 생각이 되살아나다 보면 그렇지 않아도 심사가 어지러운 것을."

"하긴 그것도 그러실 거예요. 그렇게 넓은 집에 사셨던 생각을 하시면 지금 사시는 형편이 더 짜증스러워지기도 하시겠죠. 뭐니 뭐니 해도 지금 형편이 이렇게 비좁은 단칸방 신세가 되고 마셨으니 말씀예요……."

노인과 아내는 잠시 그렇게 위론지 넋두린지 분간이 가지 않는 소리들을 주고받고 있었다. 한동안 그렇게 오가는 이야기를 듣다 보니, 나는 그 아내의 동기가 다시 의심스러웠다. 아내의 말투는 그저 노인을 위로하기 위해서가 아니었다. 노인을 위로해 드리긴커녕 심기만 점점 더 불편스럽게 하고 있었다. 노인에게 옛집을 상기시켜 드리는 것은 당신의 불편스런 심기를 주저앉히기보다 오늘을 더욱더 비참스럽게 느끼게 만들고 있었다. 집을 고쳐 짓고 싶은 그 은밀스런 소망을 자꾸만 밖으로 후벼 대고 있었다. 아내의 목적은 차라리 그쪽에 있었던 것 같았다.

아내에 대한 나의 판단은 과연 크게 빗나가지 않았다.

"방이 이렇게 비좁은데 그럼 어머니, 이 옷장이라도 어디 다른 데로 좀 내놓을 수 없으세요? 이 옷장을 들여놓으니까 좁은 방이 더 비좁지 않아요."

아내는 마침내 내가 가장 거북스럽게 시선을 피해 오던 곳으로 화제를 끌어들이고 있었다.

바로 그 옷궤 이야기였다. 17, 8년 전, 고등학교 1학년 때였다. 술버릇이 점점 사나워져 가던 형이 전답을 팔고 선산을 팔고, 마침내는 그 아버지

때부터 살아온 집까지 마지막으로 팔아넘겼다는 소식이 들려왔다. K시에서 겨울 방학을 보내고 있던 나는 도대체 일이 어떻게 되어 가는지나 알아보고 싶어 옛 살던 마을엘 찾아가 보았다. 집을 팔아 버렸으니 식구들을 만나게 될 기대는 없었지만, 그래도 달리 소식을 알아볼 곳이 없기 때문이었다. 어스름을 기다려 살던 집 골목을 들어서니 사정은 역시 K시에서 듣고 온 대로였다. 집은 텅텅 빈 채였고 식구들은 어디론지 간 곳이 없었다. 나는 다시 골목 앞에 살고 있던 먼 친척 간 누님을 찾아갔다. 그런데 그 누님의 말을 들으니, 노인이 뜻밖에 아직 나를 기다리고 있다는 것이었다.

"여기가 어디냐. 네가 누군데 내 집 앞 골목을 이렇게 서성대고 있어야 하더란 말이냐."

한참 뒤에 어디선가 누님의 소식을 듣고 달려온 노인이 문간 앞에서 어정어정 망설이고 있는 나를 보고 다짜고짜 나무랐다. 행여나 싶은 마음으로 노인을 따라 문간을 들어섰으나 집이 팔린 것은 분명해 보였다.

그날 밤 노인은 옛날과 똑같이 저녁을 지어 내왔고, 그날 밤을 거기서 함께 지냈다. 그리고 이튿날 새벽 일찍 K시로 나를 다시 되돌려 보냈다. 나중에야 안 일이지만 노인은 그렇게 나에게 저녁밥 한 끼를 지어 먹이고 마지막 밤을 지내게 해 주고 싶어, 새 주인의 양해를 얻어 그렇게 혼자서 나를 기다리고 있었다 했다. 언젠가 내가 다녀갈 때까지는 하룻밤만이라도 내게 옛집의 모습과 옛날 같은 분위기 속에 맘 편히 눈을 붙이고 가게 해 주고 싶어서였을 터이다. 아무리 그렇더라도 문간을 들어설 때부터 썰렁한 집안 분위기가 이사를 나간 빈집이 분명했건만.

한데도 노인은 그때까지 매일같이 그 빈집을 드나들며 먼지를 털고 걸레질을 해 온 것이었다. 그리고 그때 노인은 아직 집을 지켜 온 흔적으로 안방 한쪽에 이불 한 채와 옷궤 하나를 예대로 그냥 남겨 두고 있었다. 이튿날 새벽 K시로 다시 길을 나설 때서야 비로소 집이 팔린 사실을 분명히 해 온 노인의 심정으로는 그날 밤 그 옷궤 한 가지로나마 옛집의 분위기를 되살려 내 괴로운 잠자리를 위로하고 싶었음에 분명한 물건이었다.

그런 내력이 숨겨져 온 옷궤였다. 떠돌이 살림에 다른 가재도구가 없어서도 그랬겠지만, 이 20년 가까이를 노인이 한사코 함께 간직해 온 옷궤였다. 그만큼 또 나를 언제나 불편스럽게 만들어 온 물건이었다. 노인에게 빚이 없음을 몇 번씩 스스로 다짐하고 지내다가도 그 옷궤만 보면 무슨 액면가 없는 빚 문서를 만난 듯 기분이 꺼림칙스러워지곤 하던 물건이었다.

이번에도 물론 마찬가지였다. 노인의 방을 들어선 순간에 벌써 기분을 불편스럽게 해 오던 옷궤였다. 그리고 끝내는 이틀 밤을 못 넘기고 길을 다시 되돌아갈 작정을 내리게 한 것도 알고 보면 바로 그 옷궤의 허물이 컸을지 모른다.

아내도 물론 그 옷궤에 관한 내력을 내게서 들을 만큼 듣고 있었다. 그리고 그걸 알고 있는 여자라면 그 옷궤에 대한 내 기분도 짐작을 못 할 그녀가 아니었다. 아내는 일부러 그 옷궤 이야기를 꺼냈음이 분명했다. 더욱이 내가 바깥에서 두 사람의 이야기를 엿듣고 있는 걸 알고서 그랬을 수도 있었다.

나는 어느새 콧속을 후벼 대는 못된 버릇이 되살아날 만큼 긴장하고 있었다. 생각지도 않았던 곳에서 갑자기 묵은 빚 문서가 튀어나올 것 같은 조마조마한 기분이었다. 노인이 치사하게 그 묵은 빚 문서로 나를 궁지에 몰아넣으려 덤빌 수도 있었다.

'그래 보라지. 누가 뭐래도 내겐 절대로 빚진 게 없으니까. 그래 본들 없는 빚이 생길 리가 있을라구.'

나는 거의 기구를 드리듯 눈을 감고 기다렸다.

하지만 다행스러운 것은 아직도 그 무심스러워 보이기만 한 노인의 대꾸였다.

"옷궤를 내놓으면 몸에 걸칠 옷가지는 다 어디다 간수하고야? 어디다 따로 내놓을 데가 있는 것도 아니지만, 그걸 어디다 내놓을 데가 생긴다고 해도 그것 말고는 옷가지 나부랑일 간수해 둘 데는 있어얄 것 아니냐."

알고 그러는지 모르고 그러는지 노인이 그 옷궤 쪽에는 그리 신경을 쓰고 있지 않은 것 같았다.

"옷이야 어떻게 못을 박아 걸더라도, 사람이 우선 좀 발이라도 뻗고 누울 자리가 있어야잖아요. 이건 뭐 사람보다도 옷장을 모시는 꼴이지 뭐예요."

아내는 거의 억지를 부리고 있었다. 옷궤에 대한 노인의 집착심을 시험해 보기 위한 수작임이 분명했다.

하지만 노인의 반응은 여전히 의연했다.

"그건 네가 모르는 소리다. 그 옷궤라도 하나 없으면 이 집을 누가 사람 사는 집이라 할 수 있겠냐. 사람 사는 집 흔적으로 해서라도 그건 집 안에 지녀야 할 물건이다."

"어머님은 아마 저 옷장에 그럴 만한 사연이 있으신가 봐요. 시집오실 때 해 오신 건가요?"

노인의 나이가 너무 높다 보니 아내는 때로 그 노인 앞에 손주딸처럼 버릇이 없어지기도 했지만, 이번에는 숫제 장난기 한가지였다.

"내력은 무슨……"

노인은 이제 그것으로 그만 입을 다물어 버리고 말았다. 옷궤 이야기는 더 이상 들추고 싶지가 않은 모양이었다.

하지만 아내 쪽도 그쯤 호락호락 물러설 여자가 아니었다. 노인이 입을 다물어 버리자 아내도 잠시 할 말을 잃은 듯 침묵을 지키고 있더니, 이윽곤 다시 새판잽이 공세를 펴기 시작했다.

"하긴 어쨌거나 어머님 마음이 편하진 못하시겠어요. 뭐니 뭐니 해도 옛날 사시던 집을 지켜 오시는 게 제일 좋으셨을 텐데 말씀예요. 도대체 그 집은 어떻게 해서 팔리게 되었어요?"

다시 그 집 얘기였다. 그 역시 모르고 묻는 소리가 아니었다. 아내는 그

기구(祈求) 원하는 바가 실현되도록 빌고 바람.
새판잽이 새판잡이. 새로 일을 벌여 다시 하는 일.

옷궤의 내력과 함께 집이 팔리게 된 사정에 대해서도 모두 알고 있었다. 하면서도 그녀는 다시 노인에게 그것을 되풀이시키려 하고 있었다. 옷궤를 구실로 그 노인의 소망을 유인해 내려는 그녀 나름의 노력의 연장이었다.

하지만 노인의 태도도 아직은 그 아내에 못지않게 끈질긴 데가 있었다.

"집이 어떻게 팔리기는…… 안 팔아도 좋을 집을 뭔 장난 삼아 팔았을라더냐. 내 집 지니고 살 팔자가 못 돼 그리 된 거제……."

알고도 묻는 소릴 노인은 또 노인대로 내력을 얼버무려 넘기려고 하였다.

"그래도 사정은 있었을 게 아녜요? 그 집을 지을 때 돌아가신 아버님이 몹시 고생을 하셨다고 하던데요."

"집이야 참 어렵게 장만한 집이었지야. 남같이 한번에 지어 올린 집이 아니고 몇 해에 걸쳐서 한 칸씩 두 칸씩 살림 형편 좇아서 늘려 간 집이었더니라. 그렇게 마련한 집이 결국은 내 집이 못 되고…… 그런다고 이제 그런 소린 해서 다 뭣을 하겠냐. 어차피 내 집이 못 될 운수라 그리 된 일을 이런 소리 곱씹는다고 팔려 간 집 다시 내 집이 되어 돌아올 것도 아니고……."

"하지만 그리 어렵게 장만한 집이라 애석한 생각이 더할 게 아녜요. 지금 형편도 그럴 수밖에 없고요. 어떻게 되어 그리 되고 말았는지 그때 사정이라도 좀 말씀해 보세요."

"그만둬라, 다 소용없는 일이다. 이제는 그럭저럭 세월이 흘러서 기억도 많이 희미해진 일이고……."

한사코 이야기를 피하려는 노인에게 아내는 마침내 마지막 수단을 동원하고 있었다.

"좋아요. 어머님께선 아마 지난 일로 저까지 공연히 속을 상하게 할까 봐 그러시는 모양인데요, 그래도 별 소용이 없으세요. 저도 사실은 이야기를 대강 다 들어 알고 있단 말씀예요."

"이야기를 들어? 누구한테서?"

노인이 비로소 조금 놀라는 기미였다.

"그야 물론 저 사람한테지요."

노인의 물음에 아내가 대답했다. 눈에는 보이지 않았지만, 밖에서 엿듣고 있는 나를 지목한 말투가 분명했다. 짐작대로 그녀는 벌써부터 내가 밖에서 엿듣고 있는 낌새를 알아차리고 있었음이 분명했다.

"제가 알고 있는 건 그 집을 팔게 된 사정만도 아니에요. 어머님께서 저 사람한테 그 팔려 간 집에서 마지막 밤을 지내게 해 주신 일도 모두 알고 있단 말씀예요. 모른 척하고 있기는 했지만 저 옷장 말씀예요, 그날 밤에도 어머님은 저 헌 옷장 하나를 집 안에다 아직 남겨 두고 계셨더라면서요. 아직도 저 사람한텐 어머님이 거기서 살고 계신 것처럼 보이시려고 말씀이에요."

아내는 차츰 목소리가 떨려 나오고 있었다.

"그렇담 어머님, 이제 좀 속 시원히 말씀해 보세요. 혼자서 참아 넘기려고만 하지 마시고 말씀이라도 하셔서 속을 후련히 털어놔 보시란 말씀이에요. 저흰 어머님 자식들 아닙니까. 자식들한테까지 어머님은 어째서 그렇게 말씀을 참아 넘기려고만 하세요."

아내의 어조는 거의 울먹임에 가까웠다.

노인도 이젠 어찌할 수가 없는지, 한동안 묵묵히 대꾸가 없었다.

나는 온통 입 안의 침이 다 말랐다. 노인의 대꾸가 어떻게 나올지 숨도 못 쉰 채 당신의 다음 말만 기다리고 있었다.

하지만 그 아내나 나의 조바심과는 아랑곳없이 노인은 끝내 심기를 흩트리지 않았다.

"그래 그 아그도 어떻게 아직 그날 밤 일을 잊지 않고 있더냐?"

"그래요. 그리고 그날 밤 어머님은 저 사람이 집을 못 들어가고 서성대고 있으려니까 그 집이 아직 안 팔린 것처럼 저 사람을 안으로 데려다가 저녁까지 한 끼 지어 먹이셨다면서요?"

"그럼 됐구나. 그렇게 죄다 알고 있는 일을 뭐하러 한사코 나한테 되뇌게 하려느냐."

"저 사람은 벌써 잊어 가고 있거든요. 저 사람한테선 진짜 얘기를 들을 수도 없고요. 사람이 모질어 저 사람은 그런 일 일부러 잊어요. 그래 이번엔 어머님한테서 진짜 이야길 듣고 싶은 거예요. 저 사람 얘기 말고 어머님의 그날 밤 진짜 심경을 말씀이에요."

"심경이나마나 저하고 별다른 대목이 있었을라더냐. 사세부득해서 팔았다곤 하지만 아직은 그래도 내 발길이 끊이지 않은 집인데, 그 집을 놔두고 그 아그가 그래 발길을 주춤주춤 어정대고 서 있더구나……."

아내의 성화를 견디다 못해 노인은 결국 마지못한 어조로 그날 밤 일을 얼핏 돌이키고 있었다. 어조에는 아직도 그날 밤의 심사가 조금도 실려 있지 않은 채였다.

"그래 저를 나무래서 냉큼 집 안으로 데리고 들어갔더니라. 그리고 더운밥 지어 먹여서 그 집에서 하룻밤을 재워 가지고 동도 트기 전에 길을 되돌려 떠나보냈더니라……."

"그래 그때 어머님 마음이 어떠셨어요?"

"마음이 어쩌기는야. 팔린 집이나마 거기서 하룻밤 저 아그를 재워 보내고 싶어 싫은 골목 드나들며 마당도 쓸고 걸레질도 훔치며 기다려 온 에미였는디, 더운밥 해 먹이고 하룻밤을 재우고 나니 그만만 해도 한 소원은 우선 풀린 것 같더구나."

"그래 어머님은 흡족한 기분으로 아들을 떠나보내셨다는 말씀이시군요. 하지만 정말로 그게 그러실 수 있었을까요? 어머님은 정말로 그렇게 흡족한 마음으로 아들을 떠나보내실 수 있으셨을까 말씀이에요. 아들은 다시 학교로 돌아가는 길이었다 치더라도 어머님 자신은 그때 변변한 거처 하나 마련해 두시지 못하셨을 처지에 말씀이에요."

"나더러 또 무슨 이야길 더 하라는 것이냐."

"그때 아들을 떠나보내실 때 어머님 심경을 듣고 싶어요. 객지 공부 가는 어린 아들을 그런 식으로 떠나보내시면서 어머님 자신도 거처가 없이 떠도셔야 했던 그때 처지에서 어머님이 겪으신 심경을 말씀예요."

"그만두거라. 다 쓸데없는 노릇이니라. 이야기를 한들 그때 마음이야 네가 어찌 다 알아들을 수가 있겠냐?"

노인은 다시 이야기를 사양했다. 그러나 그 체념기가 완연한 노인의 어조에는 아직도 혼자 당신의 맘속으로만 지녀 온 어떤 이야기가 남아 있는 것 같았다.

나는 이제 더 기다리고 있을 수가 없었다. 아내는 내 기미를 눈치 채고 있었다 하더라도 노인만은 아직 그걸 알지 못하고 있었다. 노인의 말을 그쯤에서 그만 중단시켜야 했다. 아내가 어떻게 나온다 하더라도 내게까지 그것을 알게 하고 싶지는 않을 노인이었다. 내 앞에선 더 이상 노인의 이야기가 계속되어 갈 수 없었다.

나는 이윽고 헛기침을 한 번 하고서 그 노인의 눈길이 닿고 있는 장지문 앞으로 모습을 불쑥 드러내고 나섰다.

4

위험한 고비는 그럭저럭 모두 지나가고 있었다.

저녁상을 들일 때 노인은 언제나처럼 막걸리 한 되를 가져오게 하였다. 형의 술버릇 때문에 집안 꼴이 그 지경이 되었는데도 노인은 웬일로 내게 그리 술 걱정을 하지 않았다. 집에만 가면 당신이 손수 막걸리 한두 되씩을 꼭꼭 미리 마련해다 주곤 하였다.

'한잔 마시고 잠이나 자거라.'

그러면서 낮참부터 늘 잠자기를 권했다.

이날 저녁도 마찬가지였다.

사세부득(事勢不得) 어쩔 수 없는 상황 때문에 그렇게 할 수밖에 없음.

"그래, 정 내일 아침으로 길을 나설라냐?"

저녁상이 들어왔을 때 노인은 그렇게 조심스런 목소리로 나의 내심을 한번 더 떠 왔을 뿐이다.

"가야 할 일이 있으니까 가겠다는 거 아니겠어요."

나는 노인에게 공연히 짜증기 선 목소리로 퉁명스럽게 대꾸했다.

하니까 노인은 그것으로 그만이었다.

"그래 알았다. 저녁 하고 술이나 한잔하고 일찍 쉬거라."

아침부터 먼 길을 나서려면 잠이라도 일찍 자 두라는 단속이었다. 나는 말없이 노인을 따랐다. 저녁 겸 해서 술 한 되를 비우고 그리고 술기를 못 견디는 사람처럼 일찌감치 잠자리를 펴고 누웠다. 이윽고 형수님이 조카들을 데리고 잠자리를 찾아 나가자 이날 밤도 우리는 세 사람 합숙이었다.

어쨌거나 이제 위태로운 고비는 그럭저럭 거의 다 넘겨 가고 있는 셈이었다. 눈을 붙였다 깨고 나면 그것으로 모든 건 끝난다. 지붕이고 옷궤고 더 이상 신경을 쓸 일이 없어진다. 노인에게 숨겨진 빚 문서가 있을까. 하지만 이날 밤만 무사히 넘기고 나면 노인의 빚 문서도 그걸로 영영 휴지가 되는 것이다.

'잠이나 자자. 빚이고 뭐고 잠들면 그만이다. 노인에게 빚은 내가 무슨 빚이 있단 말인가……'

나는 제법 홀가분한 기분으로 눈을 감고 잠을 청했다. 술기 탓인지 알알한 잠기운이 이내 눈꺼풀을 덮어 왔다.

한데 얼마쯤 그렇게 아늑한 졸음기 속을 헤매고 났을 때였을까. 나는 웬일인지 문득 다시 잠기가 서서히 엷어져 가고 있었다. 그리고 아직도 그 어렴풋한 선잠기 속에 도란도란 조심스런 노인의 말소리가 들려왔다.

"그날 밤사말로 갑자기 웬 눈이 그리도 많이 내렸던지 잠을 잤으면 얼마나 잤겠느냐마는 그래도 잠시 눈을 붙였다가 새벽녘에 일어나 보니 바깥이 왼통 환한 눈 천지로구나…… 눈이 왔더라도 어쩔 수가 있더냐. 서둘러 밥 한술씩을 끓여다가 속을 덥히고 그 눈길을 서둘러 나섰더니라…….”

 나는 다시 정신이 번쩍 들고 말았다. 어찌된 일인지 노인이 마침내 그날 밤 이야기를 아내에게 가닥가닥 털어놓고 있는 중이었다.

 "처지가 떳떳했으면 날이라도 좀 밝은 다음에 길을 나설 수도 있었으련만, 그땐 어찌도 그리 처지가 부끄럽고 저주스럽기만 했던지…… 그래 할 수 없이 새벽 눈길을 둘이서 나섰지만, 시오 리나 되는 장터 차부까지 산길이 멀기는 또 얼마나 멀더라냐."

 기억을 차근차근 더듬어 나가고 있는 노인의 몽롱한 목소리는 마치 어린 손주 아이에게 옛얘기라도 들려주는 할머니의 그것처럼 아늑한 느낌마저 깃들이고 있었다.

 아내가 결국은 노인을 거기까지 유도해 냈음이 분명했다.

 '이야기를 한들 네가 어찌 다 알아들을 수가 있겠냐…….'

 낮결에 노인이 말꼬리를 한 가닥 깔고 넘은 기미를 아내가 무심히 들어 넘겼을 리 없었다.

 그날 밤 ― 아니 그날 새벽 ― 아내에겐 한 번도 들려준 일이 없는 그날 새벽의 서글픈 동행을, 나 자신도 한사코 기억의 피안으로 사라져 가 주기를 바라 오던 그 새벽의 눈길의 기억을 노인은 이제 받아 낼 길 없는 묵은 빚 문서를 들추듯 허무한 목소리로 되씹고 있었다.

 "날은 아직 어둡고 산길은 험하고, 미끄러지고 넘어지면서도 차부까지는 그래도 어떻게 시간을 대어 갈 수가 있었구나…….”

 이야기를 듣고 있는 나의 머릿속에도 마침내 그날의 정경이 손에 닿을 듯 역력히 떠올랐다. 어린 자식 놈의 처지가 너무도 딱해서였을까. 아니 어쩌면 노인 자신의 처지까지도 그 밖엔 달리 도리가 없었을 노릇이었는지도 모른다. 동구 밖까지만 바래다주겠다던 노인은 다시 마을 뒷산 잿길까지

차부(車部) 자동차의 시발점이나 종착점에 마련한 차의 집합소.
피안(彼岸) 현실적으로 존재하지 아니하는, 관념적으로 생각해 낸 현실 밖의 세계.

나를 좀 더 바래 주마 우겼고, 그 잿길을 올라선 다음엔 새 신작로가 나설 때까지만 산길을 함께 넘어가자 우겼다. 그럴 때마다 한차례씩 애시린 실랑이를 치르고 나면 노인과 나는 더 이상 할 말이 있을 수 없었다. 아닌 게 아니라 날이라도 좀 밝은 다음이었으면 좋았겠는데, 날이 밝기를 기다려 동네를 나서는 건 노인이나 나나 생각을 안 했다. 그나마 그 어둠을 타고 마을을 나서는 것이 노인이나 나나 마음이 편했다. 노인의 말마따나 미끄러지고 넘어지면서, 내가 미끄러지면 노인이 나를 부축해 일으키고, 노인이 넘어지면 내가 당신을 부축해 가면서, 그렇게 말없이 신작로까지 나섰다. 그러고도 아직 면소 차부까지는 길이 한참이나 남아 있었다. 나는 결국 그 면소 차부까지도 노인과 함께 신작로를 걸었다.

아직도 날이 밝기 전이었다.

하지만 그러고 우리는 어찌 되었던가.

나는 차를 타고 떠나갔고, 노인은 거기서 다시 어둠 속의 눈길을 되돌아서야 했다…….

내가 알고 있는 건 거기까지뿐이었다.

노인이 그 후 어떻게 길을 되돌아갔는지는 나로서도 아직 들은 바가 없었다. 노인을 길가에 혼자 남겨 두고 차로 올라선 그 순간부터 나는 차마 그 노인을 생각하기가 싫었고, 노인도 오늘까지 그날의 뒷얘기는 들려준 일이 없었다. 그런데 노인은 웬일로 오늘사 그날의 기억을 끝까지 돌이키고 있었다.

"어떻게 어떻게 장터거리로 들어서서 차부가 저만큼 보일 만한 데까지 가니 그때 마침 차가 미리 불을 켜고 차부를 나오더구나. 급한 김에 내가 손을 휘저어 그 차를 세웠더니, 그래 그 운전사란 사람들은 어찌 그리 길이 급하고 매정하기만 한 사람들이더냐. 차를 미처 세우지도 덜하고 덜크렁덜크렁 눈 깜짝할 사이에 저 아그를 훌쩍 실어 담고 가 버리는구나."

"그래서 어머님은 그때 어떻게 하셨어요?"

잠잠히 입을 다문 채 듣고만 있던 아내가 모처럼 한마디 끼어들었다.

나는 갑자기 다시 노인의 이야기가 두려워졌다. 자리를 차고 일어나 다음 이야기를 가로막고 싶었다. 하지만 나는 이미 그럴 수가 없었다. 사지가 말을 들어주지 않았다. 온몸이 마치 물먹은 솜처럼 무겁게 가라앉고 있었다. 몸을 어떻게 움직여 볼 수가 없었다. 형언하기 어려운 어떤 달콤한 슬픔, 달콤한 피곤기 같은 것이 나를 아늑히 감싸 오고 있었다.

"어떻게 하기는야. 넋이 나간 사람마냥 어둠 속에 한참이나 찻길만 바라보고 서 있을 수밖에야…… 그 허망한 마음을 어떻게 다 말할 수가 있을 거나……."

노인은 여전히 옛얘기를 하듯 하는 그 차분하고 아득한 음성으로 그날의 기억을 더듬어 나갔다.

"한참 그러고 서 있다 보니 찬바람에 정신이 좀 되돌아오더구나. 정신이 들어 보니 갈 길이 새삼 허망스럽지 않았겠냐. 지금까진 그래도 저하고 나하고 둘이서 함께 헤쳐 온 길인데 이참에는 그 길을 늙은것 혼자서 되돌아서려니…… 거기다 아직도 날은 어둡지야…… 그대로는 암만해도 길을 되돌아설 수가 없어 차부를 찾아 들어갔더니라. 한 식경이나 차부 안 나무 걸상에 웅크리고 앉아 있으려니 그제사 동녘 하늘이 훤해져 오더구나…… 그래서 또 혼자 서두를 것도 없는 길을 서둘러 나섰는데, 그때 일만은 언제까지도 잊힐 수가 없을 것 같구나."

"길을 혼자 돌아가시던 그때 일을 말씀이세요?"

"눈길을 혼자 돌아가다 보니 그 길엔 아직도 우리 둘 말고는 아무도 지나간 사람이 없지 않았겠냐. 눈발이 그친 그 신작로 눈 위에 저하고 나하고 둘이 걸어온 발자국만 나란히 이어져 있구나."

"그래서 어머님은 그 발자국 때문에 아들 생각이 더 간절하셨겠네요."

"간절하다뿐이었겠냐. 신작로를 지나고 산길을 들어서도 굽이굽이 돌아온 그 몹쓸 발자국들에 아직도 도란도란 저 아그 목소리나 따뜻한 온기가 남아 있는 듯만 싶었제. 산비둘기만 푸르륵 날아올라도 저 아그 넋이 새가 되어 다시 되돌아오는 듯 놀라지고, 나무들이 눈을 쓰고 서 있는 것만 보아도 뒤에서 금세 저 아그 모습이 뛰어나올 것만 싶었지야. 하다 보니 나는 굽이굽이 외지기만 한 그 산길을 저 아그 발자국만 따라 밟고 왔더니라. 내 자석아, 내 자석아, 너하고 둘이 온 길을 이제는 이 몹쓸 늙은것 혼자서 너를 보내고 돌아가고 있구나!"

"어머님 그때 우시지 않았어요?"

"울기만 했겄냐. 오목오목 디뎌 논 그 아그 발자국마다 한도 없는 눈물을 뿌리며 돌아왔제. 내 자석아, 내 자석아, 부디 몸이나 성히 지내거라. 부디부디 너라도 좋은 운 타서 복 받고 살거라…… 눈앞이 가리도록 눈물을 떨구면서 눈물로 저 아그 앞길만 빌고 왔제……."

노인의 이야기가 거진 끝이 나 가고 있는 것 같았다. 아내는 이제 할 말을 잊은 듯 입을 조용히 다물고 있었다.

"그런디 그 서두를 것도 없는 길이라 그렁저렁 시름없이 걸어온 발걸음이 그래도 어느 참에 동네 뒷산까지 당도해 있었구나. 하지만 나는 그길로는 차마 동네를 바로 들어설 수가 없어 잿등 위에 눈을 쓸고 아직도 한참이나 시간을 기다리고 앉아 있었더니라……."

"어머님도 이젠 돌아가실 거처가 없으셨던 거지요."

한동안 조용히 입을 다물고 있던 아내가 더 이상 참을 수가 없어진 듯 갑자기 노인을 채근하고 나섰다. 그 목소리가 울먹임 때문에 떨리고 있었다.

나 역시 더 이상 노인을 참을 수가 없었다. 이제나마 노인을 가로막고 싶었다. 아내의 추궁에 대한 그 노인의 대꾸가 너무도 두려웠다. 노인의 대답을 들을 수가 없었다. 하지만 그 역시도 불가능한 일이었다.

나는 아직도 눈을 뜰 수가 없었다. 불빛 아래 눈을 뜨고 일어날 수가 없었다. 사지가 마비된 듯 가라앉아 있는 때문만이 아니었다. 졸음기가 아직 아쉬워서도 아니었다. 눈꺼풀 밑으로 뜨겁게 차오르는 것을 아내와 노인

앞에 보일 수가 없었다. 그것이 너무도 부끄러웠기 때문이다. 아내는 이번에도 그러는 나를 알고 있었던 것 같았다.

"여보, 이젠 좀 일어나 보세요. 일어나서 당신도 말을 좀 해 보세요."

그녀가 느닷없이 나를 세차게 흔들어 깨웠다. 그녀의 음성은 이제 거의 울부짖음에 가까웠다. 그래도 나는 일어날 수가 없었다. 뜨거운 것을 숨기기 위해 눈꺼풀을 꾹꾹 눌러 참으며 내처 잠이 든 척 버틸 수밖에 없었다.

음성이 아직 흐트러지지 않고 있는 건 오히려 노인뿐이었다.

"가만두거나. 아침길 나서기도 피곤할 것인디 곤하게 자고 있는 사람 뭣하러 그러냐."

노인은 일단 아내의 행동을 말려 두고 나서 아직도 그 옛얘기를 하는 듯한 아득하고 차분한 음성으로 당신의 남은 이야기를 끝맺어 가고 있었다.

"그런디 이것만은 네가 좀 잘못 안 것 같구나. 그때 내가 뒷산 잿등에서 동네를 바로 들어가지 못하고 있었던 일 말이다. 그건 내가 갈 데가 없어 그랬던 건 아니란다. 산 사람 목숨인데 설마 그때라고 누구네 문간방 한 칸이라도 산 몸뚱이 깃들일 데 마련이 안 됐겄냐. 갈 데가 없어서가 아니라 아침 햇살이 활짝 퍼져 들어 있는디, 눈에 덮인 그 우리 집 지붕까지도 햇살 때문에 볼 수가 없더구나. 더구나 동네에선 아침 짓는 연기가 한참인디 그렇게 시린 눈을 해 갖고는 그 햇살이 부끄러워 차마 어떻게 동네 골목을 들어설 수가 있더냐. 그놈의 말간 햇살이 부끄러워져서 그럴 엄두가 안 생겨나더구나. 시린 눈이라도 좀 가라앉히자고 그래 그러고 앉아 있었더니라……."

작품 이해

　이청준의 작품「눈길」에는 세 사람이 등장한다. 나와 노인, 그리고 아내이다. '나'를 중심축으로 노인과 아내가 세모꼴로 존재한다. 여기에서 노인은 어머니이다. 따라서 작품은 아들과 어머니, 아들의 아내로 이루어진 가장 단출한 가족 구성원을 중심에 두고 벌어지는 갈등을 다룬다. 가족이 작품의 중심적인 화두인 셈이다.

　작품은 '나'가 주인공인 일인칭 시점으로, 작품의 중심적인 흐름은 나의 심리 변화 과정에 초점을 두었다. 소설의 도입에서 서술자가 어머니를 노인으로 지칭하는 데에서 알 수 있듯, 서술자는 어머니에 대해 어떠한 '소망도 원망도 없'는 무덤덤한 태도를 지니고 있다. 그러나 아내의 중재에 힘입어 어머니의 감추어진 이야기를 듣게 되고 마침내는 '눈꺼풀 밑으로 뜨겁게 차오르는 것'을 느끼기에 이른다.

　이 작품은 1에서 4까지의 번호가 붙어 있다. 전통적인 이야기의 짜임인 기승전결로 이루어져 있음을 알 수 있다. 처음 1에서 인물들과 문제 상황이 설정되고, 2에서는 집 짓는 일을 둘러싼 갈등이 구체화되며, 3은 예전 아들과 어머니 사이에 일어난 일을, 4는 어머니 홀로 돌아오는 과정을 그려 보인다.

　현재와 과거가 어머니의 이야기 속에서 서로 대응하며, 아들을 향한 어머니의 깊은 속내를 드러낸다. 이처럼 잘 짜인 기승전결의 전통적 형식은 동양적인 정신세계와 맞물려, 어머니의 사랑이란 주제에 깊은 아름다움을 건네주는 예술적 장치로 작동한다. 또한 이 작품에서 두드러진 미적 장치는 상징이 작품 곳곳에 존재한다는 점이다. 상징을 통해 단순한 이야기에 층을 만들어 냄으로써 울림을 더욱 증폭시키는 것이다.

　이처럼 이 작품은 이미 익숙한 '어머니의 사랑'을 이야기 속에 새롭게 또 선명하게 부각시킨다. 그리하여 우리 자신의 경험들을 새삼 되돌아보게 만들거나 앞으로 겪게 될 경험에 앞질러 의미를 만들어 낸다. 우리가 소설을 읽는 까닭도 이 때문이다.

활동

1. 작품을 읽고 다음 물음에 답하라.
   ① 이 소설에서 어머니를 '노인'이라고 지칭하는 까닭은 무엇인가?
   ② 어머니가 새로 집을 짓고 싶어 하는 까닭은 무엇인가?
   ③ 소설의 마지막 장면에서 '나'가 부끄러움을 느낀 것은 무엇 때문인가?
2. 작품 속에 등장하는 다양한 장치들의 상징적 의미를 찾아보자.
   ① 치자나무 ② 옷궤 ③ 눈길
3. 작품의 중심적인 갈등은 무엇이며, 갈등이 해결되는 궁극적인 계기는 무엇인가?
   • 갈등하는 인물 : 나와 어머니
   • 갈등의 시작 : 집을 고치는 일
   • 중심적인 갈등 :
   • 갈등의 해결 계기 :

4. 다음은 이 소설을 읽고, 자신의 경험과 관련시켜 쓴 짧은 글이다. 이 글과 연관 지어 가족에 관한 나의 경험을 써 보자.

> 이 소설을 읽은 다음 살아생전의 아버님 모습이 떠올랐다. 대학을 다니던 즈음 당신은 아들의 서울에서의 생활비는커녕 학비조차 건네지 못할 형편이었다. 그럼에도 나는 당신이 낳아 기르는 사람의 몫을 못했다고 생각할 만큼 소설에서처럼 막돼먹은 인간이 아닌 탓에, 오히려 어떻게 하면 집안의 짐을 덜어 드릴 수 있을까 고심했다. 그래서 대학을 입학한 이후 가능하면 집안에 손을 내밀지 않았다.
>
> 그런데 4학년이 되었을 때, 당신께서는 난데없이 '낳아 기르는 사람의 몫'을 주장하고 나서셨다. 적은 액수나마 매월 송금해 주시겠다는 것이었다. 물론 집안 형편은 여전했고, 나는 애초에 저금통장이 없었고, 당연 알려 드릴 계좌 번호도 없었기에 은근슬쩍 못 들은 척하고 넘어갔다. 그저 한두 번 대면했을 때 마지못해 받았던 기억이 있다.
>
> 하지만 당신이 작고하시고 난 다음에서야 나는 '그 몫'조차 짧은 생각으로 빼앗고 말았다는 자괴감에 사로잡혔다. 어쩌면 당신께서는 돈을 마련하는 어려움보다 그것을 거부하는 아들을 망연히 지켜보고만 있어야 했던 어려움이 더욱 컸을 것이다. 나는 너무 어렸던 것이다.
>
> 그러나 당신께서는 그 조촐한 돈이 아니더라도 이미 '낳아 기르는 사람의 몫'을 다 했음을 나는 익히 알고 있다. 수시로 집을 옮기며 어디에 사는지조차 알려 주지 않고, 연락조차 한동안 닿지 않았던 아들의 안부를 확인하기 위해 내처 학교 도서관에까지 들러 주시지 않았던가. 누군가 어깨를 툭툭 치기에 올려다 보았더니 키가 훌쩍하니 큰 당신께서 미처 떨어내지 못한 눈을 어깨에 거느린 채 안쓰러운 눈길로 이 막내 아들을 내려다 본 적이 있으시지 않았던가. 내 그리운 이여.
>
> — 김상욱, 「다시 쓰는 문학에세이」, 우리교육

아우를 위하여
황석영

읽기 전에

우리에게 역사와 사회, 자유와 진보 등의 말들은 아직 멀게만 느껴집니다. 그렇지만 우리 역시 혼자 살아갈 수 없는 사회적 존재이며 역사적 존재인 것만은 분명합니다. 따라서 이 사회와 역사 속에서 자유의 의미는 무엇인지, 더 나은 세상을 향한 진보는 어디에서 어디로 가는 것인지 따져 묻지 않을 수 없습니다. 삶은 모든 것이 서로 얽혀 있기 때문에, 그 어느 것 하나 건너뛰거나 남의 문제로 떠넘길 수 없답니다. 아무리 어렵게 느껴지더라도 한번쯤 은 매달려 생각해 볼 가치가 있습니다. 그것은 청년의 특권이기도 합니다. 이해관계에 휩쓸리지 않고 모든 것을 바탕에서부터 생각하는 힘.

진보란 무엇일까요? 그리고 사랑은 또 진보와 어떻게 관계를 맺고 있을까요? 소설은 먼저 두려움을 극복하는 방법에 관해 이야기함으로써 시작됩니다. 여러분들이 지금 두려워하는 것은 무엇인가요? 알 수 없는 미래야말로 가장 큰 두려움일 것입니다. 그것 말고 또 어떤 것을 두려워하고 있나요? 그 두려움은 어떻게 극복할 수 있을까요? 황석영의 「아우를 위하여」는 그에 대한 하나의 답을 우리에게 건네줄 것입니다.

뭔가 네게 유익하고 힘이 될 말을 써 보내고 싶다.

네가 입대해 떠나간 이제 와서 우울한 고향 실정이나 우리의 지난 잘잘못을 들어 여기에 열거해 놓자는 건 아니야.

아무 얘기도 못 해 주고 묵묵히 너를 전송했던 형의 답답한 마음을 이해하여 주기 바란다. 나는 우리가 지금쯤은 의심하고 있을지도 모르는 어떤 문제를 확실히 해 두고, 또한 장래를 굳게 믿기 위하여 내 연애 이야기를 빌기로 한다. 너는 십구 년 전에 내가 누구를 사랑한 적이 있다는 걸 알게 되면 아마 놀랄 거다. 따져 봐, 내 열한 살 때가 아니냐. 에이, 이건 오히려 형의 달착지근한 구라를 읽게 됐군, 하며 던져 버리지 말구 읽어 주렴.

너 영등포의 먼지 나는 공장 뒷길들이 생각나니. 생각날 거야, 너도 그 학교를 다녔으니까. 아침마다 군복이나 물 빠진 푸른 작업복 상의를 걸친 아저씨들이 한쪽 손에 반찬 국물 얼룩이 밴 도시락 보자기를 들고 공장 담 아래를 줄지어 밀려가곤 했지. 우리 아버지두 그 틈에 있었을 거야. 참 그땔 생각하면 제일 먼저 까마중 열매가 떠오른다. 폭격에 부서져 철길 옆에 넘어진 기차 화통의 은밀한 구석에 잡초가 물풀처럼 총총히 얽혀서 자라구 있었잖아. 그 틈에서 우리는 곧잘 까마중을 찾아내곤 했었다. 먼지를 닥지닥지 쓰고 열린 까마중 열매가 제법 달콤한 맛으로 우리들을 유혹해서는 한 시간씩이나 지각하게 만들었다.

먼지 나는 길, 공장의 담, 까마중 열매 다음에 생각나는 건 땅에 반쯤 묻혀 있던 노깡들이야. 사택 앞의 쓸쓸한 가로를 따라서 가죽나무가 서 있고, 나뭇가지에는 하늘소 벌레가 살았고, 벽돌 벽의 어지러운 선전문 자국들, 창고의 탄환 흔적, 그리고 인가 끝에 상둣도가가 있었고, 실개천을 가로지르며 노깡들이 엇갈려 길게 누워 있었지. 노깡 속엔 우리가 그 무렵에 눈이 시뻘게서 찾아다니던 총알이 많이 나오군 했었다. 총알을 찾으러 캄캄한 노깡 속에 들어갔다가 내가 기절했던 걸 어머니에게서 아마 들었을 거야. 애들이 그 속에서 사람이 많이 죽었다며 전혀 접근을 꺼리길래 어느 날 나 혼자 들어갔지. 안은 아주 비좁구 캄캄했는데 물이 질퍽하게 괴어 있더구나. 손으로 더듬으며 중간까지 가 보니까 예상대로 기관포 탄환이 많이 있더랬어. 나는 아이들의 찬탄과 선망을 독차지할 일을 생각하고 온통 가슴이 떨렸어. 탄창 사슬에 끼인 게 한 줄이나 되더라. 나는 정신없이 파구 또 팠지. 한참 동안을 파는데 꺼림칙한 기분이 들구 뭔가 손가락에 걸려 나오는 거야. 나뭇조각인 줄 알았어. 돌보다는 가볍구 나무보단 좀 듬직하단 말이야. 그래 눈앞에 바짝 갖다 대구 들여다보니깐 뼈다귀야. 둥그런 관절두 달려 있는 진짜 뼈다귀 말이지. 이크…… 나는 그게 날 잡구 늘어지는 기분이더라. 양쪽 입구를 보니까 꼭 관솔 빠진 구멍만큼 보이는 거야. 소릴 지르다가 뻐드러졌어. 근처 실개천서 빨래하던 아줌마가 나를 끌어내 줬단다. 어머니가 야단쳤어. "너 그런 데 들어가면 귀신이 잡아먹는다." 얼마나 무서웠는지 모른다.

어린애들이 그런 일루 호되게 놀라게 되면 잠잘 때 악몽을 꾸어서 식은땀을 흘리며 경기를 일으키는 거야. 내가 몸이 불편할 때 꿈을 꾸면 말이야, 언제나 그 노깡 속에 들어가 있는 거야. 어느 때는 그게 우리 영단 집의 시멘트 굴뚝 속이 되고, 피뢰침 달린 유리 공장의 벽돌 도가니 안이 되고, 시궁쥐가 많이 사는 공중목욕탕의 하수도 속이 되는 거야. 끝은 언제나 비숫하지. 양쪽 입구가 무너져, 해골바가지나 뼈다귀 손이 쑥 솟아올라서 내 머리털이나 발목을 말야 꽉 잡구 안 놓는 거야. 상둣도가 집 아이가 그 자리에 찾아가서 침을 세 번 뱉고 왼발로 세 번 구르면 된다기에 그대루 했는데 두 여엉 무서운 기분이 가시질 않았어.

내가 일단 자기의 공포에 굴복하고 숭배하게 되자, 노깡 속에서의 기억은 상상을 악화시켜서 나를 형편없는 겁쟁이루 만들고 말았다. 그런데 어떤 아름다운 분이 나타나 나를 훨씬 성숙한 아이로 키워 줬지. 눈빛처럼 흰 여학생 칼라 뒤로 얌전히 빗어 묶은 머리를 길게 땋아 늘였고, 목소리가 노래하는 듯 다정한 분이었어.

우리를 위압하고 공포로써 속박하는 어떤 대상이든지 면밀하게 관찰하고 그것의 본질을 알아챈 뒤, 훨씬 수준 높은 도전 방법을 취하면 반드시 이긴다.

그이를 사랑하게 되면서 나는 분명히 무엇인가를 배웠는데, 그 무렵엔 꼭 집어내서 자각할 수는 없었지. 이제 와 생각하니 그이는 진보의 의미와 사랑의 가치를 내게 가르쳐 주었던 거야.

나는 피난지 부산의 학교에서, 수복되고도 수년이 지난 서울로 전학을 해 왔던 첫날, 기분을 잡쳐 버리고 말았다.

우리 학교에 미군 부대가 들어와 있어서 학년별로 여러 곳에 뿔뿔이 흩어져 빈 창고나 들판에서 공부하고 있는 실정이었다. 흙바닥에 가마니를 깔았고 책상 대신 화판을 받쳐 글씨를 썼다. 어둠침침한 창고 교실에서 백 명이 넘는 아이들이 우글거렸으니 언제나 먼지가 뿌옇게 일어나는 게 보였다. 교실이 엉망인 것뿐만 아니라 우리 학교 애들은 질이 나빴는데 전쟁통에 몇 년씩 학년을 묵은 큰 애들이 열 명쯤 되었다. 백여 명의 아이들을 키

노깡 시멘트나 흙을 구워서 만든 둥글고 큰 관. '토관'의 일본어인 '도캉'이 변한 말.
상둣도가 상여를 놓아두는 집. 상여와 그에 딸린 제구들을 파는 집.

순서대로 세워 놓으면 나 같은 건 겨우 앞줄에서 몇 번째가 될 만큼 작았다. 애들은 내게 아무런 관심도 돌리지 않았으나, 첫 번 일제 고사에서 수석을 차지하고 나자 친구가 더러 생기게 됐던 거였다.

나는 담임선생님도 마음에 들지 않았다. 그는 메뚜기라는 별명을 가졌는데, 머리 가운데가 쭉 벗어지고 양쪽 관자놀이 부근에만 곱슬 털이 부성부성한 모습이었다. 그는 국민학교 선생님 노릇에 별로 흥미가 없는 것 같았다. 무슨 가게인지를 부업으로 벌여 놓고 있었는지라 그는 툭하면 자습 시간을 주고선 하루 온종일 밖으로 나돌아 다녔다. 각 학년의 교실들이 서로 멀리 떨어져 있었고, 교장 선생님도 일 학년부터 육 학년까지 모든 학급을 한 바퀴 돌아보려면 큰맘을 먹어야 했으니 메뚜기 씨께선 만판이었다. 메뚜기가 요행히 교실에 붙어 있게 되는 날도 오후에는 모두 야외로 끌고 나가서 몇 시간씩이나 풍경 사생을 그리게 해 놓고는 공부 끝이라는 거였다. 내가 전학 가기 전인 일 학기까지도 석환이가 반장 노릇을 했으나, 나처럼 몸집이 작고 약골이었던 그 애는 큰 아이들이 득실대는 교실의 기강을 잡을 도리가 없었다. 첫째 가다 장판석, 둘째 가다 임종하, 셋째 가다 박은수, 그 이하는 그 애들에게 붙어서 알랑대던 떨거지 몇 명이 있었다. 모두 중학 이삼 학년씩은 되었을 나이배기들이었다. 내가 입학할 무렵에 세력의 판도가 바뀌게 되었는데 이영래라는 새로운 가다가 신입해 왔던 것이다. 영래는 미군 부대 하우스 보이로 싸젠이 기른다는 아이였다. 술이 주렁주렁 달린 인디언식 가죽 저고리에 청바지를 입고 시계까지 차고 다녔다. 눈이 가늘게 찢어지고 어깨가 바라진 영래는 벌써 다리에 털이 돋은 열다섯 살배기였다. 미군 지프가 신입생과 선물을 싣고 제분 회사 창고 앞마당을 돌며 클랙슨을 뻥뻥 울리니까 애들이 모두 환호성이었다. 배불뚝이의 맘 좋게 생긴 싸젠이 초콜릿과 도넛을 애들에게 공평하게 나눠 주었다. 그 날로 영래를 찬양하며 그 애의 가방을 들어다 주는 아이가 생겼고, 얼마 안 가서 둘째 셋째 가다인 은수와 종하까지 그 애 편으로 붙었다. 영래가 드디어 첫째 가다 장판석이를 빈 발전실로 유인해다가 몽둥이로 습격해서 항복을 받았다. 판석이는 아예 권외로 밀려나고 영래가 하루아침에 첫째가 되었는데도 아이들은 그런 일에 별로 아랑곳하지 않았다. 왜냐하면 큰 애들은 뒷전에서 저희끼리 킬킬대며 우리가 모르는 얘기만 지껄이며 따로 놀았으니까.

어느 토요일 아침, 메뚜기가 샤쓰 바람으로 들어와 바께쓰에 물을 떠다 교실에서 세수를 했다. 그는 팔목시계를 연방 들여다보며 아이들에게 말했다.

"에 또…… 내가 급한 볼일이 생겨서 나갔다 올 테니까 자습하도록, 어이 급장."

맨 앞줄에 앉았던 석환이가 엉거주춤 일어나려니까, 메뚜기는 그 애를 힐끗 바라보고는 곧장 교실 뒷전만 두리번댔다.

"장판석이, 판석이 어딨나?"

아이들이 일제히 뒤를 돌아보았고 누군가 웃음을 참는 소리도 들렸다. 판석이는 괜히 뒤통수를 긁적였다. 그 애 바로 앞에 앉은 임종하가 들릴까 말까 한 소리로 "얘는 나한테두 져요." 중얼거리자 아이들은 까르르 웃음을 터뜨렸다. 메뚜기가 그 소리를 놓쳤을 리 없었다.

"에 또, 학기두 바뀌구 했으니까…… 오늘은 자습 후에 반장 선출을 해보는 것두 학습이 될 거다. 상급생이 됐으니까 그만한 자치 능력도 생겼을 줄 믿는다. 그런데 석환이 말고 누가 의장 노릇을 했으면 좋을까……. 누가 좋겠니?"

메뚜기가 묻자 앞에 꼬마들이 요란하게 떠들어 댔다.

국민학교 '초등학교'의 전 용어.
가다 힘이나 폭력 따위를 일삼는 불량배를 속되게 이르는 '어깨'의 일어.
하우스 보이 한국 전쟁 직후 미군 부대에서 허드렛일을 하던 소년.
싸젠 'sergeant'의 속된 발음으로 하사관을 뜻하는 영어.

"이영래요. 걔가 잘해요."

메뚜기가 영래를 불러내어 "반장과 함께 조용히 자습을 시킨 뒤에, 자치 회의를 해라." 이르고 훌쩍 나가 버렸다. 선생님이 나간 뒤에, 머쓱하게 서 있던 영래가 교탁 앞에 비스듬히 걸터앉았고 애들은 다음 행위에 잔뜩 기대를 가지면서 그 애를 올려다보았다. 영래가 말했다.

"전부들 책을 집어넣어. 오늘 오전에는 씨름 대회를 연다."

애들이 손뼉을 치며 와글와글 책보를 쌌고 영래는 교탁에 발을 올려놓고 의자를 흔들며 말 타는 시늉을 했다.

"헌병 대장 사령부, 짜가닥 짜가닥 팡팡, 이 새끼들 조용해."

영래가 은수에게 몽둥이를 주워 오라고 명령하니 그놈은 잽싸게 뛰어나가 각목 하나를 주워 왔다.

"종하, 일루 나와."

비실비실 웃으며 앞으로 나온 종하에게 영래가 말했다.

"웃지 마 인마, 이걸 갖구 수틀리게 놀면 무조건 조기는 거야. 알았지?"

종하는 가마니를 깔지 않은 흙바닥 통로를 각목을 들고 어슬렁어슬렁 돌아다녔다.

"오늘부터 너는 기율부장이다."

"뭐야 그게……. 반장하군 다른가?"

"인마, 중학교 교문 앞에두 못 가 봤어? 완장 차구 서서 잘못한 애들 벌 주는 거 말야."

은수가 항의했다.

"그럼 나는 뭐야, 넌 뭐구……?"

"이 새끼, 나는 의장이잖아. 종하는 기율부장, 너는 말이지 총무다."

"반장보다 높은 거냐?"

아이들이 킥킥.

종하는 내 앞을 지나며 공연히 똑바로 앉으라면서 허리께를 각목으로 꾹 찔렀다. 나는 등에 힘을 주고 빳빳이 긴장해서 앉아 있었다. 그때 석환이가 안으로 폭삭 기어들어간 목소리로 중얼거렸다.
"나는 말야…… 씨름 대회는 반대한다."
아이들이 왁자지껄하며 석환이 쪽에다 불평을 제각기 터뜨렸다.
"혼자 잘난 체하지 마라, 짜식."
"누가 네 명령이나 듣겠다누."
"영래야, 때려 줘라."
영래가 교탁을 쾅 때리며 말했다.
"새끼들, 조용하라니까."
임종하가 각목을 땅에다 쿵쿵 찧으며 주위를 둘러보았고 아이들이 잠잠해졌다. 석환이는 가까스로 말할 기운이 났는지 아까보다 더욱 또렷하게,
"선생님이 자습을 한 다음에 자치회를 하라구 그랬어. 또 혼자서 마음대로 학급 간부를 지명해서도 안 된다구 생각해."
바보 같은 놈들이 설쳐 대는 꼴을 보니 나도 뭐라고 말하고 싶었지만 영래만 한 통솔력도 없는 터에 모두들 나더러 공부 좀 한다구 으스댄다고 할 거였다. 그전 학교에서처럼 발언권을 얻어 동의와 재청을 받고 의견이 받아들여지고 하는 재미있던 판국과는 전혀 딴판이어서, 까짓 거 입 다물고 구경이나 하겠다는 마음이 생겼다. 몇몇 줄반장 애들은 불만이 있어 보였으나 교실 뒤에 버티고 선 종하 쪽을 연방 돌아보기만 하는 거였다. 영래가 씨익 웃었다.
"응 좋아, 애들한테 물어보자. 애들아, 씨름 대회를 뒤로 미루고 자습할까?"

조기다 마구 두들기거나 패다.
기율부장 학교나 단체 등에서, 그에 딸린 사람들이 규칙을 지키도록 지도하고 단속하는 부서의 장.
동의 회의 중에 토의할 안건을 제기함. 또는 그 안건. 의사나 의견을 같이한다는 뜻의 '동의(同意)'와 구별됨.
재청 회의할 때에 다른 사람의 동의(動議)에 찬성하여 자기도 그와 같이 청함을 이르는 말.

반 아이들이 웅성대며 항의하거나, 재삼 석환이를 욕하기 시작했다.

"대신에 자치회를 먼저 하자. 너희들 석환이가 반장 노릇 하는 걸 찬성하는 사람 손들어."

한 사람의 손도 올라가지 않았고 뒤늦게 들었던 애들도 대부분 아이들의 드높은 불만의 분위기에 위축되어 슬금슬금 내려 버렸다.

"다음은 내가 하는 걸 좋아하는 사람."

절반 이상이 손을 들었고 두 번 다 손을 안 든 애들도 많았다.

"봤지? 자치회는 이걸루 끝났다."

"그래, 이영래가 오늘부터 우리 반 급장이다."

"반대하는 놈들은 우리 반이 아니야."

영래는 만족에 가득 차서 고개를 끄덕였다.

"모두들 밖으로 집합. 야 종하야, 집합시켜서 오목내 다리 밑으루 내려가."

나는 환성을 울리며 밀려 나가는 애들의 뒤를 따라 나갔고, 우리 뒤에서 종하가 "빨리빨리 움직여." 어쩌구 하며 고함치는 소리가 들렸다. 석환이와 몇몇 아이들이 꾸물거리는 걸 보고 영래가 뒷짐을 지고 서서 종하에게 말했다.

"야, 단체 행동에서 빠지는 애는 잡아다 조겨."

은수도 말했다.

"그래 영래 말이 옳다. 개인적으루 놀면 혼을 내야 해. 우리 반 애들이라면 다 함께해야 한다."

바깥일에 분주한 메뚜기가 돌아왔을 때, 아이들은 영래의 지시에 의하여 자발적인 대청소를 하고 있는 중이었다. 메뚜기는 학급에 기강이 서고 자치 능력이 향상된 데 대하여 만족했고, 아이들이 영래를 급장으로 선출한 것에도 별로 이의가 없어 보였다.

우리 부모는 내 상급 학교의 진학 문제 때문에 걱정을 하고 있었는데,

마침 동네에서 어느 대학생이 개인 교사를 한다며 애들을 모으고 있는 중이었으므로 나를 그리로 보냈었다. 거기서 치른 학력 테스트의 결과를 알고 어머니는 깜짝 놀라고 말았다. 대학생의 말에 의하면 이런 실력으로는 중간급인 사립 중학교에 들어가는 것도 불가능하다는 거였다. 그때부터 밤늦게까지 입시 공부에 시달리지 않으면 안 되었고, 자습 시간이 많았던 학급 실정이 오히려 내게는 다행이었다. 따라서 나는 전입생으로서 서먹서먹하던 그전보다 더욱 학급으로부터 멀리 떨어져 나가게 되었던 것이다. 영래가 반장이 되고 나서 나는 학교에 가는 일이 시큰둥해진 느낌이었다. 무관심했던 내게도 불편한 사태가 자주 벌어지게 되었는데, 영래가 너무 자기 마음대로만 하려고 그랬기 때문이다. 은행 지점장의 아들이나 공장장 아들, 극장, 양조장 집 아들 같은 너댓 명의 부잣집 애들은 특히 괴로움을 많이 받았었다. 그 애들은 뭔가 좋은 것들, 이를테면 장난감, 극장표, 돈 같은 것들을 갖다 바치지 않을 도리가 없었다. "내일까지 가져와." 한마디면 통하는 모양이었다. 대부분의 다른 애들은 평소부터 그 애들에게 반감을 많이 갖고 있어서 영래나 종하나 은수의 명령이 이행되지 않았을 때에 그 애들이 교실 뒤에서 엎드려뻗쳐를 하고 궁둥이를 맞는 걸 통쾌해했던 것이다. 그러나 부잣집 애들도 나중에는 그리 불만스러워하는 것 같지 않았는데, 청소 당번을 제외 받았기 때문이었다. 뿐만 아니라 그 애들은 자기가 싫어하는 애들을 혼내 주도록 저 세 아이들 중 아무나에게 선물을 하면 되었던 것이다.

있으나 마나 한 부반장으로 영락한 석환이도, 나도, 하여간에 좀 영리한 애들은 끼리끼리 소곤소곤 어린이 잡지나 돌려 보면서 그 애들의 노는 꼴에 전혀 상관하지 않으려 애썼다. 대부분의 아이들은 어느 정도 기가 죽었으나 그래도 아직은 영래를 신뢰했는데, 그는 아이들을 재미있게 하고 동

영락하다 세력이나 살림이 줄어들어 보잘것없이 되다.

시에 무서운 존경을 일으키게 하는 데 재주가 비상했던 것이다. 영래의 제의로 우리는 두어 차례의 모금을 했었다. 한번은 담임선생 메뚜기네 아기의 돌 선물을 마련하기 위해서였고, 다음엔 청소 도구를 마련한다는 구실이었다. 판단이 부족했던 우리가 어렴풋이 느끼기에도 금액이 좀 과했던 것 같았다. 제삼 분단장인 동열이의 머리가 터졌던 건 바로 그 일 때문이었다. 그 애가 쑤군거린 얘기를 들어 보면 거둔 돈의 절반을 그 애들이 쓱싹해서는 학교 앞 찐빵 가게에 맡겨 놓고 까먹고 있다고 했다. 얘기를 들은 다섯 아이들 중 누군가의—아마도 영래와 방향이 같은 기지촌에 사는 아이가 그랬을—고자질에 의해서 폭행이 벌어졌다. 예의 메뚜기가 자리를 비운 자습 시간에 영래가 무조건 동열이를 불러내어 "인마, 너 나한테 잘못한 거 없어?" 하고 따지면서 다짜고짜 발길로 걷어찬 다음 막대기로 그 애 머리를 깠다. 아이들은 숨을 죽이고 침을 삼키며 그 애가 머리를 움켜쥐고 죽는 소리로 우는 걸 바라보기만 했다. 종하가 옆에서 을러댔다.

"짜식들 누가 돈을 떼먹었냐, 애 맞은 거 담임한테 찌르면 알지?"

영래는 역시 화를 발칵 내고 "쓸데없는 소리 하지 마, 새꺄." 종하를 윽박지른 다음에 우리에게 씩 웃어 보였다.

"돈이 남은 건 맞다. 그걸 말이지 나는 다음에 쓸라구 남겨 뒀던 거야, 축구부를 만들기루 했지. 다른 반과 시합을 갖구 다음번엔 저쪽 오목내 학교 패들하구두 붙는다."

아이들이 와글와글 손뼉 치는 소리.

"그러구 애가 맞은 건……"

영래가 공포에 질려 꿇어앉은 동열이를 거만하게 내려다보며 잠깐 사이를 두었다.

"우리 반을 배반했기 때문야."

은수가 맞장구를 쳤다.

"그래 영래 말이 옳다. 짜식이 배반자야."

서부 영화에 많이 나오는 씩씩하고 멋진 얘기 같았으므로 교실의 이곳저곳에서 낱말 외우기나 하는 듯 아이들의 "배반자, 배반자." 하는 중얼거림이 퍼져 나갔다. 그들은 으쓱해진 느낌이었고 앞에 적발되어 꿇어앉은 이 새로운 적을 새삼스럽게 관찰했다. 영래가 아이들을 휘둘러보고 나서,

"누구든지 고자질하거나 쑤군대두 좋다. 치만, 우리 반 애들 중엔 내게 그런 걸 알려 주는 좋은 친구들이 많으니까…… 이런 간신 같은 짓을 못할 거야."

토요일 방과 후에 우리는 남아서 오목내 패들과의 축구 시합을 구경해야만 되었다. 물론 연습 시간이 잦았던 우리 선수가 이겼다. 아이들은 그날 유쾌한 오락 시간과 선수들이 보여 준 무용에 의해서 열이 올라 노래를 부르며 돌아갔다. 나는 제분 회사의 뒷문으로 해서 철길을 따라 군대 피복창을 가로질러 공장의 벽돌담 아래로 나서는 지름길을 다녔는데, 그날은 피복창 입구에 가시철망이 쳐져 있었다. 하는 수 없이 우리 학교 본관 건물이 있는 시가지 쪽으로 빙 돌아서 가야만 했다. 한길을 건너려고 차가 뜸해지기를 기다리고 있는데 우리 학교 교무실이 어느 쪽에 있느냐고 누가 말을 걸어왔다. 여학생 교복을 입은 아주 예쁜 누나였다. 학교 교무실은 부대가 들어선 본관 건물 옆의 빈터에 지어진 기다란 반달형 퀀셋에 있었으므로 거기를 손가락질해 보여 주었다. "어린이 고맙습니다." 하며 그이가 공손히 절을 했으며 나는 웃을 때 보여 준 그의 희고 고운 치아와 깊숙해 뵈는 속 쌍꺼풀 때문에 가슴이 뻐근하게 아플 지경이었다.

다음 날, 학교에 가니까 아이들이 술렁대고 있었다. 여자 선생이 오게 되었다며 방금 메뚜기랑 같이 제과점에 얘기하러 갔다는 것이다. 나는 공연히 어제 본 그 누나가 아닐까 하는 기대로서 가슴이 두근두근했다.

"온다, 와."

기지촌 외국군 기지 주변에 형성된 촌락.
피복창 공공 기관의 단체 제복 따위를 만들거나 수선하여 보관하는 곳.
퀀셋 길쭉한 반원형의 간이 건물.

언제나 파수를 보는 아이가 호들갑을 떨며 창고 교실로 뛰어 들어왔다. 메뚜기가 훨씬 앞서서 들어오고, 한참이나 지루하게 기다린 느낌 뒤에 여선생이 들어왔으며 그이는 약간 수줍어하는 듯 보였다. 입구에 어깨를 동그랗게 움츠리고 섰는 분은 역시 어제의 그 누나였다. 나는 나를 알리고 싶어 안달이 날 지경이었다. 매일같이 아무 생각 없이 들었던 영래의 "차렷!" 구령 소리가 그날따라 나를 수치에 떨게 만들 줄은 몰랐다. 나는 "경례!"에 따라 머리를 숙이면서 처음으로 굴욕감을 느껴야 했다. 메뚜기가 그이에게 좀 더 앞으로 나오시라는 손짓을 해 보였다.

"에 또, 이번에 사범 학교 졸업반에 계시는 여러 선생님들이 교생 실습을 나오셨다. 내가 교장 선생님께 간청해서 상급 학년에서는 우리 반만이 그 모범 학급으로 뽑혀 모셔 오게 된 것이다."

메뚜기는 이어서 교생 선생님의 성함과, 일주일의 반쯤을 그분이 담당할 것이라고 말했다. 아마 메뚜기가 게으른 자기의 수업 공백을 메워 보려는 게 틀림없었다. 누군가 "교생이 뭐야. 선생하군 다른가……." 하자마자 그이는 청아하고 똑똑한 발음으로

"네, 다릅니다. 여러분이 학교에서 배우는 것처럼 나도 선생님이 되는 공부를 하러 온 것입니다. 닭이 알을 품으면 뭐가 되지요?"

엉뚱한 질문에 아이들이 불규칙하게 "병아리요."

"병아리는 커서 뭐가 되나요?"

아이들은 이번에는 일제히 "닭이요."

"옳습니다. 저는 말하자면 병아리 선생님인 셈이죠, 호호호."

아이들이 와 하고 웃었으며 메뚜기도 껄껄 웃었다.

나는 병아리 선생님이 나오시는 학교에 가는 일이 한편으로는 즐거웠으나, 학급 분위기가 나를 전보다 더욱더 부끄럽게 만들었던 게 사실이었다. 그리고 특히 토요일 방과 후는 지겨웠다. 영래가 아이들을 오목내 다리 밑의 모래펄로 집합시켜서는 축구 시합을 응원하도록 하는 거였다. 반을 위

한 단체 행동이었으므로 혼자 빠져나가게 되면 혼이 날 게 두려웠다. 아마 일주일 동안의 벌 청소 당번을 지명받기가 십상이었을 게다. 아이들의 불평불만이 은연중에 조금씩 무르익어 가게 되었던 것은 자칭 기율부장이라는 임종하와 총무 박은수의 횡포 때문이었다. 은수가 선수 유니폼과 병아리 선생님에 대한 '성의의 표시'를 구입한다며 학급비를 거두었고, 종하는 아이들을 매로써 징계하는 횟수가 잦아졌다. 또한 영래와 귀가 방향이 같은 기지촌 애들 몇 명까지 덩달아 으쓱거리게 되었다. 그들 중 하나라도 반 애와 싸움을 하게 되면 권투 시합 십 회전을 시켜 놓고 죽 둘러서서 구경하다가 불리해질 경우 몰매를 놓는 거였다. 기지촌에 사는 가난한 그 애들은 다른 애들의 점심 도시락을 빼앗아 먹는 일도 있었다. 그 애들이 영래의 지시에 어긋나는 일을 저지른 애들을 꼬박꼬박 일러바쳤기 때문에 반 애들 모두가 우선 그 애들 비위를 상하지 않게 하려고 조심했다. 나는 영래를 마음속에서도 찬양하는 아이들이 이젠 거의 없다는 걸 알았다. 새로 오신 교생 선생님은 무엇이나 열성을 다해 가르치려고 애쓰는 것 같았다. 어느 때는 우리가 모르는 어려운 얘기까지 꺼내어 학과의 분명치 않은 곳을 밝혀 주려고 했었다. 우리 실력을 향상시켜 주느라고 벼락 시험도 자주 치렀다. 나는 그 무렵에 밤 서너 시까지 과외 공부로 시달렸던 때였으므로 다른 애들과 현격한 차이로 거의 만점을 맞곤 해서 그이의 주의를 끌 수가 있었으나, 그이는 나를 영래나 그쪽 떨거지 놈들과 하나도 구별 없이 대할 뿐이었다. 나는 야속했다.

한번은 선생님이 청소 감독을 끝내고 돌아가는 시간까지 기다렸다가, 가만가만 뒤쫓아가 본 적도 있었다. 멀리서 앞서가는 선생님의 뒷모습은 아직 어른이 아니었다. 키가 작아 어른들 틈에 끼이니까 우리와 동년배의

파수 경계하여 지킴.
사범 학교 예전에, 초등학교 교원을 길러 내기 위해 두었던 고등학교 정도의 학교.
청아하다 속된 티가 없이 맑고 아름답다.

소녀처럼 보였다. 내가 일부러 다른 델 보면서 선생님을 질러갔다가 뒤돌아보고 인사를 했더니, 그이는 내 손을 잡으며 반가워했었다.

"김수남, 왜 이제 집에 가지요?"

나는 눈물이 핑 돌았다.

"저…… 친구 집에 들렀다가 늦었어요."

"집에서 걱정하실 텐데요. 다음에 그런 일이 있으면 미리 말씀드려야 합니다."

나는 선생님이 시내로 들어가는 전차를 타야 할 역전 네거리 앞 종점까지 함께 걸었다. 말없이 걷던 그이가 "김수남 어린이는 이번 시험에도 성적이 아주 뛰어나더군요." 말했으므로 나는 얼굴이 새빨개졌고 얼떨결에 "반장은 어때요, 선생님?" 하며 내 속마음을 드러내고 말았다.

"이영래…… 어린이 말인가요."

그이는 뭔가 곰곰 생각해 보는 듯한 표정이다가 "어떻게 생각해요, 김수남 어린이는 혼자서 살 수 있나요?" 물어 왔다. 나는 동생 없이 엄마 없이, 누구보다도 선생님 없이는 살 수 없다고 생각했고 혼자서는 못 산다고 대답했다. 그이가 말했다.

"혼자서만 좋은 사람이 될 수는 없다고 생각합니다. 또 한 사람이 잘못 생각하고 있었다면 여럿이서 고쳐 줘야 해요. 그냥 모른 체하면 모두 다 함께 나쁜 사람들입니다. 더구나 공부를 잘한다거나 집안 형편이 좋은 학생은 그렇지 못한 다른 친구들께 부끄러워할 줄 알아야 합니다."

나는 무슨 얘기인지 잘 알아들을 수는 없었지만, 선생님께서 나를 책망하고 있다는 느낌이어서 풀이 죽어 버렸던 것이다.

며칠 후에 선생님은 처음으로 우리에게 노한 모습을 보여 주었다. 그이는 교실에 들어오자마자 책을 펴지도 않고 몹시 슬퍼 뵈는 얼굴로 말했던 거였다.

"어른들이 제일 나쁜 점은 자기 잘못을 애써 감추려 하는 그것입니다.

천박한 속을 드러내지 않으려고 겉으로만 번지르르하게 내세우는 건, 스스로 자신이 없기 때문이에요. 나는 여러분들이 이 혼란한 시기에 이런 창고에서 책상도 없이 공부할망정 마음씨와 배우려는 자세가 소박하고 고울 줄로만 여겨 왔습니다. 여러분은 못된 어른들의 본을 받아서는 절대로 안 됩니다. 선생님은 선생님다워야 하며 어른은 어른다워야 하고, 어린이는 어린이다워야 합니다. 어제 방과 후에 학급 대표들을 돌려보내고 나는 참으로 슬펐습니다. 물론 그것이 학급 전체의 뜻이 아니었기를 나는 믿으려 합니다.”

나중에 알게 된 건 선생님이 영래네 패들의 '성의 표시' 때문에 화가 났다는 것이다. 저 깡패 같은 더러운 자식들이 내 선생님께 허벅지까지 올라가는 외제 나일론 스타킹을 드렸었다는 것이었다. 나는 불같이 성이 치밀어 올라 잠들기 전에는 그 녀석들에게 수십 번씩 욕을 되풀이 퍼붓고야 마음이 가라앉곤 했다.

한번은 기지촌 아이들 중의 하나가 양조장 집 아들의 도시락을 빼앗아 먹고 있는 것을 선생님이 우연히 알아채게 되었다.

"어린이는 왜 점심을 안 싸 오지, 배고프지 않아요?"

울먹울먹하며 그 애는 연방 빼앗아 간 쪽을 바라보았고, 그놈은 입가에 손가락을 대며 주먹을 쥐어 흔들어 보였다.

"자, 이리 와 나하구 같이 먹어요."

빼앗긴 아이가 수줍어하며 가까스로 말했다.

"선생님…… 싫어요. 진짜는 저, 도시락을 가져왔어요."

"그런데 왜 안 먹을까, 몸이 아픈가요?"

"아니에요…….”

선생님이 웃음을 방긋 머금고 말했다.

"아, 착한 어린이군요. 누구를 위해 주었군요, 그렇죠?"

그 애가 더욱 울상을 짓더니 고개를 끄덕였다. 선생님이 재빨리 말했다.

"네, 좋습니다. 저는 여러분의 이렇게 서로 돕는 정다운 행동에 마음이 한없이 기뻐요."

남의 도시락을 앞에 놓고 있던 아이는 고개를 푹 숙이고 있었다.

"아마 나보다도 여러분이 학급 친구의 사정을 훨씬 더 잘 알고 있겠지요. 도시락을 못 가져오는 어린이가 몇 사람 더 있을 줄로 압니다. 내일부터 누구든지 그런 친구의 도시락을 함께 싸 올 어린이가 많았으면 좋겠어요. 너무 무리를 하지 말고, 어머님께 여쭤 봐서 허락을 얻으면 말이에요."

나는 영래랑 어울려서 으쓱대던 그 애들이 미웠지만, 내 아름다운 선생님의 말씀을 언제라도 거역할 수가 없었으므로 어머니께 여쭈어 보았다. 어머니가 처음엔 걱정을 했다.

"글쎄 너두 딱하구나. 난리통이라 살기 힘든 세월인데, 하루 이틀도 아니고 매일 어떻게 둘씩이나 싸 달란 말이냐."

내가 그럼 저녁마다 조금씩 먹으면 되잖느냐 졸라 댔고, 나중에 아버지가 돌아와 얘길 듣고는 유쾌하게 응낙했다.

"좋은 일이다. 선생님이나 급우들을 실망시켜선 안 되지. 중요한 건 네가 도움을 받는 친구보다 훌륭하다는 생각은 절대로 하지 말아야 한다. 또 있어. 조금치도 그 친구를 전과 달리 대하지 말고, 당연한 것으로 받도록 노력해라."

나는 일찌감치 학교에 가서 그 애의 자리에다 도시락을 갖다 두었고, 노트를 찢어 "도시락은 나중에 돌려줘. 김수남."이라고 써 두었다. 그런 다음부터 도시락을 빼앗기거나 누가 점심을 굶는 일이 없어졌다. 나는 그쪽에서 쑥스럽게 내미는 도시락을 아무 말 없이 슬쩍 받아 넣어 갖고 돌아오곤 했었다. 석환이도 동열이도 서로 내색은 않고 있었지만, 선생님을 무척 좋아하고 있는 눈치였으며 점심을 둘씩 준비해 오는 게 뻔했다. 기지촌에 사는 세 아이들은 한결 양순해졌고 적의를 갖고 대하던 우리에게도 욕을 넣지 않고 말을 건네오곤 하였다. 아이들이란 참으로 단순한지라 전과 달리 서로를 알게 되어 집을 방문하기도 하며 친해질 수가 있었다. 그 애들은 차츰 급우들을 미워하지 않게 되었다.

동열이를 배반자로 몰아세웠듯이 영래는 자치회 때에 눈에 난 아이들을 앞으로 불러내서는 벌을 가했다. 신발주머니를 까먹고 안 가져왔던 애들은 벌 청소를, 청소가 불량했던 분단은 몽땅 손들고 오리걸음으로 걷게 한다거나, 전 반원이 참가하여 다른 반 애들과 붙었던 시계불알 땅뺏기에서 빠졌던 애들은 코 잡고 맴돌기 오십 번을 시키는 식이었다. 아이들은 이젠 그런 일에 전처럼 열광하지도 않았고 시들해 있었으며 전보다는 오히려 서로가 화목해진 편이었다. 모두들 축구라거나 땅뺏기에 이겨야 한다는 핑계로 마구 다루는 데 휩쓸리고프지도 않았다. 애들이 앞에 나가서 코끼리 맴돌기를 하고 있을 때, 자치회를 위하여 자리를 피해 주었던 선생님이 눈을 휘둥그레 뜨며 놀랐다.

"뭘 하구 있는 거예요."

아이들은 입을 꾹 다물었고 영래가 자신만만하게 말했다.

"벌을 주고 있습니다."

"무슨 벌을?"

"얘들이 단체 행동에서 빠지려구 합니다."

"단체 행동이라니……."

"얘들 때문에 우리가 졌어요. 우리 반의 명예를 위해서 전부 놀이에 참가할 작정이었습니다."

"네, 그런가요. 언제 그 놀이를 해 보자구 여럿이서 의논을 했었나요?"

선생님의 한결같이 부드러운 질문에 영래가 대들 듯이 거칠게 대답했다.

"아뇨, 하나마나죠. 우리 반을 위해서 나는 모두 참가해야 된다구 생각했습니다."

"물론 여럿이 하는 일에 마음이 모두 맞기란 어려운 일입니다. 그렇지만 각자의 의견도 묻지 않고 혼자의 생각만 주장해서는 절대로 무슨 일에서건 이길 수 없을 거예요. 급장은 책임이 중할수록 누구에게 불만이 없는 가를 살피고, 있다면 그 불만이 자기가 저지른 어떤 잘못 때문이 아닌가 스스로 반성해 보아야 합니다. 마음을 모으겠다는 핑계로 제 잘못을 감추려는 일이 있어서도 안 됩니다."

그러나 자치회 때의 일로 영래와 종하, 은수 그 애들은 선생님을 점점 미워하게 되었고, 자기네와 별로 나이 차이가 많지 않은 소녀라고 눌러 보려 했던 것이다. 그 애들은 병아리 선생님에 관한 음탕한 욕지거리를 지껄이거나, 그이가 돌아서서 칠판에 글씨를 쓸 때 일어나 쑥떡을 먹이며 이상스런 몸짓을 하는 거였다. 나는 이 공공연한 모독에 의한 아이들의 수치심이 점차로 깊이 만연되어 가고 있었던 상태를 전혀 느끼지도 못했었다.

어느 산수 시간에 뒷자리 아이로부터 내게까지 작게 접은 종잇조각이 건네져 왔으며, 펴 보고 나서 나는 드디어 더 이상 두려워해서는 안 된다고 결심했다. 종잇조각에는 "본 다음에 앞으로 돌릴 것, 임종하."라고 씌어 있고 밑에다 그이에 관한 욕설에 곁들여 변소에서도 간혹 볼 수 있는 추잡한 그림이 그려져 있었다. 나는 그림을 책갈피에 끼워 넣고 시간이 끝나기를 애가 달아 기다렸다. 그동안 나는 별의별 무서운 공상에 시달렸다. 나는 얻어터진다. 머리가 깨어져 다 죽게 된다. 그이가 나를 업고 간다. 몇 날 몇 달을 끝없이 간다. 시간이 끝나고 선생님이 나가자마자 뒤에서 종하가 대견한 짓이라도 해냈다는 듯이 "얘들아, 그 쪽지 어디까지 갔는지 이쪽으루 다시 돌려라." 하며 떠들었다. 나는 벌떡 일어나 겁내지 않으려 애쓰면서 말했다.

"내가 가졌다 왜. 정말 너 이따위 장난만 하기냐?"

종하와 은수가 얼굴을 마주 보더니 어이없다는 듯 낄낄 웃어 댔다.

"그게 니 깔치니?"

"구경했으면 고맙다구 그럴 게지, 이 새끼가……."

나도 지지 않고 말했다.

"너희들 사과 안 하면 그냥 안 둔다."

그에게로 가서 종잇조각을 내밀어 주었다.

"사과해, 너는 선생님을 욕보인 나쁜 놈이다."

"그래, 병아리 선생님은 좋은 분이야."

하고 석환이가 잇달아 말하는 소리가 들렸다.

"자, 이걸 네 손으로 찢어 버려."

"이 새끼가…… 맞아 볼래?"

종하가 내 멱살을 잡아 앞뒤로 흔들다가 바닥에 쓰러뜨렸다. 은수와 영래가 "밟아 버려, 밟아." 외치는 소리도 들렸다. 아이들이 뒤로 한꺼번에 몰려들어 제각기 떠들었다.

"너희들이 잘못이다."

"우리는 병아리 선생님을 좋아한다."

"그분은 훌륭한 사람이야."

기가 죽어 지내던 장판석이도 종하를 내게서 떼어 밀치면서 말했다.

"애들 때리면 재미 적다."

은수와 종하는 아직도 영래의 행동을 기다리며 씨근거렸다. 아이들이 사방에서 한마디씩 했다.

"학급비를 거둬다 우리한텐 알리지두 않고 맘대로 쓴 건 잘못이다."

"요전에 동열이를 때린 것두 잘못이라구 생각한다."

"한 번도 자치회에서 물어보지도 않구 혼자 맘대로 한 건 더욱 잘못이다."

영래는 자기가 반 아이들에게서 완전히 고립되어 있다는 걸 알았는지 얼굴이 샛노랗게 질려 있었다.

"너희들 반장에게…… 이러기냐?"

"너는 반장 자격이 없어."

깔치 범죄자들의 은어로, 여자 애인을 이르는 말.

"그만둬라."

나는 종하에게 종이쪽지를 내밀었다. 종하가 어떻게 했으면 좋겠느냐는 듯이 영래를 바라보자 그 애는 의외로 나약해진 목소리로 중얼거렸다.

"찢어, 인마."

종하가 그걸 찢었다. 나는 그것으로 충분하지 않다고 생각했다.

"내게 사과 안 할 테냐?"

아이들이 거칠어지고 있었다.

"그래 사과하란 말야, 짜식들아."

"사과 안 하면 몰매를 놓아서 쫓아내라."

종하가 아주 비굴하게 들릴까 말까 한 음성으로 말했다.

"미안하다."

우리는 모두가 그 애들이 너무나도 초라하게 풀이 죽은 걸 보고서 어리둥절해질 지경이었다. 나의 들끓던 수치감은 그때에 꽉 몰려 있던 오줌이 방광을 비집고 쏟아져 나올 때처럼 외부로 터져 나갔고, 가벼운 몸서리를 흠칫 느꼈던 것이었다.

나는 노깡 속의 어둠을 생생히 기억하구 있다. 선생님과 헤어지기 며칠 전에 어머니에게 졸라서 그분을 집으로 초대한 적이 있었지. 그날 나는 부끄러워하면서도 내 악몽의 비밀을 말씀드렸더니, 선생님은 말했어.

"애써 보지도 않고 덮어놓고 무서워만 하면 비굴한 사람이 됩니다. 그래서 겁쟁이가 되어 끝내 무서움에서 놓여날 수가 없는 거예요."

나는 그 뒤 몇 번이나 벼른 끝에 모험을 감행하게 되었고, 노깡 속에 다시 한 번 들어갔더랬지. 나는 그 속의 뼈다귀가 개뼈, 소뼈, 사람 뼈다귀인지 몰랐지만 어쨌든 아무렇지 않게 길을 들였던 것이다. 나는 그이가 어린이들끼리의 일들을 미리 알고 있었는지 아니면 모르거나 모른 체했었는지 아직도 알 수 없구나. 다만 아이들이 존경하는 그이가 옆에 계시니까 욕스럽게 하지 말아야겠다고 스스로 깨달았던 것만은 분명하다.

여럿의 윤리적인 무관심으로 해서 정의가 밟히는 일이 있어서는 안 될 거야. 걸인 한 사람이 이 겨울에 얼어 죽어도 그것은 우리의 탓이어야 한다. 너는 저 깊고 수많은 안방들 속의 사생활 뒤에 음울하게 숨어 있는 우리를 상상해 보구 있을지도 모르겠구나. 생활에서 오는 피로의 일반화 때문인지, 저녁의 이 도시엔 쓸쓸한 찬바람만이 지나간다. 그이가 봄과 함께 오셨으면 좋겠다. 보이지도 않고 만질 수도 없어, 그이가 오는 걸 재빨리 알진 못하겠으나, 얼음이 녹아 시냇물이 노래하고 먼 산이 가까워 올 때에 우리가 느끼듯이 그이는 은연중에 올 것이다. 그분에 대한 자각이 왔을 때 아직 가망은 있는 게 아니겠니. 너의 몸 송두리째가 그이에의 자각이 되어라. 형은 이제부터 그이를 그리는 뉘우침이 되리라.

우리는 너를 항상 기억하고 있으며, 너는 우리에게서 소외되어 버린 자가 절대로 아니니까 말야.

작 품 이 해

"뭔가 네게 유익하고 힘이 될 말을 써 보내고 싶다."라는 말로 작품은 시작된다. 그러니 편지 형식으로 이루어져 있다. 군에 입대한 아우에게 오래 묻어 둔 하고 싶은 이야기를 연애 이야기를 빌려 하고 있다.

작품은 탄피를 줍기 위해 거대한 시멘트 하수도관을 지칭하는 어두운 '노깡' 속에 들어갔다가 기절하고 만 경험을 통해 '공포에 굴복하고 숭배'하게 된 이야기를 들려준다. 그리고 그 두려움을 극복하기 위해서는 무엇보다 '우리를 위압하고 공포로써 속박하는 어떤 대상이든지 면밀하게 관찰하고 그것의 본질을' 아는 것이 필요하고 또 중요함을 말한다. 그리고 그 모든 것이 '어떤 아름다운 분'이 가르쳐 준 '진보의 의미와 사랑의 가치' 때문이었음을 알게 된다.

이 소설은 이야기 속에 또 하나의 이야기를 액자처럼 끼워 넣은 액자 소설이다. 메뚜기란 별명의 무책임한 담임선생님과 학급에서 담임의 권위를 빌려 전횡을 휘두르는 반장 영래와 그 패거리들, 그리고 주인공을 비롯한 대다수의 피해자인 아이들이 갈등을 조금씩 증폭시켜 간다. 이 가운데 '병아리 선생님'이라 자칭하는 여선생님이 교생 실습을 하기 위해 이 반에 온다. 선생님과 패거리들은 점점 날카롭게 갈등을 빚고, 마침내 여선생님에 대한 욕설과 추잡한 그림을 그려 수업 시간에 돌리기에 이른다. 그러나 주인공은 두려움 속에서 저항하며, 마침내 다른 아이들의 도움으로 패거리들의 사과를 받기에 이른다.

그러나 정작 중요한 것은 여기에 이르는 과정이다. 선생님의 사랑에 힘입은 것은 물론이거니와 '혼자서만 좋은 사람이 될 수는 없다.'는 가르침, '부끄러워할 줄 알아야 한다.'는 깨우침 등이 마침내 영래 패거리에 대한 공포를 극복할 수 있게 한 것이다. 그것은 사랑에 대한 확신이며, 그 확신에 힘입어 영래 패거리의 폭력 속에 은폐된 나약함이나 비겁함을 꿰뚫어 볼 수 있었던 것이다. 덧붙여 서술자는 '여럿의 윤리적인 무관심으로 해서 정의가 밟히는 일이 있어서는 안 될 거야.'라는 말로 마무리를 짓는 한편, '그분에 대한 자각', 곧 진보와 정의에 대한 자각을 가지라는 말로 편지를 마무리한다.

이 소설이 발표된 것은 1972년이다. 유신 헌법이 통과되고 한국의 민주주의가 최악의 나락으로 떨어지는 즈음이었다. 이 후안무치한 맹목의 시대에 황석영은 진보와 정의를 전면에 내건 계몽적인 소설을 발표한 것이다. 비록 어린 시절의 경험을 말하고 있으나, 이 유년의 경험은 한국 사회 전체가 맞닥뜨린 공포를 극복하는 방법을 담고 있는 원체험이다. 저마다 특정한 시대는 그 시대만의 어두운 공포를 만들어 낸다. 그 공포에 주춤거릴 때마다, 여럿의 윤리적 무관심으로 정의가 짓밟혀서는 안 된다는 지극히 당연한 선언이 새삼 소중하게 느껴진다.

활동

1. 이 작품의 제목이 왜 '아우를 위하여'인지 생각해 보고 '아우'가 상징하는 것은 무엇인지 써 보라.
2. 다음 액자 밖 이야기와 액자 속 이야기를 서로 연결해 빈칸을 채워 보자.

   <액자 밖>　　<액자 속>
   공포　　　　영래 패거리
   숭배　　　　(　　　　)
   겁쟁이　　　(　　　　)
   본질　　　　(　　　　)
   도전　　　　선생님을 지키려고 함

3. 소설에서 다음 단어들은 각각 무엇을 의미하는가?
   ① 그이
   ② 그이에의 자각
   ③ 그이를 그리는 뉘우침
4. 이 소설을 읽기 전과 비교하여, 소설을 읽은 뒤 '나'는 무엇을 깨달았는지 간단하게 써 보자.

5. 다음은 리얼리즘에 대한 설명이다. 이를 바탕으로 이 작품이 리얼리즘 계열의 작품임을 입증해 보자.

> **리얼리즘** : 사실주의. 일반적으로 현실을 있는 그대로 묘사·재현하려고 하는 창작 태도를 말함. 19세기 중엽에 유럽에서 일어난 예술 사조로, 현실을 존중하고 주관에 의한 개변·장식을 배제한 채 객관적으로 관찰하여 그 개성적 특질을 있는 그대로 그려 내려고 하는 경향 또는 양식을 이른다.

눈사람 속의 검은 항아리
김소진

읽기 전에

리들리 스콧이 감독한 〈블레이드 러너〉란 아주 고전적인 영화가 있습니다. 복제 인간들의 이야기입니다. 이 영화가 유명한 것은 인간들은 자신에게 맡겨진 기계적인 일들을 하는 반면, 복제 인간들은 자신이 언제 만들어졌는지, 또 언제 폐기되는지 등등의 정체성을 찾으려고 질문한다는 사실입니다. 복제 인간들이 더욱 인간적인 것이지요. 자신의 역사를 찾기 위해 지구로 탈출한 복제 인간들을 제거하고자 하는 인간들은 복제 인간과 인간을 구별하기 위해 질문을 던집니다. 바로 기억에 관한 질문입니다. 어린 시절의 기억이 있는지, 어머니에 대한 기억이 있는지 묻지요. 복제 인간들에게 그런 기억이 있을 리 없으니, 동공이 아주 미세하게 떨립니다. 아무리 감추려고 해도 감출 수 없지요. 이처럼 기억이 인간과 복제 인간을 구분하는 유일한 잣대가 됩니다. 기억은 인간을 인간답게 만드는 것이지요.

여러분에게 가장 오래된 기억은 무엇인가요? 그리고 어떤 기억이 지금껏 소중하게 남아 있나요? 이 작품 「눈사람 속의 검은 항아리」도 어린 시절의 기억에 관한 이야기입니다. 어떤 기억이며, 그 기억의 의미는 무엇인지 생각하며 소설을 읽어 봅시다.

【전략】

 아내가 아이를 낳고 일을 계속하게 되면서 함께 살게 된 어머니. 어머니는 세를 준 미아리 셋집의 보일러 수리비 3만 원을 부쳐 주는 일로 언짢다. 나는 셋집 사람에게 돈을 전해 주고 아버지 영정 사진을 가져오겠다고 하며 미아리 셋집으로 향하는데…….

 경의선 기차를 타고 나와 신촌에서 미아리행 버스에 몸을 실었다. 광화문 네거리를 지나면서 차창 밖으로 펼쳐지는 풍경이 익숙해지면 질수록 내 머릿속에는 그날 새벽의 모습이 좀 더 선명히 어른거리기 시작했다. 혹시 그 종이처럼 얇은 기억이 나를 이렇게 사라져 가려는 동네로 밀고 가는 것이 아닐까? 정말 그런지도 모를 일이었다. 창이 형을 만나 재개발 정보를 듣거나, 아버지 영정을 다시 꺼내 오거나, 잇속 바른 셋집 사내를 만나 삼만 원을 직접 건네주며 다독거려 주려고 나선다는 것은 어쩌면 허울뿐이지 않을까. 나는 머리통에 난 혹을 더듬는 기분으로 손끝으로 옆머리를 짚으며 기억의 끈질김에 대해 새삼 진저리치지 않을 수 없었다. 따져 보니 이십 년도 더 바랜 기억이었다. 물론 지금 내가 가고자 하는 미아리 셋집에 대한 기억이 아니라 그 전에 국민학교 시절을 보낸 한 지붕 아홉 가구의 장석조네 집에 대한 기억이었다.

아마 설을 쇤 지 며칠 지나지 않은 때였을 것이다. 양말을 신은 채 부뚜막에 올라서 까치발을 하고 찬장 위에 얹어진 소쿠리 안을 휘저으면 아직도 뻣뻣하게 굳긴 했지만 부침개 쪼가리나 쉰 두부전 같은 게 손끝에 걸리곤 했다. 내가 태어나자 큰외숙모가 엄마의 산후 조리를 봐주기 위해 마른 미역을 담아 갖고 올 때 쓴 것이라고 하니, 이미 십 년은 지난 그 소쿠리는 낡을 대로 낡아 테두리가 반쯤은 빠져나갔고 군데군데 풀어진 댓개비들이 날카롭게 비어져 나와 자칫 맘이 급해 서둘다간 손톱 밑을 파고들거나 손등에 생채기를 내기 일쑤였다.

그 소쿠리를 더듬다가 찔린 가운데손톱 밑의 감각이 아직 얼얼한 데다 몇 해 전에 뇌졸중으로 쓰러지기까지 한 아버지가 그동안 입에 대지 않던 쇠고기 한 점을 배즙과 함께 삼켰다가 며칠째 자리보전을 하던 중이었으니 기껏해야 설에서 사나흘 이상은 벗어나지 않았을 것이다. 어머니는 시큰한 나박김치 국물을 많이 먹으면 육식 때문에 덧이 난 아버지의 고혈압이 풀린다는 말을 어디서 듣고 왔는지 저녁이면 멕기칠이 벗겨진 양푼에 살얼음이 버석버석한 김치 국물을 담아 내왔다. 덕택에 며칠간 기름 음식에 질린 내게 그 등골이 오싹하고 인중이 고무줄처럼 늘어나도록 차가운 나박김치 국물에 국수를 한 그릇 말아 먹는 맛은 별미 중의 별미였다.

그런데 밤새 장을 빠져나와 오줌보로 슬금슬금 고여든 김치 국물이 탈이었다. 평소 같으면 한밤중이나 새벽녘이나 가리지 않고 머리맡에 놓인 사기 요강에다 볼일을 보고 따순 공기가 다 빠져나가기 전에 다람쥐처럼 이부자리 속으로 되돌아오면 그만이었을 터였다. 하지만 설부터 정월 대보름까지 보름 동안은 요강을 쓸 수가 없었다. 어머니가 금했기 때문이었다. 어머니는 자신이 시집을 때 가져온 그 난초무늬 사기 요강에 대해 엄청난 터부 의식을 갖고 있었다. 그것이 깨지거나 혹은 금이라도 가는 날이면 감당할 수 없는 커다란 동티가 생겨서 끔찍한 경우를 당할 것이라고 굳게 믿었다.

어머니가 전하는 얘기에 따르면 어렸을 적에 외할머니가 요강에 금이 간 것을 보고 걱정하시던 날 밤 소 장수를 하시던 외할아버지가 실제로 뿔이 위아래로 어긋나게 솟은 검둥이 수소를 감쪽같이 도둑맞았다. 어머니의 외가 쪽으로 촌수를 따질 수 없을 만큼 멀어 그저 사돈이라고 부르는 한 집안에서는 평소 새살맞던 며느리가 정초에 요강을 부시러 나왔다가 깬 뒤로 배냇병신을 낳고 결국 집안도 몇 년 안에 풍비박산이 되었다는 것이다. 그런 요강이기에 특히나 정초부터 대보름까지는 각별히 조심하는 게 제일이고 그러자니 아예 화선지로 덮어 싸서 부엌 한구석에 모셔 두고 쓰지 않는 게 상책이라고 엄마는 일러 주었다.

나박김치 국물 때문에 눈을 떠 보니, 아니 고개를 이불 밖으로 빼 창호지로 막은 봉창을 보니 아직 어스레한 새벽이었다. 사실은 진작에 깨서 이불 안에서 새우등을 한 채 꼼지락거리고 있었다. 어머니조차 깨어나지 않은 걸로 봐서 어지간히 이른 새벽이라는 걸 알고 있었다. 나는 겁이 많았다. 형을 깨울까 생각해 봤지만 새벽잠에 유달리 약한 형이 순순히 내 부탁을 들어줄 리 만무했다. 그렇다고 누나를 깨우자니 알량한 자존심이 허락을 하지 않아 진땀을 흘리며 사타구니를 꽈배기처럼 꼬고 등뼈가 부러져라 구부러뜨렸다. 오줌이 몇 방울 질금거려 허벅지를 따뜻하게 적실 때쯤 해서 나는 욕을 바가지로 얻어먹으며 어머니를 깨울 것인가, 아니면 용감하게 혼자서 아홉 가구가 딸린 기찻집의 제일 끝자락에 서 있는 변소로 갈 것인가 결정해야 했다. 나는 홀가분하게 후자를 택했다.

"어디 가니……."

"아, 아니요."

터부 깨끗하거나 부정하다고 인정된 사물·장소·행위·인격·말 따위에 관하여 접촉하거나 이야기하는 것을 금하거나 꺼리고, 그것을 범하면 초자연적인 제재가 가해진다고 믿는 습속(習俗).
새살맞다 성질이 차분하지 못하고 가벼워 실없이 수선 부리기를 좋아하는 태도가 있다.
배냇병신 '선천 기형'을 일상적으로 이르는 말.

"근데 우와기는 왜 껴입고…… 부뚜막 옆 밥통에 미지근한 숭늉 있다."

문간 쪽에서 모로 누워 자던 엄마가 고개를 빼 뒤로 제치며 한마디 던지고는 다시 이불을 끌어당겼다. 엄마의 입에서 하얀 입김이 뿜어져 나왔다. 아마 내가 목이 말라서 일어난 줄 아는 거였다. 이불깃 위로 대머리 진 이마만 보이는 아버지가 밭은기침을 쏟았다. 또다시 따스했다가 이내 척척해진 오줌 방울이 허벅지를 타고 흘렀다.

"예에……."

뒤꿈치가 해진 아버지의 낡은 털신을 끌고 사개가 잘 맞지 않아 삐그덕거리는 부엌문을 열며 한 발짝 덜퍽 내딛자 차가운 눈가루가 신발등 위를 덮쳤다. 간밤에 내린 눈이 기찻집의 기다란 마당을 곱게 덮어 버린 것이었다. 눈빛 때문에 사위는 생각보다 희부윰했다. 오줌보를 미어뜨릴 듯하던 팽만감도 조금 너누룩해졌다.

나는 낡은 털신 밑에서 뽀드득거리는 소리가 나도록 성큼성큼 무릎을 들어 발걸음을 옮겼다. 그리고 아홉 가구가 함께 쓰는 변소 문을 열고 문턱에 올라 두 번씩이나 푸드덕푸드덕 몸서리를 치며 오줌을 갈겼다. 이빨을 위아래로 서너 번 맞부딪치며 뽑아내는 오줌 줄기가 원뿔형으로 딱딱하게 굳은 언 똥에 둔탁하게 달라붙는 소리가 들렸다. 곧이어 따스한 오줌 세례를 받은 언 똥이 물컹물컹하게 녹아내리는 소리를 눈을 지그시 감고 듣다가 김이 되어 무럭무럭 콧속을 파고드는 지린내에 코를 쫑긋거리며 돌아나온 것까지는 좋았다.

바지춤을 추스리며 김장독을 가지런히 묻어 둔 곁을 어정어정 걸어 나오다가 발끝으로 눈 덮인 가마니때기 밑에서 뭔가 묵직한 것을 밟았다. 가마니때기 속에 발을 담근 채 눈을 푹 뒤집어쓰고 벽에 기대 있던 그 기다란 물체는 고개를 발딱 젖히는가 싶더니 옆으로 풀썩 쓰러졌다. 눈이 털려 나간 그 물체는 공사판에서 쓰는 빠루라는 연장이었다. 어른 엄지보다도 굵은 그 기다란 쇠뭉치는 지렛대로 쓰였는데 끝이 물음표처럼 생겼고 또 갈래가 져서 대못 같은 것을 빼는 데 아주 쓸모가 있었다. 그런데 그 빠루가 넘어지면서 하필이면 땅속에 묻지 않고 그냥 바깥에 놔둔 조그마한 짠지 단지를 스치자 뚜껑은 두 동강이 나 떨어졌고 몸통에는 왕금이 좌악 그어졌다. 금은 갔지만 그 짠지 단지가 당장 두 쪽으로 갈라질 것 같진 않았다. 하지만 그 갈라진 틈새에서는 시금털털한 김치 냄새를 풍기는 국물이 찔끔 찔끔 새어 나오고 있었다.

사태는 명백하고도 돌이킬 수가 없었다. 일어나서는 안 되는 일을 저지른 것이었다. 나는 삭풍이 부는 황량한 벌판으로 변한 마당가에 서서 힘이 쭈욱 빠져나간 두 어깨를 거느리며 고개를 젖혀 하늘을 바라보았다. 오오, 하느님 지금 무슨 일이 벌어진 것입니까! 그러나 무거운 눈을 밤새 다 털어버린 새벽하늘은 너무 높이 올라가 있어 내 혼잣소리가 도저히 닿을 수 없었다. 고개를 숙였다. 나는 시치미를 떼고 누워 있는 그 시커먼 빠루가 마치 마녀의 주문을 받아 밤새 뿌린 눈송이를 덮고 위장한 채 기다리다가 내 발길을 일부러 잡아채지나 않았는가 하는 엉뚱한 의심이 들 정도였다.

나는 어린애답지 않게 몹시 피로하다는 생각이 들었던 듯하다. 그것은 내가 그 순간 헐떡이고 있었던 이유를 적절하게 해명해 줄 수 있었다. 피로하다는 것, 이루 말할 수 없는 피로감…… 하긴 어찌 피로하지도 않고 감쪽같이 기절할 수 있겠는가. 바로 그때 내가 피로해야 하는 목적은 두말할 나위 없이 기절하는 것이었다. 기절이라도 하고 나면 이 세상에 뭔가가 달라져 있겠지, 혹은 최소한 모면의 여지는 남겠지 하는 맹렬한 위안이 달라붙었다. 동시에 그 피로감은 어쨌든 세상에 대한 것이라는 게 명백해졌다. 변소에서 오줌보를 비우고 돌아서기까지 나는 너무나 생생했고, 빠루를 밟고 나서 갑자기 피로감을 느끼기까지 불과 십여 초가 흐르는 동안 나는 아

우와기 윗도리의 일본말.
사개 상자 따위의 모퉁이를 끼워 맞추기 위하여 서로 맞물리는 끝을 들쭉날쭉하게 파낸 부분. 또는 그런 짜임새.

무 일도 하지 않았다. 따라서 그 피로감이란 육체적 고단함에서 비롯된 게 아니라 정신적 흔들림에서 우러난 것이 분명했다. 그런 의미에서 그 피로감은 어른에게나 해당하는 피로였다.

【중략】

나는 미아리 셋집으로 가는 길에 낮부터 고기를 구우며 술을 하는 남자들을 본다. 그 무리에 끼여 있던 아저씨가 나를 아는 체하며 불러 세운다. 나는 창이 형의 소식과 동네 이야기를 듣고 그만 자리에서 일어서려 하는데…….

그만 일어나야겠다고 생각하는데 마침 개를 끌고 내려오는 창이 형이 멀찌감치 보였다.
"민홍이 왔구나!"
나는 엉거주춤한 자세로 한 손을 높이 들었다.
"형 얼굴이 많이 좋아 보이는데요. 근데 이놈 그새 많이도 늙었네요."
"이젠 눈독 들이는 사람도 없어."
"무슨 눈독이요? 종자 더 못 쳐요?"
그 개는 온 동네 암캐한테 흘레를 붙여 주는 종자개였다.
"그것도 그렇고 요즘 여기 개가 흔해서 사람들이 심심찮게 개를 꼬실려 먹거든."
"아무래도 경기가 좋아지니까 그간 입에 못 대던 개고기가 날개 돋친 듯 하나요?"
"그게 아니고 저 동네 집 다 부수고 나서 임자 잃은 개도 많고 하니깐 먼저 보고 때려잡는 놈이 장땡이지. 저건 뭔 거 같니?"
"그럼 저게……."
"헤에, 아침녘에 발발이 하나 잘못 걸려들어서 바로 매달았지. 냄새 맡아 보면 알 텐데."

"멍멍이 고기도 돼지고기처럼 구워 먹어요?"

"그게 또 별미래. 이놈 빨리 집 안으로 들여서 묶어 놔야겠어. 같은 종족 살점 굽는 냄새 맡으니깐 흰자위가 돌아가고 뒷다리에 바들바들 힘주고 성질부리려 드는데. 참 어머니께서 집 내놓으셨다 도로 거둬들이셨데?"

"아, 그거요? 그런 모양이던데 전 잘 몰라요. 어머니 명의로 돼 있잖아요."

"그거 잘하셨어. 파시더라도 내년까지 최고로 오를 때까지 기달려야지. 너랑 같이 사시니깐 당장 뭐 큰돈 필요한 건 없으시지?"

"아, 예…… 그것도 그렇구요, 전 그 셋집 아저씨가 보일러 고쳤다고 어쩌구 구시렁대기도 하고 또 아버지 영정 사진도 아직 거기 골방 구석에 처박혀 있고 그래서요…… 겸사겸사."

"아암, 아무튼 좋아."

그동안 형은 몸이 골골한 데다 직장 없이 가끔씩 아버지 가게에서 석유나 연탄 배달을 해 주며 개나 벗 삼고 지내 온지라 낼모레 마흔 줄을 앞두고도 장가를 들지 못했다. 나는 그런 창이 형한테서 예전과 달리 풍기는 활력의 정체를 형이 따로 방을 내서 사는 데를 가 보고서야 알았다. 올봄에 내가 들렀던 사랑방 교회 위의 허름한 방이 아니었다. 형은 한길을 좀 더 타고 내려가다 정육점과 슈퍼, 비디오점, 미장원이 모인 거리에 있는 연립 주택의 반지하 방으로 나를 이끌었다.

"형, 방 옮겼어요?"

"응. 너 점심이라도 먹고 가야지."

창이 형은 성실 정육점에 들러 돼지고기 한 근을 썰어 달라고 했다.

"형은 네발 달린 고기 잘 안 먹는 등 푸른 생선파잖아요?"

"식성이란 변하게 마련 아냐. 부쩍 근력이 달려서 요즘 육질을 입에 많이 대는 편이지. 사람 입이 간사해서 자꾸 먹어 보니깐 또 먹을 만해져."

형의 뒤를 따라 현관문을 들어서는 순간 으레 코를 찌르던 쉬어 터진 홀아비 냄새가 풍기지 않았다. 그것보다 반짝반짝 빛나는 휴지통을 필두로 내 눈앞에 펼쳐진 규모 있는 살림집의 모습이 나를 잠시 당혹스럽게 만들었다. 부쩍 근력이 달린다는 형의 말이 무슨 뜻인지 알 듯했다.

"이 사람이 밥 먹고 또 자는 모양이지?"

"예에…… 아니 형 그럼 혹시…….."

"올여름에 그냥 도둑장가 들어 버렸지 뭐 헤헤."

"왜 연락을……."

"식은 안 올리고……."

나는 놀라움보다 반가움이 앞서서 입을 쩍 벌리며 뒤에서 형의 두 어깨를 끌어안았다. 그때 방문이 열리면서 아직 잠기가 가시지 않은 눈매를 한 여자가 부스스한 파마 뒷머리를 긁으며 원피스 잠옷 차림으로 나왔다. 나도 제법 안면이 있는 여자였다.

"형수님 안녕하세요? 인사 올립니다."

"어머나 챙피, 이를 어째! 오늘 아침따라 얼굴에 물칠도 못 하고…… 아, 누군가 했더니 저기 가겟집 할머니 막내아들 아녜요?"

"왜 아닙니까 하하. 늦었지만 두 분께 진심으로 축하드립니다."

나는 한껏 너스레를 떨었다.

"이거 목살 썰어 온 거예요. 그냥 소금구이로 해 주실래요?"

깍듯한 존댓말을 붙이는 형의 얼굴에 어린애처럼 마냥 천진난만한 미소가 잠시 어렸다. 여자의 파마머리를 단발머리로 바꾸어 머릿속에 그려 보자 비로소 이름이 떠올랐다. 국희일 것이다. 미아리 셋집 옆의 구둣집 문간방에 살던 효상이 엄마의 동생. 어머니가 국희라고 대뜸 이름으로 불렀던 그 단발머리 아가씨는 처음엔 재봉사였다.

우리 집 뒤의 마당 넓은 집이 한때 바느질집을 할 때 효상이 엄마가 자신의 동생을 소개해서 효상이네 다락방에서 자면서 그 집 대문으로 한동안 들락거렸다. 땅딸막한 몸매에 얼굴도 오막오막하게 생겼지만 목덜미에 잔털이 비치도록 귀밑까지 바짝 깎아 올린 단발머리가 인상적이었다. 당시

나는 대학생이었다. 이따금 엄마의 구멍가게에 와서 새참으로 단팥빵이나 알밤케이크를 나한테 돈을 주고 사서 선 자리에서 눈만 깜짝깜짝거리며 먹곤 돌아갔다. 실밥이 잔뜩 묻은 헐렁한 면바지의 무릎은 풍덩 빠져 있었고 굵은 허리까지 내려온 옷의 밑단추가 가끔 하나씩 풀려 있었지만, 빵을 잔뜩 베 문 뽀얀 양볼따구니 밑으로는 파란 거머리 같은 실핏줄이 해맑게 비쳤다. 나는 그 볼따구니를 흘깃흘깃 훔쳐보느라 요구르트 하나 값을 계산에서 빠뜨릴 적이 많았다.

내가 미국 레이건 대통령 방한 반대 가두시위 중 종로 3가에서 연행돼 구류를 살고 나온 동안 그 처제는 어디론가 가고 없었다. 엄마는 내가 들을세라 말세라 어쩐지 그 입술 시퍼런 게 사내깨나 후리게 생겼더라 어쩌구 하면서 구시렁거렸다. 며칠간 동네를 세게 휘젓고 간 사건이 벌어진 모양이었다. 형부와 처제가 붙어먹었다는 내용이었다. 그 가공할 풍문 덕택에 내가 데모를 하다 나흘간 유치장에 있다 나온 사건은 동네에서 흔적도 없이 휩쓸려 갔다. 나중엔 결국 정식으로 이혼을 했지만 그때 죽네 못 사네 하던 효상이네 부부도 겨우내 별거를 하더니 이듬해 봄에 다시 합방을 했다. 그 뒤로 효상이 엄마는 자기 동생이 원래 품행이 방정치 못하다고 동네방네 입에 욕을 달고 다녔다.

몇 년 뒤 내가 방위 생활을 할 때 단발머리는 돌아왔다. 아니, 긴 머리가 돼 있었다. 그리고 내가 유격 훈련을 받느라고 도시락도 싸 가지고 다니지 않던 여름철이었다.

"방우 학생, 히힛!"

그녀가 후줄근한 모습으로 부대에서 돌아오던 날 밤 날 불렀다. 알전구 빛이 짱짱하게 내비치는 호남상회 앞 나무 평상 위에 다리를 꼬고 걸터앉은 모습이었다. 석계역 앞 포장마차에서 동기들과 오백 원 빵으로 소주를 한 병쯤 걸친 취기 때문인지 그날따라 심하게 받은 피티 체조 때문인지, 아무튼 오르막에 코를 박고 오르는 호흡이 거칠었다. 신경이 곤두서 있던 나는 땅바닥에 침을 퉤 뱉는 시늉을 하며 스스럼없이 다가서서 감자와 양파가 반쯤 담긴 라면 박스를 밀치고 평상에 엉덩이를 걸쳤다. 동네에서 오며 가며 얼굴 마주칠 기회는 많았지만 서로 인사를 할 만한 숫기도 또 그럴 필요도 없었다. 그녀가 내 코앞으로 방금 딴 차가운 코카콜라 한 병을 내밀었다. 갑자기 목젖을 우그러뜨린 갈증이 나도 모르게 그 병의 잘록한 허리를 덥석 잡게 만들었던 것 같다.

"고생이 많은가 봐요."

한번 반말이면 끝까지 갈 것이지 웬 또 경어람! 그녀가 여러 남정네들을 요정 냈다는 소문은 이미 듣고 있었다. 요즘 말로 하자면 꽃뱀이었다. 유부남과 붙어 놓고는 돈을 뜯었다는 것이다. 나는 대꾸 없이 병을 입속에 꽂고 난 뒤 사레가 들려 기침을 자지러지게 했다. 사실 콜라를 병째로 마시려고 시도한 건 그때가 처음이었다. 고통스런 기침이었지만 마음은 편했다. 그녀는 내 등을 시원스레 두들겨 주지도 못하고 두 손을 마주 쥔 채 어쩔 줄 몰라 했다. 나는 뭔지 모르지만 재미난 기분이었다. 그녀한테 질펀한 농지거리라도 하고 싶은 심정이었다. 만약 그때 어깨 위에 간신히 달라붙은 줄에 매달린 얇은 윗옷을 거추장스러운 듯 걸치고 있는 두 봉긋한 젖가슴이 벌름벌름 숨을 쉬고 있지 않았고, 그래서 내 아랫도리가 불끈 천막을 치지만 않았더래도 말이다. 나는 바지 주머니에서 동전 이백 원을 꺼내 평상에 내려놓고 일어섰다. 뒤에서 욕이 튀었다.

"쌍새끼!"

욕과 동시에 동전 하나가 뒤통수를 알딸딸하게 파고들었다. 나는 입술을 종그렸다.

"쐐년!"

그러나 뒤돌아보진 않았다. 슬그머니 맥이 풀어졌기 때문이다.

창이 형이 그런 사실을 모를 리가 없었다. 내가 알고 있는 것은 벌써 형이 다 알고 있는 사실일 터이고, 형이 이미 알고 있다면 그건 어떻게 달리

부를 말이 없지 않을까. 운명이라고 할밖에는. 창이 형과 나는 소금구이에 맥주를 퍼마시고 또 놀러 오라는 형수의 말을 뒤로하고 나왔다. 형은 파출소 건너편에 있는 재개발 조합 사무실로 가기 위해 마을버스 돌산 종점으로 올라가는 길이었다.

"형, 늦은 신혼 재미가 어때요? 좋죠?"

순전히 술김이었다. 나는 돼지기름 때문에 더부룩한 배를 쓰다듬으며 물었다.

"헹, 좋냐구? 너도 알다시피 내가 개를 오래 길러 봐서 아는데 사실은 사람도 짐승하고 크게 다르지 않을걸. 목숨이 끊어지지 않는 한 야만이면 야만인 대로…… 그런데 사람한테는 어쩔 수 없이 미운 정도 있고 고운 정도 있는 거니깐 그거 한 가지 다르다고나 할까……."

나는 으스스 끝에 몰려온 현훈 때문에 눈앞이 캄캄해졌다. 그 캄캄함 속에서 오래전에 내가 깬 짠지 단지가 두둥실 떠올라 주었다. 나는 아직 다 쓰러지지 않은 길가의 전봇대에 시린 이마를 대며 중얼거렸다. 가자……!

그 한마디에 동화 속 같던 온 세상이 한순간에 흰빛 절망감의 구렁텅이로 변하던 장석조네 집 마당에서 어쩔 줄 모르던 소년의 모습이 환하게 떠올랐다.

나는 깨진 단지를 눈으로 찬찬히 확인하는 순간 입술을 파르르 떨었다. 어찌 떨지 않을 수 있었을까. 그 단지의 임자가 욕쟁이 함경도 할머니임에 틀림없음에랴! 이 벼락 맞아 뒈질 놈의 아새낄 봤나, 하는 욕설이 귀에 쟁쟁해지자 등 뒤에서 올라온 뜨뜻한 열기가 목덜미와 정수리께를 휩싸며 치솟아 올라 추운 줄도 몰랐다. 눈을 비비고 또 비볐지만 이미 벌어진 현실이 눈앞에서 사라져 줄 리는 만무했다.

집 안팎에서 귀청이 떨어져라 퍼부어질 지청구와 매타작을 감수하는 게

요정 결판을 내어 끝마침.
현훈(眩暈) 정신이 아찔아찔하여 어지러운 증상.

상수인 듯싶었다. 아무도 밟지 않은 첫길이라고 일부러 발끝에 힘을 주어 제겨 딛고 가느라 우리 집 앞에서 변소 앞까지 뚜렷이 파인 눈 위의 내 발자국은 요즘 말로 도주 및 증거 인멸의 가능성을 일찌감치 봉쇄하고 있는 터였다. 이미 아홉 가구의 어느 방 안에서인지 잠에서 깨어난 사람들이 내 행동을 처음부터 끝까지 지켜보기라도 한 양 두런거리는 목소리들이 들려왔다. 나는 울기 전에 최후의 시도를 하기로 맘먹었다. 우랑바리나바롱나르비못다라까따라마까뿌라냐…….

손오공이 부리는 조화를 기대하며 입속으로 주문을 반복해서 외었다. 그러고는 고개를 홱 돌려 깨진 단지를 내려보았다. 주문이 헛되지 않았는지 내 입가에 기쁨의 미소가 어렸다. 깨진 단지는 그 모양 그대로였지만 어떤 기발한 생각이 별똥별처럼 머릿속을 스치고 지나갔기 때문이었다. 그렇다 눈사람이다! 나는 가슴이 터질 듯 기뻐 하늘을 향해 두 팔을 쫙 벌렸다. 일단 이 아침만큼은 별일 없이 맞이할 수 있겠지. 나는 장갑도 끼지 않은 손으로 서둘러 주위의 눈을 긁어모으기 시작했다. 마침 찰기가 좋은 눈이어서 손이 한 번 닿을 때마다 흙 알갱이가 알알이 박힌 눈덩이들이 붙어 올라왔다. 나는 우선 항아리 주변에 눈사람의 아랫부분을 뭉쳐 놓았다. 그러고는 조금 작은 눈덩이를 서둘러 올려놓았다. 그렇게 해서 깨진 단지를 감쪽같이 눈사람 속에 집어넣을 수 있었던 것이다.

"너 벌써부터 나와 노는구나. 부지런하구나."

바로 이웃 방에 사는 현정이 아빠가 담배를 꼬나물고 변소에 가려고 내복 바람으로 나왔다.

"방학 숙제로 낼 일기를 쓰는데요, 눈사람 굴리기라도 해서 적어 넣으려구요. 앞으론 날이 따듯해서 눈사람을 만들려 해도 그러지 못할 거예요. 이것도 금세 녹을걸요."

나는 빨리 집으로 들어가지 않고 내 앞에서 밍기적거려 자꾸 거짓말을 하게 만드는 그가 얄미워졌다. 그 감정을 눙친다고 하는 게 느닷없이 그가 보는 앞에서 눈사람의 귀때기를 조금 떼어 내 입에 넣는 행위로 표출되었다. 찝질한 것 같기도 하고 맹숭한 것 같기도 한 눈 녹은 물을 뱉으려 하자 혀 아래에 흙 알갱이들이 서너 개 걸치적거렸다. 벌써 쉰 줄에 들어선 그가 몇 해 전에 면도사 하는 젊은 마누라를 새로 후려 왔을 때 주변에서는 어떻게 다루려느냐는 시샘 어린 걱정이 많았다. 하지만 베니어판을 사이에 두고 그의 옆방에 살던 꼬마인 나는 한밤중에 자신을 불현듯 깨우곤 하는 숨죽인 앓는 소리의 정체를 알고 있었다. 변소가 떠나갈 듯이 소피를 보고 나온 그는 내가 세운 눈사람을 힐끗 보더니 두터운 입술 새에서 담배를 꺼내 눈사람의 입가에 꽂으며 호탕하게 웃었다. 나도 따라 웃었다. 그러자 기다렸다는 듯이 부엌문들이 차례로 열리기 시작했다.

그 현장을 더 이상 지킬 수 없었던 나는 그날 하루 동안의 가출을 감행하지 않을 수 없었다. 왜냐하면 눈사람 속에 감춰진 비밀이란 영원할 수가 없어서 반나절만 지나면 오후의 찬란한 햇빛 아래 만천하에 드러나게 마련이기 때문이었다. 비밀이란 햇볕을 피해 곰팡이가 피도록 묻혀 있어야 제격인데, 기껏 푸석푸석한 눈덩이에 휩싸인 비밀이란 애초 성립하기 어려운 것이었다.

그 하루 동안 나는 주로 더러운 곳만 골라서 돌아다녔다. 개똥 천지인 돌산 길을 돌아 나와, 눈이 녹아 질척거리는 시장 거리, 연탄재가 어지럽게 뒹구는 인수 교회 뒤쪽의 좁은 골목들을 혼자 떠돌다 딱총용 화약이 숭숭 박힌 종이를 두 장 사서 차돌로 터뜨린 다음 콧방울을 버름버름하며 한껏 화약내를 맡았다. 가끔 아버지의 아티반을 사러 가는 불란서 약국 뒤의 연탄가스 냄새가 눈을 찌르는 어두운 단골 만홧가게에서 호주머니를 탈탈 털어 성인 만화를 보며 지금쯤 녹아내렸을 눈사람에 대해 서너 번 생각했다. 마지막 만화책을 처음부터 세 번이나 되풀이 보고 덮고 나올 때 연탄난로 위에 끓고 있는 떡볶이를 보며 후회했다.

그길로 처음 볼 땐 한복집인 줄 잘못 알았던 길음천 변의 음산한 텍사스

거리를 겁 없이 걸어 다녔다. 그런 용기를 준 것은 허기진 배와 눈사람 속에 묻힌 짠지 단지다. 텍사스 거리의 한쪽 끝에 있는 튀김집 거리를 지날 때는 싸구려 기름 냄새 때문에 배 속의 내장들이 요동을 치다 못해 밖으로 꾸역꾸역 튀쳐나올 듯했다. 하지만 설에도 집에 가지 못한 손톱이 긴 매춘부들이 건네주는 오징어튀김의 유혹에 굴복하진 않았다. 나중에 떨어질 매와 꾸지람을 이겨 내기 위해서라도 다른 것은 다 더럽혀져도 자존심만큼은 더럽힐 수 없었다.

그러곤 어느덧 해 질 녘…… 이미 비밀이 다 까발려졌을 아홉 가구 집으로 돌아갔다. 대문간 앞에서 나는 심호흡을 몇 번이고 했다. 엄마한테 연탄집게로 맞으면 안 되는데 싶은 생각뿐이었다. 하지만 내가 대문간 앞을 흐르는 시궁창을 가로지르는 돌다리를 건너갔지만 아무도 나를 보고 아는 체하는 사람이 없었다. 내게 일제히 안됐다는 시선을 던지며 몰려들었어야 할 사람들이 평소와 다름없이 냄비를 들고 왔다 갔다 했고, 문짝에 기대 입을 가리고 웃었으며, 수돗가에 몰려나와 쌀을 일며 화기애애하게 얘기를 나누고 있었다. 심지어 수돗가에서 시래기를 다듬다 마주친 엄마도 너 점심 굶고 어디 갔다 왔니, 하는 지청구조차 내리지 않았다. 나는 무척 혼돈스러웠다. 사람들이 나를 더 곤혹스럽게 만들기 위해 일부러 짜고 그러는 것도 같았다. 나는 얼른 눈사람을 천연덕스럽게 세워 두었던 변소통 쪽을 돌아다보았다. 거기엔 아무것도 없었다. 눈사람은 깨끗이 치워져 있었다. 물론 흉측한 몰골을 드러내고 있어야 할 짠지 단지도 눈에 띄지 않았다. 도대체 무슨 일이 일어난 것일까?

나는 나를 둘러싼 세계가 너무도 낯설게 느껴졌다. 내가 짐작하고 또 생각하는 세계하고 실제 세계 사이에는 이렇듯 머나먼 거리가 놓여 있었던 것이다. 그 거리감은 사실 이 세계는 나와는 상관없이 돌아간다는 깨달음, 그러므로 나는 결코 주변으로 둘러싸인 중심이 아니라는 아슴푸레한 깨달음에 속한 것이었다. 더 이상 나를 상대하지도 혼내지도 않는 세계가 너무나 괴물스럽고 슬퍼서 싱거운 눈물이라도 흘려야 직성이 풀릴 듯했다. 하긴 눈물 서너 방울쯤 짜내는 것은 일도 아니었으니까. 난 시래기 줄기가 매달린 처마 밑에 서서 몇 방울 떨구며 소리 없이 울었다. 차라리 그 깨진 단지라도 제자리를 지키고 있었다면 혼은 나더라도 나는 혼돈스럽지도 불안해하지도 않았을 것 아닌가.

"뭘 잘했다고 소리 없이 눈물을 꼭꼭 짜니? 정초부터 에밀 못 잡아먹어서 그러니? 넉살 좋게 단지를 깨뜨려 눈사람 속에 파묻을 생각은 어찌 했담."

엄마가 물에 젖은 손으로 내 볼따구니를 야무지게 잡아 비틀며 어이가 없다는 듯 픽 웃음을 지었다. 그 얼얼함이 내 균형 감각을 바로잡아 주었다. 아주머니들의 웃음소리 사이에서 나는 울음을 딱 그쳤다. 그러고는 어른처럼 땅을 쿵쾅거리며 뛰쳐나와 이 골목 저 골목을 헤집으며 어딘가를 향해 가슴이 터져라고 마구 달리고 또 달렸다. 그렇게 컸다.

"그래 딴 데는 안 들르고?"

"오다가 저기 전에 살던 기찻집이라고 있어요. 옛날 침례교회 밑에 말예요."

"으응, 있었지."

"거기 뭐 좀 볼 게 있어서 들어가려다 개조심이라고 씌어 있어서 제대로 보지도 못하고 나왔어요. 보니깐 너무 바뀌었어요. 지붕도 기와에서 슬래브로 바뀌고 마당 쪽까지 집을 새로 지어서 반지하까지 치면 이층이나 다름없데요."

형이 고개를 건성으로 주억거렸다.

"형, 조합일 보면 보수는 좀 나와요?"

"돈?"

"예."

"정식으로 받는 급료는 한 푼도 없지. 하지만 나야 큰돈을 못 만지지만 청탁이 큰 이권 사업이 물렸으니 잘만 하면 떡고물깨나 묻힐 수 있는 자리지, 그 자리가. 근데 너 참 아버님 틀사진 가지러 왔다며 아랫집엔 안 들를 거니?"

"그만둘까 봐요. 대낮부터 벌겋게 술도 마시고…… 또 불쑥 찾아간다는 게 좀 그렇잖아요. 돈 삼만 원 건네주는 건데 엄마가 말한 대로 온라인 이용하는 게 낫죠 뭐."

"그건 또 그래. 그럼 나랑 같이 마을버스 타고 내려갈래? 지하철 타려면. 아니면, 나랑 조합 사무실에 들러서 커피나 마시며 이곳 돌아가는 얘기 나 좀 듣고 가든지."

"듣긴요 뭘. 형이 어련히 잘 알아서 해 줄까."

"내가 해 주긴 뭘. 네가 딱지를 팔고 싶다든지 아니면 그냥 입주를 하겠다든지 가부간에 결정을 내리면 내가 아무튼 최고 시세로 되도록 다리는 놔 줄 순 있겠지. 내 생각엔 니가 어머니를 모시고 있으니까 당장 현찰이 필요한 게 아니라면 이리저리 굴려서 분양받을 때까지 기다렸다가 처분하는 게 장땡인데."

"예…… 엄마가 결정을 할 거예요. 전 심부름이나 몇 번 하면 되겠죠 뭐."

아무래도 마을버스 종점까지 가기는 그른 모양이었다. 거기까지 간다고 해서 변소가 어서 옵쇼 하고 대령하고 있으라는 법도 없지 않은가. 나는 똥이 마려웠던 것이다. 아랫배가 이렇게 딱딱한 걸 보니 모르긴 몰라도 애들 팔뚝만 한 걸로 한 자쯤은 뽑아낼 수 있을 듯했다.

"형 먼저 가세요. 전 다음에 또 올게요."

"왜? 버스 안 타?"

"예, 뭐가 갑자기 생각나서요."

나는 미주알에 힘을 잔뜩 주고는 형의 등을 떼밀어 마침 출발하려고 하는 마을버스 안으로 밀어 넣었다. 그러고는 폐허 사이로 난 내리막길을 내달렸다. 반쯤 부서진 집들이 몇 채 보이자 나는 그리로 뛰어들었다. 아무리 사람이 버리고 간 집이지만 똥 눌 곳이 마땅치 않았다. 얼마 전만 해도 밥 먹고 잠자던 부엌이나 방이라고 생각하니 선뜻 바지춤을 까 내릴 수가 없었다.

잠시 주춤거리는 새에 마침 세로로 절반쯤 깨진 큼직한 항아리가 눈에 띄었다. 그 안에는 아마 그 항아리의 반을 깨고 들어왔을 한 뼘짜리 벽돌이 들어 있었다. 크기로 봐서는 한 열 명쯤 되는 식구는 좋이 먹여 살렸을 장독 같았다. 나는 누렇게 마른 소금기 자국이 얼비치는 옹색한 항아리 안으로 엉덩이를 비집고 들어가 벽돌과 깨진 장독 쪼가리를 디디고 서서 허리띠를 풀었다. 귀밑이 달아오르도록 용을 쓰느라 기침이 터졌다. 기침이 끝나자 나는 서러운 아이처럼 입초리가 비죽비죽 위로 치켜져 올라가는 걸 알았다. 울고 싶은 모양이었다. 나는 구린내가 나는 두 가랑이 사이로 고개를 바짝 쑤셔 박고 굵은 김이 무럭무럭 오르는 굵은 황금빛 똥을 쳐다보았다. 왠지 모르게 뿌듯했다.

그런데 나는 왜 구린내가 진동하는 깨진 항아리 속에서 똥을 누는데 울고 싶어졌을까? 늙은 어머니와 아내 그리고 이제 막 초콜릿 맛을 안 네 살배기 아이, 이렇게 세 사람의 식솔을 거느린 가장이 비록 속눈썹이나마 이렇게 주책없이 적셔서야 되겠는가, 아아. 하지만 여태껏 나를 지탱해 왔던 기억, 그 기억을 지탱해 온 육체인 이 산동네가 사라진다는 것이 아니겠는가, 나를 이렇게 감상적으로 만드는 게. 이 동네가 포클레인의 날카로운 삽질에 깎여 가면 내 허약한 기억도 송두리째 퍼내어질 것이다. 그런데 나는 기껏 똥을 눌 뿐인데…… 그것밖에 할 일이 없는데…….

똥을 다 누고 난 나는 빈집을 나와 모래주머니를 발목에서 풀어낸 달리기 선수처럼 가뿐하게 폐허 사이로 뚜벅뚜벅 걸어 들어갔다. 뒤를 돌아다보니 냄새를 맡은 누렁이 한 마리가 내가 나온 집으로 코를 쑤셔 박고 들어가는 모습이 보였다. 나는 입술을 굳게 다물었다. 그러고는 뭔가를 잃어버린 사람처럼 주위를 계속해서 두리번거리며 걷기 시작했다.

작품 이해

　김소진의 「눈사람 속의 검은 항아리」는 일인칭 주인공의 관점으로 경험에 바탕을 두고 쓰였다. 물론 소설 속 이야기가 날것 그대로의 경험은 아니다. 경험에 소설적 상상력을 덧붙여서 새로운 작품으로 만들어 낸 것이다. 그럼에도 이 작품은 리얼리티, 곧 현실감을 최대한 부여하기 위해 구체적인 동네 이름을 비롯하여 세부적인 묘사를 아끼지 않는다. 그 결과 우리는 마치 스냅 사진처럼 한 시대의 모습을 더도 덜도 없이 딱 마주 대하고 있는 느낌을 받는다.

　작품은 어린 시절 살던 집을 찾아가던 중 잊혀지지 않고 남아 있는 기억의 한 자락을 상세하게 되짚어 보는 이야기를 중심으로 삼고 있다. 그리고 이 중심적인 이야기를 바탕으로 다양한 사람들의 이야기를 곳곳에 풀어헤쳐 놓으며, 이제는 다시금 돌아갈 수 없는 한 시대를 '눈사람 속 검은 항아리'의 기억으로 되살려 낸다.

　화자는 추운 겨울 이른 아침 화장실을 갔다 오다 그만 '빠루'라는 연장을 잘못 밟아 짠지 단지를 깨뜨리고 만다. 혼날 걱정에 마침 쌓인 눈으로 항아리를 덮는 눈사람을 만들어 당장의 위기를 모면하고자 한다. 그러고는 집을 나와 헤매고 돌아다니다 해 질 녘 다시 집으로 돌아간다. 그러나 아홉 가구나 모여 살다 보니 늘 북적거리던 집 안 사람들은 너나없이 평소와 똑같이 행동한다. 자신에게 큰일로 여겨졌던 깨어진 항아리가 기실 다른 사람들에게는 그다지 중요한 일이 아니었던 셈이다.

　나는 나를 둘러싼 세계가 너무도 낯설게 느껴졌다. 내가 짐작하고 또 생각하는 세계하고 실제 세계 사이에는 이렇듯 머나먼 거리가 놓여 있었던 것이다. 그 거리감은 사실 이 세계는 나와는 상관없이 돌아간다는 깨달음, 그러므로 나는 결코 주변으로 둘러싸인 중심이 아니라는 아슴푸레한 깨달음에 속한 것이었다.

　결국 자기중심적인 세계에서 깨어나 비로소 자신 또한 하고많은 사람 중의 하나일 뿐임을 깨닫는 순간이다. 아마도 작품 속에서 여러 사람의 이러저러한 삶을 끌어들이는 것은 결국 중심이 없는 고만고만한 주변적인 삶의 소중함을 드러내고자 함일 것이다. 그러나 작품의 말미에서 드러나듯, 이 기억을 담고 있는 오래된 산동네 또한 재개발로 조만간 사라지게 되는 세상이다. 소중한 그 무엇을 더는 간직할 수 없는 세상임을 작품은 쓸쓸하게 되새긴다. 기억의 터전을 잃은 다음 우리는 누구나 '뭔가를 잃어버린 사람'처럼 두리번거리며 세상을 살게 될 것이다. 그 스러지는 것에 대한 송가야말로 「눈사람 속의 검은 항아리」의 핵심이다.

 활 동

1. 이 작품의 시점과 시점의 기능은 무엇인가?
2. 이 작품의 제목인 '눈사람 속의 검은 항아리'는 각각 무엇을 상징하는가?
3. 이 작품 속에서 주인공이 새롭게 깨달은 것은 무엇인가?
4. '잊지 못할 어린 시절의 기억'이란 소재로 짧은 수필을 써 보자.

두 번째 이야기

소설은
작가의 개성을
어떻게
드러내는가

소설은 작가의 개성을 어떻게 드러내는가

소설은 이야기입니다. 그리고 그 이야기는 작가가 창조한 것입니다. 일상생활에서 겪은 이야기는 단지 이야기일 뿐, 소설이라고 하지는 않습니다. 일상생활에서 소재를 가져오기는 하지만 상상력의 옷을 입혀야만 소설이 됩니다. 따라서 소설은 만들어 낸 이야기이며, 만든 사람의 빛깔, 향기, 개성 등이 드러날 수밖에 없습니다.

먼저 소설의 개성은 '생활 속에서 어떤 소재를 선택하는가'에서부터 드러납니다. '무엇을 이야깃거리로 정하는가'부터 나타나는 것이지요. 어떤 사진작가는 풍경을, 어떤 사진작가는 인물을 즐겨 찍습니다. 인물을 찍어도 누구는 아름다운 여인을 찍고, 누구는 땀 흘리며 일하는 사람을 찍습니다. 이 또한 개성인 것이지요. 이문구가 선택하는 삶의 경험과 윤후명이 선택하는 삶의 경험은 다릅니다.

그리고 이를 표현하는 문체도 다를 것입니다. 1970년대 스러져 가는 농촌 풍경을 절묘하게 잡아낸 이문구의 소설은 충청도의 입말을 그대로 살려 씁니다. 그와 달리 윤후명은 상징적인 제목에서도 알 수 있듯, 시적 문장을 통해 아름다움에 가까이 다가서려고 노력하는 조밀한 문장을 사용합니다. 전달하고자 하는 정보와 달리 소설의 문체는 어떠한 형용사와 부사를 통해 수식하는지, 그 수식을 통해 어떤 인상을 건네고자 하는지 살펴보아야 합니다.

 또 소재에 어떤 상상을 덧붙여 주제를 이끌어 내는가도 개성에 따라 달라집니다. 상상은 결국 작가의 인생관, 세계관 등에 따라 방향을 얻게 되기 때문입니다. 똑같은 현실을 그리더라도 누구는 비판적으로, 누구는 현실을 낭만적인 긍정으로 그려 내기도 할 것입니다. 연암 박지원의 개성은 현실을 비판적으로 따져 묻는 데에서 잘 드러나며, 이효석의 개성은 인간의 이러저러한 일을 운명으로 받아들이는 데에서 잘 드러납니다.

 우리는 이 다양한 개성이 드러나는 소설을 읽으며 다른 사람을 더 잘 이해할 수 있게 됩니다. 나와는 다른 사람들이 세상 속에 나와 함께 살고 있으며, 그들의 생각과 느낌을 이해하는 것이야말로 더불어 함께 살아가기 위해 반드시 필요한 능력입니다. 그리고 소설 속에서 드러나는 작가의 개성을 확인함으로써 우리 자신의 개성을 한층 선명하게 빚어 나갈 수 있을 것입니다. 나와 무엇이 같으며 무엇이 다른지를 끊임없이 서로 비추어 봄으로써, 참으로 나다운 나를 잘 찾아 나갈 수 있는 것입니다. 결국 우리가 소설을 읽는 것은 소설 읽기 그 자체가 목적이 아니라, 무엇인가 내 속으로 스며들어 오는 것이 있기 때문입니다. 그것은 소설 속에 몸담고 있는 작가와의 대화를 통해 내 삶을 한층 선명하게 형성하고, 더 나은 삶의 방식을 모색하기 위해서입니다.

 소설에 나타나는 작가의 개성을 이해하기 위해 여기에서는 네 편의 작품을 수록하였습니다. 먼저 연암 박지원의 「양반전」을 통해 18세기 실학파의 정신이 어떻게 작품으로 표현되는가를 살펴볼 것입니다. 이효석의 「메밀꽃 필 무렵」은 현실 비판과는 다소 대립적인 작품입니다. 윤후명의 「하얀 배」는 상징적인 의미가 두드러진 작품이며, 이문구의 「관촌 수필」은 토속적인 해학이 잘 엿보이는 작품입니다. 이 작품들을 읽으며, 각 작가만의 독특한 작품 세계를 확인하는 계기가 되기를 바랍니다.

양반전
박지원

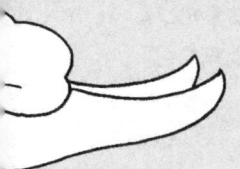

읽기 전에

18세기는 조선이 새로운 변화를 모색하던 시기입니다. 근대적인 학문이 밀려들어 오고 새로운 사상이 싹트는 시기입니다. 「양반전」을 쓴 박지원은 새로운 흐름의 정중앙에서 시대를 껴안고 밀어 올리고자 노력했습니다. 이 새로운 흐름을 실학이라고 합니다. 실사구시(實事求是), 실제 존재하는 사물들 곧 경험할 수 있는 것에서부터 진리를 구한다는 이 주장은 그동안 조선을 지배했던 성리학을 근본적으로 재조명하고자 하는 노력이었습니다. 모든 허위의식을 무너뜨리고, 현실에 바탕을 두고 새로운 가치관을 세워 나가고자 한 것입니다. 「양반전」에도 이러한 실학파의 정신이 스며들어 있습니다.

연암 박지원은 양반을 꼭대기로 하는 신분제 사회의 문제를 무엇이라고 파악하였을까요? 만약 오늘날도 조선 시대와 같은 신분제 사회라면 어떤 문제가 일어날까요? 오늘날에도 신분이 존재할까요? 존재한다면 그것을 어떻게 보아야 할까요?

양반이란 사족들을 높여서 부르는 말이다.

정선군에 한 양반이 살았다. 이 양반은 어질고 글 읽기를 좋아하여 매양 군수가 새로 부임하면 으레 몸소 그 집을 찾아가서 인사를 드렸다. 그런데 이 양반은 집이 가난하여 해마다 고을의 환자를 타다 먹은 것이 쌓여서 천 석에 이르렀다.

강원도 감사가 군읍(郡邑)을 순시하다가 정선에 들러 환곡의 장부를 열람하고 대로(大怒)해서

"어떤 놈의 양반이 이처럼 군량(軍糧)을 축냈단 말이냐?"

하고, 곧 명해서 그 양반을 잡아 가두게 했다. 군수는 그 양반이 가난해서 갚을 힘이 없는 것을 딱하게 여기고 차마 가두지 못했지만 무슨 도리도 없었다.

양반 역시 밤낮 울기만 하고 해결할 방도를 차리지 못했다. 그 부인이 역정을 냈다.

"당신은 평생 글 읽기만 좋아하더니 고을의 환곡을 갚는 데는 아무런 도

사족(士族) 선비나 무인(武人)의 집안. 또는 그 자손.
환자(還子) 조선 시대에, 곡식을 사창(社倉)에 저장하였다가 백성들에게 봄에 꾸어 주고 가을에 이자를 붙여 거두던 일. 또는 그 곡식. 환곡(還穀)과 같은 뜻이다.

움이 안 되는군요. 쯧쯧 양반, 양반이란 한 푼어치도 안 되는걸.”

그 마을에 사는 한 부자가 가족들과 의논하기를,

"양반은 아무리 가난해도 늘 존귀하게 대접받고 나는 아무리 부자라도 항상 비천하지 않느냐. 말도 못하고, 양반만 보면 굽실굽실 두려워해야 하고, 엉금엉금 가서 정하배를 하는데 코를 땅에 대고 무릎으로 기는 등 우리는 노상 이런 수모를 받는단 말이다. 이제 동네 양반이 가난해서 타 먹는 환자를 갚지 못하고 시방 아주 난처한 판이니 그 형편이 도저히 양반을 지키지 못할 것이다. 내가 장차 그의 양반을 사서 가져 보겠다.”

부자는 곧 양반을 찾아가 보고 자기가 대신 환자를 갚아 주겠다고 청했다. 양반은 크게 기뻐하며 승낙했다. 그래서 부자는 즉시 곡식을 관가에 실어 가서 양반의 환자를 갚았다.

군수는 양반이 환곡을 모두 갚은 것을 놀랍게 생각했다. 군수가 몸소 찾아가서 양반을 위로하고 또 환자를 갚게 된 사정을 물어보려고 했다. 그런데 뜻밖에 양반이 벙거지를 쓰고 짧은 잠방이를 입고 길에 엎드려 '소인'이라고 자칭하며 감히 쳐다보지도 못하고 있지 않은가. 군수가 깜짝 놀라 내려가서 부축하고,

"영감은 어찌 이다지 스스로 낮추어 욕되게 하시는가요?”

하고 물었다. 양반은 더욱 황공해서 머리를 땅에 조아리고 엎드려 아뢴다.

"황송하오이다. 소인이 감히 욕됨을 자청하는 것이 아니오라, 이미 제 양반을 팔아서 환곡을 갚았습지요. 동리의 부자 사람이 양반이올습니다. 소인이 이제 다시 어떻게 전의 양반을 모칭해서 양반 행세를 하겠습니까?”

군수는 감탄해서 말했다.

"군자로구나 부자여! 양반이로구나 부자여! 부자이면서도 인색하지 않으니 의로운 일이요, 남의 어려움을 도와주니 어진 일이요, 비천한 것을 싫어하고 존귀한 것을 사모하니 지혜로운 일이다. 이야말로 진짜 양반이로구나. 그러나 사사로 팔고 사고서 증서를 해 두지 않으면 송사의 꼬투리가

될 수 있다. 내가 너와 약속을 해서 군민으로 증인을 삼고 증서를 만들어 미덥게 하되 본관이 마땅히 거기에 서명할 것이다."

그리고 군수는 관부(官府)로 돌아가서 고을 안의 사족 및 농공상들을 모두 불러 관정에 모았다. 부자는 향소의 오른쪽에 서고 양반은 공형의 아래에 섰다.

그리고 증서를 만들었다.

건륭(乾隆) 10년 9월 ○○일

위의 명문은 양반을 팔아서 환곡을 갚은 것으로 그 값은 천 석이다.

오직 이 양반은 여러 가지로 일컬어지나니 글을 읽으면 가리켜 사(士)라 하고 정치에 나아가면 대부(大夫)가 되고 덕이 있으면 군자(君子)이다. 무반(武班)은 서쪽에 늘어서고 문반(文班)은 동쪽에 늘어서는데 이것이 '양반'이니 너 좋을 대로 따를 것이다.

야비한 일을 딱 끊고 예를 본받고 뜻을 고상하게 할 것이며, 늘 오경만 되면 일어나 유황(硫黃)에다 불을 댕겨 등잔을 켜고서 눈은 가만히 코끝을 보고 발꿈치를 궁둥이에 모으고 앉아 『동래박의(東萊博議)』를 얼음 위에 박 밀듯 왼다. 주림을 참고 추위를 견뎌 입으로 설궁(說窮)하지 아니하되, 고치 탄뇌(叩齒

정하배(庭下拜) 뜰 아래에서 절을 함.
모칭(冒稱) 이름을 거짓으로 꾸며 댐.
관정(官廷) 예전에, 관가의 뜰을 이르던 말.
향소(鄕所) 향청(鄕廳)의 좌수(座首) 별감(別監).
공형(公兄) 조선 시대에 각 고을의 세 구실아치. 호장, 이방, 수형리를 이른다.
명문(明文) 증명서란 뜻으로 '적발'이라고도 한다.
동래박의(東萊博議) 1168년 중국 남송의 동래(東萊) 여조겸(呂祖謙)이 『춘추좌씨전(春秋左氏傳)』에 대하여 논평하고 주석(註釋)한 책.
고치 탄뇌(叩齒彈腦) 도가의 양생법의 하나. 눈을 감고 조용히 앉아 이를 여러 번 마주치는 것을 고치(叩齒)라 하고 두 손을 목 뒤로 돌려 귀에 대고 손가락으로 통수를 가볍게 두드리는 것을 탄뇌(彈腦)라 한다.

彈腦)를 하며 입 안에서 침을 가늘게 내뿜어 연진(嚥津)을 한다. 소맷자락으로 모자를 쓸어서 먼지를 털어 물결무늬가 생겨나게 하고, 세수할 때 주먹을 비비지 말고, 양치질해서 입내를 내지 말고, 소리를 길게 뽑아서 여종을 부르며, 걸음을 느릿느릿 옮겨 신발을 땅에 끈다. 그리고 『고문진보(古文眞寶)』·『당시품휘(唐詩品彙)』를 깨알같이 베껴 쓰되 한 줄에 백 자를 쓰며, 손에 돈을 만지지 말고, 쌀값을 묻지 말고, 더워도 버선을 벗지 말고, 밥을 먹을 때 맨상투로 밥상에 앉지 말고, 국을 먼저 훌쩍 떠먹지 말고, 무엇을 후루루 마시지 말고, 젓가락으로 방아를 찧지 말고, 생파를 먹지 말고, 막걸리를 들이켠 다음 수염을 쭈욱 빨지 말고, 담배를 피울 때 볼에 우물이 파이게 하지 말고, 화난다고 처를 두들기지 말고, 성내서 그릇을 내던지지 말고, 아이들에게 주먹질을 말고, 노복들을 야단쳐 죽이지 말고, 마소를 꾸짖되 그 판 주인까지 욕하지 말고, 아파도 무당을 부르지 말고, 제사 지낼 때 중을 청해다 재를 드리지 말고, 추워도 화로에 불을 쬐지 말고, 말할 때 이 사이로 침을 흘리지 말고, 소 잡는 일을 말고, 돈을 가지고 노름을 말 것이다. 이와 같은 모든 품행이 양반에 어긋남이 있으면 이 증서를 가지고 관(官)에 나와서 변정할 것이다.

성주 정선 군수(旌善郡守) 화압, 좌수(座首) 별감(別監) 증서(證書)

이에 통인이 탁탁 인(印)을 찍어 그 소리가 엄고 소리와 마주치매 북두성이 종으로, 삼성이 횡으로 찍혔다.

부자는 호장이 증서를 읽는 것을 쭉 듣고 한참 멍하니 있다가 말했다.

"양반이라는 게 이것뿐입니까? 나는 양반이 신선 같다고 들었는데 정말 이렇다면 너무 재미가 없는걸요. 원하옵건대 무어 이익이 있도록 문서를 바꾸어 주옵소서."

그래서 다시 문서를 작성했다.

하늘이 민(民)을 낳을 때 민을 넷으로 구분했다. 사민(四民) 가운데 가장 높은 것이 사(士)이니 이것이 곧 양반이다. 양반의 이익은 막대하니 농사도 안 짓고 장사도 않고 약간 문사(文史)를 섭렵해 가지고 크게는 문과(文科) 급제 요, 작게는 진사가 되는 것이다. 문과의 홍패는 길이 두 자 남짓한 것이지만 백물(百物)이 구비되어 있어 그야말로 돈 자루인 것이다. 진사가 나이 서른에 처음 관직에 나가더라도 오히려 이름 있는 음관이 되고, 잘되면 남행으로 큰 고을을 맡게 되어, 귀밑이 일산의 바람에 희어지고, 배가 요령 소리에 커지며, 방에는 기생이 귀고리로 치장하고, 뜰에 곡식으로 학(鶴)을 기른다. 궁한 양반이 시골에 묻혀 있어도 무단을 하여 이웃의 소를 끌어다 먼저 자기 땅을 갈고 마을의 일꾼을 잡아다 자기 논의 김을 맨들 누가 감히 나를 괄시하랴. 너희들 코에 잿물을 디리 붓고 머리끄덩을 회회 돌리고 수염을 낚아채더라도 누구 감히 원망하지 못할 것이다.

　　부자는 증서를 중지시키고 혀를 내두르며,
　　"그만두시오, 그만두어. 맹랑하구먼. 장차 나를 도둑놈으로 만들 작정인가." 하고 머리를 흔들고 가 버렸다.
　　부자는 평생 다시 양반 말을 입에 올리지 않았다 한다.

연진(嚥津) 도가의 양생법의 하나. 이른 새벽에 침을 내어 입 안에서 여러 번 뿜었다가 그것을 나누어서 가늘게 삼키는 방법이다.
고문진보(古文眞寶) 중국 송나라 말기에 황견(黃堅)이 주(周)나라 때부터 송나라 때까지의 시문(詩文)을 모아 엮은 책.
당시품휘(唐詩品彙) 중국 명나라의 고병(高棅)이 편찬한 당시(唐詩) 선집.
변정(辨正) 옳고 그른 것을 따지어 바로잡음.
화압(花押) 예전의 성명이나 직함 아래에 도장 대신에 자필로 글자를 직접 쓰던 일. 또는 그 글자를 뜻한다.
통인(通引) 조선 시대에 경기 영동 지역에서 수령의 잔심부름을 하던 구실아치.
엄고(嚴鼓) 임금 행차 시 큰북을 세 번 치던 일. 또는 그 북.
호장(戶長) 고을 구실아치의 우두머리. 즉, 지방 아전 가운데 으뜸 위치.
홍패(紅牌) 문과의 회시(會試)에 급제한 사람에게 주던 증서.
남행(南行) 음관(蔭官)과 같은 의미로 과거를 거치지 아니하고 조상의 공덕에 의하여 맡은 벼슬. 또는 그런 벼슬아치.

작품 이해

　조선 후기(17세기 말~18·19세기)에 이르면 봉건적인 사회 구조가 무너지기 시작한다. 경제적인 면에서는 상업과 수공업이 발달하며 자본주의적인 모습이 드러나고, 사회적인 면에서는 평민 의식이 성장하여 신분제적 질서가 힘을 잃게 되면서 근대 시민 사회로의 전환이 시작된다. 이러한 발전적인 모습에 반하여 집권층의 반발도 상대적으로 커져서 삼정의 문란 등으로 백성들의 생활은 도탄에 빠져 계층간의 갈등이 극에 달하여 곳곳에서 민란이 발생한다.

　이와 같은 조선 사회 전체의 변화에 힘을 더하면서 적극적으로 대응한 것이 실학사상으로 무장한 일군의 실학자들이다. 이들은 이용후생 학파, 경세치용 학파, 실사구시 학파 등으로 나뉘어 각기 관심을 달리하면서 조선의 잘못되고 모순된 사회를 개혁하고자 노력하였다. 이 중 상공업의 유통 및 생산 기구, 기술 면의 혁신을 지향하는 도시적 감각을 지닌 유파가 이용후생 학파인데 대표적 인물이 바로 연암 박지원이다.

　박지원은 스스로 문인이라고 생각했지만 문학으로 출세하고자 하는 생각은 없었다. 그는 기존의 권위를 넘어서 새로운 창작 방법을 개척하느라고 고심에 찬 노력을 했기에 문학론이 작품이고 작품이 문학론이다. 당시에 '연암체'라고 일컫는 박지원의 문장은 정통에서 벗어난 패관잡서 따위에 머무른다고 폄하되는가 하면, 문풍을 어지럽히고 질서를 혼란시킨다는 점을 우려한 정조가 이른바 문체반정을 일으켜 금지하기도 하였다.

　연암 박지원의 소설은 『방경각외전』에 실린 아홉 편의 전과 『열하일기』에 수록된 「호질」과 「허생전」이 주목할 만하다. 그 가운데 「양반전」은 경제적으로 몰락한 양반이 양반 신분을 팔아 치우는 것을 풍자하면서 그 양반이라는 것이 '도둑'과 다름없음을 폭로한다. 양반이 신선처럼 보이매 돈을 주고 양반을 샀던 부자가 양반의 실상을 알고 다시는 양반이라는 이름을 입에 올리지 않았다는 말은 의미심장하다. 이 소설은 당시의 문란해진 신분 제도를 풍자한 것이기도 하거니와 나아가 평민들의 삶의 방향이 어디로 나아가야 하는가를 보여 준다.

이처럼 박지원은 조선 후기의 사상과 문학 면에서 커다란 영향을 미친 인물이다. 그리고 이 둘이 결코 분리되어 있지 않고 하나로 통합되어 있다. 따라서 그의 문학은 곧 그의 사상이며, 비판적인 정신이야말로 사상과 문학의 핵심이다. 더욱이 앞서 살펴보았듯 전(傳)의 형식으로 표현된 그의 소설 문체의 독특함은 파급력이 아주 컸으며, 이를 두려워한 정조가 '문체반정'을 일으킨 것이 그 뚜렷한 증거일 것이다. 연암 박지원의 문학에 비추어 보면 고전은 단순히 오래된 것일 뿐 아니라, 현재에도 여전히 깊은 울림을 주는 것임을 알 수 있다. 작품의 개성은 곧 보편성으로 남아 오래도록 우리에게 깊은 감동을 주기 때문이다.

 활동

1. 「양반전」에 풍자의 대상으로 드러나는 계층은 누구이며 비판하는 현실은 무엇인가?
2. 양반의 허위와 위선을 풍자한 박지원의 또다른 작품으로 「호질」이 있다. 이 작품을 찾아 읽고, 두 작품의 공통점을 써 보자.
3. 「양반전」에 드러난 작가의 개성을 내용과 형식으로 나누어 정리해 보자.

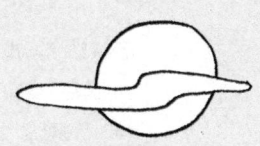

메밀꽃 필 무렵
이효석

읽기 전에

이효석은 우리 문학사에서 소설의 순수 서정성을 개척한 1930년대의 소설가로 평가됩니다. 「돈(豚)」, 「산」, 「메밀꽃 필 무렵」 등이 대표적인 작품이라고 할 수 있습니다. 여기에서 순수 서정성이란 무엇보다 현실과 일정한 거리를 둔다는 것을 의미합니다. 삶에 깃든 보편적인 서정을 작품으로 형상화한다는 것이지요. 그런데 문제는 이 작품이 1930년대라는 엄혹한 식민지 시대에 창작되었다는 것입니다. 물론 이 또한 작가의 개성인 것만은 분명합니다. 그러나 여전히 시대를 등졌다는 비판에서 자유롭지는 못합니다.

작품에서 작가의 개성은 중요합니다. 만일 내가 1930년대를 살았다면 현실과 어떻게 관계를 맺고 살았을까요? 문학을 비롯한 예술은 과연 순수 서정의 세계가 가능할까요? 사람은 저마다 다르니 문학이나 예술이 서로 다른 것은 인정되어야 할까요, 비판받아야 할까요? 내가 이 시대를 살았다면 어떤 작품을 썼을까요? 앞의 연암 박지원의 작품과 비교해서 읽어 봅시다.

여름 장이란 애시당초에 글러서, 해는 아직 중천에 있건만 장판은 벌써 쓸쓸하고 더운 햇발이 벌여 놓은 전 휘장 밑으로 등줄기를 훅훅 볶는다. 마을 사람들은 거지반 돌아간 뒤요, 팔리지 못한 나무꾼 패가 길거리에 궁싯거리고들 있으나, 석유 병이나 받고 고기 마리나 사면 족할 이 축들을 바라고 언제까지든지 버티고 있을 법은 없다. 츱츱스럽게 날아드는 파리 떼도 장난꾼 각다귀들도 귀찮다. 얼금뱅이요 왼손잡이인 드팀전의 허 생원은 기어코 동업의 조 선달을 나꾸어 보았다.

"그만 거둘까?"

"잘 생각했네. 봉평 장에서 한 번이나 흐뭇하게 사 본 일 있었을까. 내일 대화 장에서나 한몫 벌어야겠네."

"오늘 밤은 밤을 새서 걸어야 될걸."

"달이 뜨렷다."

절렁절렁 소리를 내며 조 선달이 그날 산 돈을 따지는 것을 보고 허 생원

궁싯거리다 어찌할 바를 몰라 이리저리 머뭇거리다.
각다귀 본래는 각다귓과의 곤충을 통틀어 이르는 말이나, 여기서는 장터의 장난꾸러기 아이들을 말함.
드팀전 예전에 온갖 옷감을 팔던 가게.
흐뭇하다 흐뭇할 만큼 오붓하다. 곧, 적지 않고 넉넉하다.

은 말뚝에서 넓은 휘장을 걷고 벌여 놓았던 물건을 거두기 시작하였다. 무명필과 주단 바리가 두 고리짝에 꼭 찼다. 멍석 위에는 천 조각이 어수선하게 남았다.

다른 축들도 벌써 거진 전들을 걷고 있었다. 약빠르게 떠나는 패도 있었다. 어물 장수도, 땜장이도, 엿장수도, 생강 장수도 꼴들이 보이지 않았다. 내일은 진부와 대화에 장이 선다. 축들은 그 어느 쪽으로든지 밤을 새며 육칠십 리 밤길을 타박거리지 않으면 안 된다. 장판은 잔치 뒷마당같이 어수선하게 벌어지고 술집에서는 싸움이 터져 있었다. 주정꾼 욕지거리에 섞여 계집의 앙칼진 목소리가 찢어졌다. 장날 저녁은 정해 놓고 계집의 고함 소리로 시작되는 것이다.

"생원, 시침을 떼두 다 아네……. 충줏집 말야."

계집 목소리로 문득 생각난 듯이 조 선달은 비죽이 웃는다.

"화중지병이지. 연소패들을 적수로 하구야 대거리가 돼야 말이지."

"그렇지두 않을걸. 축들이 사족을 못 쓰는 것두 사실은 사실이나, 아무리 그렇다군 해두 왜 그 동이 말일세, 감쪽같이 충줏집을 후린 눈치거든."

"무어, 그 애숭이가? 물건 가지고 낚았나 부지. 착실한 녀석인 줄 알았더니."

"그 길만은 알 수 있나……. 궁리 말구 가 보세나그려. 내 한턱 씀세."

그다지 마음이 당기지 않는 것을 쫓아갔다. 허 생원은 계집과는 연분이 멀었다. 얼금뱅이 상판을 쳐들고 대어 설 숫기도 없었으나, 계집 편에서 정을 보낸 적도 없었고 쓸쓸하고 뒤틀린 반생이었다. 충줏집을 생각만 하여도 철없이 얼굴이 붉어지고 발밑이 떨리고 그 자리에 소스라쳐 버린다. 충줏집 문을 들어서 술좌석에서 짜장 동이를 만났을 때에는 어찌 된 서슬엔지 발끈 화가 나 버렸다. 상 위에 붉은 얼굴을 쳐들고 제법 계집과 농탕치는 것을 보고서야 견딜 수 없었던 것이다. 녀석이 제법 난질꾼인데 꼴사납다. 머리에 피도 안 마른 녀석이 낮부터 술 처먹고 계집과 농탕이야. 장돌뱅이 망신만 시키고 돌아다니누나. 그 꼴에 우리들과 한몫 보자는 셈이지. 동이 앞에 막아서면서부터 책망이었다. 걱정두 팔자요 하는 듯이 빤히 쳐다보는 상기된 눈망울에 부딪칠 땐, 결김에 따귀를 하나 갈겨 주지 않고는 배길 수 없었다. 동이도 화를 쓰고 팩하게 일어서기는 하였으나, 허 생원은 조금도 동색하는 법 없이 마음먹은 대로는 다 지껄였다―어디서 줏어 먹은 선머슴인지는 모르겠으나 네게도 애비 에미 있겠지. 그 사나운 꼴 보문 맘 좋겠다. 장사란 탐탁하게 해야 되지, 계집이 다 무어야. 나가거라, 냉큼 꼴 치워.

그러나 한마디도 대거리하지 않고 하염없이 나가는 꼴을 보려니 도리어 측은히 여겨졌다. 아직도 서름서름한 사인데 너무 과하지 않았을까 하고 마음이 섬짓해졌다. 주제도 넘지, 같은 술손님이면서두 아무리 젊다고 자식 낫세 되는 것을 붙들고 치고 닦아셀 것은 무어야, 원. 충줏집은 입술을 쭝긋하고 술 붓는 솜씨도 거칠었으나, 젊은 애들한테는 그것이 약이 된다나 하고 그 자리는 조 선달이 얼버무려 넘겼다. 너 녀석한테 반했지? 애숭이를 빨문 죄 된다, 한참 법석을 친 후이다. 담도 생긴 데다가 웬일인지 흠뻑 취해 보고 싶은 생각도 있어서 허 생원은 주는 술잔이면 거의 다 들이켰다. 거나해짐을 따라 계집 생각보다도 동이의 뒷일이 한결같이 궁금해졌다. 내 꼴에 계집을 가로채서는 어떡헐 작정이었누 하고 어리석은 꼬락서니를 모질게 책망하는 마음도 한편에 있었다. 그렇기 때문에 얼마나 지난 뒤인지 동이가 헐레벌떡거리며 황급히 부르러 왔을 때에는 마시던 잔을 그 자리에 던지고 정신없이 허덕이며 충줏집을 뛰어나간 것이었다.

바리 마소의 등에 잔뜩 실은 짐을 세는 단위.
화중지병(畵中之餠) 그림의 떡.
연소패 나이가 어린 사람의 무리.
짜장 과연 정말로.
난질꾼 술과 색에 빠져 방탕하게 놀기를 잘하는 사람을 낮잡아 이르는 말.
결김에 화가 난 나머지.
서름서름하다 사이가 자연스럽지 못하고 매우 서먹서먹하다.
담 겁이 없고 용감한 기운.

"생원 당나귀가 바를 끓구 야단이에요."

"각다귀들 장난이지 필연코."

짐승도 짐승이려니와 동이의 마음씨가 가슴을 울렸다. 뒤를 따라 장판을 달음질하려니 거슴츠레한 눈이 뜨거워질 것 같다.

"부락스런 녀석들이라 어쩌는 수 있어야죠."

"나귀를 몹시 구는 녀석들은 그냥 두지는 않을걸."

반평생을 같이 지내 온 짐승이었다. 같은 주막에서 잠자고 같은 달빛에 젖으면서 장에서 장으로 걸어다니는 동안에 이십 년의 세월이 사람과 짐승을 함께 늙게 하였다. 까스러진 목 뒤 털은 주인의 머리털과도 같이 바스러지고, 개진개진 젖은 눈은 주인의 눈과 같이 눈곱을 흘렸다. 몽당비처럼 짧게 쓸리운 꼬리는 파리를 쫓으려고 기껏 휘저어 보아야 벌써 다리까지는 닿지 않았다. 닳아 없어진 굽을 몇 번이나 도려내고 새 철을 신겼는지 모른다. 굽은 벌써 더 자라나기는 틀렸고, 닳아 버린 철 사이로는 피가 빼짓이 흘렀다. 냄새만 맡고도 주인을 분간하였다. 호소하는 목소리로 야단스럽게 울며 반겨한다.

어린아이를 달래듯이 목덜미를 어루만져 주니 나귀는 코를 벌름거리고 입을 투르르거렸다. 콧물이 튀었다. 허 생원은 짐승 때문에 속도 무던히는 썩였다. 아이들의 장난이 심한 눈치여서 땀 밴 몸뚱아리가 부들부들 떨리고 좀체 흥분이 식지 않는 모양이었다. 굴레가 벗어지고 안장도 떨어졌다. 요 몹쓸 자식들 하고 허 생원은 호령을 하였으나, 패들은 벌써 줄행랑을 논 뒤요, 몇 남지 않은 아이들이 호령에 놀래 비슬비슬 멀어졌다.

"우리들 장난이 아니우. 암놈을 보고 저 혼자 발광이지."

코흘리개 한 녀석이 멀리서 소리를 쳤다.

"고 녀석 말투가……."

"김 첨지 당나귀가 가 버리니까 왼통 흙을 차고 거품을 흘리면서 미친 소같이 날뛰는걸. 꼴이 우스워 우리는 보고만 있었다우. 배를 좀 보지."

아이는 앵돌아진 투로 소리를 치며 깔깔 웃었다. 허 생원은 모르는 결에 낯이 뜨거워졌다. 뭇 시선을 막으려고 그는 짐승의 배 앞을 가리어 서지 않으면 안 되었다.

"늙은 주제에 암샘을 내는 셈야, 저놈의 짐승이."

아이의 웃음소리에 허 생원은 주춤하면서 기어코 견딜 수 없어 채찍을 들더니 아이를 쫓았다.

"쫓으려거든 쫓아 보지. 왼손잡이가 사람을 때려."

줄달음에 달아나는 각다귀에는 당하는 재주가 없었다. 왼손잡이는 아이 하나도 후릴 수 없다. 그만 채찍을 던졌다. 술기도 돌아 몸이 유난스럽게 화끈거렸다.

"그만 떠나세. 녀석들과 어울리다가는 한이 없어. 장판의 각다귀들이란 어른보다도 더 무서운 것들인걸."

조 선달과 동이는 각각 제 나귀에 안장을 얹고 짐을 싣기 시작하였다. 해가 꽤 많이 기울어진 모양이었다.

드팀전 장돌이를 시작한 지 이십 년이나 되어도 허 생원은 봉평 장을 빼논 적은 드물었다. 충주, 제천 등의 이웃 군에도 가고 멀리 영남 지방도 헤매기는 하였으나, 강릉쯤에 물건 하러 가는 외에는 처음부터 끝까지 군내를 돌아다녔다. 닷새만큼씩의 장날에는 달보다도 확실하게 면에서 면으로 건너간다. 고향이 청주라고 자랑삼아 말하였으나 고향에 돌보러 간 일도 있는 것 같지는 않았다. 장에서 장으로 가는 길의 아름다운 강산이 그대로 그에게는 그리운 고향이었다. 반날 동안이나 뚜벅뚜벅 걷고 장터 있는 마을에 거지반 가까웠을 때, 지친 나귀가 한바탕 우렁차게 울면—더구나 그것이 저녁녘이어서 등불들이 어둠 속에 깜박거릴 무렵이면 늘 당하는 것이

바 삼이나 칡 따위로 세 가닥을 지어 굵다랗게 드린 줄.
까스러지다 잔털 따위가 거칠게 일어나다.
앵돌아지다 노여워서 토라지다.

건만 허 생원은 변치 않고 언제든지 가슴이 뛰놀았다.

　젊은 시절에는 알뜰하게 벌어 돈푼이나 모아 본 적도 있기는 있었으나, 읍내에 백중이 열린 해 호탕스럽게 놀고 투전을 하고 하여 사흘 동안에 다 털어 버렸다. 나귀까지 팔게 된 판이었으나 애끓는 정분에 그것만은 이를 물고 단념하였다. 결국 도로아미타불로 장돌이를 다시 시작할 수밖에는 없었다. 짐승을 데리고 읍내를 도망해 나왔을 때에는 너를 팔지 않기 다행이었다고 길가에서 울면서 짐승의 등을 어루만졌던 것이었다. 빚을 지기 시작하니 재산을 모을 염은 당초에 틀리고, 간신히 입에 풀칠을 하러 장에서 장으로 돌아다니게 되었다.

　호탕스럽게 놀았다고는 하여도 계집 하나 후려 보지는 못하였다. 계집이란 쌀쌀하고 매정한 것이었다. 평생 인연이 없는 것이라고 신세가 서글퍼졌다. 일신에 가까운 것이라고는 언제나 변함없는 한 필의 당나귀였다.

　그렇다고는 하여도 꼭 한 번의 첫 일을 잊을 수는 없었다. 뒤에도 처음에도 없는 단 한 번의 괴이한 인연! 봉평에 다니기 시작한 젊은 시절의 일이었으나 그것을 생각할 적만은 그도 산 보람을 느꼈다.

　"달밤이었으나 어떻게 해서 그렇게 됐는지 지금 생각해두 도무지 알 수 없어."

　허 생원은 오늘 밤도 또 그 이야기를 끄집어내려는 것이다. 조 선달은 친구가 된 이래 귀에 못이 박히도록 들어 왔다. 그렇다고 싫증을 낼 수도 없었으나 허 생원은 시침을 떼고 되풀이할 대로는 되풀이하고야 말았다.

　"달밤에는 그런 이야기가 격에 맞거든."

　조 선달 편을 바라는 보았으나 물론 미안해서가 아니라 달빛에 감동하여서였다. 이지러는 졌으나 보름을 갓 지난 달은 부드러운 빛을 흐뭇이 흘리고 있다. 대화까지는 칠십 리의 밤길. 고개를 둘이나 넘고 개울을 하나 건너고 벌판과 산길을 걸어야 된다. 길은 지금 긴 산허리에 걸려 있다. 밤중을 지난 무렵인지 죽은 듯이 고요한 속에서 짐승 같은 달의 숨소리가 손에 잡힐 듯이 들리며, 콩 포기와 옥수수 잎새가 한층 달에 푸르게 젖었다. 산허리는 온통 메밀밭이어서 피기 시작한 꽃이 소금을 뿌린 듯이 흐뭇한 달빛에 숨이 막힐 지경이다. 붉은 대궁이 향기같이 애잔하고 나귀들의 걸음도 시원하다. 길이 좁은 까닭에 세 사람은 나귀를 타고 외줄로 늘어섰다. 방울 소리가 시원스럽게 딸랑딸랑 메밀밭께로 흘러간다. 앞장선 허 생원의 이야기 소리는 꽁무니에 선 동이에게는 확적히는 안 들렸으나, 그는 그대로 개운한 제멋에 적적하지는 않았다.

"장 선 꼭 이런 날 밤이었네. 객줏집 토방이란 무더워서 잠이 들어야지. 밤중은 돼서 혼자 일어나 개울가에 목욕하러 나갔지. 봉평은 지금이나 그제나 마찬가지지. 보이는 곳마다 메밀밭이어서 개울가 어디 없이 하얀 꽃이야. 돌밭에 벗어도 좋을 것을 달이 너무도 밝은 까닭에 옷을 벗으러 물방앗간으로 들어가지 않았나. 이상한 일도 많지. 거기서 난데없는 성 서방네 처녀와 마주쳤단 말이네. 봉평서야 제일가는 일색이었지."

"팔자에 있었나 부지."

아무렴 하고 응답하면서 말머리를 아끼는 듯이 한참이나 담배를 빨 뿐이었다. 구수한 자줏빛 연기가 밤기운 속에 흘러서는 녹았다.

"날 기다린 것은 아니었으나 그렇다고 달리 기다리는 놈팽이가 있는 것두 아니었네. 처녀는 울고 있단 말야. 짐작은 대고 있었으나 성 서방네는 한창 어려워서 들고날 판인 때였지. 한집안 일이니 딸에겐들 걱정이 없을 리 있겠나. 좋은 데만 있으면 시집도 보내련만 시집은 죽어도 싫다지……. 그러나 처녀란 울 때같이 정을 끄는 때가 있을까. 처음에는 놀라기도 한 눈

백중 음력 7월 보름날. 명일의 하나로, 이날은 여름철의 바쁜 농사일이 대강 끝나므로 큰 놀이판을 벌이는 풍습이 있었다.
투전 노름 도구의 하나. 또는 그것으로 하는 노름.
염(念) 무엇을 하려고 하는 생각이나 마음.
대궁 초본 식물의 줄기를 의미하는 '대'의 강원도 방언.
객줏집 예전에, 길 가는 나그네들에게 술이나 음식을 팔고 손님을 재우는 영업을 하던 집.

치였으나 걱정 있을 때는 누그러지기도 쉬운 듯해서 이럭저럭 이야기가 되었네……. 생각하면 무섭고도 기막힌 밤이었어."

"제천인지로 줄행랑을 놓은 건 그다음 날이었나?"

"다음 장도막에는 벌써 온 집안이 사라진 뒤였네. 장판은 소문에 발끈 뒤집혀 고작해야 술집에 팔려 가기가 상수라고 처녀의 뒷공론이 자자들 하단 말이야. 제천 장판을 몇 번이나 뒤졌겠나. 하나 처녀의 꼴은 꿩 궈 먹은 자리야. 첫날밤이 마지막 밤이었지. 그때부터 봉평이 마음에 든 것이 반평생을 두고 다니게 되었네. 평생인들 잊을 수 있겠나."

"수 좋았지. 그렇게 신통한 일이란 쉽지 않어. 항용 못난 것 얻어 새끼 낳고 걱정 늘고, 생각만 해두 진저리 나지……. 그러나 늘그막바지까지 장돌뱅이로 지내기도 힘드는 노릇 아닌가. 난 가을까지만 하구 이 생애와두 하직하려네. 대화쯤에 조그만 전방이나 하나 벌이구 식구들을 부르겠어. 사시장천 뚜벅뚜벅 걷기란 여간이래야지."

"옛 처녀나 만나면 같이나 살까……. 난 거꾸러질 때까지 이 길 걷고 저 달 볼 테야."

산길을 벗어나니 큰길로 틔어졌다. 꽁무니의 동이도 앞으로 나서 나귀들은 가로 늘어섰다.

"총각두 젊겠다, 지금이 한창 시절이렷다. 충줏집에서는 그만 실수를 해서 그 꼴이 되었으나 섭게 생각 말게."

"처 천만에요. 되려 부끄러워요. 계집이란 지금 웬 제격인가요. 자나 깨나 어머니 생각뿐인데요."

허 생원의 이야기로 실심해한 끝이라 동이의 어조는 한풀 수그러진 것이었다.

"애비 에미란 말에 가슴이 터지는 것도 같았으나 제겐 아버지가 없어요. 피붙이라고는 어머니 하나뿐인걸요."

"돌아가셨나?"

"당초부터 없어요."

"그런 법이 세상에······."

생원과 선달이 야단스럽게 껄껄들 웃으니 동이는 정색하고 우길 수밖에는 없었다.

"부끄러워서 말하지 않으려 했으나 정말예요. 제천 촌에서 달도 차지 않은 아이를 낳고 어머니는 집을 쫓겨났죠. 우스운 이야기나, 그러기 때문에 지금까지 아버지 얼굴도 본 적 없고 있는 고장도 모르고 지내 와요."

고개가 앞에 놓인 까닭에 세 사람은 나귀를 내렸다. 둔덕은 험하고 입을 벌리기도 대근하여 이야기는 한동안 끊겼다. 나귀는 건듯하면 미끄러졌다. 허 생원은 숨이 차 몇 번이고 다리를 쉬지 않으면 안 되었다. 고개를 넘을 때마다 나이가 알렸다. 동이 같은 젊은 축이 그지없이 부러웠다. 땀이 등을 한바탕 쪽 씻어 내렸다.

고개 너머는 바로 개울이었다. 장마에 흘러 버린 널다리가 아직도 걸리지 않은 채로 있는 까닭에 벗고 건너야 되었다. 고의를 벗어 띠로 등에 얽어매고 반벌거숭이의 우스꽝스런 꼴로 물속에 뛰어들었다. 금방 땀을 흘린 뒤였으나 밤 물은 뼈를 찔렀다.

"그래 대체 기르긴 누가 기르구?"

"어머니는 하는 수 없이 의부를 얻어 가서 술장사를 시작했죠. 술이 고주래서 의부라고 전망나니예요. 철들어서부터 맞기 시작한 것이 하룬들 편한 날 있었을까. 어머니는 말리다가 채이고 맞고 칼부림을 당하곤 하니 집 꼴이 무어겠소. 열여덟 살 때 집을 뛰쳐나서부터 이 짓이죠."

"총각 낫세론 심이 무던하다고 생각했더니 듣고 보니 딱한 신세로군."

장도막 한 장날로부터 다음 장날 사이의 동안을 세는 단위.
실심(失心) 근심 걱정으로 맥이 빠지고 마음이 산란하여짐.
대근하다 견디기가 어지간히 힘들고 만만하지 않다.
전망나니 돈이라면 사족을 못 쓰고 못된 짓을 하는 사람을 이르는 말.
심 '철(들다)'이라는 뜻의 평창 지역 방언으로 보임.

물은 깊어 허리까지 찼다. 속 물살도 어지간히 센 데다가 발에 채이는 돌멩이도 미끄러워 금시에 훌칠 듯하였다. 나귀와 조 선달은 재빨리 거의 건넜으나 동이는 허 생원을 붙드느라고 두 사람은 훨씬 떨어졌다.

"모친의 친정은 원래부터 제천이었던가?"

"웬걸요, 시원스리 말은 안 해 주나 봉평이라는 것만은 들었죠."

"봉평, 그래 그 애비 성은 무엇이구?"

"알 수 있나요. 도무지 듣지를 못했으니까."

"그 그렇겠지." 하고 중얼거리며 흐려지는 눈을 까물까물하다가 허 생원은 경망하게도 발을 빗디디었다. 앞으로 고꾸라지기가 바쁘게 몸째 풍덩 빠져 버렸다. 허비적거릴수록 몸을 걷잡을 수 없어 동이가 소리를 치며 가까이 왔을 때에는 벌써 퍽으나 흘렀었다. 옷째 쫄딱 젖으니 물에 젖은 개보다도 참혹한 꼴이었다. 동이는 물속에서 어른을 해깝게 업을 수 있었다. 젖었다고는 하여도 여원 몸이라 장정 등에는 오히려 가벼웠다.

"이렇게까지 해서 안됐네. 내 오늘은 정신이 빠진 모양이야."

"염려하실 것 없어요."

"그래 모친은 애비를 찾지는 않는 눈치지?"

"늘 한번 만나고 싶다고는 하는데요."

"지금 어디 계신가?"

"의부와도 갈라져 제천에 있죠. 가을에는 봉평에 모셔 오려고 생각 중인데요. 이를 물고 벌면 이럭저럭 살아갈 수 있겠죠."

"아무렴, 기특한 생각이야. 가을이렷다?"

동이의 탐탁한 등어리가 뼈에 사무쳐 따뜻하다. 물을 다 건넜을 때에는 도리어 서글픈 생각에 좀 더 업혔으면도 하였다.

"진종일 실수만 하니 웬일이요, 생원."

조 선달은 바라보며 기어코 웃음이 터졌다.

"나귀야. 나귀 생각하다 실족을 했어. 말 안 했던가. 저 꼴에 제법 새끼를 얻었단 말이지. 읍내 강릉집 피마에게 말일세. 귀를 쫑긋 세우고 달랑달랑 뛰는 것이 나귀 새끼같이 귀여운 것이 있을까. 그것 보러 나는 일부러 읍내를 도는 때가 있다네."

"사람을 물에 빠치울 젠 딴은 대단한 나귀 새끼군."

허 생원은 젖은 옷을 웬만큼 짜서 입었다. 이가 덜덜 갈리고 가슴이 떨리며 몹시도 추웠으나 마음은 알 수 없이 둥실둥실 가벼웠다.

"주막까지 부지런히들 가세나. 뜰에 불을 피우고 훗훗이 쉬어. 나귀에겐 더운물을 끓여 주고. 내일 대화 장 보고는 제천이다."

"생원도 제천으로……?"

"오래간만에 가 보고 싶어. 동행하려나 동이?"

나귀가 걷기 시작하였을 때 동이의 채찍은 왼손에 있었다. 오랫동안 아둑시니같이 눈이 어둡던 허 생원도 요번만은 동이의 왼손잡이가 눈에 뜨이지 않을 수 없었다.

걸음도 해깝고 방울 소리가 밤 벌판에 한층 청청하게 울렸다.

달이 어지간히 기울어졌다.

해깝다 '가볍다'의 방언.
피마 다 자란 암말.
훗훗하다 약간 갑갑할 정도로 훈훈하게 덥다.
아둑시니 '어둑서니'의 방언. 어두운 방에 아무것도 없는데, 있는 것처럼 잘못 보이는 것.

작품 이해

　이효석은 카프의 동반 작가로 작품 활동을 시작하였다. 동반 작가란 곧 적극적으로 카프의 구성원으로 활동하지는 않았지만, 뜻을 함께하며 동반한 작가들을 가리킨다. 카프 작가와 동반 작가들은 주로 가난한 서민들의 삶에서 소재를 선택하고, 이를 있는 그대로 표현하며 식민지 현실 속 삶의 고통을 보여 주었다.

　이효석의 초기 작품인 「도시와 유령」은 어느 미장이를 주인공으로 삼아, 그의 체험담을 통해 한편으로는 가난한 사람의 처지를 그려 내고 다른 한편으로는 일종의 사회 비판과 사회 개조를 위한 적극적 참가를 부르짖는다. 이 소설의 주제는 '이놈의 서울은 사람 사는 곳이 아니라 도깨비굴이었던가' 하는 주인공의 외침에서 잘 드러난다.

　그런데 후기에 들어 이효석은 동반 작가에서 벗어나 '구인회'라는 모더니즘, 곧 현실과는 일정한 거리를 둔 채 새로운 기법을 중시하는 작가들의 모임에 참여하며 자신의 작품 세계를 바꾸게 된다. 동반 작가에서 순수 서정의 작가로 변신을 꾀한 것이다. 이효석이 순수 서정의 작가로 변화한 것은 먼저 이효석 작품 자체의 특성 때문이다. 동반 작품 계열에 드는 「노령 근해」나 「북국점경」의 경우 비록 사회의식이 강조되어 있기는 하지만 이국적인 것에 대한 감정이나 배, 항구, 로서아 등의 단어가 전면으로 등장하고 대중 생활과의 관련성은 점점 희박해진다. 곧 이효석의 경우 사회의식은 주체적으로 소화한 것이라기보다 시대의 조류에 편승한 것으로 보인다. 그러다가 1930년대에 접어들면서 사상 운동, 사회 운동이 일제에 의해 전면적으로 탄압받자 순수 서정의 세계, 곧 자연과 인간의 원초적이고 본능적인 세계를 그리는 것으로 옮겨 간 것이다.

　이효석의 탁월한 단편으로 평가되는 「메밀꽃 필 무렵」(1936)은 그의 후기 경향에 속하는 작품이면서도 다른 작품들과는 구별되는 특색을 보인다. 이 소설은 후기 작품의 주요 주제인 성의 문제가 작품 뒷면으로 물러나고 아름다운 자연과 일체가 된 인간을 그리는 한 편의 서정시와도 같은 작품이다. 많은 문학 연구자들이 이효석의 소설이 '시적 수필의 경지'를 개척했다고 평가하는 것은 바로 이 작품을 두고 하는 말이다. 이 소설에서는 인간의 삶과 그 삶을 규정하고 제약하는 구체적인 사회 현실은 등장하지 않는다. 이 장에서 저 장으로 떠돌아다니는 불행한 장돌뱅이로서의 허 생원의 삶이나, 빈궁한 1930년대의 한국 농촌의 현실을 발견할 수 없다. 작품 전면을 지배하는 것은 관조적인 인생관이며, '소금을 뿌린 듯한 달밤의 메밀꽃밭'으로 압축되는 자연의 아름다움이다. 그렇기 때문에 작품에 등장하는 '허 생원'이나 '동이'와 같은 인물은 허 생원이 아끼는 '나귀'와 동일한 위치에 있다. 즉 이 작품에 등장하는 인물들은 배경에 녹아나는 인물이지 행위하는 인물이 아닌 것이다. 이런 의미에서 이 작품은 철저하게 반사회적이며 반현실적이다. 따라서 이 작품은 한편으로는 '인간의 본능적인 성의 문제'를 다룬 다른 후기 작품들과 구별되면서도 공통된 성격을 갖는다. 「메밀꽃 필 무렵」에 제시된 자연은 현실 도피의 수단으로 선택된 자연인 것이다.

결국 1933년 이후 이효석의 소설들은 초기의 사회적인 지향에서 전면 탈피하여 반사회적인 것을 그 특색으로 한다. 이효석의 후기 소설의 반사회성은 그의 독특한 미관에서 말미암은 것이기도 하다. 그는 평소 맨스필드나 체호프, 입센 등 서구 작가들을 독서를 통해 섭렵하고 그들로부터 깊은 영향을 받았다. 그러나 이효석은 그들 작품의 사회적 배경이나 내용에 심취한 것이 아니라 작품의 아름다움 자체에 감명을 받았다. 그의 독서 체험으로부터 문학의 유일한 기준은 '미'가 되었으며, 그 미는 언제나 서양적인 것을 기준으로 한다. 겉으로 보기에 그의 소설에 나타난 자연적인 배경이 동양미인 것 같지만, 실은 한국적 현실과 아무런 관련이 없는 서양을 기준으로 선택된 동양적인 것이다. 그의 많은 작품에서 드러나는 이국적인 분위기나 이국적인 사물에 대한 선호도 그의 미관에서 생긴 것이며, 그의 이러한 서구 지향 또한 현실 도피의 한 면이라고 볼 수 있다. 그의 최고의 성공작이며 한 편의 서정시와도 같은 「메밀꽃 필 무렵」의 '소금을 뿌린 듯한 달밤의 메밀꽃밭'도 실은 맨스필드의 배꽃 이미지로부터 온 것이다.

어쩌면 우리 문학사에서 이효석은 과대평가를 받아 왔는지도 모른다. 비록 그의 소설이 시적 차원을 개척했고 세련된 언어의 구사가 독보적인 경지에 올랐다고 할지라도 그의 작품이 가지는 사회적, 역사적 의미를 물을 때 후기의 작품은 분명 낮은 점수를 받을 수밖에 없다. 그의 개인적인 차원에서 후기의 서정적인 작품이 그의 개성과 밀착된 것이라고 할지라도 그러하다. 순수 서정의 세계, 세련된 언어의 구사, 시적인 차원의 소설 등은 아무래도 역사와 사회, 현실의 반대편에 놓인 개성이기 때문이다.

활동

1. 이 소설에서 허 생원을 상징하는 동물은 무엇인가?
2. 이 소설에서 시간 진행 방식을 설명하라.
3. 이 소설에서 '자연'이 지니는 의미와 그 한계에 대해 서술하라.
4. 다음은 이 소설의 가장 아름다운 장면으로 우리 소설사에서도 보기 드문 묘사로 손꼽히는 장면이다. 이 부분의 표현의 특성을 아는 대로 써 보자.

> 이지러는 졌으나 보름을 갓 지난 달은 부드러운 빛을 흐붓이 흘리고 있다. 대화까지는 칠십 리의 밤길. 고개를 둘이나 넘고 개울을 하나 건너고 벌판과 산길을 걸어야 된다. 길은 지금 긴 산허리에 걸려 있다. 밤중을 지난 무렵인지 죽은 듯이 고요한 속에서 짐승 같은 달의 숨소리가 손에 잡힐 듯이 들리며, 콩 포기와 옥수수 잎새가 한층 달에 푸르게 젖었다. 산허리는 온통 메밀밭이어서 피기 시작한 꽃이 소금을 뿌린 듯이 흐붓한 달빛에 숨이 막힐 지경이다. 붉은 대궁이 향기같이 애잔하고 나귀들의 걸음도 시원하다. 길이 좁은 까닭에 세 사람은 나귀를 타고 외줄로 늘어섰다. 방울 소리가 시원스럽게 딸랑딸랑 메밀밭께로 흘러간다.

읽기 전에

사람은 사람들 속에서 살아갑니다. 때로는 힘을 주는 사람을 만나기도 하고 때로는 방해꾼을 만나기도 합니다. 우리 역시도 마찬가지랍니다. 누군가에게는 도움이 되기도 하고 또 누군가에게는 되레 신세를 지기도 합니다. 이러저러한 사람들 틈에 섞여 우리는 우리 몫의 삶을 살아가는 것이지요.

이 작품에서는 어린 시절부터 대학생이 될 때까지 함께 지냈던, 잊지 못할 아름다운 사람을 소개하고 있습니다. 그가 어떤 사람이었는지, 어떤 세월을 보냈는지, 어떤 인연으로 엮여 도움을 주고받았는지, 그리고 어떻게 죽음에 이르렀는지를 찬찬히 되짚어 봅니다. 작품 전편을 통해 서술자인 '나'는 이 인물, 석공(石公)이란 별명을 지닌 이 인물에 대한 애정과 경외를 감추려 들지 않습니다. 혹여 우리 주변에도 이처럼 소중하고 아름다운, 참된 사람이라고 느꼈던 누군가가 있었는지 생각해 봅시다. 덧붙여 이 작품에서는 작가의 개성이 어떻게 드러나는지 살피며 작품을 읽어 봅시다.

【전략】

나는 영화 〈대부〉의 상영에 찬성하는 글을 써 달라는 신문사의 청탁을 받는다. 기자는 그 일에 내가 적임자라 하매, 나는 스스로를 돌아보고 나와 인연 맺은 이들을 떠올린다. 그중 대전 사는 시인 박용래와 임강빈이 있다. 나는 역사의 주역 자리를 빼앗긴 이 땅의 서민들을 위해 〈대부〉가 오락거리가 되어 줄 것이라는 글을 써서 신문사에 보낸다. 그리고 열여섯 먹은 소년이 굶주림에 살인강도 짓을 하고는 쌀밥과 콜라, 포도가 먹고 싶었노라 한 기사를 읽는다. 추석이 되어 차례 음식을 마주한 나는 다시 열여섯 소년 강도와 어린 시절의 굶주림을 떠올린다. 그러나 소년에게 죽임을 당한 택시 기사를 생각해 보라는 한씨의 말에 진실로 본성이 착하고 어질며 갸륵한 인간이 드물다는 생각에 미친다. 그리고 추억 속의 한 사람을 떠올리는데…….

그 사람은 내가 일생을 살며 추모해도 다하지 못할 만큼, 나이를 얻어 살수록 못내 그립기만 했다. 그의 이름은 신현석(申鉉石), 향년 37세였고, 살아 있다면 올해 마흔여덟이 될 터였다. 이름에 돌 석 자가 들어 그랬던지, 그는 살아생전 유난히 돌을 좋아했거니와, 돌이켜 따져 보면 그 자신이 천생 돌과 같은 사람이기도 했다. 그래서 모두들 그를 석공(石公)이란 별명으로 부르기를 즐겨 하였고, 본인도 그런 명칭을 마다하지 않았던 줄 안다.

나는 돌에 대해서 아는 바가 없다. 그러나 그런대로 석공을 추억하고 아쉬워하던 끝이면 흔히 돌의 됨됨이와 성질을 더불어 되새기게 되곤 했다. 그러므로 내가 아는 돌의 성질이란 곧 석공이란 별명을 가졌던 그 인간의 성질과 거의 같은 것임을 뜻하기도 한다.

  돌은 천 년을 값없이 내버려져 있다가도 문득 필요한 자에게 쓸모가 보이면서 비로소 석재라는 허울을 얻으며 가치가 주어진다. 그럴 기회를 얻지 못한 돌은 만 년을 묵어도 골동이 될 리 없으며 어떤 품목에 끼어들 명분도 없다. 그렇듯 돌은 용모가 곧 쓸모이되 장중한 바위로부터 간지러운 자갈에 이르기까지 타고난 성질만은 매한가지로 같다. 더위에 늘어짐이 없고 장마에 젖으나 물러지지 않으며, 추위에 움츠러들지 않고, 바람에 뒹굴지언정 가벼이 날아가지 않는다. 가벼워지거나 무거워지지 않고, 망치로 얻어맞아 깨지긴 해도 일그러지거나 무름해지지 않는다. 옛 글에도 "丹可磨 而不可奪其赤 石可破 而不可奪其堅…… 단사(丹砂)를 갈더라도 그 붉은빛은 빼앗을 수 없고, 돌을 깨뜨려도 그 굳음은 빼앗을 수 없다"고 일렀음을 알고 있다.

  석공이 그렇듯 돌과 같았던 줄로 생각하기를 나는 서슴지 않는다. 산이 높으면 달이 작게 보이듯, 워낙 거친 세상에 섞여 있기로 더러는 잊으며 살긴 했지마는.

  범바위에서 해돋이 하는 쪽으로 서너너덧 발쯤 떨어진 곳에는, 막 걸음발 타기 시작한 어린것이라도 쉬이 기어오를 수 있게 황소마냥 나붓이 엎드린 바위가 사철 아이들 신창에 닳아 번질거렸으니, 우리들은 그 바위를 모양대로 이름 지어 황소바위라고 불렀다. 그 바위는 대복이네 집 뒷등성이 너럭바위를 두고 휘넘어가는 오솔길 가풀막 아래 길섶에 옆구리를 대고 누워 있고, 오가는 사람의 두런거림을 하 많이 엿들어 온 탓일까, 칠성바위 가운데도 기중 능청스럽고 너볏하던 바위였다. 그 황소바위는 얼핏 보기로 마치 우리 밭의 체통을 지켜 주는 장승처럼 여겨지기도 했으니, 그것은 길 건너 맞은편에 사는 신 서방의 야짓잖은 짓으로, 밭이 점점 길바닥에 먹혀들어 이미 여러 평이나 줄어든 뒤였기 때문이었다. 황소바위가 누워 버티고 있지 않았더라면 우리 밭은 얼마를 더 길바닥으로 내버리게 됐을지 어림할 수도 없이 된 형편이었다. 원래가 산등성이를 휘넘어간 오솔길 초입이었기에, 황소바위를 거쳐 신작로로 타 내려간 그 길바닥은 겨우 지게나 지나다닐 만하게 좁으장한 거였었다. 그 길섶은 내가 늘 대복이를 따라 물총새 구멍을 뒤지고 다닌 산골짜기가 내려 흐른 것으로 너름한 개울이었고, 신 서방네 집은 그 건너 고섶에 뙤똑하게 올라앉아 있었다. 어느 해부터였나, 신 서방은 그 좁은 길 가장자리를 두어 발 폭이나 되게 곡괭이로 일구어 쇠스랑으로 골을 타고는, 줄파와 부추 따위 푸성귀를 부쳐 먹고 있었다. 봄에 강낭콩을 심었다가 거두면 열무를 뿌리든가 호박 구덩이를 몇 개씩 묻기도 하고, 가로 퍼지는 옥수수와 댑싸리를 울타리처럼 가꾸기도 하였다.

"남는 땅 임자 읎이 뵈기두 아깝구, 뭐던지 묻은 씨는 건지리라 허구 심는 것인디…… 사람은 다다(모름지기) 부지런허구 볼 것이랑께……." 신 서방은 곧잘 그런 말을 하던 것으로 기억하지만, 실은 뿌린 씨앗의 몇십 갑절이 소출되어, 내심 터앝으로 치부하고 재미를 들였음이 분명했다. 신 서방은 호미 끝으로 야금야금 길바닥을 먹어들며 터를 넓혔고, 차츰 들깨나 고추 모 따위 열매가 열려도 더뎅이지게 매달리는 작물로만 가려 심기 버릇하였으니, 오가는 행인들은 자연 남이 심어 가꾼 것을 다치지 않으려고 비

무름하다 적당하게 무르다. 또는 꽤 무르다.
가풀막 몹시 가파르게 비탈진 곳.
길섶 길의 가장자리. 흔히 풀이 나 있는 곳을 가리킨다.
너븟하다 몸가짐이나 행동이 번듯하고 의젓하다.
고섶 가장 손쉽게 찾을 수 있는 맨 앞쪽.
터앝 집의 울안에 있는 작은 밭.

켜 가게 되고, 그것에 비례하여 다소 짓밟아도 자리가 뚜렷하게 나지 않는 넓은 밭 가장자리 쪽으로 발걸음이 몰리게 되니 우리 밭은 한 뼘 두 뼘 잠식을 당하게 되던 거였다. 그래서 우리는 밭에 쟁기를 댈 때마다 행인들 발길에 길바닥으로 나가 버린 땅을 되찾기 위해 돌덩이처럼 다져진 곳에 생땅 일구기보다 훨씬 많은 힘을 들여 가며 땀깨나 뿌려야 했다. 그럴 경우 우리는 늘 황소바위 옆구리를 기준하여 금을 긋고, 잃어버린 경계선을 가늠으로 되찾아 내곤 하였다. 때문에 신 서방은 아마 황소바위가 여간 눈에 거슬리지 않았으리라고 여겨지거니와 그래도 그 바위를 가장 요긴하게 이용한 것은 바로 신 서방 자신이었음도 사실이다. 바윗등은 매끄럽고 멍석 반 닢 넓이나 되었으므로 신 서방 마누라가 빨래를 널기도 하고 물고추나 호박고지를 펼쳐 말리기도 했지만, 그보다는 신 서방이 술주정하는 장소로 이용할 때가 더 많았던 것이다.

　관촌 사람들은 신 서방네 집을 흔히 꽃패(花形)집이라고 불렀는데, 집 얼개가 ㅁ자 모양이었기에 꽃잎에 빗대어 이름했던 것으로 알고 있다. 해마다 이엉을 새로 이어 언제나 아담하고 단란해 보이면서도 뒤꼍의 어수선한 찔레 덤불 울타리와, 돌멩이가 들어 있어 누가 건드리면 소리가 요란하던 깡통이 매달려진 널빤지 사립문으로 해서 품위는 없어 보였다. 그럼에도 밭마당 귀에는 아름드리 개오동 한 그루가 정자나무처럼 버티고 있었고, 그 곁엔 깔끔하게 손이 간 돼지우리와 퇴비장이 있어 규모 있는 집이란 인상을 주기에는 부족하지 않았다. "두째 년 여월 때 농짝이라두 해 준다구 낳던 날 꽂은 오동인디, 머릿장을 짜구두 반짇고리 한 감은 넉넉허겄당께." 하고 신 서방은 개오동을 올려다보며 일쑤 자랑하고 있었지만, 그 무렵의 나는 어린 소견에도 개오동보다는 마당 가로 줄줄이 늘어섰던 돌에 더 시선이 갔었고, 괜찮다 싶은 돌만 열심히 주워다 늘어놓던 석공의 자상하고도 순박한 마음결이 늘 관심사였었다.

　석공은 신 서방의 2남 2녀 가운데에서 맏아들이었다. 그가 돌에 대한 관심을 언제부터 가졌던 것인지는 어림되지 않지만, 돌에 대해 유난히 깊은 애정을 품은 듯했고, 완상하는 여유도 지니고 있었던가 보았다. 나는 석공의 그런 일면을 요즘 배부른 사람들의 수석(壽石) 취미에 견주어 본 일은 없다. 자칭 탐석가(探石家)니 수석 연구가니 하면서 체중 줄이기 운동 삼아, 또는 신경성 소화 불량 치료제로 돌아다니며 정원 장식용 정석(庭石) 장사에 뜻을 둔 그 사람들의 구차스러움에 비길 수는 없겠던 것이다. 요즈음 사람들은 돌을 주워다 물형석(物形石)이니 산수경석(山水景石)이니 추상석(抽象石), 문양석(紋樣石) 하고 가르며, '창세기', '환호(幻湖)', '천녀(天女)', 어쩌고 하는 같잖은 제목으로 장난질을 하지만 석공은 그런 놀이 할 만큼 돈이나 여가가 없었고, 그런 제목을 꾸며낼 푼수로 유식하지도 않았었다. 그는 보통학교만을 겨우 마친 뒤 어려서부터 생일이 몸에 배었던 한갓 농투성이였으니까. 구태여 시체에 맞춰 석공에게 이름을 주자면 석재 수집가라고나 할는지. 그는 태깔과 크기가 저마다 다른, 일상의 쓸모 있는 돌들로만 모았던 것이며, 남의 집 아궁이 붓돌이나 방고래를 놓는 데에, 더러는 이웃에서 굴뚝이나 담장을 쌓든가 장독대를 늘리는 데에 기꺼이 나눠 주곤 하였다. 지금 생각이지만, 그는 쓸모 있을 성부른 돌은 무조건 모아 놨다가 필요한 이들에게 나눠 주는 재미로 돌쟁이(石公)가 됐던 것 같았다.

석공이 기려질 때마다, 그러나 나는 추녀 밑에 늘어놓았던 돌들보다도 먼저 그네 집 마당이 머릿속에 펼쳐지던 게 사실이었다. 그와 함께 이윽고 나는 그 집 마당에서 벌어졌던 자자분한 여러 가지 추억들을 맞이했고, 그

완상(玩賞) 즐겨 구경함.
수석(壽石) 주로 실내에서 보고 즐기는 관상용의 자연석.
물형석(物形石) 물건 모양을 갖춘 수석.
산수경석(山水景石) 산, 골짜기, 폭포 따위의 자연 경치가 축소된 듯한 모습을 갖춘 수석.
추상석(抽象石) 추상적인 미를 갖춘 수석.
문양석(紋樣石) 무늬가 독특한 수석.
생일 특별한 지식이 필요 없는, 몸으로 하는 일.
시체(時體) 그 시대의 풍습·유행을 따르거나 지식 따위를 받음. 또는 그런 풍습이나 유행.

추억들을 순서가 뒤바뀌지 않게 만나고자, 다시 한 번 어린 시절로 되돌아가 그 집 마당 귀퉁이에 서 보게 되곤 했다. 맨 첫 번 순서는 으레 석공이 해마다 두 번씩 마당을 새로 맥질하던 모습의 재연이었다. 여름의 보리 바심과 가을 벼 바심을 하기 위해 석공은 매년 봄가을로 마당을 새로 했다. 산사태 진 벼랑의 황토를 여남은 발채씩 지게로 논에 져 내린 다음, 대신 논바닥을 그만큼 마당에 퍼내어다 펴 놓고 논흙으로 매흙을 삼던 것이다. 고령토처럼 차지고 보얀 빛깔을 내는 논흙덩이를 잘 반죽하여 한 켜 고루 덧입혀 놓기만 하고 석공은 손발을 씻는다. 그 나머지 작업은 안팎 동네 조무래기들이 무료 봉사로 마무리를 해 주기 때문이었다. 그 조무래기들 틈서리에 내가 한 번도 빠진 적이 없었음은 물론이다. 말이 좋아 무료 봉사라고 돌려 댔을 뿐, 우리들은 순전히 뛰어노는 재미로 그 일을 자청한 셈이다. 매흙이 질음하게 반죽되어 깔린 위에 아이들은 대오리로 엮은 발이나 헌 가마니를 덮고는 자글자글 떠들어 대며 가로세로 뛰고 짓밟아 다지는 거였다. 마당 바닥 매흙이 묵처럼 솔았다가 송편이나 수제비 모태마냥 되직해지면 아이들은 대오리발이나 가마니 위를 밟기보다도 맨발로 맨흙 밟기를 더 즐겨 하였다. 마당을 댑싸리비로 쓸어 고운 먼지가 일 때까지 이틀 사흘을 아이들은 그 마당으로만 몰려들어 놀았다. 마당이 손톱자국만 한 금 한 줄기 나지 않고 곱게 다져지던 것은 당연한 결과. 아이들 극성 덕에 곡식을 멍석 없이 그냥 쏟아 말려 당그래나 넉가래로 긁어모아 담더라도 흙부스러기와 돌이 섞이지 않던 것은 석공도 잘 알고 있었을 터이다. 비록 남의 집 마당이긴 했지만 우리들의 놀이터라면 둘째로 꼬느기가 아까울 지경이던 만큼의 그리움이 아직도 남아 있다.

그러나 나는 석공의 추억이 일기 시작하면, 내가 즐겨 놀았던 마당으로서보다도 나의 아버지가 평생에 단 한 번 객스럽게 놀아 보신 장소라는 데에 보다 소중함이 느껴져 잊지 못해해 온 사실을 밝혀 두고 싶다. 그것은 내가 일곱 살 나던 해의 가을이었다.

그 무렵은 봄볕 든 양달보다도 더 눈부신 햇살이, 온누리에 젖어드는 것처럼 산과 들에 그리고 개펄에 매일같이 내리쏟아지고 있었다. 미처 못 떠난 제비들은 아침마다 전깃줄에 주렁주렁 열리고, 범바위 둘레 가시덤불에는 까치밥이 고추밭보다 더 짙은 색깔로 빨갛게 익어 어우러졌으며, 대복이네 집 뒤 너럭바위 아래 잔디밭에는 뽑아 넌 목화대의 목화다래가 한껏 벙그러지고 피어, 먼 논으로 메뚜기를 잡으러 가려면 반드시 스쳐 가게 되던 충길이네 메밀밭의 흐드러진 메밀꽃보다도 훨씬 눈부시고 깨끗하게 널려 있기도 했다.

그날도 아침부터 눈에 뵈던 모든 것들은 꿈결에 들리던 말방울 소리처럼 맑고 환상적인 색깔로 빛나고 있었다. 밭머리 저쪽과 과수원 탱자나무 울타리엔 탱자가 볏모개보다도 더 샛노랗게 가시 틈틈으로 숨어 있었으며, 가녀리게 자라 무더기져 핀 보랏빛 들국화는, 여름내 패랭이꽃들로 불긋불긋 수놓였던 산등성이 푸새 틈틈이에서, 여름 내내 번성하다가 무서리에 오갈 들어 꼴사납게 늘어진 호박 덩굴 보라는 듯이, 새들새들 쉴 새 없이 고갯짓을 하고 있었다. 뛰면 미끈거리는 고무신짝은 애당초 거추장스러운 것, 온 들판을 맨발로 뛰어다녀도 사금파리 한 조각 찔릴 것 같지 않게 보드랍고 넓어 보이기만 하던 아침이었다.

그날 나는 새벽부터 간사지 수문 앞 갈대밭으로 나가 참게잡이를 구경

맥질 매흙질의 준말. 벽 거죽에 매흙을 바르는 일.
바심 타작(打作).
매흙 벽 거죽을 곱게 바르는 데 쓰는 흙. 잿빛이며 끈기가 있고 보드랍다. 초벽(初壁), 재벽(再壁)이 끝난 다음에 바른다.
모태 떡을 칠 때에 쓰는 두껍고 넓은 나무판인 안반에 놓고 한 번에 칠 만한 분량의 떡 덩이를 세는 단위.
당그래 '고무래'의 사투리.
넉가래 곡식이나 눈 따위를 한곳으로 밀어 모으는 데 쓰는 기구. 넓적한 나무판에 긴 자루를 달았다.
꼬느다 잘잘못을 따져서 평가하다. 꿇다.
볏모개 '벼 이삭'의 사투리.
오갈 들다 식물의 잎이 병들거나 말라서 오글쪼글하여지다. 오가리 들다.
간사지 간석지(干潟地). 밀물과 썰물이 드나드는 개펄.

했었다.

"긔막에 언니 진지 갖다 드리고 올래? 그럴래?" 하며, 눈 뜨며부터 옹점이가 나만 붙들고 다잡아 댔기 때문이었다.

"언니가 밤새 긔막에 있었나?" 무서리가 성에 앉듯 한 담 너머를 내다보며 묻자 옹점이는,

"암, 아마 되린님이 젤 많이 잡았을 겨……." 하며 그녀는 나를 충동이질했다. "내가 갖다 드리면 아씨헌티 걱정 듣는단 말여, 말만 헌 지집애가 버르쟁이읎다구." 하는 핑계도 대었다. 나는 별수 없었다. 어머니는 철호처럼 한집 식구 된 어린 머슴이라도 논밭에 혼자 나가 일할 경우, 옹점이조차 논밭에 내보내지 않을 만큼 철저한 내외를 시킨 터였으니, 하물며 중학생이었던 언니 곁에랴. "언니가 굶으먼 안 되지." 하며 내가 나서야 했다. 우리 집안 풍습이랄까, 친형제 간이건 일가 간이건 같은 항렬의 손위는 형이란 호칭 대신 언니라 부르도록 되어 있었다. 약관에 요절한 그 형을 찾아 옹점이가 일러 준 갈밭으로 가자, 가마니와 거석때기로 엮은 원추형의 움막이 둘이나 세워져 있었다. 움막 속에 앉아 밤을 밝힌 모양인 형은, 햇살이 퍼져 안온해진 덕인지 누비이불을 뒤집어쓴 채 한창 코를 골고 있었다. 움막 앞에서 밤을 밝히고 기름이 다 되어 생심지를 태우며 가물거리는 남포등 아래 항아리 속에는, 갈색 털이 집게발가락마다 탐스럽게 돋은 참게들이 도무지 몇십 마리나 빠졌는지 어림도 해 볼 수 없게 바글거리고 있었다. 노상 물이 흘러 갈대가 배게 나고, 앙금이 곱게 갈앉은 고랑 한가운데를 파고 운두가 내 키만이나 한 김칫독을 묻은 다음 대오리로 엮은 발로 둘러막았으니 남폿불에 홀려 밤 도와 꾀어들었던 게들은 모조리 김칫독으로 빠지도록 되어 있던 것이다.

"언니가 젤 많이 잡았지, 그지?" 흔들어 깨우고 나서 그렇게 물으니, "대복이는 더 많이 잡았을 텐디, 가서 대복이더러 와서 이 밥 하냥 먹자고 일러라." 하며 형은 독 안에 든 게부터 내게 건져 보낼 채비를 했다. 대복이

게막은 저만큼 떨어져 같은 모양새로 지어져 있었는데, 벌써 짚토매를 깔고 앉아 게두름을 엮어 대고 있었다. "언니가 와서 아침 먹으랴……. 야, 너 무지무지하게 많이 잡았구나야." 내가 말하자 대복은 "제우 아홉 두름배끼 안 되겠는디, 늬 언니는 몇 마리데?" 대복은 묻고 나서 "오늘 신 서방네 샥씨 들온다메? 돌쟁이 각씨……." 하고, "이 긔를 돈사야 엄니가 부주헐 텐디……." 했다. "신 서방네가 대사 지내여?" 내가 놀라워하자 대복은 "석공이 어제 장가간 줄 인저 아네?" "아 그래서 어제버텀 즌 부치는 냄새, 돼지 삶는 냄새가 진동했구나……." 나는 갑자기 가슴이 설레면서 마음이 달뜨기 시작했다. 석공 각시 오는 구경을 놓칠라 싶어, 한시바삐 석공네 마당으로 내닫자니 나는 가빠진 숨을 가라앉힐 수가 없었다. "대복이는 엮웅께 아홉 두름 나더랴. 언니는 몇 마리여?" "여든시 마리, 대복이가 한 뭇은 더 잡었구나, 일곱 마리 더 잡았어." 하면서 게를 건져 담은 구럭을 가리킨 다음, "집에 얼른 가서 엄니더러, 대복이가 가걸랑 긔를 죄다 사시라구 해라. 아깝다." 했다. 나는 그러리라고 대답하며 집을 향해 달렸지만, 워낙 건성으로 들은 터라 이내 잊어버린 기억이 지금도 새롭다. 집에 들이닿자마자 식구들이 물린 아침상을 설거지하던 옹점이는 나를 부엌으로 불러들였다. 그녀는 내 손에 콩누룽지를 한 덩이 쥐여 주며 귓속말로 소곤거렸다. "밥 먹구 신 서방네 메누리 귀경 나허구 하냥 가자." "……." 나는 대답을 안 하려다가 한참 만에야 고개를 끄덕여 주었다. 나를 데리고 가 고루 구경시킨다는 핑계라도 대지 않으면 어른만 있는 집에서 그녀 혼자 대문을 나설 수 없음을 얼핏 깨달았던 거였다. "소리 내지 말구 싸게 먹어." 옹점이는 밥과 국그릇만 목판에 올리고 반찬은 부뚜막에 늘어놓아 가며 쉬쉬했다. 나를

긔막 게막. 게를 잡기 위해 치는 대발의 한쪽 끝에 원뿔 모양으로 세운 막.
운두 그릇이나 신 따위의 둘레나 둘레의 높이.
돈사다 팔다.
뭇 생선을 묶어 세는 단위. 한 뭇은 생선 열 마리를 이른다.
구럭 새끼를 드물게 떠서 물건을 담을 수 있도록 만든 그릇. 또는 구럭에 담긴 물건을 세는 단위.

부엌에서, 그것도 이맛돌 앞에 앉혀 놓고 밥 먹이는 줄을 어머니가 알았다면, 그녀는 영락없이 크게 혼이 날 터였다. 그러나 무슨 청승이며 본때 없는 짓이었을까. 나는 아궁이 앞에 따리나 장작개비를 깔고 앉아, 문전걸식 나온 거지처럼 밥 먹는 게 소꿉장난 같기만 하여 여간 재미있지 않았던 것이다. 나의 그런 심중을 옹점이는 누구보다도 더 잘 알고 있었다. 나는 무릎을 꿇고 조심하며 어른이 어려운 앞에서 먹기보다 훨씬 밥맛이 좋던 것이다. 그날도 나는 옹점이와 마주 앉아 서로 자기 밥을 떠서 상대방 입에 먹여 가며 치륵치륵 소리 죽여 웃곤 했다. 한창 그러는데 안방에서 어머니 음성이 들려오고 있었다.

"애, 신 서방네 잔치 채비는 그럭저럭 돼 간다데?"

옹점이 소스라치게 놀라면서 엉겁결에 대답한 소리는 "아녀유, 지년이 원제유?"였다. 동문서답치고는 너무 터무니없었다. 얼김에 내가 부엌에서 밥 먹느냐고 들은 모양이었다. 그녀는 내가 가만히 귀띔해 줘서야 알아차리고, "예, 지년이 닭을 가지구 가닝께 웬 장닭을 두 마리씩이나 슨사하시느냐구 해 쌓던디, 그냥저냥 채릴 것은 채리는 모양이데유." 그녀는 겨우 그렇게 둘러대고는 웃음을 못 참아 입 안에서 우물거리던 음식을 재채기하여 입과 코로 쏟아 내었고, 코가 매워 눈물을 글썽거리고 있었다. "아이구 사레들려 혼났네." 그녀는 연방 재채기를 하고, 허리를 쥐며 소리 없이 자지러지게 웃어 댔다. 그녀가 한참 만에 다시 말했다. "넘덜은 밀가루 한 됫박, 묵 몇 모 그렇게 부주허던디, 아씨는 두부할래 한 말이나 쒀다 주셨으니 여북 자랑삼겄시유." 그녀가 묻잖은 소리를 꺼내자, 어머니는 다시 "워디 츠녀라더냐?" "예, 슴 시약씨래유, 배슴(舟島) 츠년디, 어물전 들랑대던 워느 뱃늠이 중신했대유." 그녀는 이어서 "슴것 슴것 허다가 막상 슨을 보니께 아주 갱긋잖게 생겼더라며, 궁합두 썩 좋다구 신 서방 마누라는 자랑해 쌓던디유." "슴 츠녀라구 다 시커먼허구 불상 숭허게 생긴다더냐?" 어머니가 나무라자 "그러기 말유, 쬐끄만 뎀마두 있구 중선두 부린다더랑께 웬만츰 사는 집 딸인 모냥이데유. 오정 때쯤 각시가 오면 폐백 디리구 헐 텐디, 뭣뭣 해 오는지 이따 혼수 귀경 가 보까유?" "또 오금이 저리나 부다. 말만 헌 지집애가 여러 사람 뫼여 굿허는디 워디를 간다네?" 나무라자 옹점이는 으레 들을 말 들었다는 듯 혀를 낼름거리면서 다시 내 입에 먹던 밥을 떠 넣어 주었다. 내가 옹점이로부터 석공의 각시에 대해 예비 지식을 가질 수 있었던 것은 대충 그 정도였다. 우리 집에서는 장닭 두 마리에 한 말 콩이나 두부를 쑤어 부조했다는 것도 그제서야 알았다. 색시는 열여덟, 신랑은 석공 나이가 스물두 살이란 것도 그녀한테서 처음 들은 말이었지만······.

아침밥을 마치자 옹점이는 기회 보아 함께 나가자고 나를 붙들었지만, 나는 매몰스럽게 그녀의 팔뚝을 뿌리쳤다. 그 대신 그녀도 색시 오는 구경을 할 수 있도록 한 가지 꾀를 귀띔해 주었다. 점심때 나를 찾아 점심 먹인다는 핑계로 집에서 빠져나오도록 방법을 가르쳐 준 것이다. 약 3백 미터 저쪽의 석공네 집은 우리 사랑마루에 앉아서도 훤히 내려다보이고 있으므로, 서둘지 않더라도 신작로에 트럭이 서고, 트럭에서 내린 각시가 가마에 올라타는 것까지 정확히 알 수 있었지만, 나는 그 참 차일이 높직이 드리워진 그 집 마당으로 뛰어들었던 것이다. 그 집 마당에는 흰 광목 두루마기를 받쳐 입은 안팎 동네 어른들이 멍석과 밀짚방석 위에 앉아 국숫상들을 받고 있었고, 석공의 일가 푸네기로 보이는, 노랑 인조견 저고리의 끝동을 걷어붙이고 자락 치마를 두른 아낙네와 처녀들이 하얀 버선목을 내보이며 발바닥이 묻어나도록 들며나며 부산이었다. 먼 동네에서도 많은 사람이 일삼아 와 잔치일을 돌봐 주고 있었는데, 그네들의 대부분은 너럭바위 앞이나 신작로 송방 앞에서 장 보고 가다 충그릴 때 봐서 이미 익은 낯들이었다.

이맛돌 아궁이 위 앞에 가로로 걸쳐 놓은 긴 돌.
두부할래 두부까지.
송방 '가게'의 사투리.
충그리다 지체(遲滯)하다. 때를 늦추거나 질질 끌다.

나는 부주일 하러 온 대복 어메나 동네 아이들이 떡 부스러기라든가 다식 조각 같은 것을 손에 쥐어 줄지 몰라, 미리 그런 일이 없도록 한구석에 물러서서 그러저러한 모습들이나 건성으로 보고 서 있었다.

얼마나 지났을까. 누군가가 시간이 다 돼 간다면서 대빗자루를 들고 주위 청소를 한 다음, 개울 위에 가로질러 건너간 다리부터 신작로 쪽으로 나간 길을 쓸어 나가기 시작했다. 신부가 도착할 어름이 가까워진 눈치였다. 이윽고 요까티 사는, 석공네와 무엇이 된다던, 남춘 동춘이 형제가 산등성이 황토박이에서 금방 파 온 듯싶은 삼태미의 황토를 다리 위에 좌우로 두 무더기, 널빤지 사립문턱 양쪽에 두 무더기씩 소복소복 쏟아 놓았다. 그러는 사이에 '뛰뛰—' 하고 자동차 닿은 소리가 신작로 송방께서 들려오고, "오메, 저 차루 왔나벼." "각씨 왔구나." "도라꾸 타고 왔디야……." 어른 아이 없이 저마다 생긴 얼굴대로 한입 가득 괴었던 소리들을 쏟아 내며 신작로 쪽으로 내닫기 시작했다. 나도 휩쓸려 따라가 보고 싶었지만 선 채로 눌러 참아야 했다. 지금 생각하면 가소롭기 그지없지만, 한창 『동몽선습』을 배우고 있던 터라 할아버지 이르신 대로 글 배우는 사람답게 체신을 지켜야 했던 것이다. 이윽고 쏠리어 내려간 조무래기들이 앞지르고 뒤따르며 되돌아오는 소리가 와글바글 들려왔다. 나는 그 이상 견디지 못하고 마중 나가듯 개울을 건너가 보게 되었다. 사모를 쓰고 가지색 단령(團領)을 입은, 수줍음에 움츠르든 석공의 얼굴이 조무래기들한테 에워싸인 채 떠밀려 오듯 하고 있었다. 콧잔등엔 맑은 땀방울이 돋아 있었고, 목화(木靴)를 신어 무척 뒤퉁스런 걸음을 걷고 있었다. 석공의 두 어깨 너머로 훨씬 치켜 올려진 채 뒤따라오던 청사초롱도 나는 보았다. 이어 청사초롱 뒤로 가마 지붕이 보이자 나도 다른 아이들과 마찬가지로 가마 곁에 달라붙으며 각시 구경을 하려 했지만, 가마 앞에 오던 폐백물 든 사람과, 감주 단지를 든 부인네, 함진아비 영감이 소리를 질러 가며 말리고, 가마를 멘 두 교군꾼의 걸음이 가마 발을 제껴 볼 틈이 없을 만큼 잽싸서, 뜻을 이뤘던가는 기억이 없다. 가장 선명하게 기억되는 것은, 폐백 드리기를 끝낸 각시가 홍상(紅裳)에 활옷을 입고 족두리를 얹고, 안방 아랫목에 무릎 꿇고 앉아 고개를 못 들어 하던 모습이며, 내가 얼마 동안인가를 각시 혼자 두었던 석공네 안방을 윗목에 턱살 쳐들고 앉아 각시 얼굴을 뜯어본 일이다. 어린 눈에도 각시는 여간 이쁘지 않은 것 같았다. 아무리 분으로 뒤발한다더라도 그토록 깨끗할 수 없으리라 여겨지던 해말끔한 살결이며, 달걀처럼 갸름한 얼굴에 오똑하게 서 있던 콧날…… 누가 뜯어보더라도 섬 색시라고 미루어 함부로 흉잡지 못하리라 싶던 것이다. 나는 점심때가 겨웠건만 배고픈 줄도 모르고 각시만 지켜보고 있었다. 다른 동네 아이들은 물론 일가 푸네기 아이들도 기웃거리거나 드나들지 못하게 말리고 있었지만, 나더러 자리를 비키라든가 나가 주기를 눈치하던 이는 아무도 없었다. 평소 대복이네 집 외엔 남의 집 울안에 들어가 본 적이 없기로 소문을 가진 터에 방 안까지 들온 것이 신기하고 기특했던 것인지, 아니면 차마 나가 달라는 말이 나오지 않아 그랬으리라고 짐작되었다. 그러나 나는 마음이 편치가 않았고, 초조하고 불안해 시종 오금이 졸밋거림을 억누를 수 없었다. 그것은 각시가 너무 고개를 숙이고 있어 금방 족두리가 굴러 떨어질 것 같은 불안감이었고, 음식 장만에 주야로 계속 불을 지펴, 거의 쩔쩔 끓다시피 하는 방 안 아랫목에 방석 하나만 깔고 꿇어앉아, 걷잡을 수 없이 흘러내리던 땀방울에 연지와 곤지가 지워져 얼룩질 것만 같은 안타까움이었다. 연지나 곤지가 씻겨 달무리에 싸인 달처럼 흐려진다면, 각시 얼굴이 어찌 될 것인지 알 만한 노릇이었다.

안타까우매 속깨나 태우고 걱정스러워 발을 굴렀던 일은 그뿐이 아니었

단령(團領) 조선 시대에, 깃을 둥글게 만든 관복.
목화(木靴) 예전에, 사모관대를 할 때 신던 신. 바닥은 나무나 가죽으로 만들고 검은빛의 사슴 가죽으로 목을 길게 만드는데 모양은 장화와 비슷하다.
교군꾼 가마꾼.
뒤발 온몸에 뒤집어써서 바름.

다. 그렇다. 신부한테 가졌던 동정과 근심스러움은 되려 아무것도 아닌 셈이었다. 그것은 내가 저녁을 먹고 다시 석공네 차일 걷힌 마당으로 뛰어오면서부터, 달이 이울고 밤이 이슥해지도록 계속된, 두려움과 의협심 같은 것이 뒤범벅되었던, 그 후로 이 평생 두 번 다시 가져 보지 못한 순결스런 추억이기도 하다.

석공네 마당의 앙상한 오동나무 가지에 달이 열리고, 그 아래에 모닥불이 뜨물보다 더 짙은 연기를 올리며 지펴지자, 우리는 콩깍지며 바심하고 뒷목들인 검불과 마른 참깻대 따위를 한 아름씩 안아다 불에 얹었다. 불이 이글거리며 화룽화룽 타오르자, 온 동네는 콩낱과 벼 이삭, 그리고 덜 털린 참깨 타는 고소한 냄새로 가득해졌으리라 싶다. 아이들은 무슨 청승이며 근천을 떠느라고 그랬을까. 음식이 흔전만전한 잔칫집 마당임에도 불구하고 모닥불 재티 속에서 굴러 나오는 콩알과 하얗게 튀겨진 깡밥을 주워 먹느라고, 얼굴엔 온통 굴왕신 뺨치게 검댕 천지를 해서는, 달이 서쪽으로 바삐 내달은 줄도 모른 채 뛰놀고 있었다. 그러나 나는 다른 일에 정신을 앗겨 밤이 어떻게 됐는지도 모르고 있었다. "술 닷 말은 내가 읃어 놨네, 이늠으로 신랑 볼기를 들입다 조져 대면 각씨가 손구락에 낀 가락지라도 빼 준다구 헐 겨……." 술에 잔뜩 취한 쌍례 아배가 헛간에서 도리깨 자루 부러진 몽둥이 끝을 깎낫으로 도스르면서 중얼거린 말이 얼핏 귓결에 걸린 뒤부터, 나는 석공이 걱정되어 조바심을 하기 시작한 것이다. "안주는 자네라 읃으소. 술은 내가 내니께." 쌍례 아배가 훌쭉훌쭉 웃으며 말하자, "암만, 주막집에 수 내준 도야지 멱을 따내던지, 저 닭을 여나문 마리 비틀게 허던지, 안주 장만은 내가 헐 텡게." 서낭당 너머 사는 복산 아배도 어느새 장만해 둔 나뭇가지에서 옹이 자국을 창칼로 다듬고 있었다. 나는 두근거리는 가슴을 진정시키지 못한 채 그네들이 술이라도 덜 취해 있다면 오죽 좋을까 하는 생각을 하며 그네들의 동태를 열심히 지키고 있었다. "옳우, 옳구유, 그늠으루다 발바닥을 제기며 패슈, 나는 요 산내끼루 창창 묶어 대들보에 매달어 놓을 텡께……." 덕길이 형 덕산이도 술이 거나하게 취해서 혀 꼬부라진 소리를 내고 있었다. "여게, 그럴 거 읎이 작대기루 주리를 트소, 주릿대를 틀으야 벽장 찬장 과방 속에 감춰 논 음석이 절루 나온당께…… 도야지 잡어 원제 삶구 닭이 모가지 비틀면 원제 털 뜯는다나, 감춰 논 음석 내놓게 허야 먹네……." 검불더미 위에 늘어져 누워 있던 대복 아배 조패랭이가 텁석부리 구레나룻을 쓰다듬으며 비척비척 일어서다 주저앉아 중얼거리고 있었다. 그네들이 벼르는 말을 흘리지 않고 들었던 나는, 그러지 못하게 말려 줄 사람이 없는지 사방을 희번득이며 둘러보았지만, 부탁할 만한 사람은 아무도 없었다. 나이는 어리더라도 철호와 대복이라면 내 말을 들어줄 성싶긴 했지만, 그런 기대도 이내 사위었으므로 단념할 수밖에 없었다. 등성이 너럭바위 쪽에서 '신라의 달밤'을 고래고래 불러 제끼던 것이 술 얻어 마신 대복이와 철호 음성이란 걸 금방 깨달은 때문이었다. 별수 없이 나는 쌍례 아배와 복산 아배가 움직이면 움직인 대로, 옮겨 가면 옮겨진 자리까지 뒤를 졸래졸래 따라다니며 지켜보는 수뿐임을 알았다. 그네들이 석공을 밧줄처럼 여물고 단단한 기계새끼줄로 옭아 들보에 매달거나, 부러진 도리깨 자루와 삭정이 도막으로 석공을 때린다면 나 혼자라도 덤벼들어 말려 보리라고 결심했던 것이다. 나는 정말 그럴 작정이었다. 내 생각에도 내가 중간에 뛰어들어 석공을 가로막고 나선다면, 내가 어느 어르신네 손자란 것만 안다더라도, 쥐어박거나 떼밀어 내지 못하게 될뿐더러, 그네들이 져 주고 말 것 같았던 것이다. 나는 마음을 단단히 다져 먹고 그들만 줄곧 감시하고 있었으며, 어딜 가는가 싶어 따라가 보면 뒷간이라든가 한데 오줌독이곤 했지만, 몽둥이와 새끼타래를 놓지 않는 한 그네들에 대한

뒷목 타작할 때에 북데기에 섞이거나 마당에 흩어져 남은 찌꺼기 곡식.
굴왕신(屈枉神) 무덤을 지키는 귀신. 몸치레를 하지 않아 모습이 매우 남루한 귀신이다.
제기다 팔꿈치나 발꿈치 따위로 지르다.
산내끼 '새끼'의 사투리. 짚으로 꼬아 줄처럼 만든 것.
사위다 불이 사그라져서 재가 되다.

경계는 게을리 할 수가 없었다.

　모닥불은 계속 지펴지는 데다 달빛은 또 그렇게 고와, 동네는 밤새껏 매양 황혼녘이었고, 뒷산 등성이 솔수펑 속에서는 어른들 코골음 같은 부엉이 울음이, 마루 밑에서 강아지 꿈꾸는 소리처럼 정겹게 들려오고 있었다. 쉣쉣 쉣쉣……. 머리 위에서는 이따금 기러기 떼 지나가는 소리가 유독 컸으며, 낄룩— 하는 기러기 울음소리가 들릴 즈음이면, 마당 가장자리에는 가지런한 기러기 떼 그림자가 달빛을 한 옴큼씩 훔치며 달아나고 있었다. 하늘에서는 별 하나 주워 볼 수 없고 구름 한 조각 묻어 있지 않았으며, 오직 우리 어머니 마음 같은 달덩이만이 가득해 있음을 나는 보았다. 달빛에 밀려 건듯건듯 볼따귀를 스치며 내리는 무서리 서슬에 옷깃을 여며 가며, 개울 건너 과수원 울타리 안에서 남은 능금과 탱자 냄새가 맴돌아, 천지에 생긴다고 생긴 것이란 온통 영글고 농익어 가는 듯 촘촘히 깊어 가던 밤을 지켜본 것이다. 어쩌면 술꾼들을 지켜본다기보다 늦가을 밤에만 이루어질 수 있는 신비로운 정경에 얼이 홀렸던 것인지도 몰랐다. 문득 내 이마에 보드라운 오뉴월 이슬이 맺히는 느낌이더니 늦늦한 아주까리기름 내가 코를 가리는 거였다.

　"서방님께서 알으시면 되게 혼나야……." 옹점이가 속닥거리고 있었다.
　"……." 나는 고개를 저어 이마에 와 닿은 옹점이의 보드라운 앞머리칼을 귓결으로 치웠다.
　"나리만님께서 걱정허신다면…… 구만 가 자자닝께는."
　밤새껏 그러고 서 있다면 할아버지 걱정을 들음이 자명한 일이었다.
　"저이들이 석공을 몽둥이루 팬다는디…… 산내끼루 천장에다 달어맨디야." 나는 근심스러워 풀 죽은 목소리로 중얼거리며 연방 도래질을 하였다. 그녀는 "신랑 달어먹는 겨. 그런 건 노상 장난이루 허는 거랑께." 그녀는 히뜩히뜩 웃다 말고 나를 덥석 둘러업었다. 옹점이 등에 업혀 돌아오면서 나는 다시 하늘을 쳐다보았다. 얼마나 드높고 가없으며 꿈속에서의 하늘처럼 이상하게만 보인 하늘이었던가. 하늘을 가득 채우고 있던 달도 나만을 쳐다보고 있었고, 내 그림자를 쫓아 대문 앞까지 따라오던 것이 아직도 눈에 선하게 남아 있다. 옹점이는 나를 안방 윗목의 푹신한 새 요잇 위에 부리고 새물내가 몸으로 배어드는 누비이불을 덮어 주며 실풋실풋 웃었고, 어서 잠이 들기를 바라고 있었지만, 나는 사모 썼던 석공의 모습과 몽둥이와 새끼타래를 잔뜩 움켜쥐고 별러 대던 쌍례 아배, 복산 아배와 덕산이, 그리고 조패랭이의 숨결 고르지 못하던 얼굴이 떠올라 잠을 이룰 수가 없었다.

"코가 너무 세서 팔자는 워떨지 몰라두, 농, 경대, 반짇고리…… 그러구유 지년이 보니께 명이불 두 채허구유 명지 뉘비이불……." 옹점이는 어머니 앞에 앉아 석공네 각시가 해 온 혼수들을 부러운 양 늘어놓으며, 자리끼 숭늉 대접을 벌씬벌씬 들이마시고 있었다. 그녀는 계속해서 "놋요강, 놋대야, 오석 다듸밋돌…… 보선 열두 죽, 유똥치마 두 짓, 모분단 저구리허구 비나(비녀) 둘, 은민잠허구 동백완두잠 하나썩…… 또 신 서방 마누라 다리속것허구 백모시 적삼, 신 서방 당목 고의허구 시누 항라 적삼 하나…… 슴것치구는 제법 알구서 했던디유. 바느질두 괜찮구 품두 넉넉허니, 새약씨 손이 크겄다구들 해 쌓던디, 지년 보기에두 메누리는 방짜루 은었더먼유. 코가 너무 오똑허구 해서 워떨런지 몰라두유……." 하고 침이 마르게 지껄이고 있었지만, 내 귀는 이미 담을 넘어 석공네 마당에 닿고 있었다. "당그랑그랑 당그랑그랑……." 나는 혀끝으로 장단을 흉내 내고 있었다. 석공네 마당에서 꽹과리와 징이 없는 풍장 소리가 들려오기 시작했던 거였다. 그뿐이었나, 노랫소리도 곁들여서 들려오고 있었다. 마음 놓고 목청껏 불러 대는 소리였다. "어려, 옹젬아, 누가 소리(노래)헌다야……." 내가 못 참아

솔수펑 솔숲이 있는 곳.
방짜 아주 좋은 사람이나 물건 따위를 속되게 이르는 말.
풍장 풍물놀이.

하자 "쇠— 소리는 내 가락이 이건디, 쇠—" 하며 그녀도 들뜨는 마음인지 냉큼 대꾸하고 있었다.

대동강 부이벽루에 산뽀 가는, 리슈일과 심슌애의 량인이로다, 악슈 론 고하난 것도 오날뿐이요, 보보행진 산뽀험두 오날뿐이라……. 나는 온몸이 그닐거리고 쑤셔 잠은커녕 진드근히 누워 있을 수도 없었다. 무슨 핑계를 대고 빠져나갔던가는 기억해 볼 수 없다. 내가 다시 석공네 마당으로 달려들었을 때, 밭마당의 모닥불은 거진 사위어 버리고 사람 하나 얼씬하지 않고 있었다. 그러나 풍장 소리와 노래는 사립 울안에서 요란하게 울려 퍼지고 있었다. 여전히 누군가가 소리를 부르고 있었다. 멍석 너덧 닢내기만 한 안마당엔 어른들이 겹겹으로 둘러서서 모두가 엉덩이를 궁싯궁싯 들썩대며, 그러나 하나같이 군소리를 참고 눈과 얼굴로만 흥겨워하고 있었다.

누구 음성이었을까, 생전 처음 들어 본 그 구성진 가락은. 석탄 백탄이 타는데, 연기만 펑펑 나는데…… 이내 가슴 타는데, 연기가 하나도 안 나는데……. 나는 키가 모자라 사람 다리만 빼빼한 쪽마루에 비비대고 올라가 넘어다보았다. 그리고 놀랐다. 놀라지 않을 수 없던 것이다. 한 손으로 주안상 가장자리를 두들겨 가며 앉아서 노래하는 어른, 코와 눈이 그렇게 크고 음성 또한 굵직한 신사. 그이는 아버지였다. 나는 가슴이 벅차올라 숨조차 제대로 쉴 수가 없었다. 황홀하기도 하고 의심스럽기도 하여, 얼마를 두고 뚫어지게 바라보았으나 분명 아버지였다. 당신으로서는 도저히 있을 수 없는 일에 도취된 모습이기도 했다. 우선 석공네 울안에 들어왔다는 사실이 현실 같지 않았고, 노래를 하는 것도 사실일 수가 없으련만, 모든 것은 눈에 보인 그대로였다. 아버지는 안팎 동네 어느 누구네 집도 울안은 들어가 본 적이 없는 터였다. 일가 간인 한산 이씨네로서 노인을 모시는 집안, 그리고 당내간의 사랑이라면 더러 출입이 있었을 따름, 울안에 발 들인 일이란 절대 없는 터였으니, 하물며 일갓집 행랑살이를 해 온 상사람네 집이겠던가. 신 서방은 덩실덩실 춤을 추었고, 아버지 맞은편에 꿇어앉은 석공은 연방 싱글벙글 웃어 가며 솟음솟음하는 신명을 어쩌지 못해 답답한 표정이었다. 아버지가 노래를 마치자 요란스런 박수 소리가 터져 나오고, 신 서방이 두 무릎 꺾고 두 손에 술잔을 받쳐 드니 석공은 주전자를 기울였다. 아버지가 술잔을 받아 들자 신 서방은 일어서며 노래를 부르기 시작했는데, 아, 나는 그때 또 한 번 크게 놀라고 말았다. 다시 한 번 뜻하지 않은 일이 벌어졌음이니, 그것은 아버지가 일어서서 어깨춤을 추기 시작한 거였다. 그때까지 내가 알고 있던 아버지는 그렇게 평범한 사람이 아니었었다. 할아버지 앞에서는 항상 무릎 꿇고 조아려 공손하기가 몸종과 다름없었지만, 처자 앞에서는 단란하고 즐거워 웃더라도 결코 치아를 내보인 일이 없게 근엄하되, 한내천 백사장에 강연장이 설치되면 뜨내기 장돌뱅이까지 전을 걷어치울 정도로 수천 군민이 모여들게 마련이었으며 산천이 들렸다 놓인다 싶게 불 뿜듯 웅변을 했는데, 그때마다 청중들로부터 천둥보다 더 우렁찬 환호와 박수갈채를 얻고 당신을 알던 모든 사람들한테 선생님이란 경칭을 받았던, 저만큼 멀리로 건너다보이며 어렵기만 한 사람이었다. 어디 그럴 법이 있을 수 있단 말인가. 잡인네 울안 출입에 노랫가락과 어깨춤……. 신기함과 경이로움을 주체하지 못해 나는 몹시도 당황했었지만, 그러나 그런 거북스러움도 슬몃슬몃 가셔지고 있었다. 멍석 가장자리로 둘러서 있던 모든 사람들이 덩달아 함께 어울려 춤을 추기 시작했던 것이며, 그 틈에는 작대기 막대기와 새끼타래를 내던진 쌍례 아배와 복산 아배, 덕산이와 조패랭이가 섞인 채 누구보다도 흥겨워 몸부림을 하고 있었기 때문이다. 그 흥겨움에 감싸여 흐른 밤은 얼마나 됐었을까. 모든 사람들의 배웅을 뒤에 두고 나는 아버지 뒤를 따라 집으로 돌아오고 있었다. 아버지 그림자를 밟지 않기 위해 나는 이만큼 뒤처져 걷고 있었는데, 그림자가 너무 길다고 느껴져 불현듯 하늘을 우러르니, 달은 어느덧 자리를 거의 다 내놓아 겨우 앞치마만 한 하늘을 두른 채 왕소나무 가지 틈에 머물고 있었으며, 뒷동산 솔수평 속의 부엉이만이 잠 못 들어 투덜대고 있었다. 아버지는 사랑 앞에 이르도록 헛기침 한 번 없이 여전 근엄하였고, 나는 버긋하게 지쳐 놓은 대문을 돌쩌귀 소리 안 나도록 조용히 여닫으며 들어가 이내 곤한 잠에 떨어져 버렸다. 이튿날 잠에서 깨어났을 때는 요 위가 질펀하니 오줌으로 한강이었었다. 아랫도리가 형편없이 축축했지만 부끄러워 일어날 수도 없었다.

"삼십 년을 모시면서 보기를 츰 보겄다. 아마 평생 츰이실걸……." 어머니 음성이 들려오고 있었다. "지년만 츰인 중 알었더니 아씨두유?" 옹점이 대꾸하는 소리도 들려왔다. 나중 안 일이지만, 어머니에게 평생 처음으로 보인 일이란 그날 밤에 아버지가 몸소 행한 바의 모두를 말함이었다. 귀로에 한쪽 발을 헛디뎠던 일도 그중에 포함되어 있었다. 아버지의 양말 한 짝이 마당가 우물 도랑물에 젖어 있었다던 것이다. 어쨌든 그날 밤에 있었던 아버지의 거동은 오랫동안 여러 동네의 큰 화젯거리였은 줄 안다. 모두들 처음이며 아울러 마지막이겠음을 미루어 볼 줄 알았기 때문이었다. 언제나 그랬지만, 그 후부터 더욱더 신 서방은 아버지 보기를 조심스러워한 것 같았고, 석공의 얼굴에선 어쩌면 자기 부모보다 우리 아버지가 훨씬 더 어려우면서도 가까이 뵙고 싶은 마음이 역연함을 엿볼 수 있었다.

그 이튿날 해돋이 어름이 되자마자 석공은 우리 집에 인사를 왔었다. 그 틈에 나는 질척한 이부자리를 가동쳐 개어 얹고 빠져나올 수 있었고, 할아버지께 석공이 큰절로 인사드릴 때, 그의 물색 공단 조끼 등어리 한복판에서 무늬 널따란 모란 꽃잎이 문창호 넓은 빗살에 윤기를 내뿜으며 빛나는 것도 보았다. 지게 멜빵밖엔 걸어 본 적이 없던 그의 두 어깨였지만, 생전 처음 걸쳐진 비단 조끼였음에도 조금치의 어색함이 없음을 나는 아울러 발견했던 것이다. 석공은 명색이 자기 이름도 모를 만큼 무심했던 할아버지께 인사를 드리러 왔다고 했으나 그것은 한갓 구실이었을 뿐, 대취하여 귀가했던 아버지에게 문안드림이 목적이었은 줄을 우리 가족으로서는 모른 이가 없었다. 석공이 우리 울안 마루에 올라앉아 보기도 그날이 처음 아니었을까 한다. 어머니는 석공의 인사에 거의 맞절이나 다름없이 정중하게 대우하였고, "첫아들버텀 보아야지. 부디 부모 효도허구 부부 유정허게." 각근한 덕담을 잊지 않았으며, 아녀자의 속성도 곁들여 불쑥 "장가들러 섬까지 신행(新行) 갔다 왔으니, 첫날밤 재미야 어련했겠네마는, 색시 잘 은었다니 소문 턱두 내게나." 했다.

"구멍새나 크막크막허지 이뿔 것두 읎구, 암스렁두 않게 생겼는디유, 재밀랑사리 고상만 잔뜩 했슈. 시방두 걸을라면 다리가 뻑쩍지근헌걸유." 석공은 겸연쩍고 스스럼 타는 기색도 없이 수월하게 대답했다.

"무슨 심인디 배루 가구서두 그렇게 걸었다나, 개펄에 빠져 가메 갔던가 뵈⋯⋯."

"그랬간디유, 워떤 늠허구 한구재비 멱살걸이를 해 버린걸유." 그제서야 석공의 낯에 무람한 빛이 벌그레하게 번지는 듯했다.

"다투다니?" 다시 재촉해서야,

"예, 그게 이렇게 됐다닝께유⋯⋯." 하고 석공은 설명을 달기 시작했다. 전안식(奠雁式)과 초례(醮禮)를 치르고 나니 곧 날이 저물었다. 용궁에서 살다 금방 빠져나와 그런가, 바닷물결을 노 저어 다가온 달은 관촌에 왔던 중추 만월보다도 훨씬 더 크고 밝은 것 같았다. 석공은 한번 들어가면 나오지 못할 병풍 속에서 그 달밤을 모르기가 너무 아까워 주몃주몃 시간 지체를 했고, 그러다가 끼어든 잔치 자리였다. 놀이는 섬것이나 뱃놈들이 더 푸짐하다고 느끼며 연방 술을 마셨다. 열대엿이나 되는 섬 사내들은 춤을 곧잘 추었다. 석공도 그네들 틈에 어울려 함께 춤을 추어 주지 않으면 안 되게 될 판에 이르렀다. 석공은 일어서서 어깨춤을 추게 됐고, 그러고 나서야 비로소 자기가 섞여 놀기엔 무척 어색한 자리임을 깨우치게 되었다. 차라리 신랑 달아먹기에 말려들어 그 청년들 손찌검에 발바닥을 난타당했더라면 몰랐다. 그러나 장소는 밀짚 방석이 여러 닢 깔린 너른 마당이었다.

"그런디 워떤 늠다 대이구 발등어리를 짓밟어 잇깨더랑께유." 석공은 침을 한 번 삼키고 나서 뒤를 이었다. 그래 그는 일삼고 눈여겨 살펴보기 시작했다. 어떤 녀석 혼자만 하는 짓이었다. 달 보기가 부끄러울 만큼 거무추레한 상판에 허위대가 바라진 덩치 큰 녀석이었다. 녀석은 코빼기만 한 섬에 웬 문명(文明)인가 싶게 번들거리는 구두를 신었던 건데, 춤을 추느라 그러는 척하며 그 구두 뒤축으로 고무신 신은 석공의 발등을, 헤아려 보진 않았어도 스무남은 번가량이나 짓이겨 밟아 댄 거였다. 발로 그러지 않으면 팔꿈치로라도 석공의 어깨와 가슴팍을 짓찧곤 하던 거였다. 시빗거리를 만들고자 부러 집적거리는 게 분명했다. 아프기도 아팠지만 첫째로 기분이 상해 견딜 수 없었다. 참을 수가 없었다며 자기가 먼저 그랬노라고 석공은 말했다. "형씨, 나헌티 뭔 유감 있슈? 팔꿈셍이루 치구 굿수발루 짓밟게……. 나두 내 승질 근디리면 바뻐지는 인격이니께, 참어 보슈." 했더니, 석공 나이 또래나 됐지 싶은 그 청년은 대뜸 "요것 싹바가지 읎이 까부는 것 보장께, 얼레 요 작것이 삿대질할래 헌다요." 하면서 멱살을 잡자고 덤볐다.

석공은 천성이 바탕 고르고 유한 편이었지만 이번만은 경우가 달랐다. 그 자리에서 놀던 청년들은 모두가 녀석의 졸개들 같았고, 자기가 떠나고 나면 기세에 눌려 무지렁이처럼 빈말 한마디 못해 보고 갔다더라는 너절한 소문만 파다해질 것 같았다. 그리 된다면 처갓집 체면에도 '인사가 아닐 것' 같았다.

"귓싸대기를 쌔려 번질까 허다가 확 집어 저리 내던져 버렸슈. 뵈가 여간 안 나더랑께유. 뒈지는 시늉 허길래 살려 줬이유." 사과는 나중 신방에서 신부한테 대신 받았노라며 석공은 웃었다. 신부 말에 따르면 오랫동안 그녀를 몹시 짝사랑해 온 그 동네 이웃 녀석이었다. 물론 아무 일도 없었지만 원한 맺어 봤자 좋을 일 없으니 참아 달라며 신부가 애원했던 눈치였다. 어제저녁까지도 문간을 기웃거리며 지분댔다고 실토하던 신부에게는 숨김이 없을 것 같더라며,

"무슨 큰 조이(죄)나 진 사람매루 빌어 쌓는디, 그거 워칙헌데유." 석공은 싱긋벙긋 웃어 가며 물러가고 있었다.

"신 서방두 훌륭허구먼그려. 저런 씩씩헌 아들을 뒀으니 신수가 안 피겄남. 빈산에 달 뜨기루 저런 아들을 뒀단 말여······." 어머니는 물러가는 석공의 뒷모습을 이윽히 바래 주며 상찬을 마지않았다.

그 이듬해 봄이었는지 어렴풋한 기억이지만, 아버지가 어떤 혐의로 두어 파수 동안 경찰에 구금됐다 풀려 나온 적이 있는데, 거의 한 장도막이나 석공은 자기 아내를 시켜 정성 들여 차린 음식으로 하루 세 번씩 사식 차입을 하였고, 석공 자신이 직접 찬합을 싸 들고 경찰서 출입을 하기도 하였다. 그가 그러고 갈 때는 한눈 한번 팔지 않고 계속 뛰어간다는 거였으며, 고마워 고마워 하던 어머니가 직접 석공을 불러 사의를 말씀하고, 다녀도 장가든 사람답게 의젓스레 다니도록 하라 하니, "진지가 식을깨미 그러지유. 장(늘) 찬 읎이 해다 드려 죄송스럽기만 허유······." 무슨 큰 보람 있는 사업이라도 벌인 듯한 어조로, 그러나 겸손하게 말하더라고 했다.

그 일이 빌미 되어 아버지에게 무슨 혐의가 씌워지고 연행 조사를 받게 될 때면 석공도 일쑤 경찰의 부름으로 나가 죄인 다스림을 받았으며 때로는 고문을 당했다고도 하였다. 물론 지하 조직이니 전단 살포니 하는 아버지의 사업엔 얼씬도 한 적이 없었다. 다만 그가 바로 이웃하고 살며 아버지를 무조건 경외한다는 소문 때문에 가당찮은 피해를 입곤 했던 것이다. 어떤 때는 석공이 스스로 와서 대문간에서 어머니와 만났으며, 여기는 이러이러하게 당하고, 이쪽을 이만큼 두들겨 맞아 간신히 굴신(屈伸)한다며 고문당한 설명을 하기도 했는데, 그럴 겸 해서 거듭 강조하던 것은 '선생님께 부끄럽잖은 사내가 되고자' 마음에 없는 말은 한마디도 입 밖에 내 본 적이 없었음을 해명함이 목적인 것 같았다.

"볼수록 아깝더라. 핵교 글만 죄끔 더 배웠더라면 여북 똑똑허까나. 숫제 아여 눈 읎는 생일꾼이던지······." 하며 어머니는, 그런 심성의 그가 보통학교나 겨우 마치고 만 것을 안타까워하였는데, 그러나 그에게 학벌을 물음처럼 부질없는 짓도 드물 것이란 느낌이다. 됨됨이며 천품이 워낙 그런 사람인 이상, 학교 공부는 더 했어도 그만이요 생판 불학이었대도 마찬가지였으리란 느낌인 것이다. 하긴 어머니 의견대로 차라리 판무식꾼이었거나 아주 약게 잘 배운 사람이었더라면 자기 한평생쯤 자기 편의대로 요리했지, 그렇게 운명의 농간 같기만 한 일생을 마치지는 않았을지 모른다 싶기도 했다. 그 일생의 애석함을 어찌 몇 줄의 작문으로 그칠 수 있을 것이랴. 허나 그는 그 나름의 주견과 소신대로 자기 인생을 경영했음이 분명하며, 또한 다시 일어설 수 없는 실패를 본 게 사실이었다.

황소바위 가장자리에 다래가 여물고, 터져 눈송이로 핀 목화대 틈으로 해설피 반짝이는 서릿바람 그림자가 얼룩질 때, 반지르르 살찐 검은 염소는 개랑둑 실버들 가지 밑에서 잠들고, 구름 아래에 머문 솔개 한 마리, 온 마을을 깃 끝으로 재어 보며 솔푸데기 틈의 장끼 우는 소리를 엿들을 때, 범바위 찔레 덩굴 속 핏빛 짙은 옻나무 잎을 피해 가며 까치밥을 따 먹던 나는, 언젠가도 한 번 들은 바 있는 신 서방의 울부짖음에 소스라쳐 놀라고 말았다.

"이 가이(개)색긔들아— 나, 이 신 아무개 아즉 안 죽구 여기 있다…… 두구 봐라, 이 드런 늠으 색긔들…… 누가 더 잘되나 야중에 두구 대보잔 말여, 이 웬수 같은 늠덜아……."

신 서방은 고래고래 악을 쓰다 말고 엉엉 울어 퍼대는 거였다. 원래가 고주였고 주정뱅이였던 만큼 모두들 이골이 나서 그의 주정에 귀 기울일 사람은 마을에 없었지만, 그는 술이 취하면 일쑤 그런 악담을 해 댔던 것이며, 그 악담이 가는 곳도 고정이 되어 있었다. 물론 자기가 어려서부터 행랑붙이로 얽어매어져 있었던 이씨네더러 그러던 거였고, 그렇게 함으로써 켜켜로 쌓였던 불만과 짓눌렸던 주눅을 피워 체증기 내리는 약으로 삼곤 해 온 거였다. 그러나 그날은 다소 색다른 데가 있었음을 나는 나중에야 알게 되었다. 며느리에게 산기(産氣)가 있은 거였다. 그는 손자를 보게 된 기대와 흥분에 술잔깨나 걸친 거였고, 자기도 이젠 떳떳이 노인 대접 받기에 충분한 근거가 마련되었다, 그러니 한평생 하대와 멸시로 시종해 온 무리들아, 이젠 나를 달리 대해 다오. 신 서방의 주장은 대략 그런 것이라고 했다. 그날 신 서방은 어느 때보다도 큰 목소리로 오랫동안이나 발악하듯 했다. 때문에 듣다못해 어머니는 석공을 불러 무슨 사연인가를 알아보게 되었다. 어찌 생각하면 신 서방으로서는 한번쯤 그렇게 해 봄직한 사유가 없지 않기도 했다. 어머니가 듣고 온 내막만 해도 적잖은 이야깃감이었으니까.

석공의 보통학교 동창 하나가 무슨 신문 지국을 운영하고 있는데, 면장하고는 동서지간이었다. 그 동창이 석공을 면사무소 고용원으로 천거하였다. 그러나 이야기가 잘되어 가다 까탈이 생겨 뒤틀리고 말았다.

"면소(面所) 꼬수까이라두 월급은 있으니 괜찮었을 텐디……싀(署, 경찰서)에 댕겨온 게 무슨 허물이라구……." 하며 어머니도 무척 아쉬워하고 있었다. 신 서방의 소원이 관청의 월급쟁이 아들을 두는 것이었음은 마을에서 모를 사람 없게 널리 알려진 사실이었다. 자기가 설움받았던 집 자식들이 모두 고장의 관공리나 은행원이었기에 더욱 그랬을 터이지만, 석공이 면사무소의 잡역 고용원이 되려 한 것에서도, 신 서방의 기대와 보람은 적잖았던 모양이었다. 무슨 발신(發身)이라고 생각했었는지도 모를 일이었다. 하긴 임시 고원(雇員)으로 있다가 면서기로 특채되는 예도 드문 일이 아니었다. 신 서방의 그 부풀었던 꿈은 여지없이 깨졌다. 그것도 평소 원수 삼아 별러 왔던 이씨네 떨거지의 훼방에 의한 것이었다. 작으나 크나 관청인데 한지붕 밑을 같이 출입할 수 없다 하여, 면서기로 다니던 이 아무개란 자가 중간에 뛰어들어 모략을 했다는 거였으며, 그자는 석공의 관공서 고용원 됨이 부당하다는 사유로서, 석공이 불온한 사상에 감염되어 있다고

꼬수까이 '사환'이라는 뜻의 일본어 '고즈카이'에서 온 말.

무고를 했다는 것이었다. 그자는 또 석공이 아버지의 사식 차입을 계기로 몇 차례 서에 연행되었던 사실을 과장하여 그 증거로 하려 한 모양이었다. 석공은 아무런 불만도 내색하지 않았고, 그나마도 분수에 넘친 일에 한눈팔았었다는 듯 무렴해하는 표정이기도 했다. 신 서방은 발악을 하던 날 밤 손녀를 보았다. 손자가 아니라서 적잖이 섭섭했겠지만 홧술을 마셨다는 이야기는 듣지 못한 것 같았다.

신 서방이 일생의 그 소원을 잠시나마 풀어 볼 수 있었던 해가 왔다. 그것은 1950년이었으며 8월 그리고 9월이었다. 석공이 무엇을 했던 것이다. 면소의 고용원이 아니라 군청 서기가 되어 나갔던 것이다. 그것은 우리 아버지에 대한 흠모와 사식 차입, 그로 인해 당하지 않을 수 없었던 구금, 고문 등등 지난날 그에게 가해졌던 몇 가지 고통에 대한 보상으로 주어진 직책이었다. 우리 아버지는 이미 사전에 타계한 후였으므로 누구의 배려로 그런 대우를 받게 되있는지는 알 수 없었다. 석공은 매우 만족스러운 표정이었다. 석공네 집은 비로소 이렇게 살 때가 왔다는 듯 밤낮없이 식객이 드나들었고, 석공은 모처럼 고무신 대신으로 하얀 운동화를 신고 다녔다. 널빤지 사립짝에 매달려진 깡통도 마침내 본래의 임무였던 초인종 구실을 제대로 해 볼 기회를 만나고, 석공 새댁도 뭍 사내에게 시집온 보람을 처음 가져 본다는 기색이 역연하였다. 피체된 경찰관 가족들이 벌건 장닭을 구럭에 담아 메고, 깡통 매단 철사줄이 끊어질 만큼 자주 드나들었고, 의용군에 자식 내보낼 수 없다는 노파들은 인절미와 흰무리, 혹은 풋능금 따위를 보퉁이에 꾸려 이고 문턱을 닳리었다. 나중엔 대복 어메와 조패랭이도 그중에서 한몫하며 순심이를 욕보이려다가 갇혔던 대복이 석방을 위해 조석으로 드난이하던 꼴도 볼 수 있었다. 그러나 석공은 그네들에게 아무런 도움도 줄 수 없었던가 보았다. 힘이 될 만한 자리에 앉지 못한 탓이었다. 사변 전에 이렇다 하게 한 일이 없고 워낙 순수한 동기로서 얻어걸린 직책이었으므로 무슨 실권이랄 것이 있을 수 없었던 것도 당연한 일 같았다. 그는 평범하여 소문 없는 덤덤한 사무원이었다. 신 서방은 그러나 아들의 그러한 '출세'를 이상하리만큼이나 달갑지 않다는 기색을 하고 있었다. 날마다 미군기의 폭격이 요란하고 민심이 겉돌며 흉흉한 분위기가 감돌아 불안을 느낀 거였을까. 그런 것도 아니었을 줄 믿는다. 본디부터 그는 우익 사람들을 애서 옹호해 왔고 그만큼 공산주의자들을 증오해 온 터였다. 우리 아버지가 하던 일에 대해서 조금도 호감을 보인 적이 없었음이 그러한 증거였다. 물론 무슨 주의 주장이 따로 있어 그랬던 것은 분명 아니었다. 다만 땅을 거르고 가축 거둬 먹이기와 논밭에 거름 한 지게라도 더 얹고 싶어 안달하며, 있는 농사 짓기에도 힘이 부친 근근한 농민 분수임을 잘 알고 있은 까닭이었다. 어떠한 번거로움도 마다했고, 전에 없었던 일은 여하한 것도 꺼려했음이 분명했다. 이는 그 당시 나이 어린 내 눈에 보인 바가 그와 같았음을 근거하여 하는 말이다.

월급쟁이 관공리 자식 두기를 소망했던 어버이를 위해 석공은 대체 몇 푼이나 벌어다 바쳤던 것일까. 모르면 몰라도 대강 미루어 보건대 그는 아마 한두 가마의 곡식을 타다가 들여놓은 것으로 그쳤을 것이었다. 그럴 만큼 그 무렵의 석공에 대한 인상이 기억에 남아 있지 않기도 하다. 석공은 해뜨기 전에 출근하여 밤이나 되어야 귀가했고, 우리들은 우리들대로 밤낮 여성 동맹 마을 책임자였던 순심의 인솔로 후미진 산기슭과 숲 속으로 골라 다니며 놀되 단체 놀음을 하고 있은 때문이었다.

그리고 그 시절은 잠깐이었다. 추석 지나고 며칠 안 되어 국군이 들어오고, 이내 경찰이 뒤를 이어 치안을 맡기 시작했던 것이다. 석공이 언제 어디로 피신했는지 당초에는 집안 식구들마저 종적을 몰라 했었다. 어디 가 처박혀서 잘 숨어 있는지, 혹은 월북을 했는지, 아니면 길이 막혀 잡혀 죽

피체(被逮)되다 남에게 붙잡히다.

어 여우밥이 되었는지, 알 만한 사람은 아무도 없었다. 석공 새댁은 울어 날을 지새워, 눈두덩이가 부얼거리며 밤톨처럼 솟아 있지 않은 날이 없었다. 그녀는 첫돌이 가까워진 어린 딸 명희를 업은 채로 석공이 했어야 옳을 일에 매달려 오나가나 갈팡질팡 정신이 없어 하고 있었다. 신 서방은 화병으로 쓰러져 일어나지 못하고, 신 서방 댁은 석공의 내가, 외가, 처가 할 것 없이 두루 뒤져 가며 아들의 생사 여부를 수소문하기에 볼일 볼 새가 없다고 했다. 다행인지 불행인지 한 가지 이상한 것은 피의자가 잠적해 버렸음에도 그 가족들의 신변이 무사하던 일이었다. 신 서방이 불리어 가 다리가 부러졌거나 새댁이 닦달을 당해 어디가 어찌 되었다거나, 하여간 석공이 검거될 때까지는 남은 사람이 못살아 했어야 그 무렵의 상황에 걸맞을 일이련만, 그 흔한 가택 수색 한번 나온 것을 구경하지 못하겠던 것이다. 그런대로 석공 새댁은 머슴도 상머슴이 다 되어 손에 연장 놓을 때가 없었고, 논밭걷이와 씨앗 뿌리기에 벗은 발 신발 찾을 새가 없었다. 두엄 져 나르기와 돼지꼴 베어 들이기는 지게로 했고, 가뭄 타 오갈 든 김장밭에 물지게를 져 나른 밤에도 보리쌀 대끼는 절구 소리로 이웃의 잠을 설쳐 놓곤 했다.

시월도 다 가던 어느 날 해설픈 새참 때나 되어서 있은 일이다. 조무래기들로 시끌덤벙한 소리와 사나운 울부짖음 소리가 귀에 들어와 밖을 내다보게 되었다. 그리고 석공네 마당 오동나무 밑에서 보통 아닌 무슨 일이 벌어졌음을 알게 되었다. 나는 대뜸 드디어 흉악한 일을 보게 됐다고 넘겨짚었다. 언뜻 푸줏간에 너리너리 걸렸던 고깃덩어리들이 떠오르고, 언젠가 돼지 잡을 때 자배기 속에서 솔고 엉겨 붙던 검붉은 선지피가 눈앞이 아찔하며 떠올랐다. 두 다리가 후루루 떨렸다. 석공의 시체! 참으로 방정맞은 연상이었다. 석공네 마당으로 달음박질하는데도 벌집 다 된 총알 자국, 도끼와 쇠스랑에 찍혀 빠개진 뒤통수, 작살이나 대창(竹槍)에 난탕질 당한 가슴과 뱃구레……. 그렇게 되었을 석공의 몸뚱이가 두 겹 세 겹으로 떠오르던 거였다. 그 마당은 역시 내 예감과 엇비슷하게 걸맞은 현장이었다. 오동

나무 아래에 뒹굴려진 것은 석공이 아니라 그의 아내였다. 그녀가 농즙을 내며 짓이겨지고 걷어차여 온몸이 붉게 반죽이 되어 있던 것이다. 곁에서는 나이 어린 시뉘가 몸부림을 치며 울고, 겨우 걸음발을 타기 시작한 명희는 마당 가를 두꺼비처럼 기어 다니며 보인 대로 집어넣어 입 언저리가 흙 투성이에 검불 범벅인 채 혼자 놀고 있었다. 운신을 못하게 쇠약해진 신 서방은 토방에 주저앉은 채 부레 끓어 죽는 시늉이었고, 구경꾼들은 어른 아이 없이 벙어리 시늉을 하며 그저 구경이나들 할 뿐이었다. 누가 이 끔찍스런 일을 저지른 것일까. 그때 "에이." 하며 송곳니 사이로 침을 내갈기는 사내가 있었다. 낯선 청년이었고 분풀이가 덜 되어 씨근벌떡거리는 눈치였다. "씨발년." 하고 그 청년은 또 침을 뱉었다. 나는 얼핏 그 사내가 신고 있는 반드르한 구두를 보았다. "과부 노릇 허는 꼴 좀 보장께, 이 쌍년." 낯선 청년은 계속 혼잣말처럼 중얼거렸다. "이 집 사내늠헌티 시집오면 호강 요강 헐 중 알었지? 좋겠다! 고 콧빼기 높은 값 허느라구 쌍년, 제우 새끼 한 마리 까구 서방 잡아 처먹구, 좋겠어 이년아."

그 사내는 돌아 나가면서도 입으로 옮길 수 없는 욕설 한마디를 더 내뱉었다. "너 같은 년버러 뭣이라구 허는 중 아네? 그게 바루 벌려 주구 뺨 맞구, 국 쏟구 투가리 깨지구, 밑구녕까지 데였다구 허는 것이여, 쌍년……."

그 사내가 석공이 배섬으로 장가가 첫날밤을 치르기 직전, 신부네 잔치 마당에서 춤추는 척하며 시비를 걸었던, 석공의 발등을 짓밟고 팔꿈치로 쳤다가 석공한테 태질을 당했다던 작자라고 했다. 못 이룬 짝사랑이 곪으면 그렇게도 터지는 것인지 모를 일이었다.

"그늠이 사내 지집 죄다 밟어 조졌다구 원 풀어 허더라는디…… 내 암제구 돈 벌먼 뾋쪽구두 한 커리 사 신구 쉼으로 근너가, 내 그늠으 자슥 대갈빼기를 부숴 주구 말 티여……."

부얼거리다 부어서 살이 찐 것처럼 부해 보이다.
대끼다 애벌 찧은 수수나 보리 따위를 물을 조금 쳐 가면서 마지막으로 깨끗이 찧다.

모진 풍파가 다소 끔해지고 한숨을 돌릴 만하자 석공 댁이 농담처럼 하던 말이었다. 그날 그 사내가 찾아와 들이단짝 정신 못 차리게 치고 패며 밟을 때는, 그녀도 이젠 다 살았느니라 했더라고 했다. 그 같잖은 풍신에 언제 그리 됐으랴는 생각을 해 볼 겨를만 있었더라도 그렇게 당하진 않았으련만, 서슬이 워낙 시퍼렇고 살기가 뻗쳐 있어, 대뜸 치안 계통의 무엇이 돼 가지고 앙갚음을 하러 온 줄로만 여겼다는 거였다. 더구나 그자는 보자마자 대뜸 "내가 금방 늬 서방 뒈지느라구 용쓰는 거 보구 나왔니라. 초상 치를 채비 허여 이년…… 싸게 싀(署)에 가 송장 떼며 오라니께…… 통 큰 년, 공산질헌 직 서방이 살어나기를 바랬던가뵈……." 하더라는 것이다. 그때 속은 것이 그렇게도 분하다고 그녀는 못 잊어 했다. "공산질은 직늠두 했데. 저두 잽혀가서 늑신 처맞구 풀려나온 질이더랑께." 하며 그녀는 어처구니없어했는데, 그 사내도 적 치하에서 부역을 했던 것이다. 물론 목숨을 붙이자니 마지못해 그랬겠지만, 하고 그녀는 말했는데, 그 사내의 죄목이 무엇이었는지는 길래 알 수 없었다. 며칠 묶여 있다가 풀려나온 것으로 미루어 보아 대단치는 않았으리 싶을 따름.

 석공은 그 섬 사내가 전한 대로 그때 이미 검속되어 있었으나 집에 연락이 안 닿아 가족과 마을 사람들만 모르고 있은 거였다. 석공이 갇혀 있던 곳은 농업 조합 미곡 창고 속이었다. 혹독한 고문을 당해 거의 빈사 상태였더라고 했다. 실지 보고 온 사람들이 전해 준 말이었다. 고춧가루 탄 물 한 주전자를 코로 다 마시더라던 사람, 방망이로 맞을 때 세어 봤는데 예순두 대째 맞고 까무러치더라는 사람……. 다만 아주 죽었다고 전한 사람만이 없었을 뿐이었다. 석공의 고문당한 기별이 전달된 날마다 새댁은 핫옷 바느질로 잠 없는 밤을 견뎌 냈다고 했고, 무심코 솔기를 호다가도 출입복이 될지 수의가 될지 용도를 의문하게 되면 으레 그때마다 바늘을 부러뜨렸노라고 그녀는 말했다. 정말 안타까웠고 아까운 일이었다. 스물다섯이란 석공의 한창나이가 그지없이 아깝던 것이었다. 그 무렵만 해도 그녀의 그 같은 의문에 누구라고 시원한 대답으로 자신 있게 말할 수 있었을까.

우리는 석공의 새댁을 명희 엄마라고 불렀다. 명희는 재롱둥이였다. 신 서방네 집안의 유일한 웃음거리였다. "저것이라두 읎으면 무슨 건지루 살겄어유." 명희 엄마도 늘 그런 말을 되풀이하고 있었다. 석공은 언도받은 대로 대전 형무소에 이감되어 있었다. 5년 징역이었다. 5년이란 형기가 굳어지자, 늘펀히 누워 시름거리던 신 서방은 기신기신 일어나 일꾼 없는 농사를 지어 냈고, 명희 엄마도 안팎 두루치기로 상머슴 몫을 해내고 있었다. 그녀가 억척스레 일하는 것을 볼 때면 어쩐지 자학적으로 부러 고된 일로만 골라서 하는 것 같은 느낌이 들곤 했다. 그 지악스러움과 억척스러움은 멀쩡한 사내도 감히 흉내 낼 수 없을 지경이었으니까.

모두들 비명에 세상 뜨고, 어른이라곤 오로지 어머니 한 분뿐이었던 우리 집도 적잖이 변모된 채 겨우 하루살이를 하고 있었다. 명질날 무싯날 따로 없이 내방객 신발들이 즐비하게 늘어놓여지던 사랑 뜰과 댓돌에는 퍼렇게 이끼가 끼어 시절이 아님을 말하고, 안으로 굳게 잠겨진 북장지 아래 사랑마루엔 여름 먼지 겨울 티끌만이 자리 만난 듯 쌓여, 지는 해 붉은 노을에 퇴락만 거듭하고 있었다. 그러나 울안엔 언제나 사람들이 들벅거렸음을 무슨 조홧속이라 이를 것인가. 밤낮으로 마을 아낙들이 모여들었으니 안사랑이라 이름할 것인가. 그네들은 낮잠을 자러 오기가 예사였고 어린아이를 맡기러 오기도 했다. 어렴성 모르고 무시로 드나들어 거의 마을방이나 다름없었다. 덕택에 어머니는 적적한 줄을 몰랐고, 마당일 부엌일 거들어 주는 손이 많아 자자분한 집안일로 허리를 앓지 않아도 되었다. 명희 엄마도 마을꾼 중의 하나였다. "저는 아마 이 코 땜이 팔자가 이런 것 같유." 그녀는 일쑤 그런 말을 했고, "츠녀 쩍에 넘덜이 보구 반주그레허니 괜찮게 빠졌다구 허면 철읎이 좋아했더니, 게 다 무슨 살(煞)이던개뷰. 후제 자슥 두구 메누리 읃으면, 저처럼 콧날 오똑허구 얼굴 갈상허니 해끔헌 시약씨는 절대 마다헐래유." 자기 코를 가리키며 그런 말도 하고 있었다. 그녀는 자기의 미모와 몸매를 나무라기 위해 모질고 거친 일만 도맡아 했던 것이다. 그녀는 말했다. "접때 면회 가니께 쟤 아배가 전처럼 낭자에다 댕기두 드리구, 끝동 달린 소매두 입으라구 해 쌓길래 저는 싫다구 했이유. 자기가 나오면 쪽 풀구 빠마두 허구, 베루벳도 치마두 해 입을란다구 했더니…… 허연이 웃으면서 눈물을 뚜룩 흘리데유." 곁에서 듣고 있던 나는 문득 그녀가 시집오던 날을 기억해 내고, 코가 너무 반듯하여 어떨지 모르겠다던 옹점이 말도 곁들여 되새겨 보곤 했다. 그녀는 면회 가는 날을 기다림으로써 그 인고의 세월을 잊으며 살고 있었다.

  시작에서 끝이 없으되 결국은 잠깐이기에 세월이라 이름했거니 한다. 석공의 복역 기간이 그와 같았기로 더욱 그런 느낌이려니 한다. 석공이 형기를 반년 앞두고 모범수로 특사 받아 풀려나오게 됐던 것이다. 그해 8월 15일 광복절. 아침부터 마을은 온통 무슨 명절을 맞은 기색으로 술렁거리며 기꺼운 표정이었다. 방학 중이어서 그 집 마당이 가득하게 들어차 놀던 아이들 틈에서 나도 일찍부터 뒤섞이어 초조한 마음으로 시간을 기다리고 있었다. 마을 앞 신작로로 지나갈 버스는 오후 4시경이었으므로, 나는 무려 6시간 이상을 그 마당 귀퉁이에 서 있었고, 거의 하루해를 에우다시피 한 셈이었다. 점심때쯤부터는 성깃하게 빗방울이 들어 개오동 잎새마다 얼룩무늬를 두었고, 그것은 차츰 여려지면서 촘초름한 부슬비로 변했으며, 실금실금 뿌려지는 대로 거미줄마다 부슬비가 꿰어지자 거미줄은 잘 닦인 은쟁반처럼 우아한 모습으로 보였다. 어느 때였나, 문득 버스 멎는 소리가 들리자 마당 안의 시선들이 개랑 건너 과수원 탱자나무 울타리를 끼고 신작로 쪽으로 쏠려 갔다. 나는 다른 아이들처럼 그렇게 팔짱 끼고 서서 구경이나 하고 있을 처지가 아니란 걸 알고 있었다. 그가 우리 아버지에게 보였던 정리에 대한 조그마한 답례라도 될 수 있을 일이라면, 나는 아마 무슨 일이라도 주저하지 않았을 터이었다. 나는 무얼 어떻게 해야 되는지 아지 못하고 있었으므로, 인사라도 남보다 먼저 하는 것이 옳을 것 같았다.

나는 뛰어갔다. 명희 엄마와 명희, 그리고 신 서방 내외, 또한 신작로 송방 앞에 있었던 마을 사람들에 둘러싸인 채 석공은 싱글싱글 웃으며 걸어오고 있었다. 그가 장가갈 때 도리깨 자루와 새끼타래를 사려 쥐고 달아먹기로 별러댔던 그 사람들, 쌍례 아배, 조패랭이, 복산 아배도 그 틈에 뒤섞여 있었다. 상상했던 바와는 딴판으로 석공은 건강하고 늠름해 보였다. 나는 마을 아이들의 맨 앞에 서서, 건강한 생환을 진정으로 고마워하며 고개만 깊이 숙였다. 그가 먼저 말할 때까지 나는 아무 말도 하지 못했다.

"몰라보겠네, 되게 컸어." 그는 내 손을 잡고 힘들여 여러 차례나 흔들었다. 그래도 내 입에서는 아무 말도 새어 나오지 않고 있었다. 요즘도 나는 하루 열댓 번 이상 헛손질하듯 하며 형식적인 악수를 자주 하고 살지만, 또 앞으로도 매양 그러기가 쉽지만, 그때 해 봤던 그 석공과의 악수만은 언제까지라도 못 잊어 할 것임을 스스로 믿는다. 그것은 내가 생전 처음 처자를 거느린 어른하고 악수를 해 본 최초의 경험이라는 한 가지 뜻만으로도 그렇다.

그는 얼굴이 허옇게 쇠었다는 겉보매 외에 조금도 달라진 데가 보이지 않았다. 어느 겨를, 그는 내 손을 뿌리치듯 물리고는 불쑥 내 뒤로 튕겨져 나갔다. 그리고 두 손이 발등에 닿도록 허리를 굽혀 절하고 있었다. 우리 어머니가 석공의 어깨를 쓰다듬으며 웃어 보이고 있었다. 어쩌면 울고 있었는지도 모를 표정이었지만……. 석공은 고개를 들지 않았다. 마치 자기가 그처럼 살아 돌아왔음이 무슨 큰 허물이라도 되는 듯한 표정으로. 어머니가 앞서 걷기 시작해서야 늘어놓은 두름처럼 정지됐던 행렬도 서서히 움직이기 시작했다. 개량을 건너고 마당에 발을 디뎠다. 그는 그리던 집에 들어선 것이었다. 석공은 성급하게 울안으로 들어가려 했다. 여러 사람들이 앞을 가로막았다. 어느새 먼저 들어왔던가, 신 서방 댁은 하얀 대접에 두부를 가득 담아 들고 서 있었다.

"엄니는 쓸디읎이 두부를 먹으래유." 석공이 그것을 마다하고 그냥 울안으로 들어가려 하자, 신 서방은 정색을 하며 나무라듯 말했다. "얘, 이 두부 저 으르신께서 쒀 오신 게여." 석공이 신 서방 눈길을 따라 돌아본 곳엔 우리 어머니 미소가 있었다. 석공은 고개를 떨구었다. 그는 신 서방 댁이 입에 물려 주는 대로 목을 쩔룩거려 가면서 자기 얼굴만큼이나 하얀 두부 덩이를 허발하고 먹어 치웠다.

이튿날. 아마 동네에서 동트며 일변 일어나 맨 먼저 연장 자루를 쥐고 나선 사람은 석공이 아니었을까 싶다. 명희 엄마 말에 의하면 그날 밤을 온통 뜬눈으로 새우더라는 거였다. "사 년 반이나 굶은 사랑 벌충헐랑께……." 입이 걸었던 상술 어머니는 웃느라고 말끝을 못 맺었지만, 명희 엄마는 정색하며 '일이 하고 싶어 잠 못 자던' 석공에 대해 자세하게 풀이를 달았었다. 형무소에 들앉아 있는 동안 처자 다음으로 그립고 잡아 보고 싶어 못 견딘 것이 낫, 호미, 쇠스랑이며, 밤마다 귓전에 들려온 것이 도리깨 소리, 탈곡기 소리였다고 실토하더라는 것이다. 알 수는 없지만, 나는 명희 엄마 말을 그대로 곧이듣고 싶었다. 석공은 가장 모범적인 일꾼으로 되어 갔다. 그처럼 건실한 농군도 다시 없을 것 같았다. 마을 사람들은 모두 석공하고만 품앗이하기를 원하고, 같은 값이면 석공을 놉 사 쓰고 싶어 서로 다툼질하기를 그치지 않았다. 그는 누가 시키기 전에 먼저 알아서 일을 추어내고, 남의 늑장과 꾀부림도 앉아서 못 보는 성미였다. 그러나 사철 내내 그럴 순 없는 것 같았다. 날이 거푸 궂거나 장마 기운이 몰린다 싶으면 그 스스로가 된 일을 삼가면서 몸조리에 신경을 곤두세우곤 하였다. 고문으로 골병이 든 데다가, 형무소 독까지 몸에 배고 뿌리를 박았던 것이다. 워낙 되게 당한 탓일 것이라며, 석공 자신도 응어리가 박히고 어혈이 들었었음을 시인하고 있었다. 그러면서도 몸을 보하고 조섭하기 위해 어떤 대책을 꾸미는 것 같지는 않았다. 쇠꼬리 한 대 안 들여가고 개 한 마리 잡지 않았던 것은 무슨 자신이 있었던 걸까. 그보다는 연장 쥐고 움직임을 만병통치로 알았음이 분명하다. 그는 자기 집 농사일에만 부지런을 피운 것이 아니었다. 이웃 동네 크고 작은 일에도 부러 빠진 적이 없었다. 아니 그가 없으면 되는 일이 별로 없을 지경이었다. 추렴이나 울력으로 마을의 곳집을 고친다거나 봇둑 보수가 있게 되면 으레 석공이 앞장서 나서야만 버그러지고 뒤틀림이 없었다. 구장, 반장이 엄연하게 따로 있었건만 석공 말이라야 설복을 했고, 그러려니 하며 믿거라 하던 것이다. 사변통에 어떻게 없어진지 모른 마을 상례 기구가 마련되기까지 상여계와 상포계(喪布契)를 일으켜 마무리 지은 것도 석공의 힘이었고, 이중계(里中契)가 해를 더해 갈수록 번창을 본 것도 순전 그의 적공이던 것이다. 그의 심덕은 정평이 나 있어, 학교에 갓 입학한 어린아이들까지도 은연중 어려운 사람이라는 선입견을 심어 가는 것 같았다. 석공의 손발이 아쉬워질 때는 그러니 안 그러니 해도 역시 아침을 끓이며 저녁 걱정하는 집일수록 절실하며, 반드시 있어야만 제격일 것 같았다. 갑갑하고 궂은일일수록 그것은 더욱 그런 듯했다. 그는 꿋꿋이, 그리고 성심껏 일을 치러 내었다. 7월 삼복 땡볕 아래서 남의 무덤을 파고, 8월 장마 궂은 밤비 속에서는 갓난애 무덤을 꾸려 냈다. 특히 동네에서 죽은 어린애 관은 거의 석공 혼자서 지고 올라가 매장하기 일쑤던 것이다. 들으나 마나 한 공치사 몇 마디 외엔 아무런 보수도 없던 일들, 마치 그런 일에 봉사함만이 자기의 직분이며 도리인 것처럼……. 수술하다 목숨 거둔 피투성이 이웃 송장도 혼자 업어 나르고, 술 취해 장바닥에 자빠진 사람은 도맡아 구완해 주기를 일삼고 있었다. 손수 상한 시체 염을 해 주고, 묵은 산소 면례가 있어 파분(破墳)이 되면, 썩은 관을 먼저 뜯어내던

허발하다 몹시 굶주려 있거나 궁하여 체면 없이 함부로 먹거나 덤비다.
어혈(瘀血) 타박상 따위로 살 속에 피가 맺힘. 또는 그 피.
조섭(調攝) 건강이 회복되도록 몸을 보살피고 병을 다스림.
울력 여러 사람이 힘을 합하여 일함. 또는 그런 힘.
곳(庫)집 예전에, 곳간으로 쓰려고 지은 집. 상엿집.
봇(洑)둑 보를 둘러쌓은 둑.
상포계(喪布契) 초상 때 드는 비용을 서로 도와 마련하기 위해 모은 계.
이중계(里中契) 동리 사람들이 모여 만든 계.

이도 맡아 놓은 석공이었다.

　누가 그를 그런 사람이도록 했는지는 끝내 알 수 없었다. 아무리 천성이 그런 위인이라기로, 천성을 모개로 셈해 말하기엔 너무 무모하다는 각성을 스스로 하게 되었다. 인고(忍苦)의 형무소 세월에서 무엇인가 터득한 게 있었을까. 모르는 문제를 되다 만 소리로 둘러칠 수는 없다.

　출옥 이듬해에 석공은 아들을 낳았다. 명희 엄마는 낭자를 자르고 다복다복하게 신식으로 지졌고, 까만 비로드 치마를 해 입은 것도 두 번인가 보았다. 벼르던 것 가운데서 뾰족구두만 보지 못한 것 같았다. 점차 셈평이 펴이고 일상의 형편도 느는 것이 눈으로 보였으며, 살게 되느라고, 여름내 곱살이를 면할 수 있도록 농사도 해마다 대풍이었다. 형무소에서 그토록 몸서리나게 참아야 했던 그의 소망, 그렇다, 그 일을 그는 원이 없을 만큼 해냈던 것이다. 밤에 지나다 들으면 석공 내외가 거처하는 문간방 쪽에서는 으레 라디오 소리가 흘러나오곤 했다. 라디오 한 대 장만하기가 송아지 한 마리 사들이기보다 갑절은 어렵던 시절이었다. 그는 신문을 구독하고, 쉬운 잡지도 열심히 사다 읽는 여유를 보이고 있었다.

　"시집와서 츰으루 사는 재미에 살어유……." 동네 사람 중에서 맨 먼저 나일론 것을 해 입은 자랑 삼아 왔던 명희 엄마는 천식으로 몸져누운 어머니 다리에 부채질을 해 주며 행복에 겨운 표정으로 말했다. 나일론이 사치품이다 아니다 하며 그 수입 여부를 놓고 사회부와 상공부가 자루를 찢던 시절이었다. 촌에서 웬만한 사람은 만져도 못 볼 사치품이었다.

　"자기 징역살이헐 때 고상했다구 예전 고릿적 얘기 해 쌓으메, 그 보상 허느라구 한 감 끊어 왔대유……. 눈 딱 감구 해 입었이유." 그녀는 숨을 돌린 다음 "재봉집이다 맽긴께 공전이 꼇보리 한 가마 금새나 들더먼유. 미두계(米豆契) 장변을 댕겨다 쓰더래두 재봉침 한 틀은 살라구 그류."

　"그럴 테지…… 그러야 쓰구……." 어머니는 고대 넘어가는 숨을 붙들며 석공의 기특함을 되뇌곤 했다. 석공은 매일처럼 어머니 병문안을 왔었다. 용태가 걱정되어 밤잠을 설친다고 말한 적도 있었다.

어머니의 수의도 석공 손으로 입혀졌다. 유택(幽宅) 역시 석공 손에 이루어졌다. 그 어느 무덤보다도 정성으로 물매 잡힌 봉분이 돋우어지고, 지심을 묻어 가며 뗏장을 입혔다. 일이 그에 이르도록 석공이 겪음한 고초가 어느 만큼인 줄도 나는 모르지 않았다. 어디 좋다더라는 약이 있으면 자기네 곡식 자루를 메고 가서라도 그는 구해 왔었다. 용하다는 의원 한 번 보이기 위해 밤길 새벽비를 가리지 않고 뛰었었다.

그 무렵의 나는 겨우 중학 2년생의 어리보기였지만, 도대체 어찌 하여야만 그의 성의에 조금이라도 보답할 수 있을는지 궁리하지 않으면 안 되었다. 그것은 참고서와 사서(辭書)가 있을 수 없는 오랜 세월의 숙제이기도 했다. 나의 마음은 언제나 신세 갚음이었지만, 그러나 그것도 그런 것이 아니었다. 관촌에서 노박이로 살고 있는 한은 내가 되려 폐를 끼치며 도움을 받아야 될 것 같았고, 실지 그리 됐음이 사실이던 것이다.

우리는 헤어지던 마지막 날 그 시각까지 그의 신세를 졌다. 따로 쉰 막걸리 한 종발 대접해 보지 못한 채 우리는 고향을 떠나면서 석공과 헤어졌다. 그는 말문이 막힐 정도로 섭섭함을 참지 못하고 있었다. 그는 아무 말 없이 땀만 쏟으면서 이삿짐 건사를 거들어 주었다. 우리 집 세간은 원래가 번다하고 잡동사니투성이였다. 개화 이전에서 3대를 물림해 온 것들이니

모개 죄다 한데 묶은 수효.
셈평 생활의 형편.
곱삶이 두 번 삶아 짓는 밥. '꽁보리밥'을 달리 이르는 말.
미두계(米豆契) 현물 없이 쌀을 팔고 사는 일. 실제 거래를 목적으로 하는 것이 아니고 쌀의 시세를 이용하여 약속으로만 거래하는 일종의 투기 행위.
장변(場邊) 장에서 꾸는 돈의 이자. 한 장도막, 곧 닷새 동안의 이자를 얼마로 셈한다.
유택(幽宅) 무덤.
물매 물에 묽게 탄 매흙을 방바닥이나 벽 따위에 바른 것.
지심(至心) 더없이 성실한 마음.
사서(辭書) 사전(辭典).
노박이 한곳에 붙박이로 있는 사람.

오죽이나 잡다했겠는가. 농사로 거둔 세전(歲前) 곡식 스무남은 가마를 제외하면 화물 트럭 한 대분이 모두 그런 쓰잘머리 없는 것들이었다. 그날, 온 동네 사람은 총동원되어 우리 이삿짐을 정거장까지 운반하고 실어 주었다. 머리로 여 나르고 등짐으로 져 날랐으며, 지게 지는 사람치고 한두 행보를 안 한 이가 없었다. 그때도 석공은 열두서너 행보 이상이나 힘겨운 것들로만 골라서 져 나르는 것 같았다. 중간에 점심 들 새도 없이 부살같이 왕복하던 거였다.

 기차가 떠난 시간은 오후 4시경이었다. 화찻간의 짐들이 대강 가둥쳐지자 석공은 파랑새 한 대를 피워 물며 지게 멜빵을 벗어 뉘었다. "이것, 원체 섭섭헝께 말두 안 나오는디…… 워칙헌댜, 이냥 이렇게 떠 버리니 워칙허여……." 그는 아쉬움을 못 이겨 부쩌지 못하고 있었다. 기적 소리가 길게 울려 퍼지자 석공은 내 어깨를 자기 품으로 얼싸안듯 당겨 가며 약간 떠리떠리한 어조로 말했다. "부디 성공해서, 옛말 허며 살으야 되여. 원제던지 편지허구. 한 번이나 내려오게 되면 내 집버텀 들르야 허네…… 기별 자주 허구 몸 성이 잘 올러가게……."

 나는 가슴이 미어졌으므로 무슨 말 한마디 입 밖에 낼 수가 없었다.

 서울 살면서 과연 나는 그에게 가장 많은 편지를 보냈다. 누구보다도 서슴없이 자주 기별을 전했다. 편지 많이 받고 자주 답장 내 보기는 석공 역시 나와 같았을 것이다. 나는 정말 누구보다도 복잡한 내용을 주저 않고 써 보냈다. 안부를 묻고 전하는 의례적인 편지를 그처럼 자주 쓴 게 아니라 때마다 내가 아쉬워 성가신 부탁만을 그에게 도급 주듯이 떠맡기곤 했던 것이다. 전적(轉籍) 절차가 간소화되어 본적을 서울 주소로 떼어 옮기며 마지막 호적 등본을 보내 주기까지 온 가족의 호적 초본이며 졸업 증명서, 그 까다로운 병사 관계 서류 따위를 석공 혼자서 처리해 준 거였다. 성묘차 내려가면 맨 먼저 들러 앉았다 일어나곤 한 집도 물론 석공네였다. 4월 혁명이 일었던 해 봄, 할아버지 산소를 면봉하러 갔을 때만 해도 석공의 살림 형편은 그저 그만하면 되리 싶게 부쩍 일어나 있었다. 봉당 안에는 사서 얼마 안 탄 신품 자전거가 있었고, 미처 겉칠도 안 벗겨진 새 풍구(風具)도 한 틀 비료 부대로 덮인 채 추녀 밑에 놓여져 있었다. 국민학교에 다니는 명희 신주머니가 마루 끝에서 뒹구는가 하면, 출옥 1주년 기념품처럼 태어났던 머슴애는 돈을 주면 뒤도 안 돌아보고 가게로 내달을 만큼 자라 있었다. 바야흐로 석공은 옛말을 하며 살아가는 중이었다. 달라진 것은 석공네 살림 규모만이 아니었다. 여러 사람한테 얻어들은 말이지만, 무엇보다도 많이 달라진 것이라면 신 서방의 술주정이었다. 그의 주정 아닌 발악을 안 듣게 된 지도 어언 이태나 되나 보다면서, 일가 댁 어느 아주머니는 신통해 마지않던 것이다. 다시 말해 이씨네 문중을 향해 퍼부어 쌓던 그 욕설과 삿대질 버릇이 자취를 감추었다는 뜻이었다. 신 서방으로선 당연한 일이니라 싶었다. 귀밑머리가 옥수수염 다 된 만큼 늙기도 했지만, 답답하여 울화 끓일 일이 없어졌으매 그러고 싶더라도 건더기가 마땅찮아 못할 것 같았다. 칠성바위 둘레에는 양옥집이 서너 채 들어서고, 대복이네 살던 집 지붕도 함석으로 개비되어 있었다. 그뿐만도 아니었다. 범바위 이쪽은 두엄자리인지 돼지우리 지었다 헌 자리인지 쉬파리 끓는 속에서 거름 냄새가 물씬거리고, 황소바위 곁에서는 들깨 모 붓고 요강 부신 뒤 비가 안 온 탓인지, 지린 냄새로 가득 차 코가 헐고 있었다. 때문에 칠성바위 안쪽 할아버지 산소를 달리 모실 수밖에 없음을 알린 이가 석공이었고, 내가 몸뚱이만 내려가도 아무 차질 없이 모든 게 마련돼 있던 것 역시 석공의 분별이었다. 그는 모든 부수적인 잔일까지 혼자 시작하여 마무리 짓고자 했다. 구기(舊

도급(都給) 일정한 기간이나 시간 안에 끝내야 할 일의 양을 도거리로 맡거나 맡김. 또는 그렇게 맡거나 맡긴 일.
전적(轉籍) 호적(戶籍)이나 학적(學籍) 따위를 다른 곳으로 옮김.
면봉(緬奉)하다 무덤을 옮겨서 다시 장사를 지내다.
풍구(風具) 곡물에 섞인 쭉정이, 겨, 먼지 따위를 날려서 제거하는 농기구.
구기(舊基) 원래는 옛 집터를 가리키나, 여기선 옛 무덤자리를 가리킨다.

基) 파봉(破封)에서 새 유택의 성분(成墳)까지, 석공은 남의 손 빌리지 않고 혼자 힘으로 마쳐 주었다. 도대체 무슨 인연이었을까. 설명도 되지 않고, 실감 없는 공허한 글자로만 끄적거리며 되잖게 서툰 수작을 할 수도 없다. 헤아려 보면 석공은 삼대에 걸쳐 우리 집안의 불행들을 뒤치다꺼리한 셈이었다. 할아버지로부터 나의 동기까지, 그는 비명(非命) 및 천수(天壽)에 의한 별세를 지켜보았고, 아울러 신후(身後)의 휴게처마저 자기 손으로 치장해 주지 않았던가.

석공이 처음 서울에 왔던 것은, 날이날마다 엔간히도 찌고 삶아 대던, 5·16 나던 해 한여름이었다. 나는 명색 대학 1년생으로 어디 가서 단 십원 한 장을 못 만들던 숙맥으로서, 그만큼 궁기에 찌들던 시절이었다. 석공은 미리 편지에 일러둔 말이나 예고도 없이 불쑥 나타났다. 그는 카키색 작업 바지에 백모시 반소매를 시원하게 받쳐 입고 흰 운동화를 닦아 신고 있었다. 우리는 일찍이 그 어느 손님도 그처럼 반겨한 적이 없었다. 누구여 누구, 이게 누구여, 하며 누나는 그들 목소리만 귓결에 듣고도 대문 앞까지 맨발로 뛰쳐나갔을 정도였다. 거짓말 보태 말하자면 우리들의 그런 영접이 석공은 다소 의외란 듯 감격스러운 빛까지 서리어 있었다. 그런데 이상한 일이었다. 무턱대고 반가워할 만한 상경이 아닐는지도 모른다는 불길한 예감이 어리기 시작하던 것이다. 한창 바쁜 철에 부부 동반으로 상경했음이 첫째요, 우중충하게 꾸려 들고 온 헌것 보따리 꼴이 그 둘째였다. 게다가 명희 엄마는 수시로 젖을 물려야 되는 젖먹이를 들쳐 업고 있었다. 그 더위나 하고 무슨 일로 이 먼 길에 이르렀을까. 예사로운 곡절이 아닐 것 같았다. 석공은 얼굴이 수척하게 빠져 있었고, 눈은 또 어떻게 그리 커 보이는지 모를 일이었다. 젖먹이에 매달려 부대낀 탓일까. 명희 엄마도 몹시 지치고 하염없는 얼굴로 늘어져 하고 있었다. 이 부부가 어찌하여 이토록 궁상스럽고 청승맞아 뵈는가 싶어 불안해 못 견딜 노릇이었다.

"첨이지요, 서울⋯⋯." 번연히 알면서 묻고 나는 그들의 기색을 살피기 시작했다.

"그럼, 생전 츰이지." 석공은 무엇에 쫓기는 사람 같았다. 어딘지 군시럽고 오금탱이가 저린 표정 같기도 했다.

"며칠 푹 쉬면서 구경도 하고 놀다 가시야지요." 본디 말주변이 없기도 했지만 마음이 불안해 혀가 굳어지는 느낌이었다. "그럼, 그럼⋯⋯." 점심 짓느라고 부엌을 드나들던 누나는, 마치 기다리던 친정 오라비라도 맞은 듯, 이리 닫고 저리 내달으며 여간 부산스럽지가 않았다.

"아니여, 니열 아츰 차루 뜨야 되여. 아 시방이 월매나 바쁜 땐디⋯⋯." 석공은 건설 담배를 피워 물고 멀리 트인 하늘을 쳐다보며 말했다.

"그 일 년 열두 달 허는 일, 넌더리도 안 난대요?" 누나는 그렇게 물색없이 반박을 했지만 나는 아무 말도 하지 못했다. 석공의 신상에 좋지 않은 일이 생긴 눈치가 역연해졌던 것이다. 수부룩하게 자란 머리, 오갈 든 푸성귀처럼 윤기 없는 입술⋯⋯ 초췌해진 외모부터가 그런 증상임을 말하고 있었다.

"그저 그늠의 일⋯⋯ 저이는 일허다 병 샀다니께⋯⋯." 명희 엄마는 석공의 눈자위를 살펴보며 오가는 말 매동거리듯 힘들어하며 말했다. 그녀도 몹시 피곤한 기색이었다. 역시 우환이 있었음이 분명했다. 그녀 말처럼 일에 매두몰신(埋頭沒身)하다가 체력이 달려 얻어 걸린 병인지도 모를 일이었다. 석공은 차근차근 말했다. 이렇다 할 증상도 없는 채 몸이 노상 어렵고 개운찮더니 어느 날 갑자기 졸도를 했다. 그 후로 현기증이 자주 일었

파봉(破封) 무덤의 봉분을 들어냄.
성분(成墳) 흙을 둥글게 쌓아 올려서 무덤을 만듦. 봉분(封墳).
신후(身後) 사후(死後).
궁기(窮氣) 궁한 기색.
매두몰신(埋頭沒身) 머리와 몸이 파묻혔다는 뜻으로, 일에 파묻혀 헤어나지 못함을 이르는 말. 일에 매달려 물러날 줄 모름을 비유적으로 이르는 말.

다. 의식을 잃고 쓰러지는 때도 가끔 있었다. 혼절이 거듭되긴 했지만 처음에는 대수롭게 여기지 않았었다. 일은 되고 먹는 게 션찮아 빈혈 기운이려니 하고 말았다. 나중엔 병원을 찾아가고 약국에 가서 진맥도 해 보았다. 어느 쪽에서도 병 이름을 뒤져내지 못했다. 옛적에 고문당한 어혈이 도진 것인가 싶었다. 아무래도 그 후유증 같아 몸 조신을 하려고 작정했다. 그러나 현기증 증상은 날이 더해 갈수록 잦아지고도 심했다. 그곳 의사의 권유를 받아들여 큰 병원 진찰을 받기로 했다. "암만해두 대학 병원을 찾아가 보야 될 양인디, 이왕 이런 몸뚱이, 숫제 족보 있이 유명헌 병이라면 좋겠네. 유명헌 병은 약도 쌨을 텡께……." 하며, 석공은 자기 말이 가소롭다는 표정을 지으며 거푸 담배를 붙여 물었다. 나는 세브란스 병원으로 석공 내외를 안내해 주었다. 신축 공사가 채 마무리되기도 전에 개원한 터라 병원 구내 여기저기에서는 중기(重機)의 소음이 시끄럽고 시뻘건 황토 더미가 무더기무더기 쌓여 있어 황량하기 이를 데 없었다. 우리 집에서 그 병원까지는 한눈팔며 걷더라도 5분이면 너끈히 닿는 지척지간이었다. 나는 석공 명의의 평생 진찰권을 끊어 주면서 그것이 평생 필요 없을 건강한 몸이기만 마음으로 빌었다. 두어 시간이나 지나서야 석공은 진찰실에서 나왔다. 간단히 진찰해 본 모양이었다. "암시렁치두 않은개비데. 이렇게 봐서는 뭐라구 말을 못 허겄디야……." 석공은 손등으로 일그러진 이맛살의 땀방울을 훔쳐 내었다. 우리는 와우산 너머로 저물던 하늘이 마포강에 내려앉아 흘러가는 것을 보았고, 이슬슬 이슬슬 엉기는 비안개 속을 걸으면서 어디선가 혼자 우는 개구리 울음소리도 들었다. 저녁 식사 후 여름 과일로 후식을 마치자 석공 내외는 부스럭부스럭 일어났다. "여관이 워느 쪽에 더러 있다?" 석공은 나더러 묻고 말했다. "더읍구 물컷 있구 허니, 잠은 여관에 가 널찍허게 잘라네야……."

들던 중 별소리라며 온 가족이 말렸지만 그네들도 고집을 누그릴 기색이 아니었다. 나는 그네들을 저만큼 큰길 앞까지 따라 나가 안내했다. 여관이 정해진 것을 보고 돌아서는 내 귀를 불러 석공은 이렇게 속닥거렸다.
"자네 서운히 생각 마소. 우리는 연태까장 객지 나와 여관잠 한 번을 못 자 봤거던……. 실은 오늘 저 여편네 원 풀어 줄라구 영업집에서 잘라구 허는 게여……."

서울 시간이 촌 같지 않아 차 시간에 몰려 다시 못 들르고 내려갔다는 석공의 편지를 받았던 것은 그 나흘 뒤였던가 한다. 특별한 손님을 평범하게 대접하여 길래 서운하던 나에게는, 그동안 별 탈이 없었다 하매 우선 한시름이 놓이고, 무엇보다도 큰 부조로만 여겨졌다. 그 무렵의 내 신변이나 심증으로는 그보다 다행한 일이 없던 때였다. 그러고 겨우 달포나 보냈는지 모르겠다, 명희 엄마가 갑자기 나타났던 것은……. 그녀는 들이단짝 대청 마루 장귀틀에 허리 한 도막을 걸치고 엎드리며, 북받쳐 오른 설움을 한꺼번에 쏟아 놓듯 울음 속에서 외쳤다. "나 저이를 영영 잃는개벼…… 사람 되기는 다 틀린 것 같다닝께……."
나는 영문을 몰랐음에도 대번 짚이는 것이 있었고, 다리가 후둘거려 일어설 힘조차 없었다.
"어째야 좋우, 어째야 좋아…… 나는 몰러, 나는 몰러…… 가련허구 불쌍헌 저이……." 그녀는 사설 떨어 댈 기력마저 없는지 잠시 후에는 정신을 가다듬어 옷매무새도 매만질 만큼 침착할 수 있었는데, 이미 한 고비를 시골에서 넘기고 왔기에 그럴 수가 있었던가 보았다. 아침 먹고 일어서다 까무러쳐 쓰러지고 종내 의식이 돌아오지 않기에 그 참 덮어놓고 택시를 대절하여 치달아 왔다는 거였다. 나는 앞질러 입원실로 뛰어가 보았다. 위급 중환자실에 사지를 뻗고 누운 석공은 인공호흡기를 물고 있었다. 의사들도 서로 몸을 부딪쳐 가면서 이리 집고 저리 재며 진땀을 흘리고 있었다. 석공을 함께 싣고 왔었다는 석공 아우는 입원비 마련이 더 다급하여 타고 온 택시를 되돌아 몰고 내려가, 병실은 순전 병원 사람들로만 메워져 있는 셈이었다. 석공은 의식 회복이 불가능할 것 같았고, 마지못해 억지로 산소 호흡을 하는 모양이었다.

반달이 창문으로 넘어 들오고 자정 사이렌이 울린 뒤에야 병명이 밝혀졌다는 간호원의 귀띔이 왔다. 나는 명희 엄마 대리 자격으로 의사에게 불려 갔다.

"환자하곤 어떻게 되지? 가족인가?" 촌에서 온 사람에겐 말투가 그래야 위신인 줄 아는지, 젊은 의사는 내게 반말로 물었다. 어디서 더러 본 듯한 이름이 흰 가운 위에 매달려 있었다. 『사상계』니 『새벽』이니 하는 잡지에 더러 수필을 쓰던 이름이었다. "친척 언니입니다." 나는 무슨 취조 받으러 온 혐의자처럼 주눅 든 음성으로 대답했다.

"어려워." 의사가 썩은 나뭇가지 부러뜨리듯 잘라 말했을 때 나는 그대로 주저앉을 뻔했다.

"백혈병이라는 것은 말야······." 의사는 혼자 지껄였고, 들리고 보이는 게 없던 나는, 임자 잃은 말뚝마냥 서 있기만 했다. 아니 한 가닥 의식이 있긴 했다. 매몰스럽고 얄밉게 지껄이는 의사 턱주가리를 주먹으로 쳐 돌리고 싶은 충동을 애써 참아야 했으니까. "아직 특효약이 없는 병이라서 말야······." 녀석은 흰목 젖혀 가며 자신 있게 말하고 있었다. 저런 개자식 수필을 다 읽다니, 나는 속이 캄캄해 헛둥헛둥 오리걸음을 걸어 병실로 돌아왔다. 그리고 입을 다물었다. 명희 엄마는 성화같이 병명을 다잡아 물었지만 바른 대답을 할 수가 없었다. 그러나 그녀의 애타는 심정에 견뎌 낼 수도 없었다. "백혈병이랍디다." 나는 담담한 말투로 말했다. "백혈병······ 그게 워떤 병이래유?"

"내가 워치기 안다구 물어요?" 할 말이 없어 나는 핀잔하듯 반문함으로써 그녀의 질문을 막아 버렸고, "자세한 건 낼 아침에 들으세요. 저 작자는 의사 데모도고 시로도라서 믿을 수 없으니까는······."

자정이 넘자 교대로 불침번을 서기로 하고 명희 엄마부터 자도록 했다.

추석을 마중 가는 길이라서 반달은 물색없이 밝기만 했다. 마치 석공이 장가들던 날 밤, 온 하늘에 가득하던 그 예전 달같이……. 아, 별들은 또 어찌 그리도 고대 숨넘어가듯 가물거려 댔던 걸까. 별빛은 보면 볼수록 불안스럽기만 했다. 정말 요망스러운 망상이니라 하면서도 자꾸만 불안해지던 가슴, 그중의 어느 별이라도 깜뭇 꺼져 버린다면 석공의 숨소리 또한 그와 동시에 멎어 버릴지도 모른다 싶던 그 두려움, 그 이겨 낼 수 없던 시시각각의 공포와 초조로움. 어느 병실의 잠 못 이루는 환자가 그리 밝히나 라디오의 노랫소리가 마지막 비명처럼 날카롭게 들려오고 있었다. 찾아가 라디오를 빼앗아 박살을 냈으면 살 것 같은 심정이었다. 밤이 깊어질수록 간헐적으로 들려오던 환자들의 신음 소리도 잦아들고, 창 너머 신촌역의 시그널 불빛만이 허공의 등대처럼 밑둥 없이 떠 있었다. 밤은 참으로 많은 것들을 생각하게 해 주었다. 석공에 관한 자잘한 기억들이 쉴 새 없이 떠오르고 있었다. 내가 그린 수채화처럼 짙은 원색으로 떠오르곤 하였다. 라디오 소리가 다하여 정말 적막한 시간에 이르자, 이렇듯 대지가 모두 잠들어 휴식하되 하늘만이 살아 있는 밤의 신비로움에 대해서 몹시 감상적인 잡념에 접어들었고, 그러자 이 밤에도 이 대지 위엔 얼마나 많은 괴롭고 슬픈 일들이 남모르게 벌어지고 있는가가 생각되고, 사람 한평생의 무거리가 말짱 덧없고 부질없는 헛된 놀이판의 작은 자취에 불과하다는, 처음으로 깊고 어두운 허무 속에 빠져들어 헤어나지 못하고 있었다. 정적이 음울하고 건습한 공기로 변해 병실 가득히 감돌고 있음이 느껴졌을 때, 나는 몹시 소스라침과 동시에 온몸이 공포감에 싸여 떨리기 시작했다. 다가오는 것, 무슨 그런 것이 있던 것이다. 딱, 둠벅, 딱, 둠벅…… 들려오는 음향은 매우 규칙적이면서 무거운 음량이었다. 나는 아무 까닭 없이 처음부터 패악하고 흉측한 예감에 얽혀들고 있었다. 무엇인가를 앗으러 오는 소리였다. 그렇다.

시로도 시로토. 전문가가 아닌 초심자, 풋내기를 가리키는 일본말.

그것은 석공의 숨통을 가지러 오던 저승사자의 발소리였다. 어쩌다가 생각 없이 그렇게 단정했던 것일까. 서슴거릴 것 없이 자신에 넘치는 음량을 그 기나긴 복도 가득히 거느리고 다가왔기 때문일지도 몰랐다. 진땀에 멱감듯 하며 나는 이를 악물면서 두 주먹을 불끈 움켜쥐었다. 아마도 나는 그런 순간 무슨 비장한 각오를 했었음이 틀림없다. 나는 저승으로부터 찾아온 발자국을 만나 보러 도어를 벌컥 열어 버렸던 것이다. 아— 나는 입 밖으로 가녀린 동물 소리를 내지르고 말았다. 허옇던 발자국이 멈칫하는 듯했던 것이다. 그것은 역시 다리가 넷이나 달린 괴물 형상이었다. 한쪽 다리에 붕대를 칭칭 감아올리고, 두 겨드랑이로 목발을 짚은 노인이었다. "화장실은 저쪽이요." 나는 조용하고 엄숙해진 음성으로 타이르듯이 말했다. 나는 문을 얼른 메어 닫았고, 그래도 혹시나 하며 석공 턱밑의 숨통을 살펴보았다. 모를 일이 있었다. 석공이 두 눈을 뜨고 있었다. 정신도 조금 돌아온 기색이었다. 내가 성급히 다가가자 그는 한동안이나 어리둥절해하더니 겨우 무엇이 분별되는 눈치였다. 아무개가 웬일이냐, 예가 서울인가, 마음속으로는 그렇게 묻는 시늉이었다. 나는 대뜸 명희 엄마를 꼬집어 떼었다. 그녀는 석공의 눈망울을 보자 거의 울부짖음으로 반가워했다. "정신 좀 드유? 내가 누구여, 누구여 내가⋯⋯ 알아보겠느냐먼?" 그녀가 거듭 몰아세우자 석공은 고개를 끄덕이며 미소를 띠기까지 했다. 그러고도 얼마가 지나서야 "나는⋯⋯." 하고 혀끝을 움직여 보는 거였다.

"나는 살으야 되여⋯⋯." 하고 석공이 첫마디를 떼었다. 그는 우선 자기 코에 장치된 산소 호흡기가 엄청난 기계 같고 놀라운 것으로 보인 모양이었다. "나는 살으야 헌당께⋯⋯." 발음이 한결 부드럽고 분명했다. 그런 뒤다시 한참 만에 내 손을 더듬어 쥐더니 좀 더 기운이 나는 듯 또렷하게 말했다. "나는 이게 아마 영 가는 질일 거여. 도루 사람 노릇 허게 되기는 틀린 모양인디⋯⋯ 나 오래 살구 가네⋯⋯ 육니오(6·25) 때 죽을 뻔 보구 살었지⋯⋯ 9·28에 죽을라다 살었지⋯⋯ 감옥소서 다 죽다 살었지⋯⋯ 이래

두 내 명 다 살구 가는 것일쎄……." "왜 그런 약한 말씀을……." 나는 입을 다물었다. 석공이 다시 의식을 놓기 때문이다. "아이구 분해, 분해서 워 칙혀여. 근근이 살 만허니께 간다구 허네. 분해서 나는 못 살어유." 명희 엄마는 털썩 주저앉아 넋두리를 엮으며 느껴 울었다. 석공은 쉽게 말해 하루 낮 하루 밤 사이에 열두 번은 깨어나고 스무 번도 더 혼수상태로 떨어지는 것 같았다. 그런 상태가 하루 이틀도 아니고 내리 1주일이나 계속되었다. 곁에서 지켜보는 살아 있는 사람이 죽을 지경이게 아무런 차도도 보이지 않았다. "사람이 무슨 일을 당하려면 이렇대유. 이게 못된 징조지, 세상 졸리워 못 살겠이유. 낮이나 밤이나 앉어두 졸리고 서 있어도 잠이 쏟아지구, 왜 이러는지 모르겠이유……." 명희 엄마는 하루에도 두서너 차례나 그런 호소를 했다. 그것은 당연한 일이었다. 주야로 안절부절 서성대며 먹지도 쉬지도 못한 채 신경만 곤두세웠으니 그럴밖에 없을 일이었다. 낮에는 누나가 가사를 전폐하고 병실을 돌보았고, 밤이면 밤마다 내가 불침번을 섰다. 그것은 무척이나 고된 노릇이었지만 석공이 재생하는 데 도움만 된다면 무엇이 어찌 되든 못할 일 없을 것 같았다. 낮에는 온종일 서울 바닥을 쓸다시피 약국 뒤지기로 해를 저물리었다. 도매 산매, 약국이라고 생긴 곳은 빠뜨릴 수가 없었다. 제약 회사, 제약 공장을 찾아 안양, 시흥, 태릉, 의정부…… 서울 근접의 공장까지도 알 수 있는 곳이면 멀다 할 수가 없었다. 무슨 약인지, 그 의사 녀석이 영어로 길쭉하게 끄적거려 준 명함을 곱게 들고, 지정된 약을 찾아 하루 백 리씩은 걸어 다녔던 것이다. 발바닥은 부르트고 물집이 잡히면 터지고 하여 아리고 쓰라려 보행조차 불편했지만, 시간을 다투는 약이었기 노상 뛰어다니지 않으면 안 되었던 것이다. 의사가 적어 준 약은 그러나 아무 데서도 구해 볼 수가 없었다. 아직 국내에는 없으리라는 거였고, 주문은 했으나 아직 도착되지 않았다는 곳도 몇 군데 있었

산매(散賣) 물건을 생산자나 도매상에서 사들여 소비자에게 직접 파는 일.

다. 설령 그 약이 얻어진다더라도 석공이 다시 일어날 사람이 아님을 모른 것도 아니었다. 그 약은 다만 환자의 고통을 약간 덜어 주면서 겸하여 며칠 분의 생명을 이어 줄 수도 있을는지 모르나 한갓 진통제 효과밖에 없을 것이라는 것이, 내가 찾아가서 내민 명함을 본 약사마다 한결같이 내뱉던 말이었다. 명희 엄마도 각오는 단단히 하고 있었던 것 같았다. 진땀에 후질러진 채 빈손으로 들어오는 나를 아무런 기대도 없었다는 듯 예사로운 눈망울로 쳐다보던 것이다. 국내에는 그 약이 없다는 것, 있다 해도 신통한 것이 아니란 것을, 그리하여 모든 것을 단념하고 난 그런 눈치였다. 나는 석공의 병상을 지킬 적이면 하루 한 번꼴로 찾아오는 끔찍스런 생각에 몸서리를 치곤 했다. 그것은 어쩌면 내 자신에 대한 혐오요 자괴감이었는지도 모를 일이었다. 곁들여서 나 자신이 자꾸만 무슨 요물(妖物)이 아닌가 하는 의문이 들기도 했다. 그래서 때때로 나는 자신이 저주스러웠으며 증오를 하기도 했다. 어쩐지 내가 징그러웠고 재수 없는 놈이란 생각이었다. 그것은 밍령된 착각이라든가 환상 따위와 비스름한 성질의 것이 아니었다. 분명히 현실적인 관심을 근거하여 우러난 것이었음에도 정체는 드러나지 않던 것이다. 그것은 석공의 헐떡거리는 숨결을 보다가도 불쑥, 이미 잊혀진 지 오래인 10여 년 전의 어느 날 한때가 눈앞에 펼쳐지면서 곧 현실화하는 것이었다. 석공네 마당에 웅성대는 사람들, 명주 가로지를 찢는 듯한 비명소리, 석공 몸뚱이에 벌집을 만든 총알 자국, 도끼 또는 쇠스랑에 찍혀 빠개져 버린 두개골, 작살과 죽창에 난탕질 당한 뱃구레와 앞가슴의 선혈……. 그렇다, 그 돼지 잡을 때마다 자배기 안에서 솔고 엉겨 붙던 검붉은 선지피……. 나는 몸부림쳐도 시원찮게 후회스러웠다. 어찌하여 10여 년 전에 벌써 그런 망상을 했던 것인지, 나 자신이 그토록 저주스러울 수가 없었다. 10여 년 전에 그런 망상을 했던 까닭으로 드디어 석공의 몸이 이렇게 되지 않았나 하는 느낌을 무엇으로 물리칠 수 있었을까. 목숨이 경각에 이른 석공의 참혹한 꼴을 지켜보게 됐음도 그 요망스러운 망상에 대한 당연한 업보 같기만 했다. 석공이 누워 있는 침대 밑에는 널찍한 세숫대야가 받쳐지고, 그 대야 속에는 석공 몸에서 계속 호스로 뽑아낸, 죽어 검붉어진 피가 그들먹하게 담겨져 있었다. 그 반투명체의 호스는 마치 수백 년 묵은 거머리로 보이기도 하며, 코에서 죽은피를 뽑아내고, 양 옆구리와 두 허벅지를 뚫고 들어가서도 같은 짓을 계속하는 거였다. 죽은피를 뽑아내기 위해 여기저기로 그어진 메스 자국마다에는 붉은 약물과 검은 피가 뒤엉긴 채 더뎅이져 있었다. 한쪽 팔뚝으로는 쉬지 않고 새로운 피가 수혈되고 있었지만, 죽어 나오는 분량에 비하면 너무도 빈약한 공급이었다. 그런데도 석공의 목숨은 기적적으로 붙어 있었다. 마지막 심지를 태우는 등잔불처럼 이제나저제나 하며 시간을 벌고 있던 것이다.

해가 뉘엿뉘엿하는 저녁나절, 드디어 의사의 마지막 선고가 내려졌다. 의사는 명희 엄마 어깨에 손을 얹으며 점잖고 냉엄한 어조로 말하던 것이다. "아주머니, 퇴원하시죠. 얼마 안 남았습니다." 넋이 나가 장승처럼 서 있는 우리를 비슥 돌아보며 의사는 다시 중얼거렸다. "이왕이면 집에 가서 종신을 해야 될 거 아닙니까." 나는 명희 엄마를 돌아보았다. 숫제 담담한 표정이었다. 그녀는 내게 눈으로 말했고, 나는 아무 말 없이 그녀의 의견에 따랐다. 우체국으로 뛰어가서 전보를 쳤다. '퇴원 준비 초급 상경 요망' 그날 밤 석공은 그 어느 때보다도 정신의 혼명이 잦았지만, 한번 맑아지면 멀쩡한 사람보다도 훨씬 더 분명했다.

"나는 살구 싶은디, 살구 싶은디 그여 데려가네…… 늙으신 부모를 두구 먼저 가다니, 어린 새끼들은 워칙허라구 나를 데려가까……." 그러다가도 그는 사지를 버둥거리고 눈을 뒤집으며 발악하듯 울부짖는 거였다. "안 되여, 나는 살으야 되여, 나는 살구 싶어, 내가 죽으면 안 되여……." 말이 쏟아져 나오기 시작하면 숨 돌릴 겨를도 없었다. "여게, 줘매, 얼릉 대천 가서 는 팔어 와…… 밭두 팔구 집두 팔구…… 싸게 가서 돈 맹글어 오란 말여…… 나버텀 살구 봐야겄어…… 이대루는 억울해서 죽을 수 읎당께……." 그는 내 손을 더듬어 잡고 애원하듯 말했다. "자네 나를 이러링가, 나 좀 살려 주게, 더 살구 싶어……." 하며 안면에 경련을 일으키고, 내 손목에 진저리 치듯 손가락이 바르르 떨리곤 했다. 그는 살고 싶다고 거듭거듭 되풀이하며 다짐했지만, 그러다가도 한번 눈을 흡뜨기 시작하면 거의 광란이나 다름없이 시트를 움켜쥐며 처절하게 외치는 것이었다. "놔둬라, 놔둬. 여게, 이늠으 여편네, 집에 가지 마. 절대루 가면 안 되여…… 내 한 몸 살자구 논 팔구 밭 팔먼 새끼들은 뭣 먹구 사네, 새끼들 멕이구…… 그것들 가르치야지…… 팔지 마, 팔먼 안 되여…… 차라리 내가 이냥 죽을 텨. 나 하나 죽구 여러 목숨 살으야지……." 내 소맷자락을 뜯어 먹을 듯이 거머쥐며 그는 울부짖었다. "명히…… 훗년이면 그년두 중학 들어갈 텐디, 자네 후제라두 우리 명히 잊지 마소. 부디 그년 좀 배우게 해 주야여. 자네 장가가 살림 나면 자네 집에 데리다가 식모루 쓰소. 식모 시키면서 야간 핵교라두 보내 주야 허여…… 자네가 책임지구 고등과까지만 가리쳐 주어…… 애븨 웂이 큰 새끼들, 글이나 넘들 반만침이라두 배우야지……." 그는 그것으로써 유언을 한 셈이었다. 나에게 남긴 유언이나 다름없는 말이었다. 그 뒤로도, 날이 이렇게 샐 때까지 혼명을 거듭하며 상반된 말을 수도 없이 되풀이했던 것이지만, 대개가 자기 바른 정신으로 한 말은 아니었던 것이다. 밤을 지새우며 그는 내내 같은 말을 뒤섞어 울부짖었다. 살아야 한다, 아니 죽어야 한다, 내가 살면 여러 식구를 죽인다, 아니 내가 살아야 여러 식구 먹여 살린다, 논밭 죄 팔아서라도 나를 고쳐 다오, 그러지 말라, 더 이상 빚지지 말고 나를 버려 다오, 헌데 꼭 1년만 더 살고 싶다, 아니다 지금 죽어야 자식들이 중학교라도 다닐 수 있다, 나는 포기했으니 마지막 원을 들어 제발 물이나 한 모금 마시게 해 다오……. 새벽 4시 반까지 그의 아우성은 계속되었다. 그러나 5시가 가까워지자 완전히 탈진하고 눈 뜬 송장이나 조금도 다를 것 없는 상태였다. 뒤미처 뛰어든 자기 아우와 매부 된다는 청년이 벽을 치며 흐느끼고, 아내가 시멘트 바닥에 머리를 짓찧으며 통곡하건만, 그는 아무런 표정도 내비치지 않고 있었다. 그것은 나도 마찬가지였다. 나는 그네들을 대신하여 퇴원 수속도 하고 떠나보낼 채비를 챙겨 주는 동안, 그렇다, 눈시울 한 번 적셔 본 일이 없었던 것이다. 그런 걸 생각하면 나는 역시 독종이었고 냉정하고 잔혹한 성격인지도 모를 일이었다. 나는 퇴원 수속이며 입원비, 치료비 등을 대리로 계산해 주는 데에도 단돈 십 원 한 장 틀림이 없을 정도로 침착할 수 있었으며, 나중 막가는 길로 떠나는 판에 이르러 석공에게 하게 될 마지막 인사말까지도 미리 머릿속에 준비를 해 두고 있은 정도였다. "다시 뵈올 수 있도록 행운이 있으시길 빕니다. 안녕히 가십시오." 그리고 이번만은 내가 먼저 손을 내밀어 악수하리라고 작정하고 있었다. 내가 이리저리 분별하여 떠나보낼 채비를 두루 챙겨 놓았을 때는 이화 대학 뒤 산등성이 마루로 붉은 햇덩이가 떠오르고 있었다. 석공은 들것에 실린 채 엘리베이터로 해서 병원 뒤켠 광장까지 운반되었다. 택시 안에 끼어 앉을 틈이라도 있으면 동행하여 따라가 보겠지만 그럴 구석도 없고, 나는 이제 택시 옆에 우두커니 서 있을밖에 없었다. 이젠 거들어 주고 돌보아 줄 일도 모두가 끝나 버린 거였다. 차에 시동이 걸리니 아우와 매부 품에 안긴 채 동자 없는 눈을 했던 석공이, 택시 유리문 너머로 내가 어릿거리자 뜻밖에 턱으로 나를 부르는 시늉을 했다. 나는 다시 택시 문을 열었다. 이젠 준비해 두었던 말로 고별인사를 하며 손을 내밀어 악수로써 영결해야 될 차례였다. 내가 고개를 차 안으로 디밀며 입을 열려 하자, 석공이 먼저 꺼져 가는 음성으로, "잘들 사는 걸 보구 죽으야 옳을 틴디, 이대루 죽어서 미안허네...... 부디 잘들 살어......" 하며 움직여지지 않는 손으로 악수를 청했다. 나는 울었다.

작품 이해

"세월은 지난 것을 말하지 않는다. 다만 새로 이룬 것을 보여 줄 뿐이다. 나는 날로 새로워진 것을 볼 때마다 내가 그만큼 낡아졌음을 터득하고 때로는 서글퍼하기도 했으나 무엇이 얼마만큼 변했는가는 크게 여기지 않는다. 무엇이 왜 안 변했는가를 알아내는 것이 더 중요하겠기 때문이다."

작가 이문구의 말이다. 작가는 한국 전쟁 때 남로당이었던 아버지와 두 형을 잃고, 어머니마저 여읜 뒤 이른바 소년 가장이 되어 농사를 짓고 행상을 하고 노동판에서 일을 하며 젊은 날을 보냈다. 따라서 그의 소설 역시 그의 험난한 삶과 다를 바 없이 민중적인 삶이 쉼 없이 소재로 등장한다. 특히 이문구는 「관촌 수필」, 「우리 동네」 등의 연작을 통해 농촌을 배경으로 한 소설에서 그 누구보다 섬세한 묘사와 뛰어난 통찰로 스러져 가는 농촌의 삶과 인간, 세태와 풍속을 복원하였다. 더욱이 작가의 말에서처럼 '변하지 않는 것'은, 비록 힘겨운 시대를 살아가나 '삶의 진정성'을 결코 놓치지 않고 살아가는 안타까운 그러나 소중한 삶이라는 것을 제시하고자 한다.

「관촌 수필」에서도 가장 빼어난 작품으로 손꼽히는 「공산토월」, 곧 빈 산이 달을 토해 낸다는 뜻의 이 작품은 깊은 은유적 의미를 담고 있다. "하늘에서는 별 하나 주워 볼 수 없고 구름 한 조각 묻어 있지 않았으며, 오직 우리 어머니 마음 같은 달덩이만이 가득해 있음을 나는 보았다."고 표현되는 '공산토월'의 구체적인 이미지는 석공이 신부를 맞이하던 날 석공의 집 마당에서 어린 시절 서술자인 '나'가 보았던 풍경이며, 동시에 이 세상에서 현실의 고난에도 불구하고 지극한 꿋꿋함과 저버릴 수 없는 삶에의 진정성으로 살아가는 석공을 '공산'과 '토월'에 빗대어 말하는 것이다.

작품 속에서 석공은 진심을 다해 서술자의 아버지를 경외하고, 아버지 또한 기꺼이 석공이 혼사를 치르는 날 노래와 춤을 보여 줌으로써 은근한 애정을 드러낸다. 어린 서술자 또한 새로 온 각시나 석공에게 지닌 안타까운 정으로 사람살이의 아름다움을 더한다. 석공은 '아버지'가 경찰에 구금되어 있을 동안 직접 찬합을 싸 들고 사식을 차입하기도 한다. 이때 석공은 계속 뛰어간다는 거였으며, 어머니가 장가든 사람답게 의젓스레 다니도록 하라고 당부함에도 "진지가 식을깨미 그러지유. 장(늘) 찬 읊이 해다 드려 죄송스럽기만 허유······."라고 말할 지경이다. 그러나 석공의 삶 또한 평탄치 않아 한국 전쟁 때 5년의 형을 살고 나온 뒤로 그 어떤 농사꾼보다 두드러진 상일꾼으로 일하지만 살 만해지자 그예 백혈병에 걸려 죽고 만다. 한 인간의 생애를 되짚어 봄으로써 인간의 기품이란 누구에게나 깃들 수 있음을 유감없이 보여 주는 것이다.

이문구는 이 아름다운 삶을 그에 걸맞은 아름다운 묘사와 찰진 충청도 토속어로 표현한다. 인물의 말은 "이것, 원체 섭섭헝께 말두 안 나오는디······ 워칙헌댜, 이냥 이렇게 떠 버리니 워칙허여······." 등과 같이 생생하게 복원한다. 묘사 또한 "황소바위 가장자리에 다래가 여물고, 터져 눈송이로 핀 목화대 틈으로 해설피 반짝이는 서릿바람 그림자가 얼룩질 때, 반지르르 살찐 검은 염소는 개랑둑 실버들 가지 밑에서 잠들고, 구름 아래에 머문 솔개 한 마리, 온 마을을 깃 끝으로 재어 보며 솔푸데기 틈의 장끼 우는 소리를 엿들을 때, 범바위 찔레 덩굴 속 핏빛 짙은 옻나무 잎을 피해 가며 까치밥을 따 먹던 나는, 언젠가도 한 번 들은 바 있는 신 서방의 울부짖음에 소스라쳐 놀라고 말았다."와 같이 아름답다.

이처럼 이문구의 작품은 유년 시절 직접 겪었음 직한 관촌의 필부필부 (匹夫匹婦)를 주인공으로, 그 주인공들의 삶에 깃든 신산스러움과 아름다움을, 이제는 돌이킬 수 없으나 그래도 변하지 않는 삶의 진정성을, 아름다운 자연 묘사와 토속적인 지방어의 사용을 통해 탁월하게 형상화한다. 작가의 개성을 이만큼이나 훌륭하게 입증하는 작품은 우리 문학사 전체를 통틀어서도 쉽게 마주칠 수 없을 것이다.

활동

1. 석공의 생애를 간략하게 정리해 보자.
2. '공산토월'이란 제목의 함축적 의미는 무엇인가?
3. 다음 〈보기〉의 글을 바탕으로 이 작품의 '전'으로서의 특성을 밝혀 보자.

> 관촌 수필은 전을 현대적으로 변용한 작품으로 평가받고 있다. 전은 한 인물의 행적을 짤막하게 서술한 전통적인 글쓰기 양식이다. 대개 '인물 소개 – 주요 행적 – 인물평'의 순서로 구성된다. 서술 대상은 주로 충신, 효자 등 모범적인 덕목을 지닌 인물이었는데, 그 중에는 하층민도 포함되어 있다. 전의 중요한 특징 중 하나는 인물평인데, 인물의 행적 요약, 본받을 만한 덕목 제시, 작가의 최종 평가 등으로 구성된다. 이 과정에서 세상에 대한 작가의 판단이 덧붙여지곤 한다. 인물평은 행적 부분과 구별되는 진술 방식을 보여 주기도 한다.

4. 다음의 풍경 묘사가 이효석의 「메밀꽃 필 무렵」(142쪽)에 나타나는 묘사와 다른 점은 무엇인가?

> 모닥불은 계속 지펴지는 데다 달빛은 또 그렇게 고와 동네는 밤새껏 매양 황혼녘이었고, 뒷산 등성이 솔수펑 속에서는 어른들 코골음 같은 부엉이 울음이 마루 밑에서 강아지 꿈꾸는 소리처럼 정겹게 들려오고 있었다.

읽기 전에

먼 나라로 여행을 해 본 적이 있나요? 그곳에서 겪는 가장 큰 불편함은 무엇일까요? 특별한 경우가 아니라면, 어쩔 수 없이 먹어야 하는 음식과 서로 의사소통을 하는 언어의 문제일 것입니다. 그런데 일시적인 여행이 아니라, 이민과 같은 영원한 이주라고 한다면 언어의 문제는 얼마나 힘들고 어려운 것일까요. 더욱이 자발적으로 원해서 가는 것이 아니라, 나라를 잃은 설움에 강제로 쫓기다시피 달아나듯 간 외국 땅이라면 그 어려움은 상상할 수도 없을 것입니다. 그런데다가 옮겨 간 곳에서 밭을 일구고 말을 배우며 어느 정도 적응했는데, 난데없이 몇만 킬로미터 떨어진 얼어붙은 땅으로 옮겨 가라고 한다면 얼마나 어이가 없을까요?

이 소설은 이렇게 강제로 이주당하여 러시아의 중앙아시아 지역, 곧 우즈베키스탄, 키르기스스탄, 카자흐스탄 등에 아직도 살고 있는 조선인, 지금은 한국인들의 이야기입니다. 그 한국인들이 모국어에 대해 지닌 간절함을 담고 있는 작품입니다.

그들에게 모국어는 어떤 의미일까요? 이미 오래전에 잊은 먼 동쪽 나라의 알지도 못할 언어일까요, 아니면 모국어가 주는 울림을 아직도 간직하고 있는 그리운 어머니의 자장가와 같은 언어일까요?

카자흐스탄—알마아타, 우즈베키스탄—타슈켄트, 키르기스스탄—비슈케크, 타지키스탄—두샨베.

키르기스스탄 — 비슈케크, 타지키스탄 — 두샨베.

나는 사이프러스 나무 아래 녹슨 철제 의자에 걸터앉아 중학교 때 지리 시간을 떠올리며 낯선 나라와 그 수도의 이름들을 무슨 암호를 외듯 몇 번이고 되뇌어 보았다. 중앙아시아의 네 나라와 그 수도들. 물론 이들 가운데 카자흐스탄-알마아타와 우즈베키스탄-타슈켄트는 어느덧 알 만한 사람들에게는 영판 어렵지만은 않은 이름들이 되어 있다곤 하지만, 키르기스스탄—비슈케크나 타지키스탄 — 두샨베는 아직도 도무지 생소한 이름이 아닐 수 없는 것이다. 비슈케크? 두샨베?

그리고 사람 이름 류다. 나는 그 '여자 여름'에 류다를 찾아갔던 것을 잊지 못하고 있는 것이다. 그곳의 우리 동포들은 초가을의 며칠 동안을 '여자 여름'이라고 일컫고 있었다.

가만있자, 이야기를 어디서부터 시작해야 한다?

그렇다. 한 그루 나무가 있다.

얼마 전에 세검정으로 새로이 거처를 옮기고 보니 옆집과의 경계에 속한 축대 밑 땅에 침엽수 한 그루가 제법 튼실하게 자라고 있었고, 그 밑에는 누군가가 쓰다가 버리고 간 철제 의자까지 놓여 있었다. 그때부터 나는 거기 앉아 있는 시간을 홀로 즐기게 되었었다. 그리고 그 나라들과 거기서 만난 사람들에 대해 이것저것 생각해 보곤 했던 것이다.

그 침엽수가 바로 사이프러스 나무라는 걸 안 것은 그러기 얼마 뒤였다. 옆집에 드나들며 일하는 정원사에게 물어본 결과, 향나무 종류기는 한데 그냥 '따끔이'라고 부르는 향나무하고는 달리 편백나무에 가까운 종류로 흔히 사이프러스라고 부른다는 것이었다. 그는 또 '따끔이'는 예전과는 달리 이제는 값이 거의 안 나가는데 저 나무는 아직도 그래도 그보다는 값이 나간다고도 친절하게 알려 주었다.

'아, 사이프러스!'

나는 나무를 새삼스레 쳐다보았다. 그게 그 나무인 줄 몰랐던 때부터 나는 그 이름을 알고 있었다. 뿐만 아니라 그것이 프랑스 말로는 시프레였음도 머릿속에 되살아났다. 그것은 외국 화가들의 그림에 많이 등장하는 나무기도 했던 것이다.

아니, 외국 화가들의 그림에 나오는 사이프러스 혹은 시프레가 아니다. 지난 가을 어느 날, 먼 나라로 가서 다가갔던 것도 한 그루 그 나무였음을 나는 회상하고 있는 것이었다. 그 나무는 내게 무슨 특별한 의미처럼 다가왔었다. 그곳이 나무가 그리 많지 않은 중앙아시아 고원의 초원 지대라서 더욱 그랬을 것이었다. 그곳을 초원 지대라고 부르는 것은 지리학에서의 용어지만, 그렇다고 해서 어딜 가나 풀이 무성하다고 상상해서는 안 된다. 낙타가시풀이라 불리는 검불 같은 풀이 듬성듬성 바람에 나부끼는, 차라리 사막에 가까운 광야가 넓게 넓게 펼쳐져 있기도 한 것이다. 카자흐스탄의 그런 광야에는 마치 싸락눈이 뿌려진 것처럼 소금이 깔려 있었다.

내가 그곳에 가게 된 것은 다음에 소개하는 한 편의 글 때문이었다. 알다시피 소련이 무너지고 나서 중앙아시아에 살고 있는 우리 동포들의 실상이 알려지게 되었고, 또 서로 간에 오가는 길까지 트인 것은 예전에는 상상조차 할 수 없었던 일이었다. 그런 어느 날 카자흐스탄의 수도 알마아타의 한국 교육원을 통해 한 편의 글이 전해져 왔던 것이다. 한국 교육원은 소련이 무너지자마자 그곳에 들어가서 동포들에게 모국의 말과 글을 비롯하여 역사와 문화까지 가르치고 있다고 했다. 내게 다음의 글을 보내면서, 자신을 '담당자'라고 한 사람은 자기가 약간 손을 보았다고 솔직하게 밝히며 평을 부탁한다고 했고, 또 가능하면 한국의 발표 기관에 실을 수 있으면 좋겠다고 했다. 이제 그 글을 소개한다.

말 배우는 아이

-글 쓴 사람 문류다

아이는 소년입니다. 한국말을 못합니다. 아니, 한국말이란 요즘에야 그렇게들 부르는 거지 예전에는 한국말이라고 하지 않았습니다. 한국말이 아니라 고려말입니다. 어떤 사람은 조선말이라고도 했습니다. 그렇지만 요새는 고려니 조선이니 하는 이름 대신에 한국이라고 새로 듣습니다.

고려니 조선이니 한국이니 하는 것은 다 같은 곳이라고 했습니다. 할아버지의 고향이 있는 곳, 그 나라가 바로 한국이라고 했습니다. 그러니까 소년도 한국 사람이라고 했습니다. 예전에는 고려 사람이라고 했지만 그건 모두 같은 나라라는 것입니다.

"점점 고려말을 쓰지 않으니 걱정이야."

소년의 아버지는 늘 걱정하면서 소년에게 말을 배워 주려고 애씁니다.

"안녕하십니까, 해 봐."

그러면 소년은 간신히 따라 해 봅니다.

"안녕……하십……니까……."

꽤 어렵기는 해도 못 따라 할 것은 없습니다.

"아침, 저녁, 밤, 해 봐."

"아……침……."

"저녁."

"저……녁……."

"밤."

"밤……."

나이 많은 어른들이 고려말, 아니 한국말을 쓰는 걸 들어 왔기 때문에 낯설지만은 않습니다.

그러나 며칠 전에 한국에서 어떤 사람이 와서 아버지와 함께 만났을 때는 아버지로부터 배운 한국말이 그만 입 안에서 얼어붙었는지 나오지를 않았습니다. "안녕하십니까, 해야지." 하고 아버지가 앞서서 말하는데도 머리만 꾸벅 숙였던 것입니다. 그런 소년을 본 어른들은 허허 웃으면서도 어딘지 안타까운 모양이었습니다.

"알아듣기는 하는데 저럽니다."

아버지는 말했습니다.

어른들은 곧 보드카를 한 잔씩 따라 놓고 이런저런 살아가는 이야기를 합니다. 그 살아가는 이야기들이란 여간 답답한 것이 아닙니다. 타지키스탄에서는 전쟁이 일어나 많은 사람들이 죽고 다치고, 한국 사람들은 많이들 더 안전한 이웃 나라로 빠져나왔다고 합니다. 우즈베키스탄에서도 몇몇 한국 사람들은 새로운 터전을 찾아 떠나려고 하고 있다고도 했습니다.

"그러니 여기 카자흐도 어떻게 될지 모르겠군요."

"그렇다고 어디 달리 갈 곳도 없습니다."

어른들의 이야기를 듣고 있으면 마음이 무겁습니다. 소년의 할아버지는 일찍이 한국 땅을 떠나 사할린으로 블라디보스토크로 다니다가 결국 중앙아시아 땅으로 강제로 실려 왔다고 했습니다.

"너희들은 꼭 고향 땅에 가 봐야 한다. 거기는 여기완 달라. 마을 바로 앞에 내가 흐르고 뒷동산이 있고 어디나 무척 아름답다."

할아버지는 그렇게 말하고 지난해에 세상을 떠났습니다. 한국하고 길이 열려 사람들이 오가기 시작할 무렵이었습니다.

중앙아시아의 천산 밑으로는 카자흐스탄, 우즈베키스탄, 키르기스스탄, 타지키스탄이라는 네 나라가 있습니다. 천산의 높은 봉우리에는 한여름에도 눈이 하얗게 쌓여 있습니다. 그 모양은 매우 아름답다고 사람들은 말합니다. 그런데 할아버지는 고향 땅이 여기완 다르다고, 무척 아름답다고 했으니 그곳은 어떤 곳일까요?

언젠가 학교에서 돌아오자마자 어른들과 함께 시내 바깥으로 갔었습니다. 시내를 벗어나기만 하면 거기서부터는 끝없는 들판이었습니다. 사람들은 야생 양귀비꽃이 페르시아 융단처럼 깔려 있는 들판을 바라보며 걸었습니다. 야생 양귀비꽃이 활짝 핀 들판 너머로는 또 낙타가시풀이 자라는 사막 같은 들판이 끝 간 데 모르게 이어집니다. 그리로 가고 나면 시베리아 땅이라고 했습니다. 아닌 게 아니라 중앙아시아 땅은 아름답다기보다 무섭다고 해야 하겠습니다.

그런데 무얼 하러 그곳엘 갔었느냐고요? 그것은 감자를 캐기 위해서였습니다. 그 들판 옆에 너른 밭이 있었고, 거기에는 트락토르(트랙터)로 캔 다음에 땅속에 남아 있는 감자가 꽤 많았기 때문입니다.

사람들은 감자를 반 자루씩이나 캐어 무겁다고 하면서도 즐거운 표정이었습니다. 세상도 험한데 먹을 것마저 떨어지면 어쩌겠느냐고들 말했습니다.

"저리로 가면 시베리아가 되고 거기서 더 가면 원동 땅, 거기까지 가면 고향은 다 가는 건데……."

한 아주머니가 들판을 바라보며 한숨을 쉬었습니다.

"말이야 쉽지요. 거기가 얼마나 멀다고."

"그래도 저 애들은 쉽게 가겠지요."

소년의 어머니가 소년을 가리키며 말했습니다. 소년도 왠지 그렇게 믿고 싶었습니다.

"그러자면 고려말을 잘해야지."

소년의 어머니는 소년을 바라보았습니다. 벌써부터 아버지가 몇 번씩 했던 말이라 소년도 잘 알고 있었습니다. 소년이 생각해도 그것은 너무도 맞는 말입니다. 자기 고향에 가서 말도 못한다면 그게 어떻게 자기 고향이라고 하겠습니까.

그래서 소년은 어른들이 다른 말을 하는 사이에 멀리 들판 쪽을 향하여 속삭이듯 입을 열어 봅니다.

"안녕……하십니까……."

물론 그 말은 다른 사람은 듣지 못합니다. 그렇지만 근처에 있는 풀잎이며 벌레들에게는 들렸을 것입니다. 소년은 그것을 믿습니다. 비록 등 뒤에 있는 어른들은 못 들었을지 몰라도 앞의 들판의 것들은 분명히 들었을 것입니다.

빨갛게 활짝 피어 있는 야생 양귀비꽃들도 들었을 것입니다. 파릇파릇한 낙타가시풀들도 들었을 것입니다. 양고기를 굽는 데 쓰는 삭사울 나무도 들었을 것입니다. 그 나무 밑의 사막쥐도 들었을 것입니다. 커다란 까마귀들도 들었을 것입니다.

"안녕……하십니까……."

소년은 이상하게 힘이 솟는 것을 느낍니다. 아름답기 그지없는 진짜 고향이 눈에 보이는 것 같습니다.

다음 날 소년은 동물원이 있고 놀이터가 있는 고리키 공원으로 갔다가 거기서 장미꽃을 꺾고 있는 아주머니 몇을 만났습니다. 그 아주머니들은 공원의 장미꽃을 살짝 꺾어다가 시장에 갖다 파는 것이었습니다. 그래서 그 아름답던 공원은 어느새 볼품이 없어져 있었습니다. 아버지는 말했습니다.

"세상에서 꽃밭이 다 버려지면 우린 여길 떠나야 한다. 사람들이 꽃밭을 짓밟는 건 그다음에 다른 사람들을 짓밟을 마음이다."

어른들은 머리를 맞대고 어디로 떠날까를 생각하는 눈치였습니다. 그렇지만 무슨 뾰족한 수가 없는 모양이었습니다. 민족이라는 말이 여러 번 어른들의 입에 올랐습니다. 소련이라는 이름도, 레닌과 스탈린이라는 이름도 입에 올랐습니다. 다시 러시아, 블라디보스토크, 사할린이라는 이름도, 그러나 어느 곳도 지금은 험하기만 하다고 했습니다.

"그러니 지금 할 일이라곤 우리 모두 우리 민족 말을 잘 배우는 수밖에 없군. 그런 수밖에 없다."

아버지는 마지막으로 그렇게 말했습니다. 소년은 그 말이 가슴에 우즈베키스탄 사람들의 칼처럼 겨누어지는 듯했습니다.

소년은 학교를 마치기가 바쁘게 시내 바깥쪽으로 발걸음을 옮겼습니다. 책가방 속에는 빵 하나가 든든하게 들어 있었습니다.

천산에서 흘러내린 얼음물이 내를 이루어 사막의 호수를 향해 흘러가는 곳에 이르러 소년은 멀리 동쪽을 향하고 섰습니다. 그 길로 더 나아가면 지난해 할아버지가 동쪽으로 고향이 될 수 있는 대로 가까운 곳에 묻어 달라고 해서 새로이 묘지를 쓴 곳이 나옵니다. 그리고 얼마 전과 다름없이 그곳에도 야생 양귀비 꽃밭이 페르시아 융단처럼 펼쳐져 있었습니다. 삭사울 나무 대신 커다란 전나무들이 우거진 숲 속에는 까마귀들이 언제나처럼 두릿두릿 걷고 있었습니다. 그곳에는 들고양이들도 휙휙 지나다닙니다.

소년은 멀리 중앙아시아의 들판을 바라보며 무엇인가 깊은 생각에 잠깁니다. 그러다가 그 동쪽 들판을 향해 외쳤습니다.

"안녕하십니까! 이 말은 우리 민족 말입니다!"

그러자 야생 양귀비 꽃밭이 먼저 수런거렸습니다. 숲 속의 들고양이들이 귀를 쫑긋거리고 쳐다보았습니다. 커다란 까마귀들이 전나무 가지를 치고 날았습니다. 들판 저쪽에서 사막쥐들이 이리 뛰고 저리 뛰었습니다. 돌소금이 하얗게 깔린 사막으로는 큰 바람이 일고 있었습니다. 천산에서 빙하가 우르르르 무너지는 소리가 들렸습니다.

소년의 말은 다시 한 번 크게 울렸습니다.

"안녕하십니까! 이 말은 우리 민족 말입니다!"

인용이 좀 길어지긴 했으나, 한 그루의 사이프러스 나무를 향해 간 그 긴 여정을 이야기하기 위해서는 어쩔 수 없다는 생각이 들기도 한다. 앞에서 이 한 편의 글 때문에 중앙아시아로 가게 되었다고 나는 분명히 밝혔었다. 하지만 좀 더 자세하게 밝히자면 그때 이미 나는 그것이 무엇이든 취재 일거리를 한 건 엮어서 러시아로 가는 여행을 계획하고 있었고, 그 여행에 중앙아시아를 곁들여도 괜찮겠다고 여긴 결과 그렇게 된 것이었다. 생각 같아서는 글의 주인공인 소년을 만나 보는 것도 좋으리라 여겨졌다. 글을 쓴 류다가 주인공 소년과 어떤 관계인지 궁금하기도 했다. 그것이 꼭 '있었던 일'이 아니라 '있었음 직한 일'일지도 모른다고 생각하면서도, 그랬다. 어쩌면 류다가 바로 주인공이 아닐까 하고 넘겨짚기도 했었다.

그리하여 나는 떠났다. 하지만 그곳에 도착하여 곧 류다를 만날 수 있었던 것은 아니었다. 그래서 나는 지금 한 그루 나무를 바라보며 그 이야기를 하고 있는 것이다.

【중략】

카자흐스탄의 수도 알마아타에 도착한 나는 한국 교육원의 권유로 한국 이민사의 중요한 지역인 우슈토베에 가게 된다. 그 길에 우연히 동행한 한국어 선생이 현지 동포 신문인 『고려일보』에 실린 류다의 글을 기억하고 있다. 한국어 선생의 소개로 류다의 오빠 친구 미하일을 만나고 류다와 류다의 오빠 비탈리가 키르기스스탄의 명소인 이식쿨 호수 부근에서 장사를 하면서 살고 있다는 것을 듣는다. 또한, 여기 사람들은 이식쿨의 물이 몇천 리나 떨어져 있는 바이칼 호수와 통해 있고 호수 밑에 옛날 도시가 가라앉아 있다고 말한다는 것과, 이식쿨 호수가 키르기스스탄의 유명 소설 「하얀 배」의 배경이 되는 장소라는 점을 들려준다. 그 이야기를 듣고 나는 꼭 이식쿨 호수에 가고 싶다고 간청한다. 나는 미하일의 친구 스타니슬라브가 운전하는 차를 타고 미하일의 안내를 받아, 알마아타에서 국경을 넘어 이식쿨 호수를 찾아가는 긴 여행길에 오르는데……..

만약에 기름이 떨어진다면 천산 산맥의 한가운데에 갇혀 오도 가도 못하고 어떻게 될 것인가, 걱정이 앞섰다. 기름이 달랑거린다는 건 묻지 않아도 알 수 있었다. 게다가 떠나온 뒤 먹은 것이라곤 맥주 몇 깡통과 땅콩 과자 조금밖에 없었다. 네댓 시간 부지런히 달려가서 호숫가에서 멋진 저녁을 먹으리라 했던 야무진 기대는 헛된 것이었음이 밝혀지고 있었다. 배는 고파지고, 멋진 저녁은커녕 당장 가지고 있는 것은 수박 두 덩이뿐이지 않은가. 날씨조차 초가을답지 않게 쌀쌀해지고 있었다. 느낌만으로도 표고가 상당히 높다는 사실을 감지할 수 있었다. 나는 공연히 호수니 하얀 배니 뭐니 돼먹지 않은 환상에 사로잡혀 불현듯 생각을 일으킨 나 자신이 밉살스러웠다. 돌아갈 수만 있다면 그 자리에서 차를 돌렸으면 싶었다.
　얼마를 기다렸을까.
　언제부터인지 오르막길은 평지로 바뀌었고, 어둠 속에 나무들의 형체가 거뭇거뭇, 그래도 별빛이라도 있었는지 희부윰한 하늘빛을 배경으로 나타났다. 그리고 곧 흐린 전등 불빛이 하나 나무 사이로 비쳐 나오고 있었다.
　"아제에스."
　스타니슬라브가 무엇인가 다짐하듯 나직이, 그러나 힘주어 말했다. 나는 거기서 처음 '아제에스(A3C)'가 주유소임을 알았다. 건물의 창문에는 커튼이 내려쳐져 있었으나 철망까지 쳐진 창 안으로 아직 사람이 있는 듯 싶었다. 나는 차 안에 앉아 있고 둘이서 그 창문 앞으로 갔다. 좀 떨어져서 보고 있자니 역시 잘 안 되는 모양이었다. 커튼을 들치고 내다보는 창 안의 여자가 줄곧 머리를 옆으로 흔들고 있었다. 나중에 안 바로는, 달러까지 안 된다는 것은 기계가 없어 가짜를 가려내지 못하기 때문이라는 것이었다.

표고　바다의 면이나 어떤 지점을 정하여 수직으로 잰 일정한 지대의 높이.
하얀 배　키르기스스탄의 소설가 아이트마토프의 작품. 부모가 이혼하여 이식쿨 호숫가의 할아버지 집에 와서 살던 한 소년이 호수를 떠나는 하얀 배를 보면서 물고기가 되어 배를 따라가기를 꿈꾼다는 내용.

졸지에 위폐범이 되어 중앙아시아의 오지로 숨어든 신세처럼 여겨져 헛웃음이 나올 수밖에 없었다. 다만, 이제 호수는 그리 멀지 않다는 것, 호수 바로 옆에는 잠잘 곳이 없다는 것, 그러니 여기 발륵차 마을에서 묵어야 한다는 것 등을 안 것이 소득이었다. 어둠 속에 거뭇거뭇 나타난 나무들을 보고, 여긴 인간의 마을이다 하고 마음속으로 소리쳤던 것은 어떤 믿음이었을까 나는 지금도 생각을 모은다.

주유소에 들른 것은 결과적으로는 목적을 달성하는 효과가 있었다. 우리가 맥이 빠져 한참을 넋을 놓고 있을 때, 다른 지굴리 한 대가 그 이름처럼 지굴지굴 굴러 오더니 우리 옆에 멈췄다. 사전에 '떼굴떼굴'은 있어도 '지굴지굴'은 없음을 모르는 바 아니지만 꼭 이렇게 표현하고 싶은 것을 어쩔 수 없다. 우리는 그도 우리와 같은 신세려니 했었다. 그런데 운전석의 사내가 우리에게 다가오더니 기름이 필요하냐고 물었던 것이다. 우리가 얼씨구나 그를 따라간 것은 두말할 것도 없다. 그리하여 길 건너편 모퉁이를 돌아서 우리는 기름 한 통을 10달러에 넣을 수가 있었다.

발륵차 마을은 키르기스 이름이었고, 러시아 이름으로는 르바치에 마을이었다. 기름을 판 사내에게서 그 이름을 확인한 미하일이 "아, 여기요. 르바치에, 여기요." 하고 큰 발견처럼 말하는 데서 나는 그곳이 바로 류다네와 관계가 있는 마을임을 눈치 챘다. 그러고 보니 거기까지 차를 몰아가는 동안 꽤 많은 이야기가 오갔음에도 불구하고 웬일인지 류다나 그 오빠에 대해서는 이렇다 할 말이 없었던 것이 의아했다. 나야 그렇다 치더라도 두 사람은 다 그 오빠의 친구였다.

중앙아시아의 동포들이 정 두고 살던 곳을 떠나는 것은 하등 특별한 일이 아니었다. 여기서, 떠난다는 것을 우리 경우에 비추어 셋방살이를 전전하는 것쯤으로 여겨서는 안 된다. 흔히들 아주 멀리, 어쩌면 영원히 못 볼 곳으로 떠나는 것이다. 가령 우즈베키스탄의 수도 타슈켄트에서 극동 러시아의 블라디보스토크나 우스리스크 등지로 떠나는 사람이 꽤 있는데,

이는 머나먼 몇만 리의 이역인 것이다. 그러니까 떠난다는 것은 그야말로 죽지 못해 살길을 찾아 떠나는 것을 의미하는 것이다.

떠나는 사람이 많다는 것은 또 다른 사람도 그만큼 기로에 서 있음을 말해 주는 기준이 된다. 다른 민족의 나라치고도 민족주의가 드센 나라에 사는 사람들이니 더할 수밖에 없다. 언제, 어떤 변고로 또다시 저 1937년이 되풀이될지 모르는 것이다. 실제로 사회가 어지럽고 먹고살기가 어려워지자 목숨까지 위협받는 사례가 일어나고 있었다. 그렇다고 키르기스스탄이 더 안전한가 하는 건 의문이었다. 그 민족은 좀 더 강퍅하다는 게 두 사람의 합치된 말이었다……. 나는 그들이 류다네 이야기를 굳이 하지 않는 것을 이런 측면에서 이해해야 될 것 같았다…….

"오늘은 늦었으니, 내일 비탈리한테 연락하겠어요. 전화가 다른 집 전화입니다. 르바치에에 다 왔어요."

미하일이 시계를 보며 말했다. 어느새 여덟 시가 넘어 있었다. 그리고 우리는 몇 번 호텔이 어디냐고 지나가는 사람에게 "가스티니차, 지아?"를 외친 끝에 어떤 호텔에 도착했다. '어떤' 호텔이 아니다. 바깥의 불은 외등 하나를 남기고 다 꺼졌으나, 그 불빛에 'AK-Kyy'라는 글자가 보였다. 내가 저게 무슨 뜻이냐고 묻자 미하일이 그건 키르기스 말로서 '아크'는 하얀 것, '쿠'는 새라고 설명해 주었다. 그 새가 호수에 날아든다고 책에 씌어 있다는 것이었다. 하얀 새? 백조였다.

차를 호텔 맞은편에 세운 뒤, 두 사람은 내게 잠깐만 혼자 있으라고 하고는 걸어갔다. 외국인이 있으면 터무니없이 돈을 많이 요구한다는 것이었다. 나는 차에서 내려 서성거리면서 호수의 물 냄새를, 산골짜기에서 얼음이 녹아 흘러내리는 그 물의 알싸한 냄새를 코끝으로 맡고 있었다. 그것이 비록 다른 냄새일지라도 나는 그렇게 믿고 싶었던 것이다. 그리고 외부 세계에의 동경과 그 구제의 표상일 하얀 배를 머릿속에 떠올리고 있었다.

방 두 개에 33달러를 낸 것은 전적으로 그들의 공이었다. 외국인인 경우는 그 두 배도 더 받으리라는 것이었다. 방까지 들어가는 동안 아예 입을 봉하고 있어야 한다는 엄명을 받은 나는 수박 한 덩이를 들고 벙어리처럼 어두운 복도를 걸었다. 한 나라의 말이 상황에 따라 위험 혹은 금기 요소가 된다는 사실이 이상하게 내 뒤통수를 따라붙었다. 그 한 나라 말이 한국어였던 것이다. 일제 시대에도 우리말 대신에 일본 말을 쓰지 않으면 안 되게 강요당한 시기가 있었다……. 나는 입을 다물고 어두컴컴한 복도를 걸어가며 왠지 몸서리가 쳐지는 듯했다.

그래도 우리는 하룻밤을 묵을 방을 구했다. 그런데 정작 다른 문제가 기다리고 있었다. 그 시간에 벌써 호텔 식당은 문을 닫았고 그 근처 어디에도 먹을 것을 살 곳이 없다는 사실이었다. 그것으로 멋지거나 안 멋지거나 따질 것 없이 식사는 끝장이었다. 싸게 방을 얻은 것은 사실이었으나, 막상 호텔은 텅텅 비어 있었다. 종업원 남녀 몇만 복도 방에 모여 잡담을 나누고 있을 뿐 거의 비어 있는 것 같았다.

그곳은 소련 시대에는 소련 전체를 통하여 흑해 연안의 얄타처럼 이름난 휴양지였다고 했다. 그러므로 그때는 많은 휴양객들이 몰려들었을 것이다. 휴양객이라고 해서 돈과 여유가 있는 사람을 연상해서는 안 된다. 제도적으로 휴양이 허락되는 사람이 있는 것이었다. 그런데 소련이고 제도고 다 무너져 버려 먹고살기도 어려운 마당에 휴양이란 어림없는 노릇이었다. 그러니 그 시간이 아니라 어느 시간에도 식당은 문을 닫고 있을 듯싶었다. 이제 배는 고프다 못해 쓰릴 지경이었다. 낭패였다. 아무리 궁리를 해 봐야 헛일이었다. 하는 수 없이 우리는 한 방에 모여, 양손에 빵 하나씩을 들고 길가에 늘어서서 '비즈니스'를 하는 여인들에게서 하다못해 빵 하나 사 오지 못한 주변머리를 탓하며, 수박이라도 갈라 요기를 하는 수밖에 없었다.

벌써 난방이 필요한 날씨에 방 안에는 온기라곤 없었다. 화장실에는 욕조도 없었다. 5센티미터 정도 깊이로 사방 1미터쯤 되는 네모진 법랑 받침이 벽돌에 괴어 있는 것은 그곳에서 물이라도 뒤집어쓰라는 것인지도 몰랐다. 온수가 나오리라고는 기대조차 할 수 없는 노릇이었다. 으슬으슬 떨려 오는 방 안에서 수박을 우적우적 먹고 그들이 다른 방으로 가고 난 뒤, 나는 도무지 내가 왜 이런 데 와서 어처구니없이 수박으로 저녁을 때우고 뭔가 불안해 서성거리고 있는지 그저 한심하기만 해서 혼자 쓴웃음을 지을 수밖에 없었다.

어디론가 도망치기로 했다면 참으로 오지게 도망쳐 온 셈이었다. 방을 찾아왔다고 해도 그랬다. 이제야말로 아무도 모르는 곳으로 온 것이었다. 한국의 공권력이 기를 써도 미치지 않을 곳이라는 터무니없는 생각을 왜 내가 하고 있는지 모를 일이었다. 나는 이제 당당한 한국의 공민이었다. 경찰이 핸드폰으로 조회해도 아무 염려 없는 확고한 주민 등록증이 있었다. 내가 도망치던 시절은 아득한 유신 시절이었다. 그러나 나는 여전히 그 망령에 쫓기고 있는 것이었다. 나는 놓여났다는 자유와, 끈이 끊어져 버렸다는 허탈감을 동시에 맛보며, 옷을 입은 채로 꾀죄죄한 침대에 몸을 눕혔다. 잠이 들면서 나는 하얀 새와 하얀 배를 볼 수 있다면 다소 위안이 되리라 스스로를 다독거렸던 것도 같다.

비탈리를 만난 것은 다음 날 아침 깨어나자마자였다. 문을 두드리는 소리에 잠에서 깨어난 나는 눈을 비비며, 미하일 뒤에 서 있는 그를 보았던 것이다. 새벽녘에 소변을 보러 일어났다가 다시 잠들어 내처 곯아떨어졌던 모양으로 방 안이 훤히 밝아 있었다. 날이 밝자 즉시 그에게 연락을 취했다고 미하일이 말했다. 우리는 악수를 나누었다.

"먼저 뭘 좀 먹어야겠어요. 금강산도······."

나는 얼결에 '금강산도 식후경'이라는 말을 하려 했던 것이었다. 그러나 그것은 그들에게는 걸맞지 않은 말이었다. 나는 세수를 하는 둥 마는 둥

공민 국가 사회의 일원으로서 그 나라 헌법에 의한 모든 권리와 의무를 가지는 자유민.

그들을 따라 밖으로 나왔다. 류다는 어찌 됐느냐고 묻고 싶었으나, 역시 내가 서둘러 물을 성질의 말이 아니라는 생각이 들었다. 그야말로 모든 것이 '식후경'이었다.

그런데 그때 무심코 눈을 든 나는 비로소 보았던 것이다. 눈이 부셨다. 멀리, 이제까지와는 다른 모습의 웅대하고 장엄한 산이 검푸르게 앞을 가로막고 하늘 높이 솟아 있었다. 내 눈을 부시게 한 것은 그 산 위 쌓여 있는 흰 눈이었던 것이다. 사시사철 눈 쌓인 산봉우리가 그곳에 솟아 있다는 것은 들어서 알고 있었다. 하지만 그것을 직접 본다는 건 역시 다른 일이었다. 희고 맑고 찬 기운이 머릿속까지 전달되어 오는 느낌이었다. 그리고 내가 그 설산(雪山)을 경이롭게 바라보는 걸 안 다른 사람들이 일부러 차에 안 타고 기다려 준 것은 고마운 일이었다.

우리는 식당을 찾아 헤맸다. 그곳이 휴양지라는 게 믿기지 않게 식당 자체가 드문 데다가 또 본래 늦게 문을 여는 모양이었다. 우리식으로 아침 겸 점심이 되는데 비탈리도 한참 동안 이곳저곳 기웃거리기만 했다. 그러다가 카페라고 간판이 달린 곳을 먼저 발견한 것은 스타니슬라브였다. 아닌 게 아니라 그 앞에 세워 놓은 쇠화덕에는 샤시리크, 즉 양고기 꼬치를 굽기 시작하는 신호로 삭사울 나무 장작불이 붙여지고도 있었다.

"스카즈카, 옛날 얘기. 어린이 얘기도 됩니다."

미하일이 'СКАЗКА'라는 간판을 읽고 뜻을 말해 주었다. '어린이 얘기'는 동화를 일컫는 것이리라 나는 짐작했다. 우리는 샤시리크 몇 꼬치를 주문하고 안으로 들어갔다. 카페기 때문에 레스토랑하고는 좀 다르지 않을까 했지만, 한마디로 그 식사는 그때의 나에게는 만점의 것이었다. 지금도 나는 식탁에 오른 음식들이 눈에 선하게 떠오른다. 양고기를 다져 넣고 노릇노릇 구운 벨랴시 빵, 걸쭉하고 구수한 양배추·토마토 수프, 질기지 않은 샤시리크, 맑은 레몬주스, 버터를 발라 먹는 맨흑빵, 그리고 그곳 특유의 조금은 시큼한 사과술.

비탈리가 까닭 모르게 나를 경계하는 눈치였으나, 그것은 동포끼리라도 이역에서 처음 만난 사람은 어쩔 수 없이 이방인이라는 점에서 충분히 이해가 되었다. 그들은 그들 나름의 대화에 열심이었다. 레닌에 의해 세워진 소비에트 연방이라는 나라가 70여 년 동안 남긴 가장 심대한 영향은 공산주의도 뭣도 아니라, 그 15개 공화국, 150여 민족에게 러시아 말과 글을 가르친 게 아닐까, 나는 그들의 러시아 말을 들으며 생각하고 있었다. '예'를 '다'라고 말하고 '아니요'를 '녜'라고 말하는 그 말을. 'H=ㄴ, P=ㄹ, X=ㅎ'으로 소리 나는 그 글을.

나는 그들의 러시아 말을 알아들을 수는 없어도 그들이 무엇을 말하고 있는지는 짐작으로 알 수 있었다. 요컨대 그 사회에 살아남는 문제인 것이다. 이제 중앙아시아의 네 나라 어디서나 러시아 말이 아닌 그 나라 말을 모르고서는 공적인 출세는 틀린 일이었다. 나라의 주인이 된 민족으로서는 당연히 제 나라 말을 앞세울 것이었다. 그러므로 밀려날 수밖에 없는 것이었다. 어떻게 할 것인가? 아무도 대안이 없었다.

소비에트 연방이 무너지자 독일이나 이스라엘은 그 지역의 자기 민족을 조국의 품 안으로 거두어들였다. 그런데 극동의 이상한 나라 '코레야'는 어떠한가? 일본이 물러간 지 이미 반세기가 지나고, 소비에트 연방이 무너진 지도 몇 년이 지났건만, 남쪽과 북쪽으로 찢겨 터무니없는 소모전을 계속하고 있지 않은가. 자기 민족을 거두기는커녕 자기 민족이 조국 땅에 가 보겠다는데도 초청장이다, 비자다, 이모저모 까다롭기 짝이 없는 것이었다.

"이식쿨을 가자고 말이지요?"

우리는 마지막으로 차를 마시고 비탈리에 이끌려 '동화' 카페를 나왔다. 모든 것이 잘 풀리고 있었다. 그러나 언제부터인가 류다를 못 보고 갈 거야 없지 않은가 하고 불만이 머리를 쳐들고 있음을 숨기기 힘들었다. 호수를 본 다음에 우리가 할 일은 아무것도 없었다. 자칫 류다를 못 보고 갈 우려가 많았다. 애당초 먼 길을 온 목적은 내가 호수를 보고, 미하일이 그 친구를 보는 것이었다. 류다는 부수적인 것이었다. 그러나 그렇다고 해서 여기까지 와서 휑하니 그냥 돌아간다는 것은 아무래도 불만이 아닐 수 없었다. 나는 그러면 그럴수록 그녀를 꼭 만났으면 싶었다.

차가 움직이기 시작했을 때, 나는 앞자리에 앉은 비탈리가 듣지 못하게 작은 목소리로 미하일에게 류다는 어디 멀리 있느냐는 식으로 넌지시 내 뜻을 건넸다. 그 뜻을 미하일이 비탈리에게 무엇이라고 전달했는지는 모른다. 그 말을 듣고 나를 돌아보는 비탈리를 향해 나는 그렇다고 고개를 끄덕였다. 내 고갯짓에 그가 다시 알았다는 듯 고개를 마주 끄덕였다. 나는 우리가 똑같이 고개를 끄덕거렸지만 과연 똑같은 내용을 두고 그런 것인지 아리송했다.

호수에 이르는 길은 어느 한군데로 정해져 있는 모양이었다. 가로수가 늘어선 한산한 거리를 얼마쯤 달리다가 왼쪽으로 굽혀 들어가니 앞으로 난 데없이 여러 가지 놀이 기구가 들어선 유원지가 나타났다. 회전목마, 회전의자, 꼬마 열차 등 노랑, 빨강, 파랑 색색으로 칠해진 그것들은, 떨어진 거리에서 보아도 꽤 오랫동안 사용하지 않았던 듯 군데군데 녹이 슬어 방치되어 있는 모습이 역력했다. 규모로 보아 그 마을 사람만을 대상으로 한 유원지는 아니었다. 확실히 이름난 휴양지는 이름난 휴양지였다.

유원지의 입구에는 기둥머리가 모스크를 닮은 양쪽 기둥에 철제 대문이 달려 쇠 자물통으로 굳게 잠겨 있었다. 호수의 물가에 이르는 길은 달리 가까이 없다는 것이었다. 한참을 우왕좌왕하고 있자 관리인의 집인 듯한 저쪽 집에서 여인이 머리에 스카프를 중앙아시아식으로 두건처럼 쓰고 걸어 나왔다. 여인이 용건을 묻고, 아무나 문을 열어 주지 못하게 되어 있다는 것을, 우리는 애걸복걸하다시피 하여 간신히 그 안으로 들어갈 수 있었다.

우리는 텅 빈 유원지를 가로질러 갔다. 불과 오래지 않은 옛 시절에 사람들이 몰려와 즐겁게 놀던 소리가 어디선가 들려와야 한다고 나는 어림없는 상념에 젖었다. 하지만 회전목마를 돌리는 톱니바퀴에서 버그러진 사슬은 끊어진 채 회전반 위에 나뒹굴고 있었다. 과도기의 소용돌이 속에서 생존에 급급한 오늘, 유원지는 사치에 불과하다는 것을 나는 알고 있었다. 먹을 것을 얻기 위해 공원의 장미꽃을 잘라다 파는 사람들이 있었다. 아니, 공원의 장미꽃 정도가 아니었다. 전직 경찰 간부가 남의 집 감자 몇 알을 훔치다가 들켜서 자살하고 말았다는 것이었다.

"호숫가 다 왔어요."

미하일의 말에 내가 호수를 보았는지, 내가 보는 순간 그가 그렇게 말했는지 분명치 않았다. 나는 드넓은 호수의 푸른 물을 바라보았다. 멀리, 산봉우리가 푸른 물에 비치고 있었다. 산봉우리의 흰 눈도 푸른 물에 비치고 있었다. 실제의 산봉우리와 그 그림자가 모두 하나로 어우러져 이 세상을 이루고 있었다. 호수에 마을이 잠겨 있다는 말이 맞는 것 같았다. 어디든 물 건너편의 풍경이 물에 비쳐 보이는 것은 간단한 이치인데도 내게는 사뭇 다른 눈으로 보였다. 그렇게 넓은 호수에 비친 그렇게 높은, 눈 인 산이 비치는 것을 처음 보아서였을 것이다. 그러나 유감스럽게도 하얀 새와 하얀 배는 아무 데도 보이지 않았다. 여기서 백과사전에 나와 있는 그 호수의 개요를 뒤늦게나마 살피고 넘어가기로 한다.

중국에서는 열해(熱海)라고 부르는 이 호수는 면적 6,200평방 킬로미터, 평균 길이 279미터, 최고 깊이 702미터, 수면 표고 1,609미터로서, 유입되는 하천은 많아도 유출되는 하천은 없다. 한겨울에도 가장자리의 작은 부분을 제외하고는 얼지 않으며, 염분 농도 약 5.8퍼센트, 황어와 잉어 종류의 물고기가 다소 잡힌다. 남쪽을 제외하고는 평야가 발달해 있고 오아시스가 펼쳐져 있을 뿐만 아니라 휴양지가 있다.

과연 넓고 깊은 호수인 것이다. 건너편까지 마치 가까운 듯 나는 묘사하고 있지만 그것은 가장자리에 속할 뿐이며, 거기서 왼쪽으로는 끝이 안 보이게 물이 펼쳐 나가고 있었다. 그 저쪽 시야 바깥에 하얀 배가 떠가고 있는지 몰랐다.

유원지가 끝나는 데서 호숫가는 그리 높지 않은 돌 축대로 구분되어 있었다. 우리는 돌 축대에서 뛰어내려 마른 풀숲 사이로 호수의 물까지 걸어갔다. 유원지에서와는 달리 청량한 기운이 온몸에 끼얹혔다. 황갈색의 풀숲이 끝나는 데서 시작되는 호수의 파란 물은 멀어질수록 점점 짙어져 건너편에서는 감청색으로 변해 있었다. 호수의 밑물이 몇천 리 떨어진 바이칼 호수의 물과 서로 연결되어 있다는 말은 믿기지 않는다 하더라도, 또 어디에도 하얀 새와 하얀 배는 보이지 않는다 하더라도 그 감청색은 심원한 비밀을 간직하고 있음에 틀림없어 보였다.

호숫가로 작은 너울이 밀려오고 있었다. 나는 그 물에 손을 담갔다. 말이 '뜨거운 호수'지 물은 적당히 차가웠다. 호숫가의 좁은 모래톱에는 얇은 고둥 껍데기들이 밀려와 겹쳐 있었다.

"이런 돈을 하나 던지면 다시 여기에 오게 된다고 합니다."

미하일이 동전을 꺼내 하나를 내게 내밀었다. 나도 주머니를 뒤져 보니 웬일로 백 원짜리 동전이 손에 잡혀 나왔다. 우리는 동전을 호수로 던졌다. 그것으로 목적은 이룩된 것이었다. 곧이어 사진을 번갈아 찍고 우리는 호수를 등졌다.

그것이 전부였다. 뭐 먹을 거라도 준비했었더라면 좋았으련만 아무것도 없었다. 그토록 열심히 달려와서 불과 몇 분 서 있지도 않고 돌아가는 것으로 목적을 달성했다고 하는 것을 아무래도 옆의 사람들은 납득하지 못하리라 생각되었다. 그렇다고 해서 변명이랍시고, 여기까지 오는 그것 자체가 목적이었소 어쨌소 하고 늘어놓는 것도 걸맞지 않은 일이었다. 내키는 대로라면 그곳에 몇 시간이고 혼자 머물며 여러 가지 상념에 잠겨야 할 것이었다. 내게 쌓여 있는 여러 문제들을 서울에 묻어 둔 채 그곳으로 허위허위 달려온 까닭을 스스로에게 물어볼 시간을 가져야 할 것이었다. 그러나 나는 다른 사람들보다 먼저 마른 풀숲을 헤치며 걸었다.

그와 함께 나는 내가 기를 쓰고 거기까지 도달한 목적이 달성되지 않았다는 생각에 사로잡혔다. 분명히, 호수는 그렇게 보기만 하면 그만이었다. 오는 도중에 말들을 보았고, 호수에는 손까지 담그지 않았던가. 더 이상의 목적이 실상 없었다. 그럼에도 불구하고 나는 미진한 것이 사실이었다. 무엇인가 호수가 거기까지 부른 비밀을 캐지 못하고 물러서는 심정이었다.

무엇일까? 나는 몇 번 확인하듯 호수를 되돌아보았다. 해발 1,600미터가 넘는 곳에 위치한 호수였다. 듣기로는 크기와 높이로 따져 남미의 티티카카 호수 다음가는 호수라고 했다. 그 호수를 보겠다고 해서, 카라가지 나무와 주다 나무와 미루나무와 버드나무를 이정표로 달려왔고, 드디어 보았다. 그러나…….

나는 머리에 '그러나'가 꼬리표처럼 따라붙는 것을 어쩌지 못했다. 서울에서의 문제들은 서울에 가서의 일이다. 나는 그 꼬리표를 떼어 내려고 머리를 흔들었다. 그러나…….

그때였다. 유원지의 돌 축대를 바라보던 나는 거기 웬 나무가 한 그루 우뚝 서 있는 것을 보았다. 들어올 때는 눈에 띄지 않은 까닭을 알 수 없었다. 아니다. 그 나무만 서 있었다면 여전히 그냥 스쳐 지나갔을지도 모른다. 그러니까 나는 그 나무만을 본 것이 아니라 그 옆에 서 있는 한 여자를 함께 본 것이었다. 젊고 환한 얼굴이 나무 그늘에 묻혀 있었다.

"류다!"

미하일이 소리쳤다. 우리는 돌 축대를 올라가 그 나무 아래로 걸음을 옮겼다. 서로 몇 마디의 러시아 말이 오가고 난 뒤 내가 소개되었다.

"안녕하십니까."

맑은 눈동자가 나를 바라보았다. 순간, 나는 너무나 또렷한 우리말에 놀라지 않을 수 없었다. 중앙아시아에서 처음 들어 보는 또렷한 우리말이었다. 그리고 그 말 뒤에 '이 말은 우리 민족 말입니다.' 하는 말이 소리 없이 뒤따르고 있음도 또렷이 느낄 수 있었다.

"아, 안녕하십니까."

나는 엉겁결에 똑같이 따라 하고 말았다. 그와 함께 나는 그 단순한 인사말이 왜 그렇게 깊은 울림으로 온몸을 떨리게 하는지 형언할 수 없는 감동에 휩싸였다. 개양귀비 꽃밭이 수런거리고, 숲 속의 들고양이들이 귀를 쫑긋거리고, 커다란 까마귀들이 전나무 가지를 치고 날았으며, 사막쥐들이 이리 뛰고 저리 뛰고, 돌소금이 하얗게 깔린 사막으로 큰 바람이 이는 광경이 눈에 어른거렸다. 천산에서 빙하가 우르르르 무너지는 소리가 들린다고도 생각되었다.

나는 호수 건너 눈 덮인 천산을 바라보았다. '그러나'라고 미진했던 마음이 그녀의 '안녕하십니까'에 눈 녹듯 스러지는 듯싶었다. 건너편 천산이 내게 '안녕하십니까'의 새로운 의미를 배워 주고 있다고 받아들여졌다. 멀리 동방의 조상 나라를 동경하며 하얀 배를 그리는 모습이 거기 있음을 알 수 있었다.

그녀가 그 그늘에 서 있던 나무가 바로 러시아 말로 '키파리스'인 사이프러스였다. 스타니슬라브는 그 나무가 본래 중앙아시아에는 없는 나무로서 그루지야나 가야 많다고 설명해 주었다. 아마도 유원지가 북적거리던 시절, 무슨 기념으로 심은 나무일 것이라고도 했다.

그날 그녀를 만나서 이야기를 나눈 시간은 매우 짧을 수밖에 없었다. 우리는 곧 알마아타로 돌아가야 했고, 또 내가 그녀와 오랫동안 함께 있어야 할 이유도 특별히 없는 것이었다. 그러나 나는 그 어느 때보다도 많은 느낌을 받았다.

키르기스스탄의 사이프러스 나무 아래 우리 민족의 말인 '안녕하십니까'의 의미를 전혀 새롭게 말하는 처녀가 있었다. 나는 돌아오는 차 안에서도 내내 그 모습이 머리에서 떠나지를 않았다. 그리고 그 나무 아래서 호수를 바라보았을 때, 물에 비치던 하얀 만년설의 산봉우리를 눈에 그렸다. 그리고 그것이 바로 하얀 배의 또 다른 모습이라고 깨달은 나는 입속으로 가만히 '안녕하십니까'를 되뇌었다.

작품 이해

 윤후명의 「하얀 배」는 제목에서 알 수 있듯, 시적인 상징을 풍부하게 구사하는 작품이다. 작품의 끄트머리에서 확인되듯, '하얀 배'는 실제 강이나 바다를 떠가는 배가 아니라, 눈 덮인 천산이 호수를 배경으로 솟아 있는 것임을 알게 된다. 그리고 작품 전체를 서로 연결하는 역할을 하는 사이프러스 나무 역시 '특별한 의미'로 다가온다. 보기 드문 나무이며, 중앙아시아와 한국을 연결하는 장치인 것이다. 이 나무에 기대어 서술자인 '나'와 머나먼 중앙아시아의 '류다'가 서로 연결된다.
 상징과 함께 이 작품의 두드러진 특성은 시적인 서술 방식이다. 특히 액자로 삽입되어 있는 '문류다'의 「말 배우는 아이」라는 작문은 간명한 글인 듯싶으나 작가의 개성이 두드러지게 나타나는 시적 진술로 가득 차 있다.

 "안녕하십니까! 이 말은 우리 민족 말입니다!"
 그러자 야생 양귀비 꽃밭이 먼저 수런거렸습니다. 숲 속의 들고양이들이 귀를 쫑긋거리고 쳐다보았습니다. 커다란 까마귀들이 전나무 가지를 치고 날았습니다. 들판 저쪽에서 사막쥐들이 이리 뛰고 저리 뛰었습니다. 돌소금이 하얗게 깔린 사막으로는 큰 바람이 일고 있었습니다. 천산에서 빙하가 우르르르 무너지는 소리가 들렸습니다.

 멀고 먼 중앙아시아의 외진 곳에서 터져 나오는 한 소년의 모국어가 꽃과 짐승과 바람과 빙하를 움직인다는 것은 비록 과장되어 있기는 하나, 그 비약을 통해 모국어에 대한 간절함을 아름답게 형상화하는 것이다. 더욱이 서술자는 그 글을 쓴 아이를 만나기 위해, 중앙아시아 카자흐스탄으로, 다시금 아이가 떠난 키르기스스탄으로 기꺼이 찾아 나선다. 모국어를 향한 그리움이 서술자의 행로를 움직이게 만든 것이다. 그 또한 시적이라고 볼 수 있다. 아마 작가 윤후명이 처음에는 시인으로 문학 활동을 시작하였기 때문에 그의 소설 역시 시적 특성이 두드러지게 드러나는 것일 게다.

더욱이 작가는 비판적인 인식 또한 작품 속에 제시하는 것을 잊지 않는다. 독일이나 이스라엘과 달리 우리나라는 소비에트 연방이 무너진 지 몇 해가 지나도록 자기 민족을 외면하고 있음을 지적한다. 중앙아시아의 고려인들, 한국인들이 어떻게 그곳에까지 갔으며, 현재는 또 어떤 상황에 처해 있는지를 안다면 결코 무책임하게 팽개쳐 두지 못할 것이다. 어쩌면 서술자가 그 먼 곳까지 류다를 찾아 나서기를 마다하지 않은 것 역시 이와 같은 부끄러움을 개인적으로나마 만회하고자 하는 노력일 것이다. 물론 중앙아시아의 '한국 교육원' 역시 다르지 않다.

이처럼 작품은 상징의 풍부한 사용, 시적인 문체의 구사, 비판적인 의식, 동포에 대한 깊은 애정 등이 전편에 걸쳐 잘 아로새겨져 있다. 이를 통해 우리는 새삼 소설 역시 작가의 창조적 개성이 잘 드러나는 예술임을 확인할 수 있다.

 활 동

1. 제목으로 쓰인 '하얀 배'와 구성적 장치인 '사이프러스 나무'는 각각 무엇을 상징하는가?
2. 「하얀 배」에서 가장 아름다운 장면은 어디인지 각자 찾아보자. 그리고 그 부분이 아름다운 까닭을 써 보자.
3. 「하얀 배」를 통해 독자인 내가 깨달은 점은 무엇인가?
4. 「하얀 배」에 제시된 작가의 개성적인 점을 세 가지 찾아 써 보자.

세 번째 이야기

소설은 전통을 어떻게 계승하는가

소설은 어떻게 전통을 계승하는가

　사전에 따르면 전통이란 어떤 집단이나 공동체에서, 지난 시대에 이미 이루어져 계통을 이루며 전하여 내려오는 사상, 관습, 행동 따위의 양식을 말합니다. 그러니 우리나라 사람들이 과거에 이루어 낸 것들이 일정한 내용 혹은 형식을 지닌 채 오늘날까지 이어져 온 것을 의미합니다. 물론 그렇다고 해서 과거에서 이어져 온 모든 것을 전통이라고 하지는 않습니다. 오늘날의 문화 창조에 적극적으로 이바지하는 것만을 전통이라 한답니다. 이와 달리 과거의 것을 무조건 따르는 것은 인습이란 부정적인 말을 사용합니다.

　전통은 다양한 분야에서 계승되는데, 이 가운데 문학적 전통이란 현재의 여러 문학 작품에 담겨 전해져 오는 문학의 내용적, 형식적 요소를 뜻합니다. 곧 작품에 담긴 경험, 그 경험을 바라보는 관점, 정서와 상상력 등이 내용에 해당하며, 문학의 갈래, 표현 방식, 이야기의 짜임 등이 형식에 해당하지요. 예컨대 자연을 바라보는 관점이 자연과 동화되고자 한다거나 자연에 빗대어 심정을 즐겨 표현한다는 것이 내용적 요소입니다. 그리고 사설시조나 판소리와 같은 민중적인 문학 형식들에서 풍자나 해학적인 요소들이 즐겨 사용되었다거나 오늘날에도 시조가 지속적으로 창작되고 있다거나 하는 것들이 형식적 요소입니다.

그렇다면 소설은 전통을 어떻게 계승하고 있을까요? 여기에는 정답이 있을 수 없습니다. 전통의 계승은 그저 개별 작품 한 편 한 편이 이전 시대의 작품과 맺고 있는 연관 속에서 밝혀지기 때문입니다. 따라서 구체적인 작품을 통해서만 말할 수 있습니다. 어떤 작품 속에 어떤 전통이 이어지느냐만을 찾을 수 있을 따름입니다. 예컨대 앞선 장에서 읽은 이문구의 「공산토월」이 갈래별로 앞선 시대의 '전(傳)'의 전통을 계승하고 있음을 밝힌 것처럼 말이지요. 그럼에도 소설은 역사적으로 전대의 이야기 장르와 연관되어 있음은 분명합니다. 민담에서 고대 소설로, 다시 현대 소설로 이어지는 장르적 전통이 면면히 이어져 오기 때문입니다. 예컨대 우리 소설은 서구의 소설에 비할 때, 계몽적인 특성이 강한 편입니다. 유교에서 바라보는 문학관이 효용을 앞세우고 있기 때문이며, 근대 이후 나라를 빼앗기고 광복 후 분단된 현실 등으로 말미암아 사회의식이 두드러진 것이 특성입니다. 이 또한 전통이라고 말할 수 있습니다.

이 장에서는 소설의 전 단계의 갈래인 판소리 작품 「열녀춘향수절가」를 통해 우리 민족 고유의 해학을 살펴볼 것입니다. 이어서 1930년대 소설에 나타난 다양한 소설적 양상들을 통해 개별 작품에 따라 전통이 어떻게 변주를 거듭하면서 계승되는지를 살펴보고자 합니다. 김유정의 「봄·봄」, 채만식의 「태평천하」 등을 검토하게 될 것입니다. 이 작품들은 새로운 실험을 하는 작품들과 비교할 때에 저마다 두드러진 전통적 요소들을 표나게 지니고 있습니다.

이 가운데 김유정의 「봄·봄」은 인물과 상황의 해학적 설정이 판소리의 인물들과 흡사합니다. 인물의 특성을 과장함으로써 전형적인 캐릭터를 만들어 내고 있습니다. 채만식의 「태평천하」는 서술 방식이 판소리 문체와 닿아 있습니다. 대등한 구절이 반복되고 한층 확장되는 것이나 과장된 표현이 두드러집니다. 또한 판소리에 깃든 날카로운 비판 정신이 풍자로 잘 드러나 있습니다. 이 작품들을 통해 우리는 문학적 전통이 구체적인 작품 속에서 어떻게 계승되는지를 거듭 확인할 수 있을 것입니다.

열녀춘향수절가

읽기 전에

「춘향전」은 영화로 가장 많이 만들어진 고전입니다. 지금껏 스무 번도 넘게 영화로 만들어졌습니다. 더욱이 소설을 단순히 영화로 만들었을 뿐만 아니라, 최근에는 현대적으로 탈바꿈한 드라마 〈쾌걸 춘향〉이나 인물의 중심을 옮겨 놓은 영화 〈방자전〉 같은 패러디 작품 또한 쏟아져 나오고 있습니다. 그렇다면 도대체 「춘향전」의 어떤 힘이 오늘날까지도 거듭 시대에 맞게 재창조하게 하는 걸까요?

무엇보다 가장 큰 힘은 이야기 자체가 갖는 흥미진진함입니다. 퇴기 월매의 딸 춘향과 남원 부사의 아들 이몽룡의 신분을 뛰어넘는 사랑을 바탕으로 이별과 시련, 다시 재결합함으로써 행복한 결말에 이르는 과정은 서사의 힘을 충분히 보여 줍니다. 그리고 인물 형상의 생생함입니다. 춘향은 물론이거니와 이 도령과 방자, 향단, 월매 등 다채로운 인물들이 저마다의 개성을 잘 드러내며, 이야기를 한층 풍부하게 만듭니다. 또한 장면 장면이 갖는 독자적인 아름다움도 빼놓을 수 없는 미덕입니다. 예컨대 춘향이의 〈옥중가〉, 이 도령이 다시 남원을 찾는 과정에서 농부들이 부르는 〈농부가〉, '금준미주(金樽美酒)'로 시작하는 이 도령의 한시 등은 개별적인 작품이라고 해도 좋을 만큼 미적으로 높은 완성도를 보입니다. 이처럼 그 자체로 풍부한 서술의 아름다움과 구성의 탄탄한 짜임, 생동하는 인물 등이 「춘향전」을 오늘날에도 살아 있는 작품으로 만드는 힘인 것입니다.

그럼 이 아름다운 작품을 나는 어떻게 오늘의 현실에 맞게 창조적으로 계승할 수 있을까요? 나는 어떤 지점에 초점을 두고, 또는 어떤 측면을 바꾸어서 새롭게 재창조할 수 있을까요? 내가 새롭게 만드는 「춘향전」은 과연 어떤 작품일지 생각해 봅시다.

【전략】

　전라도 남원 사는 퇴기 월매의 딸, 춘향은 시문에 능하고 미모가 뛰어났다. 남원 부사의 아들 이몽룡은 춘향을 보고 사랑에 빠져, 방자를 통해 춘향과 백년가약을 맺는다. 그러나 부친이 승진하여 한양으로 떠나게 되자, 다시 보자는 약조만 하고 떠난다. 새로 부임한 남원 부사 변학도는 춘향의 소문을 듣고 춘향을 불러들여 수청 들라 하나, 춘향은 이를 거부하고 옥살이를 하게 된다. 한편, 이몽룡은 과거에 급제하여 암행어사가 되어 남원으로 돌아오는데…….

이몽룡은 신분을 속이고, 춘향 모는 신세를 한탄하다

중중모리

　"허허, 늙은이 망령이여. 자네가 정녕 망령일세. 나를 모르나, 허허, 장모, 날 몰라. 장모가 진정 모른다고 허니 거주성명 일러 줌세. 한양 삼청동 사는 춘향 낭군 이몽룡. 그래도 자네가 나를 몰라?"

　춘향 모친 그 말 듣고 어간이 벙벙 흉중(胸中)이 답답하야 물에 빠진 사람 소리같이,

　"어, 어."

어간 어안. '어안'은 '어이없어 말을 못 하고 있는 혀 안'을 뜻하며, '어안이 벙벙하다'는 '뜻밖에 놀랍거나 기가 막힌 일을 당하여 어리둥절하다'라는 뜻이다.

열녀춘향수절가　**213**

우루루루루 달려들어 어사또 목을 안고,

"아이고, 이 사람아. 아이고, 이 사람아. 자네가 정녕 이몽룡인가?"

"어이, 내가 이몽룡일세."

"꼭 이몽룡이여, 어디 보세. 왔구나, 우리 사위 왔네. 왔구나, 우리 사위 왔어. 어디를 갔다가 이제 오느냐? 얼씨구나, 내 사위야. 하늘에서 떨어졌나, 땅에서 불끈 솟았나? 하운(夏雲)이 다기봉(多奇峯)터니 구름 속에 싸여 왔나? 풍운(風雲)이 산란(散亂)터니 바람결에 날려 왔나? 올라간 지가 수년이 되어도 편지 일 장이 돈절(頓絕)키로 야속허다고 일렀더니마는, 이제 오는가 이 사람아. 어찌 그리도 무정허고, 어이 그리 야속헌가? 서울 양반 무정허네. 들어가세 들어가. 뉘 집이라고서 아니 들어오고 문밖에 개만 짖기는가? 들어가세 들어가세, 내 방으로 들어가세."

아니리

"장모 집도 이제 많이 퇴락(頹落)이 됐네그려."

"아, 이 사람아. 춘향이가 옥중에서 고생하는 지가 여러 핸디, 정신이 없어서 집구석이고 뭐고 다 없었네. 아이고, 향단아. 너의 서울 서방님 오셨다 잉. 어서 닭 잡고 찬수(饌需)허고 진지 짓고, 그리고 내가 지금 바쁘다 잉. 거, 촛불 좀 가져오니라, 촛불."

어사또 깜짝 놀라며,

"아, 이 사람아. 닭 잡고 진지 짓고 찬수는 좋지만, 거 여름에 모기 뀌는디 뭐헐라고 촛불을 가져오라 허는가."

"와따, 이 사람아. 자네를 내가 한양으로 보내 놓고 우리 사위 잘되어 달라고 날마다 날마다 하느님께 빌었네. 어디 좀 보세."

"아, 이 사람아. 급할 것 없어. 내일 봐, 내일 봐."

"와따, 이 사람아. 자네는 대장부라 속이 넉넉허지마는, 나는 어디 그런가? 일시가 급항께 어디 좀 보세."

"자네 날 보고 놀래지 마소. 자네가 꼭 봐야 쓰겠다면 내가 보여 주지."

"어디 보세."

"그러면, 자."

하고 뵈 놓으니, 춘향 모가 촛불을 갖고 아래위를 아무리 살펴본들 춘향 모 혼잣속으로 허는 말이,

"내 눈구녁이 침침해서 이런가, 왜 이런고."

아무리 살펴봐도 간장이 팽 돌고, 도복은 몇 달을 안 빨아 입었던지 몸뚱이에서는 꼬랑내 노랑내가 나고, 춘향 모가 어사또 얼굴을 보니 꼬장물이 지르르르 흘렀네그려. 춘향 모 기가 맥혀,

"아니, 이 서방, 자네 어짜다가 요 모냥이 되었는가?"

"헤헤헤헤, 장모 보기 미안하네. 나도 춘향이를 이별하고 한양에 올라가서 우연히 집안이 망하는디, 걷잡을 수가 있어야지. 그래서 아버지는 평양에 글 선생으로 가시고, 어머니는 굶다 굶다 못하시어 친정으로 얻어 자시러 가시고, 나는 친구의 사랑으로 괴나리봇짐을 짊어지고 이리저리 돌아다니며 밥술이나 얻어먹다가, 아 사랑에서 소식을 들으니께, 춘향이가 신관 변학도의 수청을 들어 가지고 아주 잘됐다더마. 그래서 속 못 채리는 마음으로 춘향이한테 가면 돈 백 냥이나 얻어 올까 허고서, 불원천리(不遠千里) 내려왔더니만, 그 춘향이 죽고 사는 것은 고사하고 내 일이 참말로 말이 아닐세."

춘향 모 그 말 듣고 억장(億丈)이 무너져,

돈절(頓絶) 편지나 소식 따위가 딱 끊어짐.
퇴락(頹落) 낡아서 무너지고 떨어짐.
찬수(饌需) 반찬거리.
불원천리(不遠千里) 천 리를 멀다고 여기지 않고.
억장(億丈) 썩 높은 것. 또는 그런 높이. '억장이 무너지다'는 극심한 슬픔으로 가슴이 아프고 괴로울 때 쓰는 관용구이다.

중모리

"허허, 열녀 춘향 서방 말 좀 들어 보게."

들었던 촛불을 공중에 푸르르 내던지며,

"잘되었네, 잘되었어. 열녀 춘향 신세가 잘되었네. 기다리고 바랬더니마는 저것이 모두 다 웬일인가? 백일 정성을 드려 놓으면 안 되는 것 없다는디, 일 년이 다 가고 삼사 년이 지내도록, 백발이 흩날린 머리 물 마를 날 전혀 없이 밤낮 축원(祝願)을 허였더니만, 어사 되기는 고사하고 팔도 거지가 되어 왔네. 못 믿겠네, 못 믿겠어. 얼굴도 못 믿겠네. 책방에 계실 때는 낮이나 밤이나 밤이나 낮이나 보고 보고 또 보아도 귀골(貴骨)로만 삼겼기에, 천 번이나 만 번이나 믿고 믿고 믿었던 일이 허사로구나. 아서라, 쓸데가 없구나."

몽둥이를 들어 메고 후원(後園) 단(壇) 부수러 들어간다. 바람맞은 병신같이 기다 걸으며 들어가서 단 앞에 가 우뚝 서더니만,

"아이고, 하느님. 내 정성이 부족허여 이 지경이 되었나요? 하느님이 노천이 되어서 영험이 없어서 이러는가? 죽었구나, 죽었구나. 내 딸 춘향이가 죽었구나. 이제는 잘되라고 빌어 볼 곳조차 없어졌으니, 아이고, 이를 어쩔거나. 불쌍한 내 딸이 영영 죽고 아주 죽었구나."

치둥글고 내리둥글고 퍼버리고 울음을 운다.

아니리

어사또가 달려들며,

"여여여, 장모. 나를 보아 참게. 나를 보아 참어."

춘향 모 허리를 잡고 디리둥글으니, 춘향 모 기가 맥혀,

"아이고, 이 잡것아. 너 이래 갖고 내 집에 뭣헐라고 왔어. 이 떨어진다, 어서 가거라. 아이고, 저 잡것을 믿고 춘향이가 수절을 허고 매를 맞고 옥중 고생을 허고, 필경(畢竟)에는 죽게 되네. 아이고, 불쌍헌 내 새끼야."

어사또가,

"허허허, 이 사람아. 한양에서 내가 장모 볼려고 왔는디, 그렇게도 괄시를 허는가. 그 참 내가 이래 봬도, 사람 팔자라는 것은 시간문제인디, 내가 어찌 될 줄 알고 자네가 나를 이렇게 괄시를 허는가?"

"허허, 잡것. 지가 똥은 말라도 구리더라고 말이여, 양반이라고 지가 큰 목 쓰네그려. 음마, 어사(御使) 될까? 감사(監司) 될까? 생긴 조격(調格)이 객사(客死)하여서 뒤지겄다, 뒤지겄어."

어사또 허허 웃더니,

"허허, 이 사람아. 아무 사라도 사면 되지 않은가?"

"아, 옥사(獄死)를 해도 좋아?"

"에이, 그건 못쓰고. 시장하니께 이 사람아, 그 찬밥 있거든 한술 주게."

"밥 없어. 자네 줄 밥 있거든 내 속곳에다 풀해서 입겄다."

향단이가 옆에 섰다가,

중모리

"소녀 향단이 문안이요, 소녀 향단이 문안이요. 대감마님 행차 후에 기체(氣體) 안녕하시옵고, 서방님도 먼먼 길에 노독(路毒)이나 없이 오시었소. 어쩌시려 어쩌시려, 옥중 아씨를 어쩌시려. 살려 주오 살려 주오, 옥중 아가씨를 살려 주오."

어사또 기가 맥혀,

"오냐 향단아. 우지 말어라. 천붕우출(天崩牛出)이라, 하날이 무너져도 솟아날 궁기(구멍)가 있는 법이니라. 우지를 말라면 우지 마라."

귀골(貴骨) 귀하게 될 사람의 골격.
삼겼기에 생겼기에. '삼기다'는 '생기다'의 옛말.
단(壇) 축원을 하기 위해 쌓은 제단.
퍼버리고 퍼더버리고. 팔다리를 아무렇게나 편하게 뻗고.
조격(調格) 품격이나 인품에 어울리는 태도.

춘향 모는 사위를 책망하고, 이몽룡은 춘향이를 찾아가려 하다

중중모리

 향단이 통통 나가더니, 더운 진지 얼른 지어 어사또 전 갖다 놓고,
"서방님 찬이 없사오나 진지나 많이 잡수시오."

아니리

"오냐, 내가 밥 많이 먹으마. 밥 본 지가 여러 달이다."

 춘향 모한티 어사또가 밉조로 뵈느라고, 상을 번쩍 들어다가 양다리 새에다 딱 끼고, 춘향 모 안 보는 새에 홍대(紅帶) 속에다 밥을 얼른 집어넣고 반찬 하나도 안 냄기고 접시를 혓바닥으로 싹싹 긁어 먹는디, 춘향 모가 물그르미 쳐다보고,

"허허허허, 저 잡것. 밥 처먹는 것 좀 보소여. 하다 하다 못하고 어떻게 빌어 처먹어 났던지 그냥 공성이 났네그려. 되다 되다 못 되여 밥만 잔뜩 처먹고 식충이가 되었구나."

 어사또가 웃으며,

"이 사람아, 내가 책실에 있을 때는 육미 곰탕에 잣죽만 먹어도 게트림이 나오더니만, 아이 요새는 배 속도 가난을 아는 모양인지 어쩐 일인지 모르지마는, 밥이고 그저 돌멩이고 들어가기만 허면 봄눈 녹듯 싹 녹아 버리고. 그러나저러나 내가 아까 배고플 적에는 춘향이 생각이고 뭐고 눈이 캄캄하더니만, 이제는 밥 한 그릇을 먹고 나니 눈 뜨기가 낫고 춘향이가 좀 생각이 나네그려. 춘향이가 나 때문에 고생을 저렇게 한다니, 여기까지 왔다가 안 보고 갈 수가 있겄는가. 그러니 이 사람아, 춘향이가 어떤 옥에 갇혔는지 나하고 같이 보러 가세."

 춘향 모 기가 맥혀,

"자네, 춘향이가 살었는 줄 아는가? 벌써 죽어 버렸구망."

"아, 이 사람아. 아까 칠성단 뭇고 딸 살려 달라고 우는 때는 언제고 지

금 죽었다니 언제 초상을 치렀는가. 잔말 말고 가세."

"아이고, 이 사람아. 춘향이가 자네를 보면 오늘 저녁도 살지 못하고 죽네. 춘향이 살리려면 가지 마소."

"이 사람아. 부모 정이 아무리 좋다 해도 내우간 정밖에 없는 것이여. 춘향이가 나를 보며는 생기가 더 나고 내일 살런지 누가 아는가? 그러니 가세."

향단이가 옆에 섰다,

"아이고, 서방님. 파루(罷漏)나 치거던 가사이다."

춘향 모는 부홰가 나서 성낸 두꺼비 숨 쉬듯이 숨을 불룩불룩 쉬고, 향단이는 기둥을 붙들고 옥중을 바라보며,

"아이고, 아씨. 아씨의 고운 마음과 서방님의 정대하신 처신에 어찌 하느님이 복을 아니 주시는가?"

이렇듯 슬피 울 제,

옥중의 춘향이는 꿈에 이몽룡을 만나다

진양조

초경, 이경, 삼사오경이 되니 파루 시각이 되었구나. 파루는 뎅 뎅 치는디 향단이는 잠 안 자고,

"마나님, 파루 쳤나이다. 아씨 전에 가옵시다."

"오냐. 가자. 어서 가자. 갈 시각도 늦어 가고 먹을 시각도 늦어 간다."

향단이는 등롱을 들고 춘향 모는 미음 그릇을 들고 어사또는 뒤를 따라

밉조 미운 모습.
공성이 나다 이력이 나다. 길이 들다.
게트림 거만스럽게 거드름을 피우며 하는 트림.
칠성단 북두칠성을 모신 단.
뭇고 모아 쌓고.
파루(罷漏) 통행금지를 해제하는 종소리.

서 내려갈 적, 그날사 풍우(風雨)가 대단하기로 바람은 우루루 쇠지둥 치듯 불고, 궂인비는 오는디, 사방에서 귀신들이 거저 두런두런 여기서도 두런 두런 저기서도 두런두런 할 적에, 난장 맞고 죽은 귀신, 곤장 맞어 죽은 귀신, 주리 틀려 죽은 귀신, 들보에 목이 매여 데랑데랑 죽은 귀신, 총각 죽은 몽달귀신, 처녀 죽은 귀신이며, 중 죽은 귀신은 죽어도 염불을 외우느라 어흐흐으으으 나무관세음보살, 도깨비는 어으 어으흐흐으 우는디, 밤새 소리는 부우부우, 낮새 소리는 비비비비 우는디, 문풍지가 드르르르, 옥문은 덜컹덜컹, 낙수는 뚝뚝, 천둥은 번개 번쩍 딱 후려 때리는디, 그때여 춘향이는 적막한 빈 옥중에 혼자 앉어 울음을 운다.

"언제나 내가 도련님을 만나 만단정회(萬端情懷)를 허여 보느냐. 잠아 오너라. 꿈아 꾸여라. 알뜰한 도련님을 몽중(夢中)에나 상봉허자. 생시에는 못 보겄구나."

이렇듯 울음을 슬피 울다 밤 적적 삼경이나 되었는디, 홀연히 잠이 드니 비몽사몽간에 도련님이 오시는디, 머리에는 금관을 쓰고 몸에다가 앵삼(鶯衫)을 입었는디, 목화(木靴)를 끌고 들어서며 춘향이의 손목을 덥석 부여 잡고,

"춘향아, 네가 이게 웬일이냐? 만사가 내 죄다."

춘향 마음이 반가옵고 산란하야 이몽룡 손을 꼭 붙들고 소스라쳐 잠을 깨니, 도련님은 어디 가고 빈 칼머리만 붙들었구나.

"아이고, 허망해라. 꿈아, 무상한 꿈아. 날과 무슨 원수더냐? 오시는 도련님을 붙들고 잠든 나를 깨워 주지. 이 몹쓸 귀신들아, 나를 잡아갈려면은 조르지 말고 잡아가거라. 내가 무슨 죄 있느냐? 나도 만약 옥문 밖을 못 나가고 이 자리에서 죽거드면 저것이 모두 다 내 동무네그려. 살인죄냐, 강도죄냐, 국곡투식(國穀偸食)을 허였는가. 항쇄(項鎖), 족쇄(足鎖) 옥중 고생이 웬일이냐. 이제라도 도련님이 나를 보시면 누군지를 모르리라."

이렇듯 울음을 슬피 울 적에, 그때여 춘향 모는 옥문(獄門) 전(前)을 당도

허여 사정이를 부르네.

"사정이, 사정이."

사정이를 아무리 불른들 옥사정이는 잠이 들었구나.

"아가, 춘향아. 내가 왔다 정신 차려라. 에미가 왔다 정신 차려라."

이몽룡이 춘향이를 만나고, 춘향이가 소원을 이야기하다

아니리

춘향 모가 이렇듯 누가 알아들을까 가만가만 부르니, 어사또 듣다가 울화통이 뒤집어져서,

"이 사람아, 거 춘향이 좀 크게 부르소. 아 그렇게 가만가만 부르면 곁에 서서 있는 나도 못 알아듣겄어."

춘향 모가 달려들어 어사또의 입을 막으며,

"아이고, 이 원수야. 떠들지 말어. 떠들지 말어. 아, 본관(本官)이 무단히 강짜를 해 가지고, 아이, 춘향이 밥 주는 것도 꼭 여자가 주어야 된단 말이여. 이 옥문 밖으로 수캐 한 마리 얼씬 못하게 하는디, 만일 자네가 왔다는 소문을 본관이 알면, 춘향이 죽고, 나 죽고, 향단이 죽고, 자네가 그 사람 성질에 말이여 그냥 배겨 날 줄 아는가. 그냥 옹두리뼈가 작신 부러지고, 촛대뼈가 도막도막 날 것잉께, 정신 바짝 차려 이 잡것아."

어사또 화가 나서,

"촛대뼈, 옹두리뼈 도막도막 나는 것은 신관 사또 변학도와 이몽룡이와

만단정회(萬端情懷) 온갖 정과 회포.
앵삼(鶯衫) 과거 급제나 관례 때 입던 예복.
국곡투식(國穀偸食) 나라의 곡식을 훔쳐 먹음.
항쇄(項鎖) 죄인의 목에 씌우던 형구. 칼.
사정이 옥사정. 옥사쟁이. 옥에 갇힌 사람을 맡아 지키던 사람.
강짜 '강샘'을 속되게 이르는 말. '강샘'은 질투의 뜻임.
옹두리뼈 짐승의 정강이에 불퉁하게 나온 뼈.
촛대뼈 정강이뼈. 무릎 아래에서 앞 뼈가 있는 부분.

두 놈 중에 한 놈이 무너질 것잉께. 춘향아."

불러 노니, 춘향이 깜짝 놀라,

중중모리

"게 뉘가 날 찾나? 게 누구가 나를 찾어? 기산영수별건곤(箕山潁水別乾坤) 소부(巢父), 허유(許由)가 나를 찾나? 채석강(採石江) 명월야(明月夜)에 이적선(李謫仙)이가 나를 찾나? 명철하신 하느님이 춘향이가 억울하게 고생하니 살려 줄라 나를 찾나? 아이고, 누가 나를 찾는가?"

춘향 모 기가 맥혀,

"아이고, 저것 미쳤구나. 지 에미 목소리 몰라보니 정녕히 저게 미쳤구나."

춘향이가 정신 차려,

"아이고, 어머니. 밤중에 왜 나오셨소이까?"

"오냐. 왔다, 왔어."

중모리

춘향이가 그 말을 듣고,

"오다니, 누가 와요? 한양에서 편지가 왔소? 나를 태워 갈라고 교군꾼이 내려왔소? 나를 급히 올라오라 정 방자가 내려왔소? 오다니 누가 와요?"

춘향 모 기가 맥혀,

"잘되고, 귀히 되고, 그지없이 되고, 치사하게 되고, 아니꼽게 되고, 챙피하게 되고, 되다 되다 못 되어 팔도 거지가 되어 왔다."

춘향이 그 말 듣고,

"아이고, 어머니. 누가 그렇게 돼서 왔어요? 답답하니 말을 허오."

춘향 모친 허는 말이,

"네가 앉어도 서방, 누워도 서방, 매를 맞으면서도 서방, 밥을 먹으면서도 서방, 서방 서방 서방 허든 이 서방인지 몽룡인지 팔도 거지가 되어 왔다."

춘향이 반겨 듣고,

"허허, 꿈도 허사가 아니네. 아까 꿈에 보던 임이 생시에 보기가 웬일인가? 이것이 꿈이냐, 이것이 생신가? 꿈과 생시 분별을 못 하겠네. 서방님 어디 오시었소? 말소리나 듣사이다."

어사또 기가 맥혀 옥문 전으로 들어서며,

"춘향아, 옥중 고생이 어떠허냐? 만사가 모두 내 죄로다."

춘향이가 그 말을 듣더니,

"아이고, 서방님, 정녕히 오시었소그려. 서방님이 오셨거든 옥문 틈으로 손을 넣어서 나의 손목 좀 잡어 주오."

어사또 급한 마음 옥문 틈으로 손을 넣어 춘향이 손을 잡으려 했지만 서로 손이 멀었으니 잡을 수가 있겠느냐.

아니리

어사또와 춘향이가 한참 애를 쓰다가,

"여, 장모."

"자네 날 뭣헐라고 부르는가?"

"자네 여기 좀 엎치게, 엎쳐."

"음마, 아니 자네 날 뭣헐라고 엎치라는가, 옥문 밖에."

"춘향이 손을 잡으려 허니 서로 팔이 짧아서 닿지 않네. 그러니 자네 밟고 올라서서 춘향이 손 좀 잡어 볼라네."

춘향 모 기가 맥혀,

"저런 잡것, 미운 년이 우줄거리며 바람맞아서, 똥 싸고 쎄(혀) 내밀며 입맞추자고 하더라고. 아가, 애 너무 쓰지들 말어라 잉."

기산영수별건곤(箕山潁水別乾坤) 기산과 영수의 별천지. 소부와 허유가 머문 곳.
소부(巢父), 허유(許由) 중국 요임금 때의 은사(隱士).
채석강(採石江) 이백이 달을 잡으려다가 빠져 죽었다는 강의 이름.
이적선(李謫仙) 이백. '적선'은 '귀양 온 신선'의 뜻임.

중모리

춘향이의 거동 보아라. 매 맞은 다리에 장독(杖毒)이 새로 나서 걸음 걸을 수가 전혀 없네. 칼머리 들어 저만큼 놓고, 이 다리는 이리 놓고, 저 다리 들어 저리 놓고, 두 손으로 땅을 짚고 뭉그적뭉그적 나오는디, 어사또와 춘향이가 둘이 서로 꼭 붙들고 한참 동안을 아무 말 못 허고 물두두미 바라보더니, 춘향이가 울음 내여 울 제,

"아이고, 이게 누구여? 어디 갔다가 오시였소? 어디 갔다 오시였소? 동류위수(東流渭水) 맑은 물에 여상(呂尙) 보러 갔었던가? 영수(潁水)에 귀를 씻던 소부(巢父) 보러 갔다 왔소? 원앙수침(鴛鴦繡枕) 호접몽(胡蝶夢)에 새 사랑에 잠겼던가? 무정허고 야속허고 야속허고 무정허데. 서울 양반 무정혀, 어찌 그리 무정헌가. 한번 올라가신 후에 일장 수서(手書)가 돈절이 되었으니 어이 그리 무정허오. 서방님, 장가드셨소이까?"

어사또 기가 맥혀,

"허허허, 그 통에도 강짜를 하는구나."

아니리

어사또가 춘향이 애타는 심정을 생각하면 당신이 대번 마패를 내어놓고, 내가 이런 사람이다 할 터이지마는, 봉명사신(奉命使臣)으로 그러지는 못허고,

"춘향아, 너 보기 대단히 미안하구나. 나도 너를 이별하고 한양으로 올라가서 우연히 집안이 망하더구나. 그래 하릴없이 아버지는 평양에 글 선생으로 가시고, 어머니는 굶다 굶다 못하시어 친정으로 얻어 자시러 가셨고, 나는 괴나리봇짐 하나 짊어지고 천대(賤待)를 받으며 친구의 사랑으로 이리저리 돌아다니며 밥술이나 얻어먹다가, 네가 보고 싶은 생각이 간절허고 옛정을 생각허여 네게 와서 내가 평생을 의지할까 왔더니, 너는 나보다 더 참혹하게 되었으니 천지가 아득허고 두 눈이 캄캄허여 목이 메여 내

가 말을 할 수가 없구나."

중모리

춘향이가 그 말을 들으니 하늘이 무너지고 땅이 툭 꺼지는 것 같어,

"아이고 어머니. 우리 모녀가 서방님을 바래기를, 칠년대한(七年大旱) 날 가물 때 갈민대우(渴民待雨) 기다린들 이에서 더할쏜가? 진정으로 바랬더니 공든 탑이 무너지고 심근 나무 꺾어지고 이도 또한 내 팔자니 한탄한들 무엇허리? 서방님 상하 의복 보니 귀하옵신 저 어른이 저 지경이 웬일이오? 비취 책상 문갑 안에 은패물이 들었으니, 되는 대로 팔어다가 서방님 관망의복(冠網衣服)을 몸에 맞게 해 드리고, 찬수공궤(饌需供饋) 극진허며, 나 없다고 설워 말고 날 본 듯이 위로허시오."

춘향 모친 기가 맥혀,

"쓸데없더라, 쓸데없네. 딸자식이란 것은 쓸데없네. 칠십 당년(當年) 늙은 년이 저 하나를 구하려고, 밤낮없이 쫓아다녀도 패물 있단 말은 안 하더니, 저 잘난 서방을 보더니 패물 팔어라, 옷 해 입혀라, 잘 멕여라, 잘 재워라. 쓸데없구나, 쓸데없구나. 딸자식이 쓸데없네. 워라 워라, 나는 분한 것을 생각허면 너희 연놈을 묶어 놓고 장작개비로 그냥 개 패듯 패고 싶다마

물두두미 물끄러미.
동류위수(東流渭水) 동으로 위수로 흘러가다. 여상이 살던 곳이 위수이다.
여상(呂尙) 중국 주나라의 재상. 위수에서 낚시하다가 문왕(文王)을 만나 문왕의 스승이 되었다. '강태공', '태공망'이라고도 불린다.
원앙수침(鴛鴦繡枕) 원앙새를 수놓은 베개.
수서(手書) 편지.
봉명사신(奉命使臣) 임금의 명을 받아서 시행하는 신하.
칠년대한(七年大旱) 7년 동안이나 내리 계속되는 큰 가뭄.
갈민대우(渴民待雨) 목마른 백성이 비를 기다린다는 뜻으로, 아주 간절하게 기다림을 이르는 말.
관망의복(冠網衣服) 갓과 망건과 옷.
찬수공궤(饌需供饋) 음식을 올리는 일.
당년(當年) 나이를 이르는 말.

는 그러지는 못허고, 내 분한 이 마음을 어쩔 것이냐. 워라, 나는 오작교 다리 밑에 빠져 죽을란다."

춘향이 그 말 듣고,

"아이고 어머니, 그 말 마시오. 잘되어도 내 낭군, 못되어도 내 낭군. 고관대작(高官大爵) 내 다 싫고, 만종(萬鍾)도 내 다 싫소. 천리원정(千里遠程) 먼먼 길에 조그만 날 보려고, 불원천리 오신 어른을 어이 그리도 괄시허시오. 서방님, 어머니가 허신 말씀은 속이 상해 했사오니 너무 노여워 마시옵고, 칠십 당년 늙은 노무 나 하나만 죽어 놓으면 의지가지 할 곳 없게 되니, 너그러우신 서방님께서 부디 괄시를 하지 마시오. 서방님, 잠깐 들주시오. 내일 본관 사또 생신 잔치 끝에 날 올리라고 명 내리거든 칼머리나 들어 주오. 나 죽었다고 내치면은 아무 손도 대지를 말고, 서방님이 달려들어 나를 업고 집에 나가, 우리 둘이 인연 맺던 부용당 방을 치고, 깔고 자던 백단요에 비던 벼게 덮던 이불, 자는 듯이 나를 뉘어 놓고 내 속적삼 벗겨 내어 허공중천(虛空中天) 내두르며, '해동(海東) 조선 전라좌도 남원읍 공중면 임자생(壬子生) 성춘향, 복복복' 세 번만 외치시고 염포입관(殮布入棺)하지 말고, 서방님이 나를 안고 정결한 곳 찾아가서, 깊이 파고 묻으실 적, 서방님 속적삼 벗어 내 가슴에 덮어 주시고, 평토제(平土祭)를 지낼 적에 서방님이 제물(祭物)을 갖춰 갖춰 받아 들고, 내 무덤 위에 우뚝 서 발 툭툭 세 번 구르며, '춘향아 청산은 적적한데, 앉었느냐 누웠느냐? 내가 망종 주는 술이니 퇴(退)치 말고 많이 먹어라.' 이렇듯 외어 주면, 첩이 죽어 황천 가서 결초보은(結草報恩)을 하오리다. 할 말이 무궁첩첩허나 동방(東方)이 밝아 오니, 차생(此生)의 미진함을 후생(後生)에나 다시 만나, 이별 없이 또 살고 지고."

어사또 비감하시어 도복 소매 끌어다가 눈물을 닦고 허시는 말씀,

"오냐 춘향아, 우지를 말어라. 하날이 무너져도 솟아날 구녁이 있는 법이니라. 우지를 말라면 우지 말어라."

【후략】

춘향을 만나고 온 다음 날 이몽룡은 변학도의 생일잔치에 나타나 암행어사 신분을 밝히고 변학도의 폭정을 단죄한다. 이윽고 춘향을 구한다.

만종(萬鍾) 아주 많은 녹봉.
천리원정(千里遠程) 천 리의 먼 길.
염포입관(殮布入棺) 염습해서 관에 넣는 일.
평토제(平土祭) 관을 묻은 뒤에 흙을 쳐서 평지같이 평평하게 메운 뒤 지내는 제사.

작품 이해

　고전 문학사의 커다란 물줄기를 살펴볼 때 특히 17세기 말과 18세기 초는 주목할 필요가 있다. 이 시기에 들어 예전에는 찾아볼 수 없었던 변화가 급격하게 일어나, 전통적인 문학의 흐름을 크게 바꾸어 놓기 때문이다. 그 변화의 일차적인 원인은 16세기 말과 17세기 초에 발생한 임진왜란과 병자호란일 것이다. 가까스로 왜군을 물리쳤고 청나라에도 완전한 복속에까지 이르지는 않았지만, 결과는 삼천리강산을 벌집처럼 쑤셔 놓았다. 이 땅을 살아가는 민중은 외적의 잔인한 침략과 살육을 체험하였고 꼬리를 사리며 줄행랑을 치는 지배층의 무기력과 위선을, 전쟁과 추위와 전염병에 죽어 가는 살붙이를 지켜보아야 했던 것이다. 이 모든 희생을 치르고서야 민중은 그동안 조선 사회를 지배해 온 유교와 양반 사회의 본질을 꿰뚫어 볼 수 있게 되었다. 그 결과 민중 의식은 폭발적으로 성장한다.

　이 시기에 나타난 가장 중요한 문학 갈래는 단연 판소리와 그로부터 발전한 판소리계 소설이다. 판소리는 아니리와 창, 발림으로 이루어져 있다. 이 중 발림은 연극의 동작에 해당하는 것이며, 아니리는 상황을 설명하고 사건의 경과를 요약하는 기능을 하며 사설을 읽어 나가는 부분에 해당한다. 그리고 창은 감정이 고조되고 갈등이 표출되는 부분으로 판소리의 중심을 이룬다. 이러한 짜임을 가지는 판소리는 대략 18세기 초반에 발생하였으리라고 추측하고 있다. 그리고 그 형성의 기원은 옛날 무당들이 굿에서 부르던 서사 무가가 유력시된다. 이는 무엇보다 판소리의 창이 무당들이 굿판에서 벌이는 소리와 유사하기 때문이며, 판소리를 부른 연희자들이 대부분 광대 출신이라는 사실에 근거를 두고 있다. 광대들은 서사 무가의 음악적 측면에 덧붙여 기존의 설화를 다양하게 변용하여 내용으로 수용함으로써 판소리를 만들게 된다.

이렇게 형성된 판소리가 애초부터 여러 계층을 아우르며 당당한 민족 예술로 성장한 것은 물론 아니다. 처음에는 소박하고 단순한 형태로 이어져 왔으며, 광대들의 고난에 찬 노력 속에서 조금씩 그 예술적 완성도를 높여 나갔으리라는 점은 쉽게 짐작할 수 있다. 그 과정에서 가장 중요한 역할을 한 것은 물론 상업의 발달이다. 그에 힘입어 판소리는 초기의 광대들과 상인들의 열렬한 호응을 받았으며, 사설을 풍부하게 다듬고 음악적인 요소도 다채롭게 변화시켜 나가기에 이른다. 따라서 사설의 내용은 연희자인 광대의 삶과 세계를 보는 관점이 반영되어 있음은 물론 청중인 일반 평민들의 의식에 어울리는 것으로서 기존의 유교적 질서와 양반 사회에 비판적일 수밖에 없었다. 판소리에 나타나는 발랄한 민중적 정서와 욕구는 여기에 뿌리를 두고 있다.

그러나 판소리가 더욱 성행하고 그 예술적 자질을 높여 감에 따라 향유 계층 또한 일반 평민의 틀을 뛰어넘어 양반 계층까지 아우르게 되었고, 그 결과 사설의 내용은 서서히 양반의 사고와 감정에 적합하게 변모되기에 이른다. 비판적인 민중의 의식과 열망은 이제 표면에 직접적으로 드러나지 않고 내면으로 잠복하는 것이다. 하지만 그로 말미암아 판소리는 하층 민중과 상층 양반을 동시에 포괄하는 진정한 민족 예술로 성장할 수 있었으며, 그 놀라운 인기에 힘입어 일부는 소설이란 새로운 형태로 발전하여 뛰어난 명창을 통하지 않고서도 누구나 읽을 수 있게 변모한 것이다. 우리는 이러한 소설을 판소리계 소설이라 일컫는다. 그리고 애초 판소리는 열두 마당이 존재하였으나 조선조 말 신재효를 거치며 여섯 마당으로 정리되고 일부는 소설로 정착된다. 이처럼 판소리에서 소설로 정착한 작품은 「춘향전」, 「흥부전」, 「토끼전」, 「심청전」, 「장끼전」, 「옹고집전」 등이 있으며, 그 발생상의 특징으로 말미암아 이 작품들은 독특한 성격을 지닌다.

먼저 이 작품들은 겉으로 드러나는 주제와 그 속에 감추어진 주제가 서로 다른 모습을 띠고 있다는 점이다. 이를테면 「춘향전」의 주제는 얼핏 보면 전통적인 유교 도덕에 속하는 '열녀 불경이부(不更二夫)'라는 춘향의 정절을 강조하고 있으나, 그 이면에는 기생 춘향이 변학도에게 저항함으로써 인간성을 잃지 않으면서 평민의 신분 상승을 동시에 추구하는 것이다. 「토끼전」에서는 '별주부'의 왕에 대한 충성심과 함께 토끼에게 조롱당하는 어리석은 임금의 모습이 나란히 표현되며, 「심청전」에서는 심청의 효와 함께 뺑덕어멈과 놀아나는 양반 심 봉사의 방탕한 모습이 동시에 표출되는 것이다. 이러한 표면적 주제와 이면적 주제의 차별성은 앞서 살펴보았듯 판소리의 발전 과정에 기인하는 것이다.

둘째, 판소리가 아니리와 창을 섞어 가며 판을 짜는 원리로 말미암아 서구 소설의 구성과는 전혀 다른 모습을 보여 준다는 점이다. 일반적으로는 서구 소설이 4단 구성, 혹은 5단 구성을 보이는 것과 달리 판소리계 소설은 전체적으로는 일관된 구성을 보여 주나 부분적으로는 아니리와 창에 대응하여 '긴장과 이완'이 끊임없이 반복되는 형태를 취한다.

이처럼 주제의 이원성과 구성상의 '긴장-이완'의 반복 구조로 요약되는 판소리계 소설의 특성은 중세에서 근대로 이행해 가는 소설사의 발전에서 중요한 위치를 차지하며, 이와 함께 우리는 판소리계 소설의 문학사적 의미를 문체의 혁신과 인물 유형 변화로 꼽을 수 있다. 즉 기존의 소설이 이룬 문체가 주로 문어체였음에 반해 판소리계 소설은 생생한 구어체를 부분적이나마 확보하였으며, 양반 중심의 문체가 평민적인 문체로 환골탈태했다는 점이 중요하다. 또한 주인공이 신비로운 영웅으로 설정된 고대 소설의 일반적 인물 유형과 달리 판소리계 소설은 현실 속에 존재하며 현실에서 삶을 꾸려 가는 인물을 제시함으로써 소설의 진실성을 한층 끌어올렸다는 점이다.

판소리 〈춘향가〉와 판소리계 소설인 「춘향전」이 그중에서도 가장 뛰어난 작품임은 누구나 동의하는 바이다. 우여곡절을 거듭하는 서사의 풍부함, 다채로운 인물들의 생생한 형상화, 전형적인 판소리의 서술 방식이 갖는 힘과 아름다움 등이 이 작품을 시대를 뛰어넘어 새롭게 재창조하게 하는 것이다.

그러나 안타깝게도 오늘날의 문학 작품을 대하듯, 「춘향전」을 처음부터 끝까지 읽어 본 독자가 많지 않다. 그저 풍문으로 들어 줄거리를 알고 있을 뿐, 판소리의 해학과 풍자, 민중적인 세계 인식이 문장마다 어떻게 스며들어 있는지를 느끼며 감동을 받아 보지는 못한 것이다. 모름지기 문학적 경험이란 줄거리가 아니라 작품 자체에서 비롯되는 것이기에 읽는 활동이 필요하다. 전통의 재창조란 제대로 된 이해로부터 시작하여 새로운 재해석으로 진전됨으로써 가능하기 때문이다.

 활 동

1. 판소리의 구성 요소인 창, 아니리, 발림을 각각 설명하라.
2. 판소리 발생의 사회적 배경을 살펴보자.
3. 판소리 주제의 이원성을 「열녀춘향수절가」에 대비하여 설명해 보자.
4. 「춘향전」이 현대적으로 재창조된 사례를 한 편 들고, 어떻게 재창조되었으며 그 긍정적 혹은 부정적 성과는 무엇인지 평가해 보자.

읽기 전에

해학은 우리의 전통적인 미의식 가운데 하나입니다. 다소 어리석은 인물들의 말과 행동을 통해 웃음을 유발함으로써 삶을 한층 여유 있게 들여다볼 수 있게 해 줍니다. 우리 조상들은 힘겹고 어려운 생활 속에서도 웃음을 잃지 않음으로써 고단한 세상살이를 넉넉하게 품고 견뎌 냈던 것입니다.

김유정은 1930년대라는 가장 힘겨운 역사적 배경 속에서도 해학과 페이소스가 뛰어난 작품을 창작한 것으로 유명합니다. 특히 이 작품 「봄·봄」은 「동백꽃」, 「만무방」 등과 나란히 김유정 문학의 특징을 잘 보여 줍니다. 데릴사위가 되려고 몇 해째 '점순'이의 키가 자라기만을 기다리는 주인공과 은근히 혼례를 하자고 보채는 '점순'이, 노동력을 맘껏 부려 먹는 탐욕스러운 장인어른이 빚어내는 갈등은 누구 하나 악인이 없는 가운데 삶 속에서 마주치는 웃음을 유쾌하게 표현해 냅니다.

소설 속에서 해학이 잘 드러난 작품은 이 작품 말고 또 어떤 작품이 있을까 생각해 봅시다. 어떤 작품의 어떤 장면이 빙긋이 웃음을 머금게 만들었는지 떠올려 봅시다. 그리고 그 장면이 웃음을 유발하게 된 이유는 무엇인지 생각해 봅시다.

"장인님! 인젠 저……."

내가 이렇게 뒤통수를 긁고 나이가 찼으니 성례를 시켜 줘야 하지 않겠느냐고 하면 그 대답이 늘

"이 자식아! 성례구 뭐구 미처 자라야지……." 하고 만다. 이 자라야 한다는 것은 내가 아니라 장차 내 아내가 될 점순이의 키 말이다.

내가 여기에 와서 돈 한 푼 안 받고 일하기를 삼 년하고 꼬박이 일곱 달 동안을 했다. 그런데도 미처 못 자랐다니까 이 키는 언제야 자라는 겐지 짜증 영문 모른다. 일을 좀 더 잘해야 한다든지 혹은 밥을(많이 먹는다고 노상 걱정이니까) 좀 덜 먹어야 한다든지 하면 나도 얼마든지 할 말이 많다. 허지만 점순이가 안죽 어리니까 더 자라야 한다는 여기에는 어째 볼 수 없이 고만 벙벙하고 만다.

이래서 나는 애최 계약이 잘못된 걸 알았다. 이태면 이태, 삼 년이면 삼 년, 기한을 딱 작정하고 일을 해야 원 할 것이다. 덮어놓고 딸이 자라는 대로 성례를 시켜 주마, 했으니 누가 늘 지키고 섰는 것도 아니고 그 키가 언제 자라는지 알 수 있는가. 그리고 난 사람의 키가 무럭무럭 자라는 줄만 알았지 붙배기 키에 모로만 벌어지는 몸도 있는 것을 누가 알았으랴. 때가 되면 장인님이 어련하랴 싶어서 군소리 없이 꾸벅꾸벅 일만 해 왔다. 그럼 말

이다, 장인님이 제가 다 알아차려서,

"어 참 너 일 많이 했다. 고만 장가들어라." 하고 살림도 내주고 해야 나도 좋을 것이 아니냐. 시치미를 딱 떼고 도리어 그런 소리가 나올까 봐서 지레 펄펄 뛰고 이 야단이다. 명색이 좋아 데릴사위지 일하기에 승겁기도 할뿐더러 이건 참 아무것도 아니다.

숙맥이 그걸 모르고 점순이의 키 자라기만 까맣게 기달리지 않았나.

언젠가는 하도 갑갑해서 자를 가지고 덤벼들어서 그 키를 한번 재 볼까, 했다마는 우리는 장인님이 내외를 해야 한다고 해서 마주 서 이야기도 한마디 하는 법 없다. 우물길에서 어쩌다 마주칠 적이면 겨우 눈어림으로 재보고 하는 것인데 그럴 적마다 나는 저만침 가서

"제―미 키두!" 하고 논둑에다 침을 퉤, 뱉는다. 아무리 잘 봐야 내 겨드랑(다른 사람보다 좀 크긴 하지만) 밑에서 넘으락 말락 밤낮 요 모양이다. 개돼지는 푹푹 크는데 왜 이리도 사람은 안 크는지, 한동안 머리가 아프도록 궁리도 해 보았다. 아하, 물동이를 자꾸 이니까 뼉다귀가 옴츠러드나 부다, 하고 내가 넌즛넌즛이 그 물을 대신 길어도 주었다. 뿐만 아니라 나무를 하러 가면 서낭당에 돌을 올려놓고

"점순이의 키 좀 크게 해 줍소사. 그러면 담엔 떡 갖다 놓고 고사 드립죠니까." 하고 치성도 한두 번 드린 것이 아니다. 어떻게 돼먹은 킨지 이래도 막무가내니…….

그래 내 어저께 싸운 것이지 결코 장인님이 밉다든가 해서가 아니다.

모를 붓다가 가만히 생각을 해 보니까 또 승겁다. 이 벼가 자라서 점순이가 먹고 좀 큰다면 모르지만 그렇지도 못할 걸 내 심어서 뭘 하는 거냐. 해마다 앞으로 축 거불지는 장인님의 아랫배(가 너무 먹은 걸 모르고 내병이라나 그 배)를 불리기 위하여 심곤 조금도 싶지 않다.

"아이구 배야!"

난 몰 붓다 말고 배를 씨다듬으면서 그대루 논둑으로 기어올랐다. 그리

고 겨드랑에 꼈던 벼 담긴 키를 그냥 땅바닥에 털썩, 떨어치며 나도 털썩 주저앉았다. 일이 암만 바빠도 나 배 아프면 고만이니까. 아픈 사람이 누가 일을 하느냐. 파릇파릇 돋아오른 풀 한 숲을 뜯어 들고 다리의 거머리를 쓱쓱 문대며 장인님의 얼굴을 쳐다보았다.

논 가운데서 장인님도 이상한 눈을 해 가지고 한참 날 노려보더니
"너 이 자식, 왜 또 이래 응?"

"배가 좀 아파서유!" 하고 풀 위에 슬며시 쓰러지니까 장인님은 약이 올랐다. 저도 논에서 철벙철벙 둑으로 올라오더니 잡은 참 내 멱살을 움켜잡고 뺨을 치는 것이 아닌가.

"이 자식아, 일허다 말면 누굴 망해 놀 셈속이냐 이 대가릴 까놀 자식?"
우리 장인님은 약이 오르면 이렇게 손버릇이 아주 못됐다. 또 사위에게 이 자식 저 자식 하는 이놈의 장인님은 어디 있느냐. 오죽해야 우리 동리에서 누굴 물론하고 그에게 욕을 안 먹는 사람은 명이 짜르다 한다. 조그만 아이들까지도 그를 돌라세 놓고 욕필이(본이름이 봉필이니까) 욕필이, 하고 손가락질을 할 만치 두루 인심을 잃었다. 허나 인심을 정말 잃었다면 욕보다 읍의 배 참봉 댁 마름으로 더 잃었다. 번히 마름이란 욕 잘하고 사람 잘 치고 그리고 생김 생기길 호박개 같아야 쓰는 거지만 장인님은 외양이 똑 됐다. 작인이 닭마리나 좀 보내지 않는다든가 애벌논 때 품을 좀 안 준다든가 하면 그해 가을에는 영락없이 땅이 뚝뚝 떨어진다. 그러면 미리부터 돈도 먹이고 술도 먹이고 안달재신으로 돌아치던 놈이 그 땅을 슬쩍 돌라안는다. 이 바람에 장인님 집 빈 외양간에는 눈깔 커다란 황소 한 놈이 절로 엉금엉금 기어들고 동리 사람은 그 욕을 다 먹어 가면서도 그래도 굽신굽신

거불지다 두두룩하게 툭 비어져 나오다.
내병(內病) 속병. 위장병.
마름 지주를 대리하여 소작권을 관리하는 사람.
작인(作人) 소작인.
안달재신(財神) 몹시 속을 태우며 여기저기로 다니는 사람.

하는 게 아닌가.

그러나 내겐 장인님이 감히 큰소리할 계제가 못 된다.

뒷생각은 못하고 뺨 한 개를 딱 때려 놓고는 장인님은 무색해서 덤덤히 쓴침만 삼킨다. 난 그 속을 퍽 잘 안다. 조금 있으면 갈도 꺾어야 하고 모도 내야 하고, 한창 바쁜 때인데 나 일 안 하고 우리 집으로 그냥 가면 고만이니까. 작년 이맘때도 트집을 좀 하니까 늦잠 잔다고 돌멩이를 집어 던져서 자는 놈의 발목을 삐게 해 놨다. 사날씩이나 건성 끙, 끙, 앓았더니 종당에는 거반 울상이 되지 않았는가.

"애 그만 일어나 일 좀 해라. 그래야 올갈에 벼 잘되면 너 장가들지 않니."

그래 귀가 번쩍 뜨여서 그날로 일어나서 남이 이틀 품 들일 논을 혼자 삶아 놓으니까 장인님도 눈깔이 커다랗게 놀랐다. 그럼 정말로 가을에 와서 혼인을 시켜 줘야 온 경우가 옳지 않겠나. 볏섬을 척척 들여쌓아도 다른 소리는 없고 물동이를 이고 들어오는 점순이를 담배통으로 가리키며

"이 자식아 미처 커야지, 조걸 데리구 무슨 혼인을 한다구 그러니 온!" 하고 남 낯짝만 붉게 해 주고 고만이다. 골김에 그저 이놈의 장인님, 하고 댓돌에다 메꽂고 우리 고향으로 내뺄까 하다가 꾹꾹 참고 말았다.

참말이지 난 이 꼴 하고는 집으로 차마 못 간다. 장가를 들러 갔다가 오죽 못났어야 그대로 쫓겨 왔느냐고 손가락질을 받을 테니까.

논둑에서 벌떡 일어나 한풀 죽은 장인님 앞으로 다가서며

"난 갈 테야유, 그동안 사경 쳐 내슈 뭐."

"너 사위로 왔지 어디 머슴 살러 왔니?"

"그러면 얼찐 성롈 해 줘야 안 하지유, 밤낮 부려만 먹구 해 준다 해 준다……"

"글쎄 내가 안 하는 거냐 그년이 안 크니까." 하고 어름어름 담배만 담으면서 늘 하는 소리를 또 늘어놓는다.

이렇게 따져 나가면 언제든지 늘 나만 밑지고 만다. 이번엔 안 된다, 하고 대뜸 구장님한테로 담판 가자고 소맷자락을 내끌었다.

"아 이 자식이 왜 이래 어른을."

안 간다구 뻗디디고 이렇게 호령은 제 맘대로 하지만 장인님 제가 내 기운은 못 당한다. 막 부려 먹고 딸은 안 주고 게다 땅땅 치는 건 다 뭐야…….

그러나 내 사실 참 장인님이 미워서 그런 것은 아니다.

그전날 왜 내가 새고개 맞은 봉우리 화전밭을 혼자 갈고 있지 않았느냐. 밭 가생이로 돌 적마다 야릇한 꽃내가 물컥물컥 코를 찌르고 머리 위에서 벌들은 가끔 붕, 붕, 소리를 친다. 바위틈에서 샘물 소리밖에 안 들리는 산골짜기니까 맑은 하늘의 봄볕은 이불 속같이 따스하고 꼭 꿈꾸는 것 같다. 나는 몸이 나른하고 몸살(을 아직 모르지만 병)이 나려고 그러는지 가슴이 울렁울렁하고 이랬다.

"어러이! 말이! 맘 마 마…….."

이렇게 노래를 하며 소를 부리면 여느 때 같으면 어깨가 으쓱으쓱한다. 웬일인지 밭 반도 갈지 않아서 온몸의 맥이 풀리고 대구 짜증만 난다. 공연히 소만 들입다 두들기며…….

"안야! 안야! 이 망할 자식의 소(장인님의 소니까) 대리를 꺾어 들라."

그러나 내 속은 정말 안야 때문이 아니라 점심을 이고 온 점순이의 키를 보고 울화가 났던 것이다.

점순이는 뭐 그리 썩 이쁜 계집애는 못 된다. 그렇다고 또 개떡이냐 하면 그런 것도 아니고 꼭 내 아내가 돼야 할 만치 그저 툽툽하게 생긴 얼굴이다. 나보다 십 년이 아래니까 올에 열여섯인데 몸은 남보다 두 살이나 덜 자랐다. 남은 잘도 헌칠히들 크건만 이건 위아래가 몽툭한 것이 내 눈에는 헐없이 감참외 같다. 참외 중에는 감참외가 젤 맛 좋고 이쁘니까 말이다. 둥

갈 갈참나무의 잎. 여기서 '갈을 꺾는다'는 것은, 모낼 논에 거름할 갈참나무 잎을 베는 일을 말함.
화전(火田) 주로 산간 지대에서 풀과 나무를 불살라 버리고 그 자리를 파 일구어 농사를 짓는 밭.

글고 커단 눈은 서글서글하니 좋고 좀 짓쳐 찢어졌지만 입은 밥술이나 혹 혹히 먹음직하니 좋다. 아따 밥만 많이 먹게 되면 팔자는 고만 아니냐. 헌데 한 가지 파가 있다면 가끔가다 몸이(장인님은 이걸 채신이 없이 들까분다고 하지만) 너무 빨리빨리 논다. 그래서 밥을 나르다가 때 없이 풀밭에다 깨빡을 쳐서 흙투성이 밥을 곧잘 먹인다. 안 먹으면 무안해할까 봐서 이걸 씹고 앉았노라면 으적으적 소리만 나고 돌을 먹는 겐지 밥을 먹는 겐지…….

그러나 이날은 웬일인지 성한 밥째로 밭머리에 곱게 내려놓았다. 그리고 또 내외를 해야 하니까 저만큼 떨어져 이쪽으로 등을 향하고 옹크리고 앉아서 그릇 나기를 기다린다.

내가 다 먹고 물러섰을 때 그릇을 와서 챙기는데 그런데 난 깜짝 놀라지 않았느냐. 고개를 푹 숙이고 밥함지에 그릇을 포개면서 날더러 들으래는지 혹은 제 소린지

"밤낮 일만 하다 말 텐가!" 하고 혼자서 쫑알거린다. 고대 잘 내외하다가 이게 무슨 소린가 하고 난 정신이 얼떨떨했다. 그러면서도 한편 무슨 좋은 수가 있는가 싶어서 나도 공중을 대고 혼잣말로

"그럼 어떻게?" 하니까

"성례시켜 달라지 뭘 어떻게." 하고 되알지게 쏘아붙이고 얼굴이 발개져서 산으로 그저 도망질을 친다.

나는 잠시 동안 어떻게 되는 심판인지 맥을 몰라서 그 뒷모양만 덤덤히 바라보았다.

봄이 되면 온갖 초목이 물이 오르고 싹이 트고 한다. 사람도 아마 그런가 부다, 하고 며칠 내에 부쩍(속으로) 자란 듯싶은 점순이가 여간 반가운 것이 아니다.

이런 걸 멀쩡하게 안즉 어리다고 하니까…….

우리가 구장님을 찾아갔을 때 그는 싸리문 밖에 있는 돼지우리에서 죽을 퍼 주고 있었다. 서울엘 좀 갔다 오더니 사람은 점잖아야 한다고 윗수염

이(얼른 보면 지붕 위에 앉은 제비 꼬랑지 같다.) 양쪽으로 뾰죽이 삐치고 그걸 애햄, 하고 늘 쓰담는 손버릇이 있다. 우리를 멀뚱히 쳐다보고 미리 알아챘는지

"왜 일들 허다 말구 그래?" 하더니 손을 올려서 그 애햄을 한 번 훅딱 했다.

"구장님! 우리 장인님과 츰에 계약하기를……."

먼저 덤비는 장인님을 뒤로 떼다밀고 내가 허둥지둥 달겨들다가 가만히 생각하고

"아니 우리 빙장님과 츰에……." 하고 첫 번부터 다시 말을 고쳤다. 장인님은 빙장님, 해야 좋아하고 밖에 나와서 장인님, 하면 괜스리 골을 내려고 든다. 뱀두 뱀이래야 좋냐구, 창피스러우니 남 듣는 데는 제발 빙장님, 빙모님, 하라고 일상 말 조짐을 받아 오면서 난 그것도 자꾸 잊는다. 당장도 장인님, 하다 옆에서 내 발등을 꾹 밟고 곁눈질을 흘기는 바람에야 겨우 알았지만…….

구장님도 내 이야기를 자세히 듣더니 퍽 딱한 모양이었다. 하기야 구장님뿐만 아니라 누구든지 다 그럴 게다. 길게 길러 둔 새끼손톱으로 코를 후벼서 저리 탁 튀기며

"그럼 봉필 씨! 얼른 성렐 시켜 주구려, 그렇게까지 제가 하구 싶다는 걸……." 하고 내 짐작대로 말했다. 그러나 이 말에 장인님이 삿대질로 눈을 부라리고

"아 성례구 뭐구 기집애년이 미처 자라야 할 게 아닌가?" 하니까 고만 멀쑤룩해서 입맛만 쩍쩍 다실 뿐이 아닌가.

"그것두 그래!"

파(破) 사람의 결점.
되알지다 몹시 올차고 야무지다.
빙장(聘丈) 장인(丈人).

"그래 거진 사 년 동안에도 안 자랐다니 그 킨 은제 자라지유? 다 그만두구 사경 내슈."

"글쎄 이 자식아! 내가 크질 말라구 그랬니 왜 날보구 떼냐?"

"빙모님은 참새만 한 것이 그럼 어떻게 앨 낳지유?"

(사실 장모님은 점순이보다도 귓배기 하나가 작다.)

장인님은 이 말을 듣고 껄껄 웃더니(그러나 암만해도 돌 씹은 상이다.) 코를 푸는 척하고 날 은근히 곯리려고 팔꿈치로 옆 갈비께를 퍽 치는 것이다. 더럽다. 나도 종아리의 파리를 쫓는 척하고 허리를 구부리며 어깨로 그 궁둥이를 꽉 떠밀었다. 장인님은 앞으로 우찔근하고 싸리문께로 쓰러질 듯하다 몸을 바로 고치더니 눈총을 몹시 쏘았다. 이런 쌍년의 자식 하곤 싶으나 남의 앞이라서 차마 못하고 섰는 그 꼴이 보기에 퍽 쟁그러웠다.

그러나 이 말에는 별반 신통한 귀정을 얻지 못하고 도로 논으로 돌아와서 모를 부었다. 왜냐면 장인님이 뭐라고 귓속말로 수군수군하고 간 뒤다. 구장님이 날 위해서 조용히 데리고 아래와 같이 일러 주었기 때문이다. (뭉태의 말은 구장님이 장인님에게 땅 두 마지기 얻어 부치니까 그래 꾀었다고 하지만 난 그렇게 생각 않는다.)

"자네 말두 하기야 옳지. 암 나이 찼으니까 아들이 급하다는 게 잘못된 말은 아니야. 허지만 농사가 한창 바쁠 때 일을 안 한다든가 집으로 달아난다든가 하면 손해죄루 그것두 징역을 가거든!(여기에 그만 정신이 번쩍 났다.) 왜 요전에 삼포말서 산에 불 좀 놓았다구 징역 간 거 못 봤나. 제 산에 불을 놓아두 징역을 가는 이땐데 남의 농사를 버려 주니 죄가 얼마나 더 중한가. 그리고 자넨 정장을(사경 받으러 정장 가겠다 했다.) 간대지만 그러면 괜시리 죌 들쓰고 들어가는 걸세. 또 결혼두 그렇지. 법률에 성년이란 게 있는데 스물하나가 돼야지 비로소 결혼을 할 수가 있는 걸세. 자넨 물론 아들이 늦을 걸 염려지만 점순이루 말하면 인제 겨우 열여섯이 아닌가. 그렇지만 아까 빙장님의 말씀이 올갈에는 열 일을 제치고라두 성례를 시켜 주겠다 하시니 좀 고마울 겐가. 빨리 가서 모 붓든 거나 마저 붓게, 군소리 말구 어서 가."

그래서 오늘 아침까지 끽소리 없이 왔다.

장인님과 내가 싸운 것은 지금 생각하면 전혀 뜻밖의 일이라 안 할 수 없다. 장인님으로 말하면 요즈막 작인들에게 행세를 좀 하고 싶다고 해서 "돈 있으면 양반이지 별게 있느냐!" 하고 일부러 아랫배를 툭 내밀고 걸음도 뒤틀리게 걷고 하는 이 판이다. 이까짓 나쯤 뚜들기다 남의 땅을 가지고 모처럼 닦아 놓았던 가문을 망친다든지 할 어른이 아니다. 또 나로 논지면 아무쪼록 잘 뵈서 점순이에게 얼른 장가를 들어야 하지 않느냐.

이렇게 말하자면 결국 어젯밤 뭉태네 집에 마슬 간 것이 썩 나빴다. 낮에 구장님 앞에서 장인님과 내가 싸운 것을 어떻게 알았는지 대구 빈정거리는 것이 아닌가.

"그래 맞구두 그걸 가만둬?"

"그럼 어떻거니?"

"임마 봉필일 모판에다 거꾸루 박아 놓지 뭘 어떻게?" 하고 괜히 내 대신 화를 내 가지고 주먹질을 하다 등잔까지 쳤다. 놈이 본시 괄괄은 하지만 그래 놓고 날더러 석유 값을 물라고 막 지다위를 붙는다. 난 어안이 벙벙해서 잠자코 앉았으니까 저만 연신 지껄이는 소리가…….

"밤낮 일만 해 주구 있을 테냐."

"영득이는 일 년을 살구두 장갈 들었는데 넌 사 년이나 살구두 더 살아야 해?"

"네가 세 번째 사원 줄이나 아니, 세 번째 사위."

"남의 일이라두 분하다 이 자식아, 우물에 가 빠져 죽어."

쟁그럽다 하는 행동이 괴상하여 얄밉다.
귀정(歸正) 그릇되었던 일이 바른길로 돌아옴. 여기서는 '판결'을 가리킴.
정장(呈狀) 관청에 소장(訴狀)을 냄.
논(論)지면 말하면.
지다위 남에게 등을 대고 의지하거나 떼를 씀.

나중에는 겨우 손톱으로 목을 따라고까지 하고 제 아들같이 함부로 혹닥이었다. 별의별 소리를 다 해서 그대로 옮길 수는 없으나 그 줄거리는 이렇다.

우리 장인님이 딸이 셋이 있는데 맏딸은 재작년 가을에 시집을 갔다. 정말은 시집을 간 것이 아니라 그 딸도 데릴사위를 해 가지고 있다가 내보냈다. 그런데 딸이 열 살 때부터 열아홉 즉 십 년 동안에 데릴사위를 갈아들이기를, 동리에선 사위 부자라고 이름이 났지마는 열네 놈이란 참 너무 많다. 장인님이 아들은 없고 딸만 있는 고로 그담 딸을 데릴사위를 해 올 때까지는 부려 먹지 않으면 안 된다. 물론 머슴을 두면 좋지만 그건 돈이 드니까, 일 잘하는 놈을 고르느라고 연방 바꿔 들였다. 또 한편 놈들이 욕만 줄창 퍼붓고 심히도 부려 먹으니까 뻴이 상해서 달아나기도 했겠지. 점순이는 둘째 딸인데 내가 일테면 그 세 번째 데릴사위로 들어온 셈이다. 내 담으로 네 번째 놈이 들어올 것을 내가 일도 참 잘하고 그리고 사람이 좀 어수룩하니까 장인님이 잔뜩 붙들고 놓질 않는다. 셋째 딸이 인제 여섯 살, 적어두 열 살은 돼야 데릴사위를 할 테므로 그동안은 죽도록 부려 먹어야 된다. 그러니 인제는 속 좀 채리고 장가를 들여 달라구 떼를 쓰고 나자빠져라, 이것이다.

나는 건으로 엉, 엉, 하며 귓등으로 들었다. 뭉태는 땅을 얻어 부치다가 떨어진 뒤로는 장인님만 보면 공연히 못 먹어서 으릉거린다. 그것도 장인님이 저 달라고 할 적에 제 집에서 위한다는 그 감투(예전에 원님이 쓰던 것이라나 옆구리에 뽕뽕 좀먹은 걸레)를 선뜻 주었더면 그럴 리도 없었던 걸…….

그러나 나는 뭉태란 놈의 말을 전수이 곧이듣지 않았다. 꼭 곧이들었다면 간밤에 와서 장인님과 싸웠지 무사히 있었을 리가 없지 않은가. 그러면 딸에게까지 인심을 잃은 장인님이 혼자 나빴다.

실토이지 나는 점순이가 아침상을 가지고 나올 때까지는 오늘은 또 얼마나 밥을 담았나, 하고 이것만 생각했다. 상에는 된장찌개하고 간장 한 종지 조밥 한 그릇 그리고 밥보다 더 수부룩하게 담은 산나물이 한 대접 이렇다. 나물은 점순이가 틈틈이 해 오니까 두 대접이고 네 대접이고 멋대로 먹어도 좋으나 밥은 장인님이 한 사발 외엔 더 주지 말라고 해서 안 된다. 그런데 점순이가 그 상을 내 앞에 내려놓으며 제 말로 지껄이는 소리가

"구장님한테 갔다 그냥 온담그래!" 하고 엊그제 산에서와 같이 되우 쫑알거린다. 딴은 내가 더 단단히 덤비지 않고 만 것이 좀 어리석었다, 속으로 그랬다. 나도 저쪽 벽을 향하여 외면하면서 내 말로

"안 된다는 걸 그럼 어떡건담!" 하니까

"쉮을 잡아채지 그냥 둬, 이 바보야?" 하고 또 얼굴이 빨개지면서 성을 내며 안으로 샐쭉하니 튀들어가지 않느냐. 이때 아무도 본 사람이 없었게 망정이지 보았다면 내 얼굴이 에미 잃은 황새 새끼처럼 가여웁다 했을 것이다.

사실 이때만치 슬펐던 일이 또 있었는지 모른다. 다른 사람은 암만 못생겼다 해도 괜찮지만 내 아내 될 점순이가 병신으로 본다면 참 신세는 따분하다. 밥을 먹은 뒤 지게를 지고 일터로 가려 하다 도로 벗어던지고 바깥마당 공석 위에 드러누워서 나는 차라리 죽느니만 같지 못하다 생각했다.

내가 일 안 하면 장인님 저는 나이가 먹어 못하고 결국 농사 못 짓고 만다. 뒷짐으로 트림을 끌꺽, 하고 대문 밖으로 나오다 날 보고서

"이 자식아! 너 웨 또 이러니?"

"관객이 났어유, 아이구 배야!"

"기껏 밥 처먹구 나서 무슨 관객이야, 남의 농사 버려 주면 이 자식아 징역 간다 봐라!"

"가두 좋아유, 아이구 배야!"

혹닥이다 세차게 다그치다.
전수(全數)이 모두 다.
되우 아주 몹시.
공석(空石) 아무것도 담지 않은 빈 섬. '섬'은 곡식 따위를 담기 위하여 짚으로 엮어 만든 그릇.
관객 관격(關格). 먹은 음식이 갑자기 체한 증상.

참말 난 일 안 해서 징역 가도 좋다 생각했다. 일후 아들을 낳아도 그 앞에서 바보 바보 이렇게 별명을 들을 테니까 오늘은 열 쪽이 난대도 결정을 내고 싶었다.

장인님이 일어나라고 해도 내가 안 일어나니까 눈에 독이 올라서 저편으로 휭허케 가더니 지게막대기를 들고 왔다. 그리고 그걸로 내 허리를 마치 돌 떠넘기듯이 쿡 찍어서 넘기고 넘기고 했다. 밥을 잔뜩 먹고 딱딱한 배가 그럴 적마다 퉁겨지면서 뱃창이 꼿꼿한 것이 여간 켕기지 않았다. 그래도 안 일어나니까 이번에는 배를 지게막대기로 위에서 쿡쿡 찌르고 발길로 옆구리를 차고 했다. 장인님은 원체 심정이 궂어서 그러지만 나도 저만 못하지 않게 배를 채었다. 아픈 것을 눈을 꽉 감고 년 해라 난 재미난 듯이 있었으나 볼기짝을 후려갈길 적에는 나도 모르는 결에 벌떡 일어나서 그 수염을 잡아챘다마는 내 골이 난 것이 아니라 정말은 아까부터 뷜 뒤 울타리 구멍으로 점순이가 우리들의 꼴을 몰래 엿보고 있었기 때문이다. 가뜩이나 말 한마디 톡톡히 못 한다고 바보라는데 매까지 잠자코 맞는 걸 보면 짜장 바보로 알 게 아닌가. 또 점순이도 미워하는 이까짓 놈의 장인님 나곤 아무것도 안 되니까 막 때려도 좋지만 사정 보아서 수염만 채고(제 원대로 했으니까 이때 점순이는 퍽 기뻤겠지.) 저기까지 잘 들리도록

"이걸 까셀라 부다!" 하고 소리를 쳤다.

장인님은 더 약이 바짝 올라서 잡은 참 지게막대기로 내 어깨를 그냥 내리갈겼다. 정신이 다 아찔하다. 다시 고개를 들었을 때 그때엔 나도 온몸에 약이 올랐다. 이 녀석의 장인님을, 하고 눈에서 불이 퍽 나서 그 아래 밭 있는 낭 아래로 그대로 떼밀어 굴려 버렸다. 조금 있다가 장인님이 씩, 씩, 하고 한번 해 보려고 기어오르는 걸 얼른 또 떼밀어 굴려 버렸다.

기어오르면 굴리고 굴리면 기어오르고 이러길 한 너덧 번을 하며 그럴 적마다

"부려만 먹구 왜 성례 안 하지유!"

나는 이렇게 호령했다. 허지만 장인님이 선뜻 오냐 낼이라도 성례시켜 주마, 했으면 나도 성가신 걸 그만두었을지 모른다. 나야 이러면 때린 건 아니니까 나중에 장인 쳤다는 누명도 안 들을 터이고 얼마든지 해도 좋다.

한번은 장인님이 헐떡헐떡 기어서 올라오더니 내 바짓가랑이를 요렇게 노리고서 단박 움켜잡고 매달렸다. 악, 소리를 치고 나는 그만 세상이 다 팽그르 도는 것이

"빙장님! 빙장님! 빙장님!"

"이 자식! 잡어먹어라 잡어먹어!"

"아! 아! 할아버지! 살려 줍쇼 할아버지!" 하고 두 팔을 허둥지둥 내절 적에는 이마에 진땀이 쭉 내솟고 인젠 참으로 죽나 보다 했다. 그래도 장인님은 놓질 않더니 내가 기어이 땅바닥에 쓰러져서 거진 까무라치게 되니까 놓는다. 더럽다 더럽다. 이게 장인님인가, 나는 한참을 못 일어나고 쩔쩔맸다. 그러다 얼굴을 드니(눈에 참 아무것도 보이지 않았다.) 사지가 부르르 떨리면서 나도 엉금엉금 기어가 장인님의 바짓가랑이를 꽉 움키고 잡아낚았다.

내가 머리가 터지도록 매를 얻어맞은 것이 이 때문이다. 그러나 여기가 또한 우리 장인님이 유달리 착한 곳이다. 어느 사람이면 사경을 주어서라도 당장 내쫓았지 터진 머리를 불솜으로 손수 지져 주고, 호주머니에 희연 한 봉을 넣어 주고 그리고

"올갈엔 꼭 성례를 시켜 주마. 암말 말구 가서 뒷골의 콩밭이나 얼른 갈아라." 하고 등을 뚜덕여 줄 사람이 누구냐.

나는 장인님이 너무나 고마워서 어느덧 눈물까지 났다. 점순이를 남기고 인젠 내쫓기려니, 하다 뜻밖의 말을 듣고

"빙장님! 인제 다시는 안 그러겠어유."

이렇게 맹서를 하며 부랴사랴 지게를 지고 일터로 갔다.

낭 '둔덕'의 사투리.
불솜 상처를 소독하기 위하여 불에 그슬린 솜방망이.

그러나 이때는 그걸 모르고 장인님을 원수로만 여겨서 잔뜩 잡아당겼다.

"아! 아! 이놈아! 놔라, 놔, 놔……."

장인님은 헛손질을 하며 솔개미에 챈 닭의 소리를 연해 질렀다. 놓긴 왜, 이왕이면 호되게 혼을 내 주리라, 생각하고 짓궂이 더 당겼다마는 장인님이 땅에 쓰러져서 눈에 눈물이 피잉 도는 것을 알고 좀 겁도 났다.

"할아버지! 놔라, 놔, 놔, 놔놔." 그래도 안 되니까

"애 점순아! 점순아!"

이 악장에 안에 있었던 장모님과 점순이가 헐레벌떡하고 단숨에 뛰어나왔다.

나의 생각에 장모님은 제 남편이니까 역성을 할지도 모른다. 그러나 점순이는 내 편을 들어서 속으로 고수해서 하겠지……. 대체 이게 웬 속인지(지금까지도 난 영문을 모른다.) 아버질 혼내 주기는 제가 내래 놓고 이제 와서는 달겨들며

"에그머니! 이 망할 게 아버지 죽이네!" 하고 내 귀를 뒤로 잡아당기며 마냥 우는 것이 아니냐. 그만 여기에 기운이 탁 꺾이어 나는 얼빠진 등신이 되고 말았다. 장모님도 덤벼들어 한쪽 귀마저 뒤로 잡아채면서 또 우는 것이다.

이렇게 꼼짝 못하게 해 놓고 장인님은 지게막대기를 들어서 사뭇 내리조겼다. 그러나 나는 구태여 피하려지도 않고 암만해도 그 속 알 수 없는 점순이의 얼굴만 멀거니 들여다보았다.

"이 자식! 장인 입에서 할아버지 소리가 나오도록 해?"

솔개미 '솔개'의 사투리.
악장 있는 힘을 다하여 모질게 마구 쓰는 기운.

작품 이해

　김유정이 작품을 창작한 1930년대는 경제적 몰락은 말할 것도 없고 일제가 노골적으로 전쟁을 치르기 위해 내선 일체의 정책을 펼쳐 우리 민족의 정체성과 고유성을 심각하게 위협하던 시기이다. 이러한 현실에 직면한 1930년대의 작가들은 당대의 현실을 반영하고 넘어서기 위해 다양한 방식을 모색하였다. 그중에는 우리말에 대한 자각과 개성 있는 문체에 관심을 기울인 일군의 작가들이 있었다. 이태준, 박태원, 김유정, 정지용 등 구인회(九人會)로 불리는 작가들이 바로 이들이다. 이들 가운데 뛰어난 언어 감각으로 농촌 현실을 풍자해 식민지 민중의 삶을 형상화한 작가가 바로 김유정이다.

　김유정은 1908년 서울 종로구 진골에서 출생하였다. 고향은 강원도 춘천의 신동면으로 그의 선조는 대대로 그곳에서 살아왔는데 부친이 서울로 옮겨 와 살면서 그를 낳았다. 그는 6세에 어머니를 여의고 이듬해에는 아버지마저 돌아가셨다. 연희전문에 입학하지만 학업에 대한 회의와 빈곤, 신병 등으로 그만두고 약 1년간 전국 각지를 방랑하였다. 1931년 고향에 내려가 금병의숙(錦屛義塾)을 설립하고 본격적으로 농촌 계몽 운동에 나선 그는 이 시기에 자신의 농촌 생활을 토대로 「소낙비」, 「만무방」, 「산골 나그네」 등을 집필한다. 1935년 이 작품들로 등단한 뒤 「금 따는 콩밭」, 「떡」, 「봄·봄」 등으로 일약 문단의 중견이 되었으나 문단 생활 2년 만에 지병인 폐결핵으로 스물아홉 나이에 요절했다.

　그의 작품 대부분은 극도의 빈곤에 시달리는 1930년대 식민지 현실을 바탕으로 하나 주제 의식에서 문단 초기와 후기에 일정한 차이를 보인다. 이는 그의 현실 인식의 심화 과정과 관계가 깊다. 대표적인 「동백꽃」, 「봄·봄」을 비롯하여 농촌을 배경으로 하는 「산골」 등 그의 초기 작품은 농촌 청년들의 목가적인 사랑을 다룬다. 이 작품들은 대개 지주의 자식과 종의 사랑이라는 계층적 대립을 그리면서도 증오 대신에 유머와 해학을 담았다. 그 해학은 우리 고전 문학에서 흔히 볼 수 있는 전통적인 것으로서, 이를 바탕으로 작가는 당대의 무지와 궁핍을 묘사한다.

「소낙비」, 「금 따는 콩밭」, 「산골 나그네」를 위시하여 도시를 배경으로 하는 작품군인 「슬픈 이야기」, 「옥토끼」, 「땡볕」, 「따라지」 등을 통해 작가는 서정적인 연애담이 아닌 농가의 비참상과 도시 빈민의 가난한 삶에 눈을 돌린다. 이 작품의 주인공들은 가난 속에서도 그들 삶의 터전인 농촌을 떠나지 못하는 전형적인 농민이거나, 가난을 견디다 못해 농촌을 떠났지만 도시에서 정착하지 못하고 떠돌아다니는 소외 계층이다. 김유정은 이들의 삶을 정확히 포착함으로써 식민지 현실에 대한 뛰어난 인식을 보여준다.

그런데 식민지 현실에 대한 정확한 시각에도 불구하고 김유정은 여전히 농촌 사회의 구조적, 제도적 모순을 탐구하지는 못하였다. 지주-소작 관계를 비교적 정면으로 다루고 있는 「만무방」에서도 작중 인물들은 자신의 가난한 삶의 원인을 깊이 추구하지 않는다. 1930년대의 광산 개발을 배경으로 하고 있는 「금 따는 콩밭」에서도 농촌의 피폐함으로 인해 도시로 이농해 온 농민들이 취직하지 못한 상황에서 마지막으로 곡괭이 하나에 자신의 운명을 도박하게 되는 절실함은 우직한 주인공들이 벌이는 희극적 상황에서 오히려 그 심각성이 반감되고 만다. 그의 작품 곳곳에서 드러나는 해학은 어느 순간에는 현실의 고통을 망각하게 하는 방책이 되기도 하는 것이다.

그럼에도 그는 1930년대 문학의 주경향의 하나인 '최적의 장소에 최선의 말을 배치하는 조사법(措辭法)'에 가장 뛰어난 작가 중의 하나로 손꼽히는데, 이렇듯 개성 있는 언어와 문체는 1930년대 소설 문학이 거둔 가장 중요한 성과의 하나이다. 그는 토속어와 방언, 특히 하층 농민들의 풍부한 언어 표현을 사용함으로써 사실성의 효과 외에도 해학적인 효과를 함께 얻고 있다. 특히 부사와 형용사, 의성어, 의태어가 작품 곳곳에서 매우 풍부히 드러나는데 이는 하층 민중들의 원초적인 활력을 표현하는 그만의 독특한 개성적인 문체이기도 하다.

「봄·봄」은 김유정의 사회의식과 함께 문체적 특성을 가장 잘 보여 주는 작품 가운데 한 편이다. 이 작품은 1인칭 주인공 시점으로 서술자의 어리석음과 내면의 심리를 생생하게 표현해 웃음을 유발한다. 특히 장인과의 갈등, 그리고 혼인하기로 약속한 점순의 은근한 재촉, 점순의 갑작스러운 태도 변화 등으로 흥미를 불러일으킨다. 또한 장인을 마름으로 설정함으로써 1930년대 사회상의 일단을 드러냄과 동시에 맛깔스러운 해학으로 전통적인 미학을 유감없이 그려 보인다.

이 작품의 갈등은 마름의 딸인 점순이를 가운데 두고, 그 아비인 장인과 데릴사위로 들어와 농사를 돕는 주인공 '나'와의 사이에서 빚어진다. 그러나 그 갈등은 계급적 대립에서 오는 적대적인 것이 아니라 좀 우직하고 순진한 편인 '나'와 교묘하게 노동력을 이용하는 장인 사이의 갈등으로 설정함으로 해서 웃음을 자아낸다. 더구나 이러한 상황을 우직한 작중 화자의 입을 빌려 전개함으로써 그 효과를 한층 증대시켰다.

「동백꽃」의 주인공들은 매우 건강하고 순박한 성격으로 형상화했다. 말괄량이 성격이면서도 차마 부끄러워 직접적인 애정 표현을 하지 못하고 간접적으로 화풀이를 하는 점순이나 어머니의 말을 맹종하느라 자연스럽게 솟아나는 자신의 감정조차 쉽게 깨닫지 못하는 주인공은 모두 농촌 청소년의 순박하고 건전한 심성을 대변한다. 이들의 갈등은 동백꽃이 흐드러지게 피어 있는 자연 속에서 자연스럽게 해소되는데 이때 서정적인 정경 묘사와 토속적인 우리말의 구사는 이러한 건강한 사랑을 표현하는 데 효과적인 도구로 결합되어 있다.

작가는 이들의 사랑을 통하여 당대 현실의 단면인 농촌의 풍속을 따스한 시각으로 보여 준다. 이 작품이 우리에게 주는 감동은 건강한 웃음을 당시의 농민의 생활 감정과 풍속에서 자연스럽게 제시했다는 점에서 온다. 이는 당대의 암울한 상황의 희생물이 되는 가난한 이들에 대한 작가의 애정과 신뢰의 표현이기도 하고 한편으로는 작가가 당대의 현실을 타개해 나갈 구체적인 힘을 아직 이들에게서 발견하지 못한 것이기도 하다.

이 작품 「봄·봄」에서도 역시 당대 농촌의 무지와 궁핍이 비판적으로 묘사되고 있다. 그러나 그것은 간접적으로 드러나 있을 뿐 목가적인 사랑 속에서 오히려 토속미를 드러내는 구성 요소로 받아들여지기도 한다. 이 작품이 풍속적인 차원을 벗어나지 못하고 있다는 지적은 이러한 이유 때문이다.

 활 동

1. 이 작품의 갈등은 누구와 누구의 갈등이며, 갈등의 원인은 무엇인가?
2. 이 작품이 전통을 계승하고 있다고 평가된다면, 그 까닭은 무엇인지 찾아보자.
3. 이 작품의 해학적 측면을 상황이 빚어내는 해학과 언어가 빚어내는 해학이란 측면에서 각각 찾아보자.
4. 김유정의 작품 「봄·봄」과 「동백꽃」을 서로 비교하여 공통점과 차이점을 찾아보자.

태평천하
채만식

읽기 전에

문학적 전통은 다양한 방식으로 오늘날 재창조됩니다. 때로는 인물을 통해, 때로는 소재나 주제를 통해, 때로는 다양한 창작의 방법들을 통해 전승됩니다. 이 작품 「태평천하」는 무엇보다 서술의 방식을 창조적으로 활용하였다는 점에서 단연코 돋보이는 작품입니다.

이 작품의 서술 방식이 두드러진 점은 무엇보다 판소리의 서술 방식과 닮아 있다는 점입니다. 그렇다면 작품을 읽기에 앞서 판소리란 무엇이며, 판소리의 서술상의 특성이 무엇인지 떠올려 봅시다.

【전략】

 윤직원 영감은 일꾼이나 하인은 상전을 모실 때 대가를 바라지 않아야 한다고 생각한다. 그래서 인력거를 탈 때도 그 삯을 깎으려 든다. 또 어린 기생을 데리고 다니면서도 아무것도 사 주려 하지 않는다. 그러면서도 자신은 그들에게 은혜를 베풀었다고 믿는다. 마찬가지로 소작인에게 땅을 부치게 하고는 대단히 큰 자선 사업이나 한 것처럼 여긴다. 그런 윤직원 영감에게도 뼈아픈 기억이 있는데…….

 얼굴이 말처럼 길대서 말대가리라는 별명을 듣던 윤직원 영감의 선친 윤용규는, 본이 시골 토반이더냐 하면 그렇지도 못하고, 그렇다고 아전이더냐 하면 실상은 아전질도 제법 해 먹지 못했습니다.
 아전질을 못해 먹은 것이, 시방 와서는 되레 자랑거리가 되었지만, 그때 당년에야 흔한 도서원(道書院)이나마 한자리 얻어 하고 싶은 생각이 꿀안 같았어도, 도시에 그만한 밑천이며 문필이며가 없었더랍니다.
 말대가리 윤용규, 그는 삼십이 넘도록 탈망 바람으로 삿갓 하나를 의관 삼아, 촌 노름방으로 으실으실 돌아다니면서 개평푼이나 뜯으면 그걸로 되돌아앉아 투전장이나 뽑기, 방퉁이질이나 하기, 또 그도 저도 못하면 가

토반(土班) 여러 대를 이어서 그 지방에서 붙박이로 사는 양반.

난한 아내가 주린 배를 틀어쥐고서 바느질품을 팔아 어린 자식(이 어린 자식이라는 게 그러니까 지금의 윤직원 영감입니다.)과 입에 풀칠을 하는 것을 얻어 먹고는 밤이나 낮이나 질편히 드러누워, 소대성이 여대치게 낮잠이나 자기……, 이 지경으로 반생을 살았습니다. 좀 호협한 구석이 있고, 담보가 클 뿐 물론 판무식꾼이구요.

그런데, 그런 게 다아 운수라고 하는 건지, 어느 해 연분인가는 난데없는 돈 이백 냥이 생겼더랍니다. 시골 돈 이백 냥이면 서울 돈으로 이천 냥이요, 그때만 해도 웬만한 새끼 부자 하나가 왔다 갔다 할 큰돈입니다.

노름을 해서 딴 돈이라고 하기도 하고, 혹은 그 아내가 친정의 머언 일갓집 백부한테 분재를 타 온 돈이라고 하기도 하고, 또 누구는 도깨비가 져다 준 돈이라고 하기도 하여 자못 출처가 모호했습니다.

시방이야 가난하던 사람이 불시로 큰돈이 생기면 경찰서 양반들이 우선 그 내력을 밝히려 들지만, 그때만 해도 육십 년 저짝 일이니 누가 지날 말로라도 시비 한미딘들 하나요. 그저 그야말로 도깨비가 져다 주었나 보다 하고 한갓 부러워하기나 했지요.

아무튼 그래 말대가리 윤용규는 그날부터 칼로 벤 듯 노름방 발을 끊고, 그 돈 이백 냥을 들여 논을 산다, 대푼변 돈놀이를 한다, 곱장리를 놓는다 해 가면서 일조에 착실한 살림꾼이 되었습니다. 그러노라니까, 정말 인도깨비를 사귄 것처럼 살림이 불 일듯 늘어서, 마침내 그의 당대에 삼천 석을 넘겨받게 되었던 것입니다.

윤직원 영감(그때 당시는 두꺼비같이 생겼대서 윤두꺼비로 불리어지던 윤두섭) 그는 어려서부터 취리에 눈이 밝았고, 약관에는 벌써 그의 선친을 도와 가며 그 큰 살림을 곧잘 휘어 나갔습니다. 그리고 1903년 계묘년(癸卯年)부터는 고스란히 물려받은 삼천 석 거리를 가지고 이래 삼십여 년 동안 착실히 가산을 늘려 왔습니다.

그래서 지금으로부터 십여 년 전, 가권을 거느리고 서울로 이사를 해 오던 그때의 집계를 보면, 벼를 실 만 석을 받았고, 요즘 와서는 현금이 십만 원 가까이 은행에 예금되어 있었습니다.

이런 걸 미루어 보면 그는 과시 승어부(勝於父)라 할 것입니다.

하기야 그 양대(兩代)가 그 어둔 시절에 그처럼 치산을 하느라고(시절이 어두우니까 체계변이며 장리변의 이문이 숫지고, 또 공문서(空文書, 空土地)가 수두룩해서 가산 늘리기가 좋았던 한편으로 말입니다.) 욕심 사나운 수령(守令)한테 걸려들어 명색 없이 잡혀 갇혀서는, 형장(刑杖)을 맞아 가며 토색질을 당한 것도 한두 번이 아니요, 화적(火賊)의 총부리 앞에 목숨을 내걸고 서서 재물을 약탈당하기도 부지기수요, 그러다가 말대가리 윤용규는 마침내 한 패의 화적의 손에 비명의 죽음까지 한 것인즉슨, 일변 생각하면, 피로 낙관(落款)을 친 치산이지, 녹록한 재물이라고 할 수는 없을 것입니다.

윤직원 영감은 그때 일을 생각하면 시방도 가슴이 뭉클하고, 그의 선친이 무참히 죽어 넘어진 시체하며, 곡식이 들이쌓인 노적과 곳간이 불에 활활 타던 광경이 눈앞에 선연히 밟히곤 합니다.

잊히지도 않는 계묘년 삼월 보름날입니다. 이 삼월 보름날이 말대가리 윤용규의 바로 제삿날이니까요.

온종일 체곗돈 받고 내주고 하기야, 춘궁에 모여드는 작인(小作人)들한테 장릿벼 내주기야, 몸져누운 부친 윤용규의 병시중 들기야 하느라고 큰 살림을 맡아 처리하는 사람의 일례로, 두꺼비 윤두섭, 즉 젊은 날의 윤직원

분재(分財) 가족이나 친척에게 재산을 나누어 줌.
대푼변 100분의 1이 되는 이자.
곱장리(-長利) 곱절로 받는 이자.
취리(取利) 돈이나 곡식을 빌려 주고 그 변리(邊利)를 받음. 또는 경제적인 이득을 얻음.
약관(弱冠) 스무 살을 달리 이르는 말. 또는 젊은 나이.
가권(家眷) 호주나 가구주에게 딸린 식구.
체계변(遞計邊) 예전에, 장에서 비싼 이자로 돈을 빌려 쓰고 장날마다 본전과 이자를 얼마씩 갚던 빚돈.
장리변(長利邊) 장리로 빌려 주고 이자를 받아 내는 돈놀이. 장리는 돈이나 곡식을 빌려 주고, 받을 때에는 한 해 이자로 본디 곡식의 절반 이상을 받는 것이다.

영감은 밤늦게야 혼곤히 들었던 잠이 옆에서 아내의 흔들며 깨우는 촉급한 속삭임 소리에 놀라 후닥닥 몸을 일으켰습니다.

한두 번도 아니요, 화적을 치르기 이미 수십 차라, 그는 잠결에도 정신이 들기 전에 육체가 먼저 위급함을 직각했던 것입니다. 장수가 전장에 나가면, 진중에서는 정신은 잠을 자도 몸은 깨서 있다는 것이나 마찬가지 이치라고 할는지요.

실로 그때 당시 윤씨네 집안은 자나 깨나 전전긍긍 불안과 긴장과 경계 속에서 일시라도 몸과 마음을 늦추지 못하고, 마치 살얼음을 건너가는 것처럼 위태위태 지내던 판입니다.

젊은 윤두꺼비는 깜깜 어둔 방 안이라도 바깥의 달빛이 희유끄름한 옆문을 향해 뛰쳐나갈 자세로, 고의춤을 걷어잡으면서 몸을 엉거주춤 일으켰습니다. 보이지는 않으나 아내의 황급한 숨길이 바투 들리고, 더듬어 들어오는 손끝이 바르르 떨리면서 팔에 닿습니다.

"어서! 얼른!"

아내의 쥐어짜는 재촉 소리는, 마침 대문을 총개머린지 몽둥인지로 들이 쾅쾅 찧는 소리에 삼켜져 버립니다.

"아버님은?"

윤두꺼비는 뛰쳐나가려고 꼬느었던 자세와 호흡을 잠깐 멈추고서 아내더러 물어보던 것입니다.

"몰라요…… 그렇지만…… 아이구 어서, 얼른!"

아내가 기색할 듯이 초초한 소리로 팔을 잡아 훑는 힘이 아니라도 윤두꺼비는 벌써 몸을 날려 옆문을 박차고 나갑니다.

신발 여부도 없고 버선도 없는 맨발로, 과녁 반 바탕은 될 타작 마당을 단숨에 달려 두 길이나 높은 울타리를 문턱 넘듯 뛰어넘어, 길같이 솟은 보리밭 고랑으로 몸을 착 엎드리고 꿩 기듯 기기 시작하는 그동안이 아내가 흔들어 깨울 때부터 쳐서, 겨우 오 분도 못 되는 순간입니다.

이렇게 윤두꺼비가 울타리를 넘어, 그러느라고 허리띠를 매지 않은 고의를 건사하지 못해서 홀라당 벗어 떨어뜨린 알몸뚱이로, 보리밭 고랑에서 엎드려 기기 시작을 하자, 그제야 방금 저편 모퉁이로부터 두 그림자가 하나는 담총을 하고 하나는 몽둥이를 끌고 마침 돌아 나왔습니다.
　뒤 울타리로 해서 도망가는 사람을 잡으려는 파순데, 윤두꺼비한테는 아슬아슬한 순간의 찰나라 하겠습니다.
　그들도 도망가는 윤두꺼비를 못 보았거니와 윤두꺼비도 물론 그러한 위경이던 줄은 모르고 기기만 하던 것입니다.
　만약 그들의 눈에 띄기만 했더라면 처음에는 쫓아갈 것이고, 그러다가 못 잡으면, 대고 불질을 했을 겝니다. 부지깽이 같은 그 화승총을 가지고 더구나 호미와 쇠스랑을 다루던 솜씨로 으심치무레한 달밤에 보리밭 사이로 죽자 사자 내빼는 사람을 쏜다고 쏘았댔자 제법 똑바로 가서 맞을 이치도 없기도 하지만.
　그래 아무튼, 발가벗은 윤두꺼비는 무사히 보리밭을 서넛이나 지나, 다시 솔숲을 빠져나와, 나직한 비탈에 왜송이 둘러선 산허리에까지 단숨에 달려와서야 비로소 안심과 숨찬 걸 못 견디어 펄썩 주저앉았습니다.
　화적이 드는 눈치를 채면, 여느 일 젖혀 놓고 집안 돌아볼 것 없이 몸을 빼쳐 피하는 게 제일 상책입니다.
　화적이 인가를 쳐들어와서 잡아 족치는 건 그 집 대주와 셈든 남자들입니다. 그래서 그들의 손에 붙잡히기만 하고 보면 우선 [이 부분의 1행 반은 삭제되었음] 반죽음은 되게 매를 맞아야 합니다.
　그렇게 얻어맞고도, 마침내는 재물은 재물대로 뺏겨야 하고, 그 서슬에 자칫 잘못하면 목숨이 왔다 갔다 합니다. 둘이 잡히면 둘이 다, 셋이 잡히면 셋이 다 그 지경을 당합니다.
　그러므로 제각기 먼저 기수를 채는 당장으로, 아비를 염려해서 주춤거리거나 자식을 생각하여 머뭇거리거나 할 것이 없이 그저 먼저 몸을 피해 놓고 보는 게 당연한 일로 되어 있었습니다. 그럴 것이, 가령 자식이 아비의 위태로움을 알고, 그냥 버틴다거나 덤벼든다거나 했자, 저편은 수효가 많은 데다가 병장기를 가진, 그리고 사람의 목숨쯤 파리 한 마리만큼도 여기잖는 패들이니까요.

이날 밤 윤두꺼비도 그리하여 일변 몸져누운 부친이 마음에 걸려, 선뜻 망설이기는 하면서도 사리가 그러했기 때문에 이내 제 몸을 우선 피해 놓고 보던 것입니다.

말대가리 윤용규는 나이 이미 육십에 또 어제까지 등이며 볼기며에 모진 매를 맞다가 겨우 옥에서 놓여나온 몸이라, 도저히 피할 생각은 내지도 못하고 그 대신 침착하게 일어나 앉아 등잔에 불까지 켰습니다.

기위 당하는 일이라서, 또 있는 담보겠다, 악으로 한바탕 싸워 보자는 것입니다.

화적패들은 이윽고 하나가 울타리를 넘어 들어와 빗장을 벗기는 대문으로 우 몰려들었습니다.

"개미 새끼 하나라도 놓치지 말렷다!……"

그중 두목이, 대문 지키는 두 자와 옆으로 비어져 가는 파수 둘더러 호령을 하는 것입니다.

"영 놓치겠거던, 대구 쏘아라!"

재우쳐 이른 뒤에 두목이 앞장을 서서 사랑채로 가고 한 패는 안으로 갈려 들어갑니다. 그렇게도 사납고, 짖기를 극성으로 하는 이 집 개들이 처음부터 끽소리도 못 내고 낑낑거리면서 도리어 주인네의 보호를 청하는 걸 보면, 당시 화적들의 기세가 얼마나 기승스러웠음을 족히 알 수가 있는 것입니다.

"기집이나 어린것들은 손대지 말렷다!"

두목이 잠깐 돌아다보면서 신칙을 하는 데 응하여 안으로 들어가던 패가 몇이

"예이!"

하고 한꺼번에 대답을 합니다.

이것은 참으로 이상스러운 그네들의 엄한 풍도입니다. 이 밤에 이 집을 쳐들어온 이 패들만 보아도, 패랭이 쓴 놈, 테머리 한 놈, 머리 땋은 총각, 늙은이 해서 차림새나 생김새가 가지각색이듯이, 모두 무질서하고 무지한 잡색 인물들이기는 하나, 일반으로 그들은 어느 때 어디를 쳐서 갖은 참상을 다 저지르곤 할값에, 좀체로 부녀와 어린아이들한테만은 손을 대는 법이 없습니다.

만일 그걸 범했다가는 그는 당장에 두목 앞에서 목이 달아나고라야 맙니다.

사랑채로 들어간 두목이, 한 수하를 시켜 윗미닫이를 열어제치고서, 성큼 마루로 올라설 때에, 그는 뜻밖에도 이편을 앙연히 노려보고 있는 말대가리 윤용규와 눈이 딱 마주쳤습니다.

두목은 주춤하지 않지 못했습니다. 그는 윤용규가 이 위급한 판에 한 발짝이라도 도망질을 치려고 서둘렀지, 이다지도 대담하게, 오냐 어서 오란 듯이 버티고 있을 줄은 천만 생각 밖이었던 것입니다.

더욱 핏기 없이 수척한 얼굴에 병색을 띠고서도 일변 악이 잔뜩 올라 이편을 무섭게 노려보는 그 머리 센 늙은이의 살기스런 양자가 희미한 쇠기름불에 어른거리는 양이라니, 무슨 원귀와도 같았습니다.

두목은 만약 제 등 뒤에 수하들이 겨누고 있는 십여 대의 총부리와, 녹슬었으나마 칼들과 몽둥이들과 도끼들이 없었으면, 그는 가슴이 서늘한 대로, 물씬물씬 뒤로 물러섰을는지도 모릅니다.

"으응, 너 잘 기대리구 있다!"

두목은 하마 꺾이려던 기운을 돋우어 한마디 으릅니다. 실상 이 두목(그러니까 오늘 밤의 이 패들)과 말대가리 윤용규와는 처음 만나는 게 아니고, 바로 구면입니다. 달포 전에 쳐들어와서, 돈 삼백 냥을 빼앗고, 그 밖에 소 한 마리와 패물과 어음 몇 쪽을 털어 간 그 패들입니다. 그래서 화적패들도 주인을 잘 알려니와 주인 되는 윤용규도 두목의 얼굴만은 익히 알고 있고, 그러고도 또 달리, 뼈에 사무치는 원혐이 한 가지 있는 터라 윤용규는 무서운 것보다도(이미 피치 못할 살판인지라) 차차로 옳게 뱃속으로부터 분노와 악이 치받쳐 올랐습니다.

"이놈 윤가야, 네 들어 보아라!······"

두목은 종시 말이 없이 앙연히 앉아 있는 윤용규를 마주 노려보면서, 그 역시 분이 찬 음성으로 꾸짖는 것입니다.

"······네가 이놈 관가에다가 찔러서 내 수하를 잡히게 했단 말이지?······ 이놈, 그러구두 네가 성할 줄 알었드냐?······ 이놈 네가 분명코 찔렀지?······"

"오냐, 내가 관가에 들어가서 내 입으로 찔렀다. 그래?······"

퀄퀄하게 대답을 하면서 도사리고 앉은 윤용규의 눈에서는 불이 이는 듯합니다.

"······내가 찔렀으니 어쩔 테란 말이냐?······ 흥! 이놈들, 멀쩡허게 도당 모아 각구 댕기면서, 양민들 노략질이나 히여 먹구, 네가 그러구두 성할 줄 알었더냐? 이놈아!······"

치받치는 악에, 소리를 버럭 높이면서 다시

"······괴수놈, 너두 오래 안 가서 잽힐 테니 두구 보아라! 네 모가지에 작두날이 내릴 때가 머잖었느니라, 이노옴!"

하고는 부두득 이를 갈아붙입니다.

목전의 절박한 사실에 대한 일종의 발악임은 틀림이 없을 것입니다. 그러나 그것은 일변 깊이 생각을 하면, 하나의 웅장한 선언일 것입니다.

핍박하는 자에게 대한, 일후의 보복과 승리를 보류하는 자신 있는 선언······

사실로 윤용규는 무식하고 소박하나마 시대가 차차로 금권(金權)이 유세해 감을 막연히 인식을 했던 것입니다.

그것은 그러므로, 비단 화적패들에게만 대한 선언인 것이 아니라, 그 야속하고 토색질을 방자히 하는 수령까지도 넣어, 전 압박자에게 대고 부르짖는 선전의 포고이었을 것입니다. 가령 그 자신이 그것을 의식하고 못하고는 고만두고라도…… 말입니다.

"……이놈들! 밤이 어둡다구, 백 년 가두 날이 안 샐 줄 아느냐? 두구 보자, 이놈들!"

윤용규는 연하여 이렇게 살기등등하니 악을 쓰는 것입니다.

"하, 이놈, 희떠운 소리 헌다! 허!"

두목은 서글퍼서 이렇게 헛웃음을 치는데, 마침 윗목에서 이제껏 자고 있던 차인꾼이 그제야 잠이 깨어 푸스스 일어나다가 한참 두릿거리더니, 겨우 정신이 나는지 별안간 버얼벌 떨면서 방구석으로 꽁무니 걸음을 해 들어갑니다.

그리자 또 안으로 들어갔던 패 중에 하나가 총 끝에 흰 무명 고의 하나를 꿰들고 두목 앞으로 나옵니다.

"두령, 자식놈은 풍겼습니다."

"풍겼다? 그럼, 그건 무어란 말이야?"

"그놈이 울타리를 뛰어 넘어가다가 벗어 버린 껍데기올시다. 자다가 허리띠두 못 매구서 달아나느라구, 울타리 밑에서 홀라당 벗어졌나 봅니다."

발가벗고 도망질을 치는 광경을 연상함인지, 몇이 킥킥하고 소리를 죽여 웃습니다.

"으젓잖은 놈들! 어쩌다가 놓친단 말이냐!……"

두목은 혀를 차다가, 방 윗목에서 떨고 있는 차인꾼을 턱으로 가리킵니다.

"……아니 그런 게 아니라, 혹시 저놈이 자식놈이 아니냐?"

차인(差人)꾼 남의 장사하는 일에 시중드는 사람. 또는 임시 심부름꾼으로 부리는 사람.

윤두꺼비는 전번에도 잡히지 않았기 때문에 두목은 그의 얼굴을 몰랐던 것입니다.

두목의 말을 받아 수하 하나가 기웃이 들여다보더니……

"아니올시다. 저놈은 차인꾼이올시다."

"쯧! 그렇다면 헐 수 없고…… 잘 지키기나 해라. 그리고, 아직 몽당숟갈 한 매라도 손대지 말렷다!"

"에이…… 그런데 술이 좋은 놈 한 독 있습니다, 두목…… 닭허구 돼지 두 마침 먹을 감이구요……."

전전해 신축(辛丑)년의 큰 흉년이 아니라도, 화적 된 자치고 민가를 털 제, 술이며 고기를 눈여겨보지 않는 법은 없는 법입니다.

"이놈 윤가야, 말 들어라…… 오늘 저녁에 우리가 네 집에를 온 것은……."

두목은 다시 윤용규에게로 얼굴을 돌리고 을러댑니다.

"……네놈의 재물보담두 너를 쓸 디가 있어서 온 것이다…… 허니, 어쩔 테냐? 내 말을 순순히 들을 테냐? 안 들을 테냐?"

윤용규는 두목을 마주 거듭떠보고 있다가, 말이 끝나자 고개를 홱 돌려 버립니다.

"어쩔 테냐? 말을 못 듣겠단 말이지?"

"불한당 놈의 말 들을 수 없다!…… 내가, 생각허면 네놈들을 갈아 먹구 싶은디 게다가 청을 들어? 흥!"

윤용규는 그새 여러 해 두고 화적을 치러내던 경험에 비추어 보면, 그들 앞에서 서얼설 기고 네네 살려 줍시사고 굽신거리나 마주 대고 네놈 내놈 하면서 악다구니를 하거나, 필경 매를 맞고 재물을 뺏기기는 일반이던 것을 잘 알고 있습니다.

그러니 어차피 당하는 마당에, 그처럼 굽실거릴 생각은 애초부터 없었을 뿐 아니라, 일변 그, 이 패에게 대하여 그야말로 갈아 먹고 싶은 원혐입니다.

달포 전인데 이 패에게 노략질을 당하던 날 밤, 그중에 한 놈, 잘 알 수 있는 자가 섞여 있는 것을 윤용규는 보아 두었었습니다. 그자가 박가라고, 멀지 않은 근동에서 사는 바로 그의 작인이었습니다.

"오! 이놈 네가!"

윤용규는 제 자신, 작인에게 어떠한 원한 받을 짓을 해 왔다는 것은 경위에 칠 줄은 모릅니다. 다만 내 땅을 부쳐 먹고 사는 놈이, 이 도당에 참예를 하여 내 집을 털러 들어오다니, 눈에서 불이 나고 가슴이 터질 듯 분한 노릇이었습니다.

이튿날 새벽같이, 윤용규는 몸소 읍으로 달려 들어가서, 당시 그 고을 원(守令)이요, 수차 토색질을 당한 덕에 안면(!)은 있는 백영규더러, 사분이 이만저만하고 이러저러한데, 그중에 박 아무개라는 놈도 섞여 있었다고, 그러니 그놈만 잡아다가 족치거드면 그 일당을 다 잡을 수가 있으리라고, 아뢰어 바쳤습니다.

백영규는 그러나 말대가리 윤용규보다 수가 한 길 윗수였습니다.

그는 자초지종 이야기를 다 듣더니, 아 그러냐고 그러면 박가라는지 그놈을 잡아오기는 올 것이로되, 그러나 화적패에 투신한 놈을 그처럼 잘 알진댄, 윤용규 너도 미심쩍어 그러니 같이 문초를 해야 하겠은즉 그리 알라고 우선 윤용규부터 때려 가두었습니다.

약은 수령이 백성의 재물을 먹자고 트집을 잡는 데 무슨 사리와 경우가 있나요? 루이 14센지 하는 서양 임금은 짐이 바로 국가라고 호통을 했고, 조선서도 어느 종실 세도 한 분은 반대파의 죄수를 국문하는데, 참새가 찍한다고 해도 죽이고, 짹한다고 해도 죽이고, 필경은 찍짹합니다 해도 죽였다고 하지 않습니까.

토색(討索)질 돈이나 물건 따위를 억지로 달라고 하는 짓.

당시 일읍(一邑)의 수령이면 그 고장에서는 왕이요, 그의 덮어놓고 하는 공사는 바로 법과 다를 바 없던 것입니다. 항차 그는 화적을 잡기보다는 부자를 토색하기가 더 긴하고 재미가 있는데야.

말대가리 윤용규는 혹을 또 한 개 덜렁 붙이고서 옥에 갇히고, 박가도 그날로 잡혀 들어왔습니다.

문초는 그러나 각각 달랐습니다. 박가더러는 그들 일당의 성명과 구혈과 두목을 대라고 족쳤습니다.

박가는 제가 그 도당에 참예한 것은 불었어도, 그 외 것은 입을 꽉 다물고서 실토를 안 했습니다. 주리를 틀려 앞정강이의 살이 문드러지고 허연 뼈가 비어져도 그는 불지를 않았습니다.

일변 윤용규더러는, 네가 그 도당과 기맥을 통하고 있고, 그 패들에게 재물과 주식을 대접했다는 걸 자백하라고 문초를 합니다. 박가의 실토를 들으면 과시 네가 적당과 연맥이 있다고 하니, 정 자백을 안 하면 않는 대로 그냥 감영으로 넘겨 목을 베게 하겠다는 것이었습니다.

이것이 좀 먹자는 트집인 것은 두말할 것도 없는 속이었고, 그래 누가 이러라저러라 시킬 것도 없이 벌써 줄 맞은 병정이 되어서, 젊은 윤두꺼비는 뒷줄로 뇌물을 쓰느라고 침식을 잊고 분주했습니다.

오백 냥씩 두 번 해서 천 냥은 수령 백영규가 고스란히 먹고, 또 천 냥은 가지고 이방 이하 호장이야 형방이야 옥사정이야 사령이야 심지어 통인 급창이까지 고루 풀어 먹였습니다.

이천 냥 돈을 그렇게 들이고서야 어제 아침 달포 만에 말대가리 윤용규는, 장독(杖毒)으로 꼼짝 못하는 몸을 보교에 실려 옥으로부터 집으로 놓여 나왔던 것입니다.

사맥이 이쯤 되었으니, 윤용규로 앉아서 본다면 수령 백영규한테와 화적패에게 원한이 자못 깊습니다. 그러나 아무리 원한이 깊었자, 저편은 감히 건드리지도 못할 수령이라, 그 만만하달까, 화적패에게 잔뜩 보복을 벼르고 있었고, 그런 참인데, 마침 그 도당이 또다시 달려들어서는 이러니저러니 하니 그야말로 갈아 먹고 싶을 것은 인간의 옹색한 속이 아니라도 당연한 근경이라 하겠지요.

일은 그런데 피장파장이어서 화적패도 또한 말대가리 윤용규에게 원한이 있습니다. 동료 박가를 찔러서 잡히게 했다는 것입니다.

박가가 잡혀가서 그 모진 혹형을 당하면서도 구혈이나 두목이나 도당의 성명을 불지 않는 것은 불행 중 다행입니다. 그러니 그런 만큼 의리가 가슴에 사무치지 않을 수가 없었던 것입니다.

윤용규한테 대한 원한은 우선 접어놓고, 어디 일을 좀 무사히 피게 하도록 해 볼까 하는 것이 그들의 첫 꾀였습니다. 만약 그런 꾀가 아니라면야 들어서던 길로 지딱지딱 해 버리고 돌아섰을 것이지요.

두목은 윤용규가 전번과는 달라 악이 바싹 올라 가지고 처음부터 발딱거리면서 뻣뻣이 말을 못 듣겠노라고 버티는 데는 물큰 화가 치밀어오르지 않을 수가 없었습니다.

"진정이냐?"

그는 눈을 부라리면서 딱 을러댑니다. 그러나 윤용규는 종시 까딱 않고 대답입니다.

"다시 더 물을 것 읎너니라!"

"너, 그리 고집 세지 마라!……"

두목은 잠깐 식식거리면서 윤용규를 노리고 보다가, 이윽고 음성을 눅여 타이르듯 합니다.

"……그러다가는 네게 이로울 게 없다. 잔말 말구, 네가 뒤로 나서서 삼천 냥만 뇌물을 써라. 너두 뇌물을 쓰구서 뇌어나왔지? 그럴 테면 네가 옭아 넣은 내 수하도 풀어 놓아주어야 옳을 게 아니야?…… 허기야 너를 시키느니 내가 내 손으루 함직한 일이기는 하지만, 나는 당장 삼천 냥이 없고, 그걸 장만하자면 너 같은 놈 열 놈의 집은 더 털어야 하니 시급스럽게 안 될 말이고, 또 내가 나서서 뇌물을 쓰다가는, 됩다 위태할 것이고 허니 불가불 일은 네가 할 수밖에 없다. 허되 급히 서둘러야지 며칠 안 있으면 감영으로 넹긴다더구나?"

두목은 끝에 가서는 거진 사정하듯 목마른 소리로 말을 맺고서, 윤용규의 대답을 기다립니다.

윤용규는 그러나 싸늘하게 외면을 하고 앉아서, 두목이 하는 소리는 들리지도 않는 체합니다.

"……어쩔 테냐? 한다든 못한다든 대답을……."

두목은 맥이 풀리는 대신 다시 울화가 치받쳐 버럭 소리를 지르다 말고, 입술을 부르르 떱니다.

"못한다!……"

윤용규도 지지 않고 소리를 지릅니다.

"……네놈들이 죄다 잽혀가서 목이 쓸리기를 축원허구 있는 내가, 됩다 한 놈이라두 뇌어나오라구, 내 재물을 들여서 뇌물을 써? 홍! 하늘이 무너져두 못헌다!"

"진정이냐?"

"오냐!"

윤용규는 아주 각오를 했습니다. 행악은 어차피 당해 둔 것, 또 재물도 약간 뺏겨는 둔 것, 그렇다고 저희가 내 땅에다가 네 귀퉁이에 말뚝을 박고 전답을 떠 가지는 못할 것, 그러니 저희의 청을 들어 삼천 냥을 들여서 박가를 빼놓아주느니보다는 월등 낫겠다고, 이렇게 이해까지 따진 끝의 각오이던 것입니다.

"진정?"

두목은 한 번 더 힘을 주어 다집니다.

"오냐. 날 죽이기밖으 더헐 테야?"

"저놈 잡아내랏!"

윤용규의 말이 미처 떨어지기 전에 두목이 뒤를 돌려다보면서 호령을 합니다.

등 뒤에 모여 섰던 수하 중에 서넛이나가 우루루 방으로 몰려 들어가더니, 왁진왁진 윤용규를 잡아끕니다. 그러자 마침 안채로 난 뒷문이 와락 열리더니, 흰 머리채를 풀어 헤뜨린 윤용규의 노처가, 아이구머니 이 일을 어쩌느냐고 울어 외치면서 달려들어 뒤엎으러져 매달립니다.

화적패들은 윤용규를 앞뒤에서 끌고 떠밀고 하고, 윤용규는 안 나가려고 버둥대면서도 그래도 할 수 없이 문께로 밀려 나옵니다. 그러다가 어찌어찌 부스대는 윤용규의 손에 총대 하나가 잡혔습니다.

총을 훌트려 쥔 그는 장독으로 고롱거리는 육십객답지 않게 불끈 기운을 내어, 총대를 가로, 빗장 대듯 문지방에다가 밀어 대면서 발로 문턱을 디디고는 꽉 버팅깁니다. 그러고 나니까는 아무리 상투를 잡아끌고, 몽둥이로 직신거리고 해도 으응 소리만 치지, 꿈쩍 않고 그대로 버팁니다.

수령이 그걸 보다 못해 옆에 섰는 수하의 몽둥이를 채어 가지고 윤용규가 총대에다가 버틴 바른편 팔을 겨누어 으깨지라고 한 번 내리칩니다. 한 것이 상거는 밭고 또 문지방이며 수하의 어깨며 걸리적거리는 것이 많아 겨냥은 삐뚜루 나가고 말았습니다.

"따악!"

빗나간 겨냥의 옆으로 비껴, 이마를 바스러지게 얻어맞은 윤용규는,

"어이쿠우!"

소리와 한가지로 피를 좌르르 흘리며 털썬 주저앉았습니다.

동시에 윤용규의 노처가 고만 눈이 뒤집혀

"아이구우! 인제는 사람까지 죽이는구나아! 나두 죽여라아! 이놈들아!"

하고 외치면서 죽을 동 살 동 어느 겨를에 달려들었는지, 두목의 팔을 덥씬 물고 늘어집니다. 윤용규는 주저앉은 채 정신이 아찔하다가 번쩍 깨났습니다. 그는 화적패들이 무슨 내평으로 밖으로 끌어내려고 하는지 그건 몰

라도, 아무려나 이롭지 못할 것 같아 되나 안 되나 버팅겨 보았던 것인데, 한번 얻어맞고 정신이 오리소리한 판에 마침 그의 아내가 별안간

"······인제는 사람까지 죽이는구나!"

하고, 왜장치는 이 소리에, 정말로 죽음이 박두한 줄로만 알았습니다.

그러면 인제는 옳게 이놈들의 손에 죽는구나, 그렇다면 죽어도 그냥은 안 죽는다, 이렇게 악이 복받치자, 그는 벌떡 일어서면서 눈앞에 보이는 대로, 칼 하나를 채어 가지고는 마구 대고 휘저었습니다.

더욱이 눈이 뒤집히기는 아무리 화적이라고 결단코 하지 않던 것인데, 여인을, 하물며 늙은 여인을 치는 걸 본 것입니다. 그는 그의 아내가 두목의 팔을 물고 늘어진 줄은 몰랐고, 다만 두목이 아내의 머리끄덩이를 잡아 동댕이를 쳐서, 물린 팔을 놓치게 하는 그 광경만 보았던 것입니다.

아무리 죽자 사자, 악이 받쳐 칼을 휘두른다지만 죽어 가는 늙은이 걸, 십여 개나 덤비는 총개머리야 몽둥이야 칼이야 도끼야를 당해 낼 수가 없던 것입니다.

윤용규가 마지막 목덜미에 도끼를 맞고 엎드러지자 피를 본 두목은 두 눈이 불덩이같이 벌컥 뒤집혀졌습니다. 그는 실상 윤용규를 죽일 생각은 없었습니다.

그렇다고 윤용규 하나쯤 죽이기를 차마 못해서 그런 것은 아니고, 제 구혈로 잡아가쟀던 것입니다. 한때 만주에서 마적들이 하던 그 짓이지요. 볼모로 잡아다 두고서 가족들로 하여금 이편의 요구를 듣게 하쟀던 것입니다.

"노적허구 곳간에다가 불질러랏!"

두목은 뒤집힌 눈으로, 피투성이가 되어 쓰러진 윤용규를 노려보다가 수하를 사납게 호통하던 것입니다.

이윽고 노적과 곳간에서 하늘을 찌를 듯 불길이 솟아오르고, 동네 사람들이 그제야 여남은 모여들어 부질없이 물을 끼얹고 하는 판에, 발가벗은

윤두꺼비가 비로소 돌아왔습니다. 화적은 물론 벌써 물러갔고요.

　윤두꺼비는 피에 물들어 참혹히 죽어 넘어진 부친의 시체를 안고 땅을 치면서,

　"이놈의 세상이 어느 날에 망하려느냐!"

고 통곡을 했습니다.

　그리고 울음을 진정하고는, 불끈 일어서 이를 부드득 갈면서,

　"오냐, 우리만 빼놓고 어서 망해라!"

고 부르짖었습니다. 이 또한 웅장한 절규이었습니다. 아울러 위대한 선언이었구요.

【후략】

　이런 일을 겪고 윤직원 영감은 일본인이 들어와 불한당을 막아 주고 태평천하를 보장해 주었다며 진심으로 일본에 감사해한다. 돈을 버는 데는 무엇보다 권력을 가지는 게 중요하다는 것을 깨달은 윤직원 영감은 경찰서 무도장 짓는 데 아낌없이 기부한다.

　윤직원은 양반을 사고, 족보에 금도금을 하고, 손자 '종수'와 '종학'에게 군수와 경찰서장이 되어 가문을 빛내라며 기대를 건다. 그러나 아들과 손자들은 윤직원의 말을 잘 듣지 않는다. 아들 '창식'은 집을 돌보지 않고 노름으로 가산을 탕진하고, 군수가 되라 했던 '종수'는 아버지의 첩 '옥화'와 불륜을 저지른다. 며느리와 손자 며느리도 고분고분 말을 듣지 않고 딸마저 시댁에서 소박을 맞고 돌아온다. 마지막으로 기대를 걸었던 손자 '종학'마저 사상 관계로 경찰에 피검되었다는 전보를 받고 충격을 받는다.

작품 이해

「태평천하」는 풍자 작가로서의 채만식의 재능과 기량이 유감없이 발휘된 장편이다. 이 소설은 개화기에서 식민지로 이어지는 한국의 근대에서 왜곡된 인간상을 풍자적으로 그렸다. 삼대에 걸친 한 가족의 생활을 통해 식민 치하에서 모순되고 왜곡된 삶을 풍자하고, 그 이면에 숨겨진 올바른 삶이 무엇인가를 보여 주려는 작가 의식을 읽을 수 있다.

「태평천하」는 이른바 근대적 소설과는 매우 다른 기법으로 쓰여진 작품이다. 근대 소설은 일반적으로 사실의 '묘사'를 통해 현실을 그려 낸다. 반면 채만식의 「태평천하」는 판소리의 사설을 이용하여 작가가 사건을 직접 서술하는 방식을 취한다. 즉 작가가 소설의 전면에 나서서 판소리의 창자와 같은 역할을 하면서 독자와 한편이 되어 부정적인 인물을 풍자하고 조롱하는 것이다. 특히 '입니다' 식의 경어체 사용은 독자를 작가 쪽으로 끌어들이는 구실을 하여 독자로 하여금 작중 인물을 비판하게 한다. 작가는 작중 인물을 치켜세우다가 다시 땅으로 떨어뜨리는 교묘한 방법을 쓰는 것이다. 작가의 풍자 방법과 더불어 능란한 전라도 사투리의 구사는 작품을 재미있고 실감나게 하는 요소가 된다. 판소리 사설의 이용은 채만식이 판소리의 본고장인 전북 출신이라는 데에서도 기인한다. 요컨대 채만식은 근대적인 소설 기법과는 전혀 다른 기법을 이용함으로써 근대적인 현실주의 정신을 바탕에 깔고 있음에도 소설을 성공적으로 쓴 것이다.

이런 이유로 「태평천하」는 일반적인 근대 소설의 구조와 다른 체계를 보여 준다. 즉 이 소설은 사건의 진행을 중심으로 전개되는 것이 아니라, 인물의 성격을 중심으로 그 인물의 행동거지 하나하나를 세세하게 관찰하여 그를 조롱하고 희화화한다. 그래서 이 작품은 삼대에 걸친 인물들이 등장하지만 실제로 그 인물들이 활동하는 시간은 정축년(1937년) 어느 날 오후부터 다음 날 오전까지 불과 이틀밖에 되지 않는다. 이틀 동안 일어난 사건들이 아무런 인과 관계의 설정 없이 에피소드식으로 구성되어 있다. 이런 에피소드적 구성 또한 풍자 소설의 전형적인 구성이다. 채만식은 이 소설을 통해 본격적인 풍자 소설을 근대 소설의 한 양식으로 정착시킨 것이다.

「태평천하」는 한 가족의 삶을 통해 한 시대와 사회의 변화 과정과 모순을 그려 낸 '가족사 소설'의 형식을 취한다. 「태평천하」에 등장하는 인물들은 작가가 긍정적으로 바라보는 '종학'을 제외하고 모두 풍자의 대상이 된다. 그중에서도 특히 주인공 '윤직원'은 집중적인 공격의 대상이다. 「태평천하」에 나타나는 여러 세대의 삶은 시대적 상황과 밀접한 관련을 가진다. 작가는 이 소설에서 할아버지, 아버지, 손자의 삼대를 등장시켜 세대 간의 차이를 시대의 변화와 관련시켜 다룬다.

주인공 윤직원은 일본이 지배하는 식민지 시대를 태평천하라고 인식하는, 한말을 대표하는 인물로서 그의 행동 하나하나와 그가 벌이는 사건은 모두 작가에 의해 집중적으로 조롱받는다. 이 같은 풍자를 통해 작가는 당시가 태평천하와는 정반대의 사회임을 말한다. 윤직원은 한말에 돈을 모아 지주가 된 인물인데 지방 수령의 수탈과 화적 떼에 의한 부친의 죽음 등을 겪으면서 오직 돈만이 자신의 삶을 보장해 준다는 생각 아래 돈을 지키고 살아남기 위해 자기 방어를 한다. 그는 돈으로 자신과 가족의 안전을 보장받음으로써 일제하의 식민지가 자기 가족과 재산을 지켜 주는 '태평천하'라고 믿는 왜곡된 사회관을 갖게 되며, 이런 인식으로 말미암아 그의 행동은 반사회적, 반민족적, 친일적 성향을 띤다. 그 결과 그 가족의 안전에 해가 되는 사회 변혁을 극도로 경계하게 된다. 윤직원의 이러한 사회, 역사관을 가장 잘 보여 주는 것이 바로 "우리만 빼놓고 어서 망해라!"라는 그의 외침이다. 그는 백만장자이면서도 남을 위해 결코 돈을 쓰지 않는 구두쇠형의 인간으로서 인력거 값 깎기, 무임승차 등의 우스꽝스러운 행동을 보이며, 반면 일제하에서 출세하기 위해 갖가지 추태를 보인다. 건강관리, 족보에 도금하기, 양반집과 혼인하기, 권력을 갖기 위해 손자들 출세시키기 등이 그가 자신의 목표를 달성하기 위해 벌이는 행각이며 이 모든 것은 작가의 능란한 말솜씨에 의해 조롱받거나 희화화된다.

윤직원의 아들 '창식'은 개화기에 신식 교육을 받은 인물이나 현실에 적응하지 못하고 무능력자가 되어 술과 도박으로 흥청망청 생을 되는대로 살아가는 인물이다. 창식은 염상섭의 「삼대」에 나오는 '상훈'에 대응되는 인물로, 작가는 창식을 통하여 개화기의 이른바 신식 교육이 껍데기뿐임을 비판하는 것이다.

그리고 윤직원은 손자를 통해 자신의 꿈을 이루려 하지만 경찰서장을 만들려던 큰손자 '종수'는 그의 아버지와 비슷한 인물이 되어 가고 둘째 손자 '종학'은 윤직원이 가장 싫어하는 '사회주의자'가 되어 일본에서 체포됨으로써 그의 꿈은 무산되고 만다. 이처럼 이 소설은 윤직원을 중심으로 모든 인물들이 비판과 풍자의 대상으로 그려진다. 채만식은 이러한 풍자를 통하여 부정되어야 할 현실을 고발하고 어떤 것이 바람직한 현실인가를 제시하고자 하였다. '종학'은 작품 속에서 거의 등장하지 않지만 윤직원의 꿈을 결정적으로 배반하는 인물로, 작가가 추구하는 긍정적인 인물임이 암시되어 있다. 종학을 여기서 '사회주의자'로 그린 것은 작가의 사상을 보여 주는 것이라기보다는 당대의 민족 해방 운동에서 진보적인 세력이 주로 사회주의자들이었다는 데서 기인한 것으로, 종학은 사회의 진보를 이끌어 가는 젊은 세대를 대표한다고 볼 수 있다.

지금까지 살펴보았듯이 「태평천하」는 현실의 부정적인 면을 작품의 전면에 등장시켜 그를 풍자함으로써 있어야 할 긍정적인 것이 무엇인가를 암시하는 사회 비판적인 작품이다. 작가는 이를 통하여 식민지 시대의 모순을 유감없이 그렸다. 채만식이 무엇보다 이 작품에서 힘주어 비판한 것은 식민지 시대의 뒤집힌 현실로서, 식민지 조선에서 부정한 방법으로 재산을 축적하는 인물들이 어떻게 파탄하는가를 보여 줌으로써 식민지 교육의 모순을 예리하게 파헤치고 있다.

　또한 작가가 선택한 풍자의 방법은 작가의 의도를 충실하게 수행케 하는 효과적인 방법임이 증명되었다. 이 작품을 통해 채만식은 전통적인 수법이 근대 소설에 이용될 수 있는 가능성을 열어 놓았다. 그러나 지나친 풍자는 오히려 작품을 훼손하기도 한다. 특히 윤직원에 대한 지나친 풍자는 작가의 의도를 넘어 많은 부분에서 독자가 윤직원을 동정하게 되는 결과를 빚기도 한다. 채만식은 식민지 조선의 모순을 적나라하게 보여 주기는 했지만 그 부정적 측면을 넘어선 긍정적인 모습이 무엇인가를 제시하는 데에는 실패하였다. 이는 채만식이 당시 현실을 날카롭게 직시했지만 현실에 너무 절망했기 때문에 '있어야 할 것'을 독자에게 제대로 제시하지 못한 것이다. 작가는 유일하게 긍정적인 인물 '종학'을 통해 이를 해결하려 하였지만 종학은 작품 전체에서 너무나 미미한 역할밖에는 하지 못한다. 이것은 바로 채만식이 가진 역사의식의 한계라고 할 수 있으며 이 한계는 그의 풍자 소설 선택과 맞물리는 것이기도 하다.

 활 동

1. 「태평천하」의 발췌한 부분에서 풍자적인 수법이 가장 잘 드러난 곳을 찾아보자.
2. 이 작품이 판소리의 전통을 계승하고 있는 것을 서술의 특성에서 찾아보자.
3. 「태평천하」의 발췌한 부분에서 작가가 직접 개입하여 서술하고 있는 부분이 어딘지 구체적으로 찾아보자.
4. 「태평천하」에서 현실을 바라보는 관점과 현실을 넘어서고자 하는 대안이 무엇인지 각각 밝혀 보자.

네 번째 이야기

소설은 현실에 어떻게 대응하는가

소설은 현실에 어떻게 대응하는가

모든 문학 작품은 작가의 경험으로부터 비롯됩니다. 작가는 그 경험에 상상을 덧붙여 예술적 감동을 느낄 수 있도록 변형하고 우리의 삶에 말을 걸지요. 그런데 모든 작품이 뿌리를 내리고 있는 경험은 현실 속의 경험입니다. 특히 소설은 현실을 어떻게 넘어설 것인가를 정면으로 문제 삼는 문학 장르이기 때문입니다.

작품이 담고 있는 현실은 저마다 다릅니다. 식민지 현실이나 분단 현실과 같은 사회적 현실일 수도 있으며, 질병이나 죽음과 같이 인간이라면 의당 겪게 마련인 존재론적인 현실일 수도 있습니다. 이 현실에 맞닥뜨려 소설 속 인물은 저마다의 처지를 바탕으로 현실을 넘어서고자 합니다. 그 결과 마침내 현실을 넘어서서 행복한 결말을 맞거나 비극적으로 절망에 이르기도 합니다. 그러나 정작 결말이 행복한가 그렇지 못한가는 중요하지 않습니다. 인물이 현실과 어떻게 맞서며, 그 과정에서 인물은 무엇을 배우는가에 달려 있습니다.

소설을 읽을 때에도 소설 속 경험은 언제나 우리 자신의 경험과 맞닿아 있습니다. 나라면 이 상황에서 어떻게 했을까라는 질문은 물론이거니와 지금 여기에서는 어떤 상황이 이 소설적 현실과 비슷한지를 끊임없이 비교해 보아야 합니다. 그렇지 않을 경우 우리의 소설 읽기는 그저 재미있는 이야기일 뿐, 내 삶에 말을 걸어오는 걸 깨닫지 못하고 내가 살아가는 삶에 대한 느낌과 생각을 조금도 변화시키지 못하는 수고로움일 뿐입니다.

소설을 읽을 때에는 항상 나의 경험과 소설 속 경험을 마주 세워 보아야만 합니다. 「만세전」에서 나타나는 식민지 시대 이인화의 삶과 현실 인식, 「광장」에 나타나는 한국 전쟁 당시 이명준의 삶과 현실 인식에 견주어 나라면 현실에 어떻게 대응했을지를 생각해야 하며, 오늘날 이인화, 이명준이 마주친 것과 같은 문제 상황은 무엇인지, 그 속에서 나는 어떻게 살아야 할 것인지를 생각해야 합니다. 작품과 독자의 상호 참조와 조화가 소설 읽기에서는 반드시 필요한 것입니다.

따라서 소설을 읽을 때에는 그저 추상적인 시대가 무엇인지를 아는 데에서 한 걸음 더 나아가 구체적인 인물이 맞닥뜨린 현실이 어떠한 현실인지를 재구성할 필요가 있습니다. 예컨대 '춘향'의 앞에 놓인 현실은 신분제 질서가 분명한 조선조 사회입니다. 그리고 구체적으로는 양반집 자제인 이몽룡과 사랑을 하고 헤어진 상황입니다. 여기에 덧붙여 새로운 남원 부사인 변학도가 와서 수청을 들 것을 명령합니다. '춘향'은 여기에 맞서 자신의 정절과 함께 이 도령과의 약속을 지키고자 하지요. 이 작품 속에서 우리는 두 가지 질문을 던질 수 있습니다. 먼저 내가 만약 춘향이라면 그와 같은 현실에 맞서 어떻게 할 것인가 하는 질문입니다. 과연 춘향처럼 죽음도 불사하며 이 도령을 기다릴 것인가, 아니면 변학도의 수청을 들 것인가? 이 두 가지 말고 또 다른 제3의 선택은 어떤 것이 가능할 것인가 모색해 보아야 합니다. 두 번째 질문은 오늘날 이와 같은 문제 상황은 어떤 것일지 생각해 보아야 합니다. 신분제 사회에서 고을 수령의 명령과 정절을 지키는 것을 자본주의 사회인 오늘날의 현실과 비교해 본다면 아마도 돈과 명예가 될 것입니다. 부를 추구할 것인지 명예를 지킬 것인지를 자신의 판단으로 선택해야 할 것입니다.

여기에서는 우리 소설사에서 현실과 가장 첨예하게 맞선 대표적인 작품 네 편을 수록하였습니다. 식민지 시대 초기를 대표하는 염상섭의 「만세전」, 1930년대 후반 일제의 수탈로 가난이 도처에 만연한 이태준의 「달밤」, 1950년대 전쟁과 이데올로기적 선택을 강요받는 최인훈의 「광장」, 1970년대의 산업화가 급속하게 진행되는 가운데 노동자의 현실을 다루는 윤흥길의 「아홉 켤레의 구두로 남은 사내」 등입니다. 이 작품들은 이와 같은 현실에 대처하는 양상도 제각각입니다. 「만세전」은 관찰하고, 「달밤」은 현실을 연민으로 감싸 안으며, 「광장」은 중립국을 선택합니다. 「아홉 켤레의 구두로 남은 사내」는 그나마 작품이 진행될수록 긍정적인 전망을 보여 주기도 합니다. 우리는 이 작품들을 통해 우리 자신의 삶과 주변의 현실을 성찰함과 동시에 삶의 문제에 대처하는 문학 작품을 통해 참된 인간으로 성장해 갈 수 있을 것입니다.

만세전
염상섭

읽기 전에

'만세전'은 1919년 3·1운동 직전이라는 뜻입니다. 처음에는 제목이 '묘지'였으나, 일제의 검열로 인해 연재가 중단된 이후 '만세전'으로 제목을 바꾸게 됩니다. '묘지'라는 제목이 식민지 현실을 '공동묘지'에 비유한 것이기 때문에 일본 제국주의로서는 받아들일 수 없었기 때문입니다.

이 작품은 주인공 이인화가 동경에서 서울로, 다시 동경으로 돌아가기까지 보고 듣고 느낀 점들을 객관적으로 기록한 작품입니다. 당연 작품 속에 드러난 현실은 식민지 현실이며 참혹한 수탈로 경제적, 사회적, 정신적 피폐함이 극도로 심각한 상황이었습니다. 이를 작가는 과장하거나 생략하지 않고 있는 그대로 제시하고자 하였습니다. 그 결과 주인공 이인화는 분노하고 절망하기도 하지만, 어디까지나 관찰자의 역할을 충실히 수행합니다. 만일 내가 이러한 상황에 처해 있고 이와 같은 경험을 하고 있다면 어떤 삶을 살 수 있을까요? 자신이라면 어떻게 했을지 생각해 봅시다.

【전략】

　일본에 유학 중인 나는 서울에 있는 아내가 위독하다는 전보를 받고 귀국하기로 한다. 사회의 여러 모순을 고쳐야 한다고 생각하면서도 실행에 옮기지 못하는 스스로와 원만하지 않은 부부 관계로 울적하다. 나는 '정자'가 있는 술집에 들러 술을 마시고 마침내 귀국길에 오르는데…….

　그날 밤은 역 앞의 조그만 여관에서 노독을 풀고 이튿날 아침차로 떠나서 저녁에는 연락선을 타게 되었다.
　하관에 도착하니, 방죽이 터져 나오듯 일시에 꾸역꾸역 쏟아져 나오는 시꺼먼 사람 떼에 섞이어서 나는 연락선 대합실 앞까지 왔다.
　어디를 가나, 그 머릿살 아픈 형사 떼의 승강이를 받기가 싫어서 배로 바로 들어가고 싶었으나, 배에는 아직 들이지 않기에, 나는 하는 수 없이 대합실로 들어갔다. 벤또나 살까 하고 매점 앞에 가서 섰으려니까 어느 틈에 벌써 알아차렸는지 인버네스를 입은 낯 서툰 친구가 와서 모자를 벗으며 끄덕하고 국적이 어디냐고 묻는다. 나는 암말 아니하고 한참 치어다보다가, 명함을 꺼내서 주고 훌쩍 가게로 돌아서 버렸다.

인버네스 Inverness. 소매 대신에 망토가 달린 남자용 외투.

"본적은……?"

내 명함을 받아 들고 내가 흥정을 다 하기까지 기다리고 있던 인버네스는 또 괴롭게 군다. 나는 그래도 역시 잠자코 그 명함을 도로 빼앗아서 주소를 써서 주고는, 사 놓았던 물건을 들고 짐 놓은 자리로 와서 앉았다. 그러나 궐자는 또 쫓아와서,

"나이는? 학교는? 무슨 일로? 어디까지?……"

하며 짓궂이 승강이를 부린다. 나는 실없이 화가 나서 그까짓 건 물어 무엇에 쓰려느냐고 소리를 지르고 싶었으나 꾹 참고 간단간단히 응대를 하여 주고 부리나케 짐을 들고 대합실 밖으로 나와 버렸다.

"미안합니다그려."

하며 좀 비웃는 듯이 인사를 하는 궐자의 흘겨 뜨는 눈은 부리부리하고 험상궂었으나, 내 뱃속에서도 제게 지지 않게 바지랑대 같은 것이 치밀어 오르는 것을 참는 판이었다.

승객들은 북적거리며 배에 걸쳐 놓은 층층다리 앞에 일렬로 늘어섰다. 나는 틈을 비집고 그 속에 끼였다.

아스팔트 칠을 담았던 통에 썩은 생선을 담고 석탄산수를 뿌려서 절이는 듯한 고약한 악취에 구역질이 날 듯한 것을 참으며, 제각기 앞을 서려고 우당퉁탕대는 틈을 빠져서 겨우 삼등실로 들어갔다. 참외 원두막으로서는 너무도 몰풍경하고 더러운 침대 위에다가 짐을 얹어 놓고 옷을 갈아입은 뒤에 나는 우선 목욕탕으로 재빨리 뛰어갔다.

내가 제일착이려니 하였더니 벌써 사오 인의 욕객이 목욕탕 속에 들어앉아서 떠들어 댄다.

"오늘은 제법 까불릴걸!"

"뭘, 이게 해변가니까 그렇지, 그리 세찬 바람은 아니야."

시골서 갓 잡아 올라오는 농군인 듯한 자가 온유하여 보이는 커다란 눈이 쉴 새 없이 디굴디굴하는 검고 우악한 상을 이 사람 저 사람에게로 돌리

면서 말을 꺼내니까, 상인인지 회사원 같은 앞의 사람이 이렇게 대꾸를 하는 것이었다.

"조선은 지금쯤 꽤 출걸?"

"그렇지만 온돌이 있으니까, 방 안에만 들어엎디었으면 십상이지."

조선 사정에 익은 듯한 상인 비슷한 위인이 받는다.

"응, 참 온돌이란 게 있다지."

촌뜨기가 이렇게 말을 하니까, 나하고 마주 앉았는 자가 암상스러운 눈으로 그자를 말끔히 치어다보더니,

"당신 처음이슈?"

하며 말참례를 하기 시작한다. 남을 멸시하고 위압하려는 듯한 어투며 뾰족한 조동아리가 물어보지 않아도 빚놀이쟁이의 거간이거나 그따위 종류라고 나는 생각하였다.

"이 추위에 어째 나셨소? 어딜 가슈?"

"대구에 형님이 계신데 어머님이 편치 않으셔서 가는 길이죠."

"마침 잘되었소그려. 나도 대구까지 가는 길인데. 그래 백씨께서는 무얼 하슈?"

"헌병대에 계시죠."

"네? 바로 대구 분대에 계신가요? 네…… 그러면 실례입니다만, 백씨께서는 누구신지? 뭘로 계셔요?"

시골자의 형이 헌병대에 있다는 말에, 나하고 마주 앉은 자는 반색을 하면서 금시로 말씨가 달라진다. 나는 그자의 대추씨 같은 얼굴을 또 한 번 치어다보지 않을 수 없었다.

"네, 우리 형님은 아직 군조(軍曹)예요. 니시무라(西村) 군조, 혹 형공도

궐자 '그'를 낮잡아 이르는 말.
바지랑대 빨랫줄을 받치는 긴 막대기.
암상스럽다 보기에 남을 시기하고 샘을 잘 내는 데가 있다.

아시는지? 그런데 형공은 조선에 오래 계신가요?"

"녜. 난 십여 년래로 그저 내 집같이 드나드니까요."

하고 궐자는 시골자를 한참 멀뚱멀뚱 치어다보다가,

"암, 대구 헌병대의 그 양반이야 알구말구요. 그 양반은 나를 모르실지 모르지만……."

어째 그 말눈치가 안다는 것보다도 모른다는 말 같다.

"어쨌든 십 년이라면 한밑천 잡으셨겠구려."

이번에는 상인 비슷한 자가 입을 벌렸다.

"웬걸요. 이젠 조선도 밝아져서 좀처럼 한밑천 잡기는 어렵지만……."

"그러나 조선 사람들은 어때요?"

"'요보' 말씀요? 젊은 놈들은 그래도 제법들이지마는, 촌에 들어가면 대만의 생번보다는 낫다면 나을까. 인제 가서 보슈…… 하하하."

'대만의 생번'이란 말에, 그 욕탕 속에 들어앉았던 사람들은 나만 빼놓고는 모두 껄껄 웃었다. 그러나 나는 기가 막혀 입술을 악물고 치어다보았으나 더운 김이 서리어서 궐자들에게는 분명히 보이지 않은 모양이었다. 욕객은 차차 꾸역꾸역 쏟아져 들어온다.

사실 말이지, 나는 그 소위 우국지사는 아니나 자기가 망국 백성이라는 것은 어느 때나 잊지 않고 있기는 하다. 학교나 하숙에서 지내는 데는 일본 사람과 오히려 서로 통사정을 하느니만큼 좀 낫다. 그러나 그 외의 경우의 고통은 참을 수 없는 때가 많다.

그러나 또 한편으로 생각하면 망국 백성이 된 지 벌써 근 십 년 동안 인제는 무관심하도록 주위가 관대하게 내버려 두었었다. 도리어 소학교 시대에는 일본 교사와 충돌을 하여 퇴학을 하고 조선 역사를 가르치는 사립학교로 전학을 한다는 둥, 솔직한 어린 마음에 애국심이 비교적 열렬하였지마는, 차차 지각이 나자마자 일본으로 건너간 뒤에는 간혹 심사 틀리는 일을 당하거나 일 년에 한 번씩 귀국하는 길에 하관에서나 부산·경성에서 조사를 당하고, 성이 가시게 할 때에는 귀찮기도 하고 분하기도 하지마는 그때뿐이요, 그리 적개심이나 반항심을 일으킬 기회가 적었었다. 적개심이나 반항심이란 것은 압박과 학대에 정비례하는 것이나, 기실 그것은 민족적으로 활로를 얻는 유일한 수단이다. 그러나 칠 년이나 가까이 일본에 있는 동안에, 경찰관 이외에는 나에게 그다지 민족 관념을 굳게 의식케 하지 않았을 뿐 아니라, 원래 정치 문제에 흥미가 없는 나는 그런 문제로 머리를 썩여 본 일이 거의 없었다 하여도 가할 만큼 정신이 마비되었었다. 그러나 요새로 와서 나의 신경은 점점 흥분하여 가지 않을 수가 없다. 이것을 보면 적개심이라든지 반항심이라는 것은 보통 경우에 자동적, 이지적이라는 것보다는 피동적, 감정적으로 유발되는 것인 듯하다. 다시 말하면 일본 사람은 지나치는 말 한마디나 그 태도로 말미암아 조선 사람의 억제할 수 없는 반감을 끓어오르게 하는 모양이다. 그러나 그것은 결국에 조선 사람으로 하여금 민족적 타락에서 스스로를 구하여야 하겠다는 자각을 주는 가장 긴요한 원동력이 될 뿐이다.

지금도 목욕탕 속에서 듣는 말마다 귀에 거슬리지 않는 것이 없지마는, 그것은 될 수 있으면 많은 조선 사람이 듣고, 오랜 몽유병에서 깨어날 기회를 주었으면 하는 생각을 자아낼 뿐이다.

그들은 여전히 이야기를 계속하고 있다.

"그래 촌에 들어가면 위험하진 않은가요?"

조선에 처음 간다는 시골자가 또다시 입을 벌렸다.

"뭘요. 어델 가든지 조금도 염려 없쇠다. 생번이라 하여도 요보는 온순한 데다가 가는 곳마다 순사요 헌병인데 손 하나 꼼짝할 수 있나요. 그걸 보면 데라우치(寺內)상이 참 손아귀 힘도 세지만 인물은 인물이야!"

요보 일본인이 조선인을 일컫던 말.
생번(生蕃) 대만의 고사족 가운데 대륙 문화에 동화되지 아니하고 야생적인 생활을 하는 번족을 일본인이 부르던 이름.

매우 감격한 모양이다.

"그래 촌에 들어가서 할 게 뭐예요?"

"할 것이야 많지요. 어델 가기로 굶어 죽을 염려는 없지만, 요새 돈 몰 것이 똑 하나 있지요. 자본 없이 힘 안 들고…… 하하하."

표독한 위인이 충동하는 수작이다.

"그런 벌이가 어디 있어요?"

촌뜨기 선생은 그 큰 눈을 더 둥그렇게 뜨고 큰 기대와 호기심을 가지고 마주 치어다보는 모양이다.

"왜요, 한번 해 보시려우?"

그는 이렇게 한마디 충동이며, 무슨 의미나 있는 듯이 그 악독하여 보이는 얼굴에 교활한 웃음을 띠고 한참 마주 보다가,

"시골서 죽도록 땅이나 파먹다가 거꾸러지는 것보다는 편하고 재미있습넨다. 게다가 돈은 쓰고 싶은 대로 쓸 수 있고……."

여전히 뱅글뱅글 웃으면서 이 순실한, 어머니 배 속에서 나온 그대로 있는 듯한 촌뜨기를 꾄다.

"그런 선반에서 떨어지는 떡 같은 장사가 있으면 하다뿐이겠나요."

촌뜨기는 차차 침이 괴어 오는 수작이다.

"그러나 밑천이 아주 안 드는 것은 아니지요. 우선 얼마 안 되지만 보증금을 들여놓아야 하고, 양복이나 한 벌 장만하여야 할 터이니까……. 그러나 당신이야 형님이 헌병대에 계시다니까 신분은 염려 없을 테니 보증금은 없어도 좋겠지."

제 딴은 누구를 큰 직업이나 얻어 주는 듯싶이, 더구나 보증금은 특별히 면제하여 주겠다는 듯이 오만한 태도로 어깨를 뒤틀며 호기만장이다. 일편 촌뜨기는 양복 신사가 돼야 하는 직업이라는 데에 속으로 헤에 하는 기색이다. 그러나 정작 그 직업의 종류가 무엇인가는 좀처럼 가르쳐 주지 않는다. 실상 곁에서 엿듣고 앉았는 나 역시 궁금하지만, 이러한 소리를 듣는

시골 궐자는 더한층 호기의 눈을 번쩍이며 앉았는 모양이다. 그러나 그것을 토설치 않는 것은 나와 그 외의 두세 사람이 들을까 꺼리어서 그리하는 것 같기도 하고, 또는 그 시골뜨기가 좀 더 몸이 달아 덤비며 자기의 부하가 되겠다는 다짐까지 받고서야 이야기하려는 수단 같기도 하다.

"그래 그런 훌륭한 직업이 무엇인데, 어데 있단 말요?"

이번에는 그 시골자의 동행인 듯한 사람이 가만히 듣고 있다가 욕탕에서 시뻘겋게 단 몸뚱어리를 무거운 듯이 끌어내며 물었다. 그자도 물속에서 불쑥 일어서서 수건을 등 뒤로 넘겨서 가로잡고 문지르며 한 번 목욕탕 속을 휘돌아다보고, 다른 사람들이 자기네의 이야기에는 무심히 이 구석 저 구석에서 멱을 감는 것을 살펴본 뒤에, 안심한 듯이 비로소 목소리를 낮추며 입을 벌린다.

"실상은 누워 떡 먹기지. 나두 이번에 가서 해 오면 세 번째나 되오마는, 내지의 각 회사와 연락해 가지고 요보들을 붙들어 오는 것인데⋯⋯ 즉 조선 쿨리(苦力) 말씀요. 농촌 노동자를 빼내 오는 것이죠. 그런데 그것은 대개 경상남북도나, 그렇지 않으면 함경, 강원, 그다음에는 평안도에서 모집을 해 오는 것인데, 그중에도 경상남도가 제일 쉽습넨다. 하하하."

그자는 여기 와서 말을 끊고, 교활한 웃음을 웃어 버렸다.

나는 여기까지 듣고 깜짝 놀랐다. 그 불쌍한 조선 노동자들이 속아서 지상의 지옥 같은 일본 각지의 공장과 광산으로 몸이 팔리어 가는 것이, 모두 이런 도적놈 같은 협잡 부랑배의 술중(術中)에 빠져서 속아 넘어가는구나 하는 생각을 하며, 나는 다시 한 번 그자의 상판대기를 치어다보지 않을 수 없었다.

'옳지! 그래서 이자의 형이 헌병 군조라는 것을 듣고 이용할 작정으로 반색을 한 게로군!'

쿨리(coolie) 육체노동에 종사하는 하층의 중국인·인도인 노동자. 19세기에 아프리카·인도·아시아의 식민지에서 혹사당하였다.

나는 이런 생각도 하여 보며 가만히 귀를 기울이고 앉았었다.

궐자는 벙벙히 듣고 앉았는 그 두 사람의 얼굴을 이리저리 바라보고 빙긋 웃으며 또다시 말을 잇는다.

"왜 남선 지방에 응모자가 많고 북으로 갈수록 적은고 하니, 이 남쪽은 내지인이 제일 많이 들어가서 모든 세력을 잡았기 때문에, 북으로 쫓겨서 만주로 기어 들어가거나 남으로 현해탄을 건너서거나 두 가지 중에 한 가지 길밖에 없는데, 누구나 그늘보다는 양지가 좋으니까, 요보들 생각에도 일 년 열두 달 죽도록 농사를 지어야 주린 배를 채우기는 고사하고 보릿고개에는 시래기죽으로 부증이 나서 뒈질 지경인 바에야, 번화한 동경·대판에 가서 흥청망청 살아 보겠다는 요량이거든. 그러니 촌의 젊은 애들은 말할 것도 없고 계집애들까지 나두 나두 하고 나서거든. 뭐 모집이야 쉽지!"

"흥…… 그럴 거야!"

"아직 북선 지방은 우리 내지인이 덜 들어갔기 때문에 비교적 편안히 사니까 응모자가 적지만, 그것도 미구불원에 쪽박을 차고 나설 거라. 허허허……."

이자는 자기 설명에 만족한 듯이 대단히 득의만면이다.

"그래 그렇게 모집을 해 가면 얼마나 생기나요?"

촌뜨기는 구수하다는 듯이 침을 흘리며 듣는다.

"얼마가 뭐요. 여비가 있지, 일당이 또 있지, 게다가 한 사람 모집하는 데에 일 원서부터 이 원이니까―그건 회사와 일의 종류에 따라서 다르지만, 가령 방적 회사의 여직공 같은 것은 임금도 싼 데다가 모집원의 수수료도 헐하고, 광부 같은 것은 지금 시세로도 일 원 오십 전으로 이 원 오십 전까지라우. 가령 천 명만 맡아 가지고 와서 보구려. 이삼 삭 동안 여비나 일당에서 남는 것은 그까짓 건 다 그만두고라도 일천오륙백 원, 근 이천 원은 간데없는 것일 게니, 그런 벌이가 이 판에 어디 있소? 하하하. 나도 맨 처음에―그건 제주도에서 모집하여 갔지만―그때에 오백 명 모아다 주고 실

살고로 남긴 것이 천 원이었고, 둘째 번에는 올가을 팔백 명이나 북해도 족미 탄광에 보내고 이천 원 돈이 들어왔다우."

노동자 모집원이라는 자는 입의 침이 없이 천 원, 이천 원을 신이 나서 뇌며 목욕탕 속에서 나왔다.

"예에, 예에, 그럴 거예요!"
하며, 일평생에 들어 보지도 못하던 천(千) 자가 붙은 돈 액수에 눈을 휘둥그렇게 뜨고 귀를 기울이고 앉았던 시골자는, 때를 다 밀었는지 그 장대한 구릿빛 나는 유착한 몸집을 벌떡 일으키어 다시 욕탕 속에 출렁 집어넣으면서 만족한 듯이 또다시 말을 붙이었다.

"그래 조선 농군들이 가서 그런 공사일을 잘들 하나요?"
"잘하구 못하는 것은 내가 아랑곳 있겠소마는, 하여간 요보는 말을 잘 듣고 쿨리만은 못해도 힘드는 일을 잘하는 데다가 삯전이 헐하니까 안성맞춤이지……. 그야 처음 데려갈 때에는 품삯도 많고 일은 드러누워서 떡 먹기라고 푹 삶아야 하긴 하지만, 그래도 갈 노자며 처자까지 데리고 가게 하고, 게다가 빚까지 갚아 주는 데야 제아무런 놈이기로 아니 따라나설 놈이 있겠소. 한번 따라나서기만 하면야 전차(前借)가 있는데 그야말로 독 안에 든 쥐지. 일이 고되거나 품이 헐하긴 고사하고 굶어 뒈진다기루 하는 수 있나, 하하하."

벌써 부하가 되었다는 듯이 득의만면하여 모집 방법의 비책까지 도도히 설명을 하여 주고 앉았다.

나는 좀 더 들으려고 일부러 머뭇머뭇하며 앉았으려니까, 승객이 다 올라탔는지 별안간에 욕객의 한 떼가 또 왁자하고 들이 밀려오기에 나는 그만 듣고 몸을 훔치기 시작하였다.

스물두셋쯤 된 책상 도련님인 나로서는 이러한 이야기를 듣고 놀라지

미구불원(未久不遠) 앞으로 얼마 오래지 아니하고 가까움.
유착하다 몹시 투박하고 크다.

않을 수 없었다. 인생이 어떠하니, 인간성이 어떠하니, 사회가 어떠하니 하여야 다만 심심파적으로 하는 탁상의 공론에 불과한 것은 물론이다. 아버지나 조상의 덕택으로 글자나 얻어 배웠거나 소설 권이나 들춰 보았다고, 인생이니 자연이니 시니 소설이니 한대야 결국은 배가 불러서 투정질하는 수작이요, 실인생·실사회의 이면의 이면, 진상의 진상과는 얼마만한 관련이 있다는 것인가? 하고 보면 내가 지금 하는 것, 이로부터 하려는 일이 결국 무엇인가 하는 의문과 불안을 느끼지 않을 수가 없었다. 일 년 열두 달 죽도록 농사를 지어야 반년짝은 시래기로 목숨을 이어 나가지 않으면 안 되겠으니까…… 하는 말을 들을 제, 그것이 과연 사실일까 하는 의심이 날 만큼 나의 귀가 번쩍하리만큼 조선의 현실을 몰랐다. 나도 열 살 전까지는 부모의 고향인 충청도 촌 속에서 자라났고, 그 후에도 일 년에 한두 번씩은 촌락에 발을 들여놓아 보았지만, 설사 그렇게까지 소작인의 생활이 참혹하리라고는 꿈에도 생각해 본 일이 없었다.

"시를 짓는 것보다는 밭을 갈라고 한다. 그러나 밭을 가는 그것이 벌써 시가 아니냐…… 사람은 흙에서 나와서 흙에 돌아간다. 흙의 향기로운 냄새에 취할 수 있는 자의 행복이여! 흙의 북돋아 오르는 생기야말로 너 인간의 끊임없는 새 생명이니라……."

언젠가 이따위의 산문시 줄이나 쓰던, 자기의 공상과 값싼 로맨티시즘이 도리어 부끄러웠다. 흙의 냄새가 향기롭지 않다는 것도 아니다. 그 향기에 취할 수 있는 자가 행복스럽지 않다는 것도 아니다. 조반 후의 낮잠은 위약(胃弱)이라는 고등유민의 유행병에나 걸릴까 보아서 대팻밥모자에 연경이나 쓰고, 아침저녁으로 호미 자루를 잡는 것이 행복스럽지 않고 시적이 아니라는 것이 아니다. 그러나저러나, 일 년 열두 달, 소나 말보다도 죽을 고역을 다하고도 시래기죽에 얼굴이 붓는 것도 시일까? 그들이 삼복의 끓는 햇볕에 손등을 데우면서 호미 자루를 놀릴 때, 그들은 행복을 느끼는가? ……그들은 흙의 노예다. 자기 자신의 생명의 노예다. 그들에게 있는 것은 다만 땀과 피뿐이다. 그리고 주림뿐이다. 그들이 어머니의 배 속에서 뛰어나오기 전에, 벌써 확정된 단 하나의 사실은 그들의 모공이 막히고 혈청이 마르기까지, 흙에 그 땀과 피를 쏟으라는 것이다. 그리하여 열 방울의 땀과 백 방울의 피는 한 톨의 나락을 기른다. 그러나 그 한 톨의 나락은 누구의 입으로 들어가는가? 그에게 지불되는 보수는 무엇인가. ― 주림만이 무엇보다도 확실한 그의 받을 품삯이다…….

나는 몸을 다 훔치고 옷 입는 터전으로 나왔다.

나는 사람, 드는 사람, 한참 복작대는 틈에서 부리나케 양복바지를 꿰며 섰으려니까, 어떤 보지 못하던 친구가 문을 반쯤 열고 중절모자를 쓴 대가리를 불쑥 디밀며, 황당한 안색으로 방 안을 휘휘 둘러보더니,

"실례올시다만, 여기 이인화란 이가 계십니까?"

하고 묻는다.

"네에, 나요. 왜 그러우?"

나는 궐자의 앞으로 두어 발짝 나서며 이렇게 대답을 하였다. 궐자는 한참 찾아다니다가 겨우 만난 것이 반갑다는 듯이 빙글빙글 웃으며, 문을 활짝 열어젖히고 서서 이리 좀 나오라고 명령하듯이 소리를 친다. 학생복에 망토를 두른 체격이며, 제 딴은 유창하게 한답시는 일어의 어조가 묻지 않아도 조선 사람이 분명하다. 그래도 짓궂이 일어를 사용하고 도리어 자기의 본색이 탄로될까 보아 염려하는 듯한, 침착지 못한 행색이 나의 눈에는 더욱 수상쩍기도 하고 마음이 근질근질하기도 하였다. 나의 성명과 그 사람의 어조를 듣고, 우리가 조선 사람인 것을 짐작한 여러 일인의 시선은, 나에게서 그자에게, 그자에게서 나에게로 올지 갈지 하는 모양이었다. 말하자면 우리 두 사람은 일본 사람 앞에서 희극을 연작하는 앵무새 모양이었다.

고등유민(高等遊民) 고등실업자.
대팻밥모자(帽子) 나무를 대팻밥처럼 얇게 깎아 꿰매어 만든 여름 모자.
연경(煙鏡) 알의 빛깔이 검거나 누런색으로 된 색안경.

"무슨 이야긴지 할 말 있건 예서 하구려."

그래도 내가 기연가미연가하여 역시 일어로 대답하였다.

"하여간 이리 좀 나오슈."

말씨가 벌써 그러한 종류의 위인인 것을 의심할 여지가 없다고 생각한 나는, 그 언사의 교만한 것이 첫째 귀에 거슬리어서 다소 불쾌한 어조로,

"그럼 문을 닫고 나가서 기다류."

하며 소리를 지르고 다시 내 자리로 와서 주섬주섬 옷을 마저 입기 시작하였다. 여러 사람의 경멸하는 듯한 시선은 여전히 내 얼굴에 어리는 것을 깨달았다. 더구나 아까 노동자를 모집할 의논을 하던 세 사람은, 힐끔힐끔 곁눈질을 하는 것이 분명하였으나, 나는 도리어 그 시선을 피하였다. 불쾌한 생각이 목구멍 밑까지 치밀어오는 것 같을 뿐 아니라, 어쩐지 기운이 줄고 어깨가 처지는 것 같았다.

옷을 다 입고 문밖으로 나오니까, 궐자는 맞은편에 기대어 웅숭그리고 서서 기다리는 모양이다.

"미안합니다만, 나하고 짐을 가지고 저리 좀 나갑시다."

뒤를 쫓아오면서 애원하듯이 말을 붙이는 양이, 아까와는 태도가 일변하였다.

"댁이 누구길래, 어델 가잔 말요?"

"녜에, 참 나는 서에서 왔는데 잠깐 파출소로 가십시다."

자기의 직무도 명언하지 아니하고 덮어놓고 가자고 한 것이 잘못되었다는 듯도 하고, 한편으로는 자기가 일인 행세를 하는 것이 내심으로 부끄럽고, 또한 나에게 '노형이 조선 사람이 아니오?' 하고, 탄로나 되지 않을까 하는 염려가 있어서 앞이 굽는다는 듯이, 언사와 태도는 점점 풀이 죽고 공손하여졌다. 이것을 본 나는 도리어 불쌍하고 가엾은 생각이 나서, 층계를 느런히 서서 내려가다가, 궐자의 얼굴을 치어다보았다. 아무 의미 없이 빙글빙글 웃는 그 얼굴에는 어색하여하는 빛이 역력히 보였다. 나는 잠자코

자기 자리로 가서 순탄한 말로,

"나는 나갈 새도 없고 짐이라곤 이것밖에 없으니, 혼자 가지고 가서 조사할 게 있건 조사하고 갖다 주슈."
하고 가방 두 개를 들어 내어주었다.

"안 돼요, 그건. 입회를 해 줘야 이걸 열죠. 그러지 마시고 잠깐만 나가 주세요. 이건 내가 들고 갈 테니."

선실 안의 수백의 눈은 모두 나에게로 모여들었다. 여기저기서 수군거리는 소리도 들리었다. 나는 얼굴이 화끈화끈하여 더 섰을 수가 없었다.

"내가 도적질이나 한 혐의가 있단 말이오? 가지고 가서 마음대로 하라는데야 또 어쩌란 말이오. 정 그럴 테면 이리로 들어와서 조사를 하라고 하구려. 배가 떠나게 되었는데 나가자는 사람도 염치가 있지……."

나는 분이 치밀어 올라와서 이렇게 볼멘소리를 질렀다.

"그러지 마시고 오늘 이 배로 꼭 떠나시게 할 테니, 제발 잠깐만 나가 주세요. 자꾸 시간만 갑니다…… 여기선 창피하실까 봐 그러는 것 아닙니까?"

"창피하다? 흥, 창피? 얼마나 창피하면 예서 더 창피할꾸. 그런 사패 볼 것 없이 마음대로 하슈!"

홧김에 이렇게 소리는 질렀으나, 그 애걸하는 양이 밉살스런 중에도 가엾어 보이지 않는 것도 아니요, 어느 때까지 승강이만 하다가는 궐자 말마따나 이로울 것도 없고 시간만 바락바락 가겠기에 나가기로 결심하고 웃저고리를 집어 입고서, 어떻게 될지 사람의 일을 몰라서 아까 사 가지고 들어온 벤또 그릇까지 가지고 가방을 들고 앞서 나가는 형사의 뒤를 따르었다. 형사가 큰 성공이나 한 듯이 득의만면하여,

"진작 그러시지요. 별일은 없을 거예요."
하며 웃는 그 얼굴에는 달래는 듯하기도 하고 빈정대는 듯한 빛이 보였다.

기연가미연가(其然-未然-) '긴가민가'의 본말.

나는 무심중에 주먹이 부르르 떨리는 것을 깨달았다.

갑판으로 나와서 승강구까지 불러다가 조사를 하게 하라 하여 보았으나, 그것도 들어주지 않아서 화가 나는 것을 참고 결국 잔교(棧橋)로 내려섰다.

대합실 앞까지 오니까, 아까 내 명함을 빼앗아 간 인버네스가 양복에 외투를 입은 또 한 사람과 무시무시하게 경계를 하고 섰다가, 우리를 보더니 아무 말 아니하고 기선 화물을 집더미같이 쌓아 놓은 뒤로 앞서 들어갔다. 가방을 가진 자도 아무 말 아니하고 따라섰다. 나는 가슴이 선뜩하는 것을 참고, 아무 반항할 힘도 없이, 관에 들어가는 소처럼 뒤를 대어 섰다. 네 사람이 예정한 행동을 취하는 것처럼, 묵묵하고 침중한 가운데에 모든 행동을 경쾌하게 하는 것이, 마치 활동사진에서 보는 강도단이나 그것을 추격하는 탐정 같았다. 네 사람은 화물에 가리어 행인에게 보이지 않을 만한 곳에 와서 우뚝우뚝 섰다. 대합실의 유리창에서 흘러나오는 전광만은, 양복쟁이의 안경테에 소리 없이 반짝 비치었다.

"오늘 하루 예서 묵지 못하겠소?"

양복쟁이가 우선 입을 벌리며 가방을 빼앗아 든다. 좁은 골짜기에서 나직하게 내는 거세고도 굵은 목소리는 이 세상에서 들어 본 목소리 같지 않았다. 나는 얼빠진 놈 모양으로 아무 생각 없이 안경알이 하얗게 어룽어룽하는 그자의 두툼하고 둥근 상을 치어다보며 섰었다. 그자도 나의 표정을 하나라도 놓치지 않으려는 듯이 입술을 악물고 위협하는 태도로 노려보다가 별안간에 은근한 어조로,

"하루 쉬어서 가시구려."

하는 양이, 마치 정다운 진객을 만류하는 것 같았다. 무슨 죄가 있는 것은 아니나, 이같이 으슥한 골짜기에서 을러 보았다 달래 보았다 하는 것을 당하는 것은 나의 수명이 줄어들어 가는 것 같았다. 만일 내가 부호로서 이런 꼴을 당하였더면, 위불위없이 강도나 맞았다고 생각하였을 것이다. 나는 정신을 바짝 차리고 대답을 하려 하였으나, 참 정말 귓구멍이 막혀서 입을

벌릴 기운이 없었다.

"묵긴 어데서 묵으란 말이오? 유치장에나 가잔 말씀요? 이 배에 떠나게 한다는 약조를 하였기 때문에 나왔으니까 약조대로 합시다."

이렇게 강경히 주장은 하면서도, 마음은 차차 두근거려지고 신경은 극도로 긴장하여졌다. 대체 나 같은 위인은 경찰서의 신세를 지기에는 너무도 평범하지만, 그래도 이 배만 놓치면 참 정말 유치장에서 욕을 볼 것은 뻔한 일, 하늘이 두 쪽이 되는 한이 있더라도 이 배를 놓쳐서는 큰일이라고 결심을 단단히 하고서도 웬일인지 가슴은 여전히 두근두근하지 않을 수가 없었다.

"그럼 예서 잠깐 할까?"

양복쟁이가 나와 인버네스를 반반씩 보며 저희끼리 의논을 한다. 나는 우선 마음을 놓았다.

"네, 그러지요."

인버네스가 찬성을 하니까, 양복쟁이는 나에게로 향하여,

"이것 좀 열어 보아도 상관없겠소?"

하고 열쇠를 내라고 한다. 나는 급히 열쇠를 내어 주었다…… 가방은 양복쟁이의 손에서 덜컥 열리었다.

어린아이 관 같은 긴 모양의 트렁크를 유리창 그림자가 환히 비치는 화물 쌓인 밑에다가 열어 놓고 들쑤시는 동안에, 그 옆에서 인버네스는 조그만 손가방을 조사하고 앉았다. 나는 이편에 느런히 섰는 학생복 입은 자와 함께 두 사람의 네 손길만 내려다보고 섰었다. 큰 트렁크를 맡은 자는 잠깐 쑤석쑤석하여 보더니, 그 위에 얹어 놓은 양복이며 화복들을 손에 잡히는 대로 휙휙 집어서 내 옆에 선 형사에게 주섬주섬 던져 주고 나서, 그 밑에 깔리었

잔교(棧橋) 부두에서 선박에 닿을 수 있도록 해 놓은 다리 모양의 구조물.
진객(珍客) 귀한 손님.
위불위없다 틀림이나 의심이 없다.

던 서류 뭉텅이와 서적 몇 권을 분주히 들척거리고 앉았다. 조그만 트렁크 속에서 소득이 없었던지 그대로 뚜껑을 닫아서 옆에 놓고 인버네스도 다시 큰 가방으로 달려들어서 들여다보고 앉았다가 양복쟁이의 분부대로 서적을 한 권씩 들어 보아 가며 일일이 책명을 수첩에 기입하며 앉았다. 가방 속에서 갈팡질팡하는 형사의 네 손은 일 분, 이 분 시간이 갈수록 가속도로 움직인다. 나는 이놈들이 또 무슨 망령이나 부리지 않을까 하는 불안과 의혹을 가지고 전광에 벌겋게 번쩍이는 양복쟁이의 곁뺨을 노려보고 섰었다.

여덟 눈과 네 손길은 앞에 놓여 놓은 트렁크 한 개에 모든 정력을 집중하고, 일 분의 빈틈 없이 극도로 긴장하였으면서도 여덟 입술은 풀로 붙인 듯이, 아무도 입을 벌리려는 사람이 없었다. 절대 침묵이 한 간통쯤 되는 컴컴한 골짜기에 숨이 막힐 듯이 가득히 찼다. 비릿한 해기(海氣)를 품은 차디찬 저녁 바람이 귓가로 솔솔 지날 때마다 바삭바삭하는 종잇장 구기는 소리밖에 나에게는 들리지 않았다. 그보다 큰 배에 짐 싣는 인부의 소리도, 잔교 밑에 와서 부딪는 출렁출렁하는 파도 소리도, 아마 이 네 사람의 귀에는 들리지 않았을 것이다. 무겁고 찌뿌드드한 침묵 속에 흐릿한 불빛에 싸여서 서고 앉고 하여 꾸물꾸물하는 양이, 마치 바다에 빠진 시체를 건져 놓고 검시나 하는 것같이 처량하고 비장하며 엄숙히 보였다. 그러나 일 분, 이 분, 삼 분, 오 분, 십 분…… 시간이 갈수록 나의 머릿속은 귀와 반비례로 욱신욱신하여졌다. 그 세 사람들이 일부러 *느럭느럭하는* 것은 아니건마는 뺏어 가지고 내 손으로 하고 싶으리만큼 초초하였다. 나는 참다 못하여 시계를 꺼내 들고,

"이제 이 분밖에 안 남았소. 난 갈 테요."

하고 재촉을 하였다. 그제야 양복쟁이는 눈에 불이 나게 놀리던 손을 쉬고, 서류 뭉텅이를 들어 뵈면서,

"이것만은 잠깐 내가 갖다가 보고, 댁으로 보내 드려도 관계없겠지요?"

하고 일어선다. 서두른 분수 보아서는 아무 소득이 없어 섭섭하고 열쩍으

니, 서류 뭉치나 뺏어 두자는 눈치 같다. 나는 두말없이 쾌락하였다. 사실 그 속에는 집에서 온 최근의 편지 몇 장과 소설 초고와 몇 가지 원고 외에는 아무것도 없었다. 애를 써서 기록한 서적이라야 원래 나에게는 사회주의라는 사 자나 레닌이라는 레 자는 물론이려니와, 독립이라는 독 자도 없을 것은 나의 전공하는 학과만 보아도 알 것이었다. 아니, 설령 내가 볼셰비키에 관한 서적을 몇백 권 가졌거나 사회주의를 연구하거나, 그것은 학문의 연구라 물론 자유일 것이요, 비록 독립 사상을 가진 나의 뇌 속을 X광선 같은 것으로나 심사법(心寫法)으로 알았다 할지라도, 행동이 없는 다음에야 조사하기로 소용이 무엇인가. ―이러한 생각은 나중에 한 것이지만 그 당장에는 하여간 무사히 방면되어 배에 오르게 된 것만 다행히 여겨 궐자들과 같이 허둥지둥 행구를 수습하여 가지고 나섰다.

짐을 가볍게 하여 준 트렁크를 두 손에 들고, 어서 올라오라는 선원의 꾸지람을 들어 가며 겨우 갑판 위에 올라서자, 기를 쓰는 듯한 경적과 말 울음소리 같은 기적 소리가 나며 신경이 자릿자릿한 징 소리가 교향적으로 호젓이 암흑에 싸인 부두 일판에 처량하고도 요란하게 울리었다. 배는 소리 없이 미끄러져 벌써 두어 칸통이나 잔교에서 떨어졌다. 전송하러 온 여관 하인들이며 인부들의 그림자가 쓸쓸한 벌판에 성기성기 차차 조그맣게 눈에 띄고 선창 위에서 휘두르며 가는 등불이 쓸쓸한 바람에 불리어 길어졌다 짧아졌다 한다.

나는 선실로 들어갈 생각도 없이 으스름한 갑판 위에 찬바람을 쐬어 가며 웅숭그리고 섰었다. 격심한 노역과 추위에 피곤하여 깊은 잠에 들어가는 항구는, 소리 없이 암흑 속에 누웠을 뿐이요, 전시의 안식을 지키는 야광주는 벌써부터 졸린 듯이 점점 불빛이 적어 가고 수효가 줄어 가면서 깜

느럭느럭하다 말이나 행동이 퍽 느리다.
야광주(夜光珠) 어두운 데서 빛을 내는 구슬.

박깜박 졸고 있다. 나는 인간계를 떠나서 방랑의 몸이 된 자와 같이 그 불빛의 낱낱이 어떠한 평화로운 가정의 대문을 지키고 있으려니 하는 생각을 할 제, 선뜩선뜩하게 반짝이는 별보다도 점점 멀리 흐려 가는 불빛이 따뜻이 보였다. 나의 머릿속은 단지 혼돈하였을 뿐이요, 눈은 화끈화끈 단다.

외투 포켓에다가 두 손을 찌르고 어느 때까지 우두커니 섰는 내 눈에는 어느덧 뜨끈뜨끈한 눈물이 빚어 나와서, 상기가 된 좌우 뺨으로 흘러내렸다. 찬바람에 산뜩산뜩 스며 들어가는 것을 나는 씻으려고도 아니하고 여전히 섰었다.

【후략】

서울의 집에 돌아와 보니, 병이 든 아내는 방치되어 있고 아버지는 술타령을 일삼고 있다. 아내는 결국 목숨을 잃고 만다. 출가했다 과부가 되어 돌아온 누이, 종손인 종형, 그 밖의 식객이 득실거리는 집에서 나는 도무지 안정을 얻을 수 없어 다시 유학길에 오르려 하나, 식구들의 만류로 발이 묶이고 재혼하라는 형의 말에 이제 겨우 무덤에서 벗어나 왔다며 사양한다. 그런 중에 정자는 대학에 진학하여 새 삶을 살겠다는 편지를 보내오고 나는 축하의 편지와 함께 돈 백 원을 보낸다.

사회고 집안이고 구더기가 들끓는 묘지와 같은 답답한 현실에서 벗어나고 싶은 나는 불쌍한 아내와 연민을 일으키는 정자를 떠올리며 탈출하듯 동경으로 다시 떠난다.

작품 이해

　염상섭은 뛰어난 심리 묘사, 성격 묘사로 우리나라 현실주의 문학의 확립에 선구적인 역할을 한 작가이다. 소년 시절을 비교적 유복하게 보낸 염상섭은 일본에 유학하였을 당시 자연주의 문학의 성수기였던 일본 문단에 크게 심취하였으며, 그때의 경험은 귀국 후 그의 문학 활동에 많은 영향을 미쳤다. 염상섭은 일본에서 3·1운동을 기념하는 행사를 준비하다가 구속되기도 하였으며, 1920년 귀국하여 『동아일보』 창간 기자로 활동하였다. 그 후 『시대일보』, 『조선일보』, 『경향신문』 등에서 기자 생활을 하였다.

　염상섭의 작품 중 가장 높이 평가받는 것은 「만세전」(1924)과 「삼대」(1931)라 하겠다. 이 가운데 「만세전」은 처음 '묘지'라는 제목으로 1922년 『신생활』지에 연재되었다. 그러나 이 잡지가 9호로 폐간되면서 연재도 중단될 수밖에 없었으며, 3회분은 총독부의 검열로 완전히 삭제되고 말았다. 그 후 『시대일보』에 '만세전'으로 제목을 바꾸어서 연재되었는데, 그것은 '묘지'라는 제목이 당시의 조선이 삶을 빼앗긴 공동묘지를 상징하기 때문에 어쩔 수 없이 제목을 바꾸게 된 것으로 보인다. 「만세전」은 3·1운동 이후 더욱 가혹해진 일본 헌병과 순사들의 감시 속에서 국권뿐만 아니라 인권마저도 상실되어 가는 우리나라의 현실을 그려 낸 작품이다.

　이 소설은 겨울 방학을 앞두고 아내가 위독하다는 전보를 받고 귀국하게 된 일본 유학생 이인화가 고국으로 돌아오는 길에 겪은 일들을 그리고 있다. 염상섭은 주인공이 귀국길에 목격하고 관찰하고 분석한 것들을 통해 당대 식민지 조선의 현실을 올바르게 제시하고자 하였다. 「만세전」에는 일본 제국주의의 식민지 무단 통치의 포악함과 경제적 수탈로 인한 궁핍상이 잘 드러나 있다. 이 작품의 곳곳에는 폭력적 헌병 통치, 수탈의 가혹화, 북간도로 쫓겨 가는 농민들의 무리, 비인간적인 혹사, 조선인의 무자각 상태,

일본인의 간교함 등이 실감 나게 그려져 있다. 주인공 이인화는 이러한 현실을 보면서 일제의 포악함과 더불어 조선인의 미자각 상태에 대해서도 함께 분노한다. 그러나 이인화가 조국과 민중에 대해 느끼는 것은 깊이 있는 현실 인식이라기보다는 대체로 즉흥적이고 감상적인 것에 머물고 있다.

　이 작품에서도 드러나듯이 염상섭의 소설에 등장하는 인물들은 대부분 중류층이며, 그것도 지식인을 중심으로 하고 있다. 특히 그들은 대체로 회의적인 성격을 지니고 있으며 당대 지식인들의 나약함이나 좌절 상태를 그대로 드러내 보인다. 염상섭의 소설에 나타나는 등장인물의 이러한 특징은 작가가 사회와 현실에 대해 객관적인 관찰자적 태도를 일관되게 유지하고 있는 점과 밀접하게 연관되어 있다. 그의 이러한 객관적 관찰자의 태도는 날카롭고 엄정한 문체와 묘사의 사실성을 통해 더욱 강화된다. 염상섭의 문체는 배경 묘사보다는 심리 묘사가 탁월하며, 작가의 감정 이입이 극도로 절제되어 있는 상태에서 불필요한 부분을 과감히 생략하고 거침없이 묘사하는 것이 특징이다.

　이와 같은 객관적인 관찰 태도, 날카로운 묘사 기법 등은 염상섭을 우리나라 근대 문학의 선구자이자 현실주의 정립에 큰 공헌을 한 작가로 규정 짓게 한다. 그러나 이러한 성과에도 불구하고 그의 현실 인식이 좀 더 풍부하게 민중들의 삶과 일치되지 못하고 나약한 지식인의 정서에 머물러 있음은 중요한 한계로 지적될 수 있다. 염상섭의 이러한 세계관적 한계는 해방 이후 그의 문학 세계가 다시 개인적 자아, 소시민적 일상생활로 축소된 중요한 이유가 되었다.

활 동

1. 이 소설의 처음 제목을 '묘지'라고 한 까닭은 무엇인가?
2. '만세전'이란 제목은 시대적 배경을 선명하게 제시한 것이다. 이를 통해 작가의 창작 의도를 추론해 보자.
3. 「만세전」의 주인공 이인화 같은 관찰자적 태도가 지닌 가능성과 한계를 밝혀 보자.

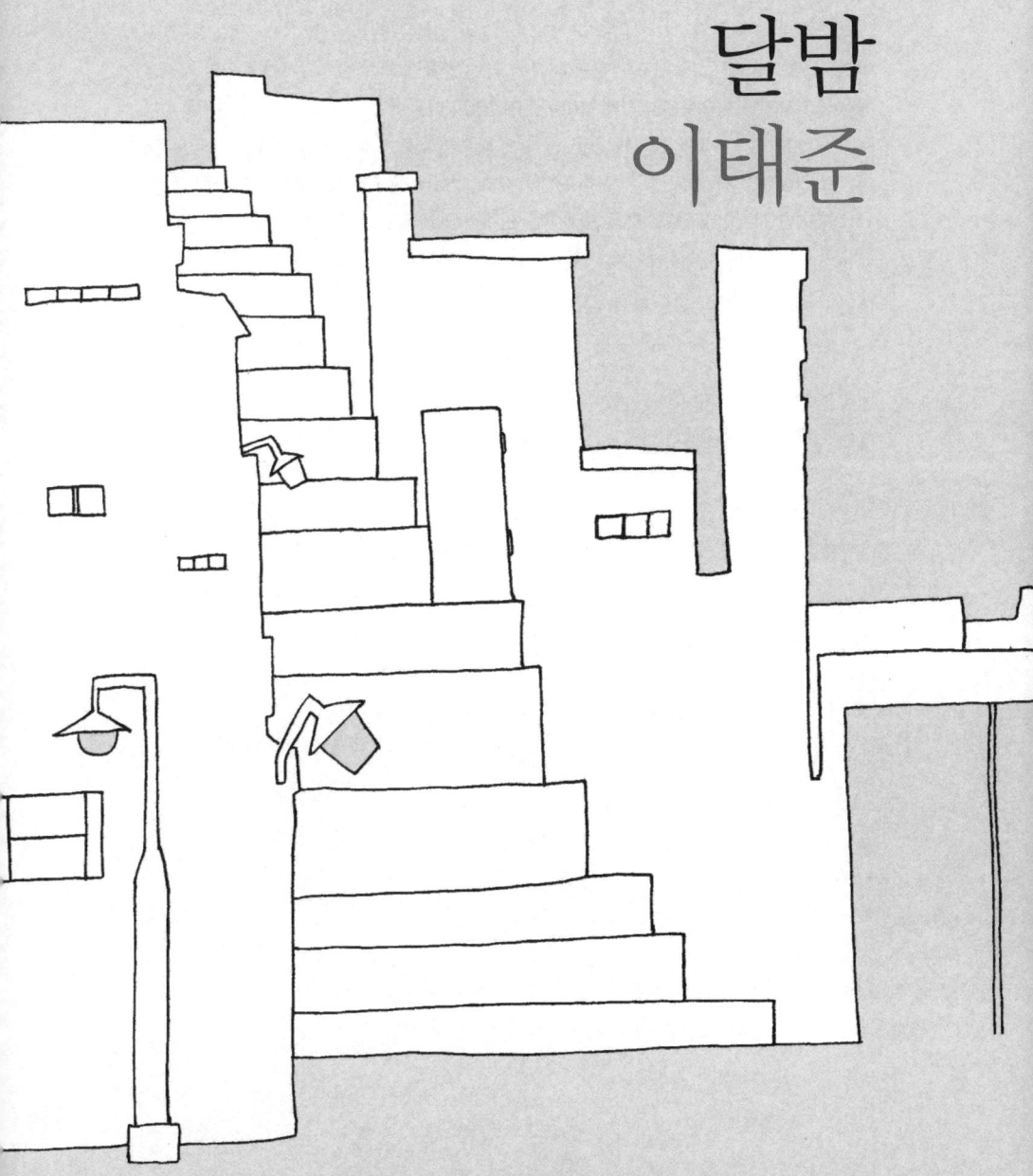

달밤
이태준

읽기 전에

우리는 언제나 다양한 사람들을 만나며 살아갑니다. 때로는 우리보다 낫다고 여겨지는 사람을 만나기도 하고, 때로는 부족해 보이는 사람을 만나기도 합니다. 그러나 사실 사람은 한 꺼풀 벗겨 보면 그저 종이 한 장 차이일 뿐이며, 낫고 못하다는 것 역시 상대적인 것일 따름입니다. 이 작은 상대적 차이는 곧바로 사람들마다의 개성일 수도 있습니다.

이태준의 「달밤」에는 순박하고 어리숙한 인물, 황수건이 등장합니다. 작가와 다를 바 없는 서술자인 '나'는 이 인물과 몇 차례 마주치며, 누구이고 어떤 사람인지 점차 알아 갑니다. 그리고 작은 도움을 주기에 이릅니다. 그러나 정작 인물은 현실을 벗어나지 못한 채 점차 어려워져만 갑니다. 그럼에도 관찰의 대상이 되는 인물인 황수건은 자기 방식으로 세상을 해석하고 자기 방식으로 순박하게 고마움을 표현합니다.

우리는 생활 속에서 다양한 사람들을 만나며, 황수건과 같은 이를 만나기도 할 것입니다. 아니면 인상적인 사람을 만나기도 하겠지요. 이들 가운데 한 사람을 골라 어떤 인연으로 만났으며 어떤 사건이 있었고, 지금 현재 어떤 관계를 맺고 있는지 생각해 봅시다.

성북동으로 이사 나와서 한 대엿새 되었을까, 그날 밤 나는 보던 신문을 머리맡에 밀어 던지고 누워 새삼스럽게,
 "여기도 정말 시골이로군!"
하였다.
 무어 바깥이 컴컴한 걸 처음 보고 시냇물 소리와 쏴 하는 솔바람 소리를 처음 들어서가 아니라 황수건이라는 사람을 이날 저녁에 처음 보았기 때문이다.
 그는 말 몇 마디 사귀지 않아서 곧 못난이란 것이 드러났다. 이 못난이는 성북동의 산들보다, 물들보다, 조그만 지름길들보다, 더 나에게 성북동이 시골이란 느낌을 풍겨 주었다.
 서울이라고 못난이가 없을 리야 없겠지만 대처에서는 못난이들이 거리에 나와 행세를 하지 못하고, 시골에선 아무리 못난이라도 마음 놓고 나와 다니는 때문인지, 못난이는 시골에만 있는 것처럼 흔히 시골에서 잘 눈에 뜨인다. 그리고 또 흔히 그는 태고 때 사람처럼 그 우둔하면서도 천진스런 눈을 가지고, 자기 동리에 처음 들어서는 손에게 가장 순박한 시골의 정취를 돋워 주는 것이다.
 그런데 그날 밤 황수건이는 열 시나 되어서 우리 집을 찾아왔다.

그는 어두운 마당에서 꽥 지르는 소리로,

"아, 이 댁이 문안서……."

하면서 들어섰다. 잡담 제하고 큰일이나 난 사람처럼 건넌방 문 앞으로 달려들더니,

"저, 저 문안 서대문 거리라나요, 어디선가 나오신 댁입쇼?"

한다.

보니 핫피는 안 입었으되 신문을 들고 온 것이 신문 배달부다.

"그렇소, 신문이오?"

"아, 그런 걸 사흘이나 저, 저 건너 쪽에만 가 찾었습죠. 제기……."

하더니 신문을 방에 들이뜨리며,

"그런뎁쇼, 왜 이렇게 죄꼬만 집을 사구 와 곕쇼. 아, 내가 알었더면 이 아래 큰 개와집도 많은걸입쇼……."

한다. 하 말이 황당스러 유심히 그의 생김을 내다보니 눈에 얼른 두드러지는 것이 빡빡 깎은 머리로되 보통 크다는 정도 이상으로 골이 크다. 그런데다 옆으로 보니 짱구 대가리다.

"그렇소? 아무튼 집 찾노라고 수고했소."

하니 그는 큰 눈과 큰 입이 일시에 히죽거리며,

"뭘입쇼, 이게 제 업인뎁쇼."

하고 날래 물러서지 않고 목을 길게 빼어 방 안을 살핀다. 그러더니 묻지도 않는데,

"저는입쇼, 이 동네 사는 황수건이라 합니다……."

하고 인사를 붙인다. 나도 깍듯이 내 성명을 대었다. 그는 또 싱글벙글하면서,

"댁엔 개가 없구면입쇼."

한다.

"아직 없소."

하니,

"개 그까짓 거 두지 마십쇼."

한다.

"왜 그렇소?"

물으니 그는 얼른 대답하는 말이,

"신문 보는 집엔입쇼, 개를 두지 말아야 합니다."

한다. 이것 재미있는 말이다 하고 나는,

"왜 그렇소?"

하고 또 물었다.

"아, 이 뒷동네 은행소에 댕기는 집엔입쇼, 망아지만 한 개가 있는뎁쇼, 아, 신문을 배달할 수가 있어얍죠."

"왜?"

"막 깨물랴고 덤비는걸입쇼."

한다. 말 같지 않아서 나는 웃기만 하니 그는 더욱 신을 낸다.

"그눔의 갠 그저, 한번, 양떡을 멕여 대야 할 텐데……."

하면서 주먹을 부르대는데 보니, 손과 팔목은 머리에 비기어 반비례로 작고 가느다랗다.

"어서 곤할 텐데 가 자시오."

하니 그는 마지못해 물러서며,

"선생님, 참 이 선생님 편안히 주뭅쇼. 저이 집은 여기서 얼마 안 되는 걸입쇼."

하더니 돌아갔다.

그는 이튿날 저녁, 집을 알고 오는데도 아홉 시가 지나서야,

"신문 배달해 왔습니다."

하고 소리를 치며 들어섰다.

핫피 가게 이름이나 상표 등을 등이나 옷깃에 찍은 겉옷을 이르는 일어.
양떡 문맥으로 보아 주먹쑥떡, 즉 주먹 쥔 손을 다른 손으로 감쌌다가 내어 밀며 욕으로 하는 짓을 이름.

"오늘은 왜 늦었소?"

물으니,

"자연 그럽죠."

하고 다른 이야기를 꺼냈다.

자기는 워낙 이 아래 있는 삼산 학교에서 일을 보다 어떤 선생하고 뜻이 덜 맞아 나왔다는 것, 지금은 신문 배달을 하나 원배달이 아니라 보조 배달이라는 것, 저의 집엔 양친과 형님 내외와 조카 하나와 저의 내외까지 식구가 일곱이란 것, 저의 아버지와 저의 형님의 이름은 무엇 무엇이며, 자기 이름은 황가인 데다가 목숨 수 자하고 세울 건 자로 황수건이기 때문에, 아이들이 노랑 수건이라고 놀려서 성북동에서는 가가호호에서 노랑 수건 하면, 다 자긴 줄 알리라고 자랑스럽게 이야기하다가 이날도,

"어서 그만 다른 집에도 신문을 갖다 줘야 하지 않소?"

하니까 그때서야 마지못해 나갔다.

우리 집에서는 그까짓 반편과 무얼 대꾸를 해 가지고 그러느냐 하되, 나는 그와 지껄이기가 좋았다.

그는 아무것도 아닌 것을 가지고 열심스럽게 이야기하는 것이 좋았고, 그와는 아무리 오래 지껄이어도 힘이 들지 않고, 또 아무리 오래 지껄이고 나도 웃음밖에는 남는 것이 없어 기분이 거뜬해지는 것도 좋았다. 그래서 나는 무슨 일을 하는 중만 아니면 한참씩 그의 말을 받아 주었다.

어떤 날은 서로 말이 막히기도 했다. 대답이 막히는 것이 아니라 무슨 말을 해야 할까 하고 막히었다. 그러나 그는 늘 나보다 빠르게 이야깃거리를 잘 찾아냈다. 오뉴월인데도 "꿩고기를 잘 먹느냐?"고도 묻고 "양복은 저고리를 먼저 입느냐, 바지를 먼저 입느냐?"고도 묻고 "소와 말과 싸움을 붙이면 어느 것이 이기겠느냐?"는 둥, 아무튼 그가 애깃거리를 취재하는 방면은 기상천외로 여간 범위가 넓지 않은 데는 도저히 당할 수가 없었다.

하루는 나는 "평생소원이 무엇이냐?"고 그에게 물어보았다. 그는 "그까짓 것쯤 얼른 대답하기는 누워서 떡 먹기"라고 하면서 평생소원은 자기도 원배달이 한번 되었으면 좋겠다는 것이었다.

남이 혼자 배달하기 힘들어서 한 이십 부 떼어 주는 것을 배달하고 월급이라고 원배달에게서 한 삼 원 받는 터이라, 월급을 이십여 원을 받고 신문사 옷을 입고 방울을 차고 다니는 원배달이 제일 부럽노라 하였다. 그리고 방울만 차면 자기도 뛰어다니며 빨리 돌릴 뿐 아니라 그 은행소에 다니는 집 개도 조금도 무서울 것이 없겠노라 하였다.

그래서 나는 "그럴 것 없이 아주 신문사 사장쯤 되었으면 원배달도 바랄 것 없고 그 은행소에 다니는 집 개도 상관할 바 없지 않겠느냐?" 한즉 그는 뚱그레지는 눈알을 한참 굴리며 생각하더니 "딴은 그렇겠다."고 하면서, 자기는 경난이 없어 거기까지는 바랄 생각도 못하였다고 무릎을 치듯 가슴을 쳤다.

그러나 신문 사장은 이내 잊어버리고 원배달만 마음에 박혔던 듯, 하루는 바깥마당에서부터 무어라고 떠들어 대며 들어왔다.

"이 선생님? 이 선생님 곕쇼? 아, 저도 내일부턴 원배달이올시다. 오늘 밤만 자면입쇼……."

한다. 자세히 물어보니 성북동이 따로 한 구역이 되었는데, 자기가 맡게 되었으니까 내일은 배달복을 입고 방울을 막 떨렁거리며 올 테니 보라고 한다. 그리고 "사람이란 게 그렇게 무어든지 끝을 바라고 붙들어야 한다."고 나에게 일러 주면서 신이 나서 돌아갔다.

우리도 그가 원배달이 된 것이 좋은 친구가 큰 출세나 하는 것처럼 마음속으로 진실로 즐거웠다. 어서 내일 저녁에 그가 배달복을 입고 방울을 차고 와서 쭐렁거리는 것을 보리라 하였다.

경난 어려운 일을 겪음. 또는 그 어려움. 여기서는 '정신적 시간적인 여유나 형편'이라는 뜻의 '경황'을 의미함.

그러나 이튿날 그는 오지 않았다. 밤이 늦도록 신문도 그도 오지 않았다. 그다음 날도 신문도 그도 오지 않다가 사흘째 되는 날에야, 이날은 해도 지기 전인데 방울 소리가 요란스럽게 우리 집으로 뛰어들었다.

"어디 보자!"

하고 나는 방에서 뛰어나갔다.

그러나 웬일일까, 정말 배달복에 방울을 차고 신문을 들고 들어서는 사람은 황수건이가 아니라 처음 보는 사람이다.

"왜 전엣사람은 어디 가고 당신이오?"

물으니 그는,

"제가 성북동을 맡았습니다."

한다.

"그럼, 전엣사람은 어디를 맡았소?"

하니 그는 픽 웃으며,

"그까짓 반편을 어딜 맡깁니까? 배달부로 쓸랴다가 똑똑지가 못하니까 안 쓰고 말았나 봅니다."

한다.

"그럼 보조 배달도 떨어졌소?"

하니,

"그럼요, 여기가 따루 한 구역이 된걸이오."

하면서 방울을 울리며 나갔다.

이렇게 되었으니 황수건이가 우리 집에 올 길은 없어지고 말았다. 나도 가끔 문안엔 다니지만 그의 집은 내가 다니는 길 옆은 아닌 듯 길가에서도 잘 보이지 않았다.

나는 가까운 친구를 먼 곳에 보낸 것처럼, 아니 친구가 큰 사업에나 실패하는 것을 보는 것처럼, 못 만나는 섭섭뿐이 아니라 마음이 아프기도 하였다. 그 당자와 함께 세상의 야박함이 원망스럽기도 하였다.

한데 황수건은 그의 말대로 노랑 수건이라면 온 동네에서 유명은 하였다. 노랑 수건 하면 누구나 성북동에서 오래 산 사람이면 먼저 웃고 대답하는 것을 나는 차츰 알았다.

내가 잠깐씩 며칠 보기에도 그랬거니와 그에겐 우스운 일화도 한두 가지가 아니었다.

삼산 학교에 급사로 있을 시대에 삼산 학교에다 남겨 놓고 나온 일화도 여러 가지라는데, 그중에 두어 가지를 동네 사람들의 말대로 옮겨 보면, 역시 그때부터도 이야기하기를 대단 즐기어 선생들이 교실에 들어간 새, 손님이 오면 으레 손님을 앉히고는 자기도 걸상을 갖다 떡 마주 놓고 앉는 것은 무론, 마주 앉아서는 곧 자기류의 만담 삼매로 빠지는 것인데, 한번은 도 학무국에서 시학관이 나온 것을 이따위로 대접하였다. 일본말을 못 하니까 만담은 할 수 없고 마주 앉아서 자꾸 일본말을 연습하였다.

"센세이 히, 오하요고자이마쓰카(선생님, 안녕하십니까)? …… 히히 아메가 후리마스(비가 옵니다). 유키가 후리마스카(눈이 옵니까)? 히히……."

시학관도 인정이라 처음엔 웃었다. 그러나 열 번 스무 번을 되풀이하는 데는 성이 나고 말았다. 선생들은 아무리 기다려도 종소리가 나지 않으니까, 한 선생이 나와 보니 종 칠 것도 잊어버리고 손님과 마주 앉아서 "오하요 유키가 후리마스카……." 하는 판이다.

그날 수건이는 선생들에게 단단히 몰리고 다시는 안 그러겠노라고 했으나, 그 버릇을 고치지 못해서 그예 쫓겨 나오고 만 것이다.

그는 "너의 색시 달아난다." 하는 말을 제일 무서워했다 한다. 한번은 어느 선생이 장난의 말로,

"요즘 같은 따뜻한 봄날엔 옛날부터 색시들이 달아나기를 좋아하는데 어제도 저 아랫말에서 둘이나 달아났다니까 오늘은 이 동리에서 꼭 달아나는 색시가 있을걸……."

했더니 수건이는 점심을 먹다 말고 눈이 휘둥그레졌다 한다. 그리고 그날

오후에는 어서 바삐 하학을 시키고 집으로 갈 양으로 오십 분 만에 치는 종을 이십 분 만에, 삼십 분 만에 함부로 다가서 쳤다는 이야기도 있다.

하루는 나는 거의 그를 잊어버리고 있을 때,
"이 선생님 겝쇼?"
하고 수건이가 찾아왔다. 반가웠다.
"선생님, 요즘 신문이 걸르지 않고 잘 옵죠?"
하고 그는 배달 감독이나 되어 온 듯이 묻는다.
"잘 오, 왜 그류?"
한즉 또,
"늦지도 않굽쇼, 일쯕이 제때마다 꼭꼭 옵죠?"
한다.
"당신이 돌를 때보다 세 시간은 일쯕이 오고 날마다 꼭꼭 잘 오."
하니 그는 머리를 벅적벅적 긁으면서,
"하루라도 걸르기만 해라. 신문사에 가서 대뜸 일러바치지······."
하고 그 빈약한 주먹을 부르댄다.
"그런뎁쇼, 선생님?"
"왜 그류?"
"삼산 학교에 말씀예요, 그 제 대신 들어온 급사가 저보다 근력이 세게 생겼습죠?"
"나는 그 사람을 보지 못해서 모르겠소."
하니 그는 은근한 말소리로 히죽거리며,
"제가 거길 또 들어가 볼랴굽쇼, 운동을 합죠."
한다.
"어떻게 운동을 하오?"
"그까짓 거 날마당 사무실로 갑죠. 다시 써 달라고 졸라 댑죠. 아, 그랬더니 새 급사란 녀석이 저보다 크기가 무척 큰뎁쇼, 이 녀석이 막 불근댑니다그려. 그래 한번 쌈을 해야 할 턴뎁쇼, 그 녀석이 근력이 얼마나 센지 알아야 뎀벼들 턴뎁쇼…… 허."

"그렇지, 멋모르고 대들었다 매만 맞지."

하니 그는 한 걸음 다가서며 또 은근한 말을 한다.

"그래섭쇼, 엊저녁엔 큰 돌멩이 하나를 굴려다 삼산 학교 대문에다 놨습죠. 그리구 오늘 아침에 가 보니깐 없어졌는뎁쇼. 이 녀석이 나처럼 억지루 굴려다 버렸는지, 뻔쩍 들어다 버렸는지 그만 못 봤거든입쇼, 제길……."

하고 머리를 긁는다. 그러더니 갑자기 무얼 생각한 듯 손뼉을 탁 치더니,

"그런뎁쇼, 제가 온 건입쇼, 댁에선 우두를 넣지 마시라구 왔습죠."

한다.

"우두를 왜 넣지 말란 말이오?"

한즉,

"요즘 마마가 다닌다구 모두 우두들을 넣는뎁쇼, 우두를 넣으면 사람이 근력이 없어지는 법인뎁쇼."

하고 자기 팔을 걷어 올려 우두 자리를 보이면서,

"이걸 봅쇼. 저두 우두를 이렇게 넣었기 때문에 근력이 줄었습죠."

한다.

"우두를 넣으면 근력이 준다고 누가 그럽디까?"

물으니 그는 싱글거리며,

"아, 제가 생각해 냈습죠."

한다.

"왜 그렇소?"

하고 캐니,

"뭘…… 저 아래 윤금보라고 있는데 기운이 장산뎁쇼. 아 삼산 학교 그

녀석두 우두만 넣었다면 그까짓 것 무서울 것 없는뎁쇼, 그걸 모르겠거든 입쇼…….”

한다. 나는,

"그렇게 용한 생각을 하고 일러 주러 왔으니 아주 고맙소.”

하였다. 그는 좋아서 벙긋거리며 머리를 긁었다.

"그래 삼산 학교에 다시 들기만 기다리고 있소?”

물으니 그는,

"돈만 있으면 그까짓 거 누가 고즈카이 노릇을 합쇼. 밑천만 있으면 삼산 학교 앞에 가서 뻐젓이 장사를 할 턴뎁쇼?”

한다.

"무슨 장사?”

"아, 방학 될 때까지 차미 장사도 하굽쇼, 가을부턴 군밤 장사, 왜떡 장사, 습자지, 도화지 장사 막 합죠. 삼산 학교 학생들이 저를 어떻게 좋아하겝쇼. 저를 선생들보다 낫게 치는뎁쇼.”

한다.

나는 그날 그에게 돈 삼 원을 주었다. 그의 말대로 삼산 학교 앞에 가서 뻐젓이 참외 장사라도 해 보라고. 그리고 돈은 남지 못하면 돌려 오지 않아도 좋다 하였다.

그는 삼 원 돈에 덩실덩실 춤을 추다시피 뛰어나갔다. 그리고 그 이튿날,

"선생님 잡수시라굽쇼.”

하고 나 없는 때 참외 세 개를 갖다 두고 갔다.

그러고는 온 여름 동안 그는 우리 집에 얼른하지 않았다.

들으니 참외 장사를 해 보긴 했는데 이내 장마가 들어 밑천만 까먹었고, 또 그까짓 것보다 한 가지 놀라운 소식은 그의 아내가 달아났단 것이다. 저희끼리 금슬은 괜찮았건만 동서가 못 견디게 굴어 달아난 것이라 한다. 남편만 남 같으면 따로 살림 나는 날이나 기다리고 살 것이나 평생 동서 밑에

살아야 할 신세를 생각하고 달아난 것이라 한다.

　그런데 요 며칠 전이었다. 밤인데 달포 만에 수건이가 우리 집을 찾아왔다. 웬 포도를 큰 것으로 대여섯 송이를 종이에 싸지도 않고 맨손에 들고 들어왔다. 그는 벙긋거리며 첫마디로,

　"선생님 잡수라고 사 왔습죠."

하는 때였다. 웬 사람 하나가 날쌔게 그의 뒤를 따라 들어오더니 다짜고짜로 수건이의 멱살을 움켜쥐고 끌고 나갔다. 수건이는 그 우둔한 얼굴이 새하얗게 질리며 꼼짝 못하고 끌려 나갔다.

　나는 수건이가 포도원에서 포도를 훔쳐 온 것을 직각하였다. 쫓아나가 매를 말리고 포도 값을 물어 주었다. 포도 값을 물어 주고 보니 수건이는 어느 틈에 사라지고 보이지 않았다.

　나는 그 다섯 송이의 포도를 탁자 위에 얹어 놓고 오래 바라보며 아껴 먹었다. 그의 은근한 순정의 열매를 먹듯 한 알을 가지고도 오래 입 안에 굴려 보며 먹었다.

　어제다. 문안에 들어갔다 늦어서 나오는데 불빛 없는 성북동 길 위에는 밝은 달빛이 깁*을 깐 듯하였다.

　그런데 포도원께를 올라오노라니까 누가 맑지도 못한 목청으로,

　"사……케……와 나……미다카 다메이……키……카……(술은 눈물인가 한숨인가)."

를 부르며 큰길이 좁다는 듯이 휘적거리며 내려왔다. 보니까 수건이 같았다. 나는,

　"수건인가?"

하고 아는 체하려다 그가 나를 보면 무안해할 일이 있는 것을 생각하고, 휙

---

*깁　명주실로 바탕을 조금 거칠게 짠 비단.

길 아래로 내려서 나무 그늘에 몸을 감추었다.

　그는 길은 보지도 않고 달만 쳐다보며, 노래는 그 이상은 외우지도 못하는 듯 첫 줄 한 줄만 되풀이하면서 전에는 본 적이 없었는데 담배를 다 퍽퍽 빨면서 지나갔다.

　달밤은 그에게도 유감한 듯하였다.

작 품 이 해

　상허(尙虛) 이태준은 식민지 시대 카프식의 정치주의에 반대하여 예술성을 중시하던 '구인회'의 멤버이자 일제 말기 순수 문학 잡지 『문장』의 편집장으로서, 또 뛰어난 단편 소설 작가로서 대중의 인기를 한 몸에 받던 작가였다.

　이태준은 1904년 강원도 철원에서 태어났다. 그의 아버지는 하급 관료를 지냈으며 당시에는 상당한 식자층에 속하는 사람으로 당시 개화당의 일원이라고 추측되었는데 1909년 러시아에서 객사하였고, 그의 어머니 또한 3년 후에 병사하여 그는 고아로 자랐다. 사립 봉명학교를 거쳐 1920년 배재학당에 응시했으나 등록을 못하고 배회하다가 이듬해 휘문고보에 입학한다. 교장의 배려로 겨우 학업을 계속하던 그는 1924년 동맹 휴교 사건의 주모자로 제적된다. 이듬해 친구의 도움으로 일본에 유학하게 된 그는 데뷔작 「오몽녀」를 『조선문단』 7월호에 투고하여 입선한다.

　「오몽녀」(1925), 「고향」(1931), 「불우선생」(1932), 「달밤」(1933), 「손거부」(1935) 등의 초기 단편은 정도의 차이는 있으나 모두 그의 형식주의적 예술관이 잘 드러나는 작품들이다. 이 소설들에 등장하는 인물들은 모두 가난하고 선량하지만 시대의 흐름을 따라잡지 못하고 현실에 투항하거나 좌절하는 인물들이다. 이들에게 삶의 조건들은 주어진 것이며 따라서 이들의 운명은 매우 패배적이다. 작가는 이들의 체험을 개별적인 것으로, 이들의 의식을 사회화되지 못한 것으로 그리는데 이는 그의 현실 인식의 추상성을 드러낸다.

　그러나 비교적 후기의 작품인 「패강랭(浿江冷)」(1938), 「영월 영감」(1939), 「농군」(1937), 「밤길」(1940) 등에는 초기작에서는 거의 찾아볼 수 없는 사실적인 상황 묘사가 돋보인다. 인물들도 상대적으로 동적이고 입체적으로 형상화하였으며 체험의 영역도 민족적이고 집단적인 것으로 확장될 요소를 가지고 있다. 그러나 전체적으로 그의 작품에 일관된 것은 언어의 형식미에 대한 추구라 할 수 있다.

「달밤」 역시 이와 같은 그의 초기 소설의 특성을 고스란히 드러낸다. 소설의 미학적인 아름다움을 추구하며 한편으로는 이태준 소설에서 발견되는 전형적인 인물 황수건을 형상화한다. 가난하고 선량하지만 시대의 흐름을 따라잡지 못한 채 현실 속에서 좌절하는 인물이다. 그리고 좌절의 원인은 사회적 현실에 있기보다 보편적인 세태라든가 인물에 내재된 결함에서 비롯된다.

「달밤」은 전체적으로 서술자의 설명과 인물들의 대화를 중심으로 전개된다. 대화를 통해 드러나는 황수건은 동네에서 '노랑 수건'으로 불리며, 우스꽝스러운 외모에 조금은 모자란 인물이다. '신문 보는 집엔입쇼, 개를 두지 말아야 합니다.'라든가, '양복은 저고리를 먼저 입느냐.'는 등의 실없는 질문으로 대화를 이어 가고자 한다. 황수건의 소박한 소망은 그저 딸린 배달원이 아니라 원배달원이 되고자 하는 것이나 결국 어리숙함으로 말미암아 밀려나고 만다. 딱한 나머지 서술자는 돈 삼 원을 쥐여 줘 참외 장사라도 해 보라고 권하나, 그마저 실패한다. 결국 달밤 아래 유행가 한 소절을 거듭 반복하며 힘겨운 삶을 이어 가는 것으로 작품은 마무리된다.

이 작품에서 주어진 현실은 운명적이고 개인적이다. 그러나 작품은 이 개인적 운명의 비극적인 측면을 강화해서 보여 줄 뿐, 현실을 극복할 단서를 제시하지는 못한다. 결국 현실에 적응하지 못하는 인간의 면모를 보여 줄 따름이다. 그러나 서술자인 '나'는 일종의 연민으로 인물을 감싸 안으려 한다. 그럼에도 이 작품이 현실을 소극적으로 개인적 운명으로 돌리고 있다고 평가할 수는 없다. 1930년대 민중이 처한 현실은 단순히 황수건 개인의 현실이라기보다 식민지 민중 전체가 맞닥뜨린 현실이기도 하기 때문이다.

활동

1. 이 작품의 배경이자 제목인 '달밤'은 무엇을 의미하는가?
2. 이 작품에 드러난 현실은 어떠한 현실이며, 인물들은 이를 어떻게 극복하고자 하는가?
3. 작품의 현실 인식이 갖는 한계는 무엇인가?
4. 오늘날의 시대에 '황수건'과 같은 인물은 어떤 인물일까? 그리고 나는 그러한 인물들과 어떠한 관계를 맺는 것이 바람직할지 생각해 보자.

읽기 전에

한국 전쟁은 우리 민족이 경험한 최대의 역사적 비극입니다. 동족끼리 총부리를 마주 대고 전쟁이란 가장 참혹한 사건을 경험하였으며, 전선이 남으로 북으로 다시 남으로 이동해 오는 동안 이편저편 할 것 없이 숱한 학살을 자행했지요. 3년 동안의 치열한 전투와 그 이후로 지금에 이르는 휴전 상태는 세계의 유일한 분단국가라는 오명을 우리에게 남겨 주었습니다.

그렇다면 문학은 비극적 상황에 어떻게 대응하였을까요? 「수난이대」에서 보듯, 인물들을 피해자로 설정하고 그 상황을 휴머니즘적 관점으로 극복할 수도 있을 것입니다. 아니면 이 작품 「광장」에서처럼 전쟁 이전부터 휴전에 이르기까지 남과 북을 모두 경험하고 새로운 선택을 할 수도 있겠지요.

만약 우리 시대에 전쟁과 같은 참혹한 사태가 발생한다면 나는 어떻게 대처할 것인지 생각해 보세요. 전쟁에 적극 참가할 것인지, 아니면 피해 달아날 것인지, 그도 아니라면 어떠한 새로운 대응이 있을 수 있을까도 말이에요.

【전략】

 이명준은 남한에서 철학을 전공한 대학생으로, 아버지의 친구 집에 살고 있다. 그의 아버지는 북한에 살며 대남 방송에 간혹 나온다. 이명준은 아버지 때문에 경찰에 불려가 취조를 받는다. 형사들에게 빨갱이 취급을 받은 이명준은 남한의 현실에 환멸을 느끼고 사랑하는 여자 윤애를 남겨 두고 월북을 결행한다. 그러나 북한 역시 사회주의 제도의 실제는 없고 명령과 복종의 껍데기만 있을 뿐 이명준 자신이 기대했던 곳이 아님을 깨닫는다. 이명준은 국립 극장 소속 무용단원인 은혜와의 사랑으로 잠시 위안을 얻지만 곧 6·25전쟁이 발발하고 그는 인민군으로 전쟁에 뛰어든다. 그렇지만 전쟁에서도 새로운 삶을 발견하지 못한다. 사랑하는 은혜를 다시 만나지만, 그녀마저 비극적인 죽음을 맞고 이명준 자신도 결국 포로가 되는데…….

 방 안 생김새는, 통로보다 조금 높게 설득자들이 앉아 있고, 포로는 왼편에서 들어와서 바른편으로 빠지게 돼 있다. 네 사람의 공산군 장교와, 국민복을 입은 중공 대표가 한 사람, 합쳐서 다섯 명. 그들 앞에 가서, 걸음을 멈춘다. 앞에 앉은 장교가, 부드럽게 웃으면서 말한다.

중공 중화 인민 공화국의 준말. 중국.

"동무, 앉으시오."

명준은 움직이지 않았다.

"동무는 어느 쪽으로 가겠소?"

"중립국."

그들은 서로 쳐다본다. 앉으라고 하던 장교가, 윗몸을 테이블 위로 바싹 내밀면서, 말한다.

"동무, 중립국도, 마찬가지 자본주의 나라요. 굶주림과 범죄가 우글대는 낯선 곳에 가서 어쩌자는 거요?"

"중립국."

"다시 한 번 생각하시오. 돌이킬 수 없는 중대한 결정이란 말요. 자랑스러운 권리를 왜 포기하는 거요?"

"중립국."

이번에는, 그 옆에 앉은 장교가 나앉는다.

"동무, 지금 인민 공화국에서는, 참전 용사들을 위한 연금 법령을 냈소. 동무는 누구보다도 먼저 일터를 가지게 될 것이며, 인민의 영웅으로 존경받을 것이오. 전체 인민은 동무가 돌아오기를 기다리고 있소. 고향의 초목도 동무의 개선을 반길 거요."

"중립국."

그들은 머리를 모으고 소곤소곤 상의를 한다.

처음에 말하던 장교가, 다시 입을 연다.

"동무의 심정도 잘 알겠소. 오랜 포로 생활에서, 제국주의자들의 간사한 꼬임수에 유혹을 받지 않을 수 없었다는 것도 용서할 수 있소. 그런 염려는 하지 마시오. 공화국은 동무의 하찮은 잘못을 탓하기보다도, 동무가 조국과 인민에게 바친 충성을 더 높이 평가하오. 일체의 보복 행위는 없을 것을 약속하오. 동무는……."

"중립국."

중공 대표가, 날카롭게 무어라 외쳤다. 설득하던 장교는, 증오에 찬 눈초리로 명준을 노려보면서, 내뱉었다.

"좋아."

눈길을, 방금 도어를 열고 들어서는 다음 포로에게 옮겨 버렸다.

아까부터 그는 설득자들에게 간단한 한마디만을 되풀이 대꾸하면서, 지금 다른 천막에서 동시에 진행되고 있을 광경을 그려 보고 있었다. 그리고 그 자리에도 자기를 세워 보고 있었다.

"자넨 어디 출신인가?"

"……."

"음, 서울이군."

설득자는, 앞에 놓인 서류를 뒤적이면서,

"중립국이라지만 막연한 얘기요. 제 나라보다 나은 데가 어디 있겠어요. 외국에 가 본 사람들이 한결같이 하는 얘기지만, 밖에 나가 봐야 조국이 소중하다는 걸 안다구 하잖아요? 당신이 지금 가슴에 품은 울분은 나도 압니다. 대한민국이 과도기적인 여러 가지 모순을 가지고 있는 걸 누가 부인합니까? 그러나 대한민국엔 자유가 있습니다. 인간은 무엇보다도 자유가 소중한 것입니다. 당신은 북한 생활과 포로 생활을 통해서 이중으로 그걸 느꼈을 겁니다. 인간은……."

"중립국."

"허허허, 강요하는 것이 아닙니다. 다만 내 나라 내 민족의 한 사람이, 타향 만리 이국 땅에 가겠다고 나서니, 동족으로서 어찌 한마디 참고되는 이야길 안 할 수 있겠습니까? 우리는 이곳에 남한 2천만 동포의 부탁을 받고 온 것입니다. 한 사람이라도 더 건져서, 조국의 품으로 데려오라는……."

"중립국."

"당신은 고등 교육까지 받은 지식인입니다. 조국은 지금 당신을 요구하고 있습니다. 당신은 위기에 처한 조국을 버리고 떠나 버리렵니까?"

"중립국."

"지식인일수록 불만이 많은 법입니다. 그러나, 그렇다고 제 몸을 없애 버리겠습니까? 종기가 났다고 말이지요. 당신 한 사람을 잃는 건, 무식한 사람 열을 잃는 것보다 더 큰 민족의 손실입니다. 당신은 아직 젊습니다. 우리 사회에는 할 일이 태산 같습니다. 나는 당신보다 나이를 약간 더 먹었다는 의미에서, 친구로서 충고하고 싶습니다. 조국의 품으로 돌아와서, 조국을 재건하는 일꾼이 돼 주십시오. 낯선 땅에 가서 고생하느니, 그쪽이 당신 개인으로서도 행복이라는 걸 믿어 의심치 않습니다. 나는 당신을 처음 보았을 때, 대단히 인상이 마음에 들었습니다. 뭐 어떻게 생각지 마십시오. 나는 동생처럼 여겨졌다는 말입니다. 만일 남한에 오는 경우에, 개인적인 조력을 제공할 용의가 있습니다. 어떻습니까?"

명준은 고개를 쳐들고, 반듯하게 된 천막 천장을 올려다본다. 한층 가락을 낮춘 목소리로 혼잣말 외듯 나직이 말할 것이다.

"중립국."

설득자는, 손에 들었던 연필 꼭지로, 테이블을 툭 치면서, 곁에 앉은 미군을 돌아볼 것이다. 미군은, 어깨를 추스르며, 눈을 찡긋하고 웃겠지.

나오는 문 앞에서, 서기의 책상 위에 놓인 명부에 이름을 적고 천막을 나서자, 그는 마치 재채기를 참았던 사람처럼 몸을 벌떡 뒤로 젖히면서, 마음껏 웃음을 터뜨렸다. 눈물이 찔끔찔끔 번지고, 침이 걸려서 캑캑거리면서도 그의 웃음은 멎지 않았다.

준다고 바다를 마실 수는 없는 일. 사람이 마시기는 한 사발의 물. 준다는 것도 허황하고 가지거니 함도 철없는 일. 바다와 한 잔의 물. 그 사이에 놓인 골짜기와 눈물과 땀과 피. 그것을 셈할 줄 모르는 데 잘못이 있었다. 세상에서 뒤진 가난한 땅에 자란 지식 노동자의 슬픈 환상. 과학을 믿은 게 아니라 마술을 믿었던 게지. 바다를 한 잔의 영생수로 바꿔 준다는 마술사의 말을. 그들은 뻔히 알면서 권력이라는 약을 팔려고 말로 속인 꼬임을.

어리석게 신비한 술잔을 찾아 나섰다가, 낌새를 차리고 항구를 돌아보자, 그들은 항구를 차지하고 움직이지 않고 있었다. 참을 알고 돌아온 바다의 난파자들을 그들은 감옥에 가둘 것이다. 못된 균을 옮기지 않기 위해서. 역사는 소걸음으로 움직인다. 사람의 커다란 모순과 업(業)에 비기면, 아무 자국도 못 낸 것이나 마찬가지다. 당대까지 사람이 만들어 낸 물질 생산의 수확을 고르게 나누는 것만이 모든 시대에 두루 맞는 가능한 일이다. 마찬가지 아닌가. 벌써 아득한 옛날부터 사람 동네가 알아낸 슬기. 사람이라는 조건에서 비롯하는 슬픔과 기쁨을 고루 나누는 것. 그래 봐야, 사람의 조건이 아직도 풀어 나가야 할 어려움의 크기에 대면, 아무것도 아니다. 사람이 이루어 놓은 것에 눈을 돌리지 않고, 이루어야 할 것에만 눈을 돌리면, 그 자리에서 그는 삶의 힘을 잃는다. 사람이 풀어야 할 일을 한눈에 보여 주는 것—그것이 '죽음'이다. 은혜의 죽음을 당했을 때, 이명준 배에서는 마지막 돛대가 부러진 셈이다. 이제 이루어 놓은 것에 눈을 돌리면서 살 수 있는 힘이 남아 있지 않다. 팔자소관으로 빨리 늙는 사람도 있는 법이었다. 사람마다 다르게 마련된 몸의 길, 마음의 길, 무리의 길. 대일 언덕 없는 난파꾼은 항구를 잊어버리기로 하고 물결 따라 나선다. 환상의 술에 취해 보지 못한 섬에 닿기를 바라며. 그리고 그 섬에서 환상 없는 삶을 살기 위해서. 무서운 것을 너무 빨리 본 탓으로 지쳐 빠진 몸이, 자연의 수명을 다하기를 기다리면서 쉬기 위해서. 그렇게 해서 결정한, 중립국행이었다.

중립국. 아무도 나를 아는 사람이 없는 땅. 하루 종일 거리를 싸다닌대도 어깨 한번 치는 사람이 없는 거리. 내가 어떤 사람이었던지도 모를뿐더러 알려고 하는 사람도 없다.

병원 문지기라든지, 소방서 감시원이라든지, 극장의 매표원, 그런 될 수 있는 대로 마음을 쓰는 일이 적고, 그 대신 똑같은 움직임을 하루 종일 되풀이만 하면 되는 일을 할 테다. 수위실 속에서 나는 몸의 병을 고치러 오는 사람들을 바라본다. 나는 문간을 깨끗이 치우고 아침저녁으로 꽃밭에 물을 준다. 원장 선생이 나올 때와 돌아갈 때는 일어서서 경례를 한다. 간호부들이 시키는 잔심부름을 기꺼이 해 줘야지. 신문을 사 달라느니 모퉁이 과자집에서 초콜릿 한 개만 사다 달라느니 따위 귀여운 부탁을 성심껏 해 준다. 그녀들은 봉급날이면 잔돈푼을 모아서 싸구려 모자나 양말 같은 조촐한 선물을 할 게다. 나는 고마워라 허리를 굽히며 받는다. 그리고 빙긋 웃는다. 그녀들 중에 새로 온 애송이가 이렇게 물어본다.

"리 아저씬 중국 분이시죠?"

그러면 고참 언니의 한 사람은, 가벼운 경멸을 섞으면서 신입생의 무지를 고친다.

"애두, 코리안이란다."

나는 내내 웃음을 띤 채 말이 없다. 잠도 숙직실에서 잔다. 밤중에 돌아보다가 숙직 간호원이 끄기를 잊어버린 가스 화덕을 발견하여, 그 큰 병원을 불에서 구하게 된다. 나는 표창을 받고 사무실로 올려 주겠다고 한다. 나는 모자를 집어 들고 의자에서 일어서면서 말한다.

"인제 가 봐야겠습니다, 원장 선생님. 자리를 너무 비우면 안 됩니다."

마당을 가로질러 수위실로 걸어간다. 창문에 붙어 서서 존경어린 눈초리로 바라보고 있는 원장 선생의 눈길을 등에 느끼면서. 나는 신문을 가끔 본다. 그것도 '해외 토픽' 쯤이다.

몇 년에 한 번쯤, 코리아 얘기가 서너 너덧 줄 날 때가 있을 것이다.

'코리아 관광 협회에서는, 코리아에 오는 외국 여행자들이 해마다 늘기 때문에, 어린애들이 그들을 따라다니느라고 공부를 게을리 한다는, 현지 주민의 불평을 정부 당국에 강력히 드러낸 탓으로 내각이 넘어갔다.'

이 글을 보면서 나는 빙긋 웃는다. 기웃해 들여다보던 간호부가 한마디 한다.

"이런 나라는 얼마나 살기 좋을까?"

결혼? 안 한다. 결혼하지 못해서 색시 고르러 온 게 아니므로. 또는 도시가 한눈에 바라보이는 망루에서 하루 종일 보내는 소방서 불지기는 어떤

가. 높은 곳에서 바라보는 도회 경치는 삶의 터이자 노래일 거다. 그 노래가 곧 삶이 된다. 딱정벌레처럼 발발 기어 다니는 자동차들. 성냥갑 모양 반듯한 공장과 굴뚝. 장난감 같은 도시의 지붕이 늘 발밑에 있다. 나는 그 지붕 밑에 벌어지는 삶을 떠올려 본다. 사내가 색시 앞에 꿇어앉아서 사랑한다고 한다. 내 사랑을 어떻게 알렸으면 좋겠느냐고 도리어 졸라 보는 체한다. 여자는 고개를 살래살래 흔들면서 웃기만 한다.

"아가씨, 믿어 드리시우. 그 양반 하는 말이 정말입넨다."

나는 자기 자리도 잊어버리고 들리지도 않을 소리를 거든다. 안 들려도 그만이다. 좋은 말을 듣고 싶으면 더 훌륭한 사람이 얼마든지 있을 게다. 결국 조언이란 쓸데없는 것, 사람에게 조언할 자격이 있는 사람은 없다. 하느님만이 조언할 수 있지만 그도 지금은 지쳤다. 옛날처럼 상냥하지 못하다. 사람이 나쁘달 수도 없다. 어떻게 되다 보니 일이 그렇게 된 것뿐이다. 사람과 하느님, 어차피 남남끼린데 잘된 일이다. 불이 보인다. 어? 시장네 집 언저리다. 요란한 나팔 소리. 길을 막는구나. 달린다. 옳지 벌써 호스에서 물이 뿜어지누나. 엣헴 더 볼 것 있나. 제때에 알아보면 꺼 버린 거나 다름없지. 사람 일도 그렇다? 몰라몰라. 귀찮은 말씀은 이제는 그만. 불 끄는 놈이 객담은 무슨 객담.

또 극장 매표원은 어떻구. 돈을 디미는 손을 보고, 일자리며 나이며 틀림없이 알아맞히게 이골이 날 즈음, 표팔이를 자동식으로 하자는 소리가 나온다. 나는 전국 표팔이 일꾼들의 앞장에서 플래카드를 들고 대통령 관저 앞에서 들었다 놓는다.

"극장 매표구에서 겪는 즐거운 붐빔을 죽이지 말라."

지나가던 대학생이 플래카드의 문구를 보고 친구보고 말한다.

"옛날 모더니스트들의 시 구절 같잖아?"

낮굿이 있을 땐 밤에는 쉰다. 수수한 나들이옷으로 갈아입고 단골 술집으로 간다. 가벼운 것만 마시고 팁을 톡톡히 놓고 가는 손님이래서 그들은 늘 상냥하다. 여급이 사랑 비슷한 걸 하자는 눈치를 보인다. 나는 손가락으로 '못써 그런 소리' 해 보인다. 그녀는 숫처녀처럼 빨개지면서 그러나 눈썹을 쓱 치켜 보이고는 선선히 돌아서 버린다. 나는 아파트에서 산다. 나가는 시간과 돌아오는 시간이 그대로 어김없는 탓으로, 정말은 그보다 방세가 꼬박꼬박인 탓으로 마담은 안팎 일 같은 걸, 가까운 살붙이한테 털어놓듯이 건네 오는 때가 많다. 그러면 나는 숫제 농으로 돌려 버린다. 8호실 젊은 친구는 술만 마신 날이면 가스 시설이 나쁘다는 투정이니 어쩌면 좋아요, 꼴에 방세는 몇 달씩 밀리면서. 할라치면 내 대답, 아 가스 회사 사람을 한 분 7호실에 들이시구려. 마담은 웃고 만다. 마담도, 겪고 난 사람이다.

이런 모든 것이 알지 못하는 나라에서는 이루어지리라고 믿었다. 그래서 중립국을 골랐다.

그는 벽장문에 달린 거울에 얼굴을 비춰 봤다. 핏발 선 눈. 꺼진 볼. 흐트러진 머리. 5월달 새잎처럼 싱싱한 새 삶의 길에 내가 왜 이 꼴인가?

그는 다시 층계를 밟아 내려왔다. 어제저녁에 보초를 서던 늙은 뱃사람이 나무 궤짝을 메고 지나가다가 그를 보자, 말을 걸었다.

"미스터 리, 캘커타에 가면 내가 한잔 사겠소."

전날 밤 일이 배 안에 퍼진 게 틀림없었다. 철없는 석방자들이 야료를 부린 가운데서 알 만하게 굴었대서, 믿음이 더해진 눈치다. 꼬집어 그럴 만한 일은 없어도, 어느 편인가 하면 건성으로 쌀쌀하기만 하고, 가끔 건방지기조차 하던 무라지의 어제저녁에 보여 준 마음씨도, 분명히 그런 데서 오는 것이었다. 명준은 그런 배 안의 눈치를 채자 말할 수 없이 울적해졌다. 남들이 멋대로 자기를 영웅으로 만들어 버린 게 짜증스러웠다. 그래서 한 일이 아니었다. 따지고 들면, 그때 김이 왜 그토록 미웠는지 알 수 없다. 그때 내 가슴을 메스껍게 하던 덩어리를 본인도 풀이하지 못하는데, 이 사람들은 용케 척척 알아서 값을 매긴다. 뱃사람이 메고 있던 궤짝은 가벼운 물건이었던 모양으로, 그는 한 손으로 궤짝을 꼬나 갑판에 놓으면서, 명준에게 담배를 청했다.

"캘커타에 닿는 대로 상륙시킬 모양이니깐."

"그때 술을 사신단 말씀이죠?"

"암."

"왜 저한테 술을 삽니까?"

"응? 왜라니? 허."

이 늙은 바다의 노동자는, 명준의 물음에 적이 당황한 모양이었다. 그의 단순한 머리로, 딴은, 제가 명준에게 느끼는 호감을 풀이하기는 어려운 일임에 틀림없었다. 명준은 우스워졌다. 그는 짓궂게 다그쳤다.

"글쎄 왜 저한테 술을 사신답니까?"

뱃사람은 내려놓았던 짐을 도로 어깨에 얹었다.

"좌우간 사고 싶으니까."

그는 말을 마치고는, 더 어물거리다가는 봉변이나 할 것처럼, 일부러 아랫도리를 묘하게 휘청거리며, 게다가 짐을 붙잡지 않은 한쪽 팔을 내저어 크게 활개를 치면서, 뱃머리 쪽으로 내빼 버렸다. 명준은 멍하니 그 모습을 쳐다보았다. 바다의 말은 남자답다. 좌우간 사고 싶으니까. 그는 자기 방으로 돌아가려고 하다가, 생각을 고쳐, 뒤쪽 난간으로 찾아갔다. 어쩌다 보니 그 자리에 단골이 돼 있었다. 혼자 있고 싶을 때는, 발길이 알아서 이리로 옮겼고, 무슨 궁리를 하더라도 여기 오면 마무리가 되었다. 게다가 이 모퉁이는 발길도 드물다. 모퉁이를 돌아서면 아무 꾸밈도 없는 민숭한 갑판이, 하얗게 햇빛이 눈부신 작은 놀이터 같았다. 이렇게 벽을 기대고 서서 갑판을 우두커니 내려다보노라면, 소학교 때, 교사 담벼락에 기대어 햇볕을 쬐던 일이 생각난다. 그토록 호젓했다. 여러 사람이 북적거리는 데를 비켜 늘 이런 자리를 찾아오는 마음. 남하고 돌아선, 아무리 초라해도 좋으니까 저 혼자만이 쓰는, 그런 광장 없이는 숨을 돌리지 못하는 버릇은 무엇일까. 그것은 아무래도 약한 자가 숨는 데였다. 낙동강 싸움터에서 찾아낸 굴도 그렇다. 그는 거기에 아무도 데리고 가지 않았다. 데리고 가면 그 동굴이 주는 거룩한 호젓함을 잃어버릴 것 같아서였다. 은혜가 나타났을 때, 그녀도 굴을 쓰게 해 주었다. 한 마리 가장 가까운 암컷에게만은 숨는 굴을 가리켜 주었다. 사람이란 그런 것, 아니 나란 그런 놈. 그 스산한 마당에서, 일 미터 평방의 자리에 잠시 단 혼자서만 앉아 본다는 건 무엇이었을까. 애당초 여자를 끌어들일 셈이 아니었던 바에야, 자기 혼자의 때와 자리를 몰래 만들어 놓자는 생각 말고 다른 것이 아니었다. 아니면 어떤 영감으로 은혜가 오리라 미리 알고, 그녀와 둘이서 뒹굴 굴을 만들고 기다리고 있었던 것일까. 웃기지 말자, 누군가를 웃기지 말자. 남이 들으면 창피하다. 우리 목숨을 주무르는 사람의 눈으로 보면, 모든 사람이 장삼이사, 그놈이 그놈이다. 자기만 별난 줄 알면 못난이 사촌이다. 광장에서 졌을 때 사람은 동굴로 물러가는 것. 그러나 과연 지지 않는 사람이라는 게 이 세상에 있을까. 사람은 한 번은 진다. 다만 얼마나 천하게 지느냐, 얼마나 갸륵하게 지느냐가 갈림 길이다. 갸륵하게 져? 아무튼 잘난 멋을 가진 사람들 몫으로 그런 짜리도 셈에 넣는다 치더라도 누구든 지는 것만은 떼어 놨다. 나는 영웅이 싫다. 나는 평범한 사람이 좋다. 내 이름도 물리고 싶다. 수억 마리 사람 중의 이름 없는 한 마리면 된다. 다만, 나에게 한 뼘의 광장과 한 마리의 벗을 달라. 그리고, 이 한 뼘의 광장에 들어설 땐, 어느 누구도 나에게 그만한 알은체를 하고, 허락을 받고 나서 움직이도록 하라. 내 허락도 없이 그 한 마리의 공서자를 끌어가지 말라는 것이었다. 그런데 그 일이 그토록 어려웠구나.

 갑판을 눈여겨 내려다보면, 그 위에 비치는 햇빛의 밝기는 넓이 구석구석마다가 고르지는 않았다.

 퍽으나 미미하지만 어룽어룽한 다름이 있다. 갑판의 나뭇결 빛깔이 얼마쯤씩 다른 탓인가 하고 살펴보는데, 잘 모르겠고, 그것은 아무튼 그 위에서 되비치는 빛의 꺾임은 고르지 못하다. 쭈그리고 앉아서 갑판에 손바닥을 댔다. 따뜻했다. 손을 움직여 쓸어 보았다. 꺼끌꺼끌한 겉은 그 따뜻한 기운만큼은 정답지 못했으나, 손바닥을 맞아들이는 부피에는 닿음새만이 지니는 믿음성이 있었다. 자꾸 쓸어 보았다. 지난날, 은혜의 몸을 이렇게 쓸어 보았다. 이 햇빛에 익은 나무처럼 따뜻하고, 그보다는 견줄 수 없이 미끄러운 물질이었다. 자기 손을 보았다. 그것은 무엇인가를 더듬고, 무엇인가를 잡고 있지 않고는 배기지 못하는 외로운 놈이었다.

  희망의 뱃길, 새 삶의 길이 아닌가. 왜 이렇게 허전한가. 게다가 무라지와 늙은 뱃사람은 캘커타에서 술까지 살 것이다. 왜 이런가. 일어서서 난간을 잡고 아래를 내려다보았다. 배꼬리에서 바닷물이 커다란 소용돌이를 만들어서는 뒤로 길다란 물이랑을 파 간다. 거대한 새끼가 꼬이듯 틀어 대는 물살은 잘 자란 힘살의 용솟음을 떠올렸다. 그때, 그 물거품 속에서 흰 덩어리가 쏜살같이 튀어나오면서, 그의 얼굴을 향해 뻗어 왔다. 기겁하면서 비키려 했으나, 그보다 빨리, 물체는 그의 머리 위를 지나서, 뒤로 빠져 버렸다. 돌아다봤다. 갈매기였다. 배꼬리 쪽에서 내려꽂히기와 치솟기를 부려 본 것이리라. 그들이었다. 배를 탄 이후 그를 괴롭히는 그림자는. 그들의 빠른 움직임 때문에, 어떤 인물이 자기를 엿보고 있다가, 뒤돌아보면 싹 숨고 마는 환각을 주어 왔던 것이다. 그는 붙잡고 있는 난간에 이마를 기댔다. 머릿속이 환히 트이는 듯, 심한 현기증으로 한참을 움직이지 못했다. 그러자 올컥 메스꺼웠다. 난간 밖으로 목을 내밀기가 바쁘게 희멀건 것이 저 아래 물이랑 속으로 떨어져 갔다. 바다에 닿기도 전에 사라졌다. 그 배설물의 낙하는 큰 바다에 침을 뱉은 것처럼 몹시 작은 느낌을 주는 광경이었다. 씁쓸한 군침이 입 안에 가득 괴었을 때, 한꺼번에 뱉어 버리고 돌아섰다. 여태까지 뱃멀미는 없었다. 배가 크고 날씨가 맑아서 여태까지 편한 바닷길이었다. 아직도 가시지 않는 아찔한 어질머리를 참으면서 갑판을 걸어갔다. 뱃사람이 보초를 섰던 자리쯤에서 다시 한 번 침을 뱉고 복도로

공서자 '공서(共棲)'란 동물의 공생(共生)을 이르는 말.

들어섰다. 뱃간의 문은 활짝 열려 있었으나, 밖으로 향한 창의 블라인드를 내리고 있어서, 문간은 한결같이 컴컴했다.

자기 방에 들어섰을 때였다. 자기를 따라오던 그림자가 문간에 멈춰 섰다는 환각이 또 스쳤다.

박의 침대 머리맡에 놓인 양주병이 언뜻 보였다. 그는 팔을 뻗쳐 병을 잡으면서 돌아섰다. 흰 그림자가 쏜살같이 저만치 날아가는 것이 보인다. 따라가면서 힘껏 병을 던졌다. 그림자는 멀리 사라지고 병은 문지방에 부딪혀서 박살이 되어, 깨어진 조각이 사방으로 튀었다. 더 따라가지 않고 우두커니 서서 움직이지 않았다. 어쩔 줄 모르고 선 박을 남겨 놓고, 자리에 기어 올라가서 번듯 누웠다. 가슴이 활랑거린다. 손을 가슴에 얹었다. 풀무처럼 헐떡거린다. 망막에서는 포알처럼 튀어들던 바닷새의 흰 부피가, 페인트를 쏟아 부은 듯, 아직도 끈적거렸다. 벌떡 일어났다. 도로 누웠다. 다시 일어났다. 아무리 해도 편치 않았다. 누워서 쉬려던 생각을 버리고 방바닥에 내려섰다. 아직도 거기 서 있는 박을 흘끗 쳐다보았다. 무슨 말을 할 듯이 다가섰으나 못 본 체해 버리고 방을 나섰다. 좌우 문간에서 서성거리던 얼굴들이 한결같이 쑥 들어갔다. 곧장 선장실로 올라왔다. 선장은 아직도 보이지 않았다. 벽장 거울에 비치는 자기 모양이 보기 싫어서 저쪽을 보고 돌아앉았다. 무엇을 할 것인가. 어제저녁 그를 덮친 당돌한 물음이 언뜻 살아났다. 뒤를 이어 배꼬리 쪽에서 쏜살같이 날아오던 흰 새의 모습이 또 떠올랐다. 그들이라? 그는 주먹을 들어 이마에 댔다. 머릿속은 오히려 말짱했다.

또 속이 올라왔다. 이를 악물고 쓴 침을 삼켰다. 갈갈. 갈매기 우는 소리가 났다. 날듯이 창가로 달려가, 윗몸을 밖으로 내밀며 고개를 치켰다.

그들은 잠시 쉬려는 듯, 마스트에 매달려 있었다. 저것들 때문이지. 어처구니없는 일이 아닌가. 갈갈. 께룩, 께룩. 울음소리는 비웃는 듯 떨어져 온다. 그는 목이 아파서 고개를 돌렸다. 섬뜩한 짓을 한 이 불길한 새들. 허공을 한참 쳐다보던 눈이 찬장에 달린 거울에 멎었다. 눈에 살기가 있다. 찬장문을 연다. 오른편에 사냥총이 세워져 있다. 약실을 살펴봤다. 총알이 없다. 총알은 서랍 속에 있었다. 총알을 잰 다음, 잠글쇠를 풀었다. 사냥할 때에 지척에 있는 짐승에게 다가가는 포수처럼, 살금살금 걸어서 창에 이르렀다. 갈매기들은 아직 거기 있었다. 창틀에 등을 대고, 몸을 밖으로 젖히고, 총을 들어 어깨에 댔다. 하늘에 구름은 없었다. 창대처럼 꼿꼿한 마스트에 앉은 흰 새들은 움직이지 않았다. 두 마리 가운데 아래쪽, 가까운 데에 앉은 갈매기가 총구멍에 사뿐히 얹혀졌다. 이제 방아쇠만 당기면 그 흰 바닷새는 진짜 총구 쪽을 향하여 떨어져 올 것이다. 그때 이상한 일이 눈에 띄었다. 그의 총구멍에 똑바로 겨눠져 얹혀진 새는 다른 한 마리의 반쯤 한 작은 새였다.

마지막으로 만났을 때 은혜가 한 말. 총공격이 다가선 줄 알면서도 두 사람은 다 어느 때하고 다르지 않았다. 사랑의 일이 끝나고, 그들은 나란히 누워 있었다.

"저—"

깊은 우물 속에 내려가서 부르는 사람의 목소리처럼, 누구의 목소리 같지도 않은 깊은 울림이 있는 소리로 그녀가 불렀다.

"응?"

"저—"

명준은 그 목소리의 깊이에 몸이 굳어졌다.

"뭔데, 응?"

"저—"

그녀는 돌아누우면서 남자의 목을 끌어당겨 그 목소리처럼 깊숙이 남자의 입을 맞췄다. 그러고는, 남자의 귀에 대고 그 말을 속삭였다.

활랑거리다 심장이 몹시 두근거리며 가쁘게 마구 뛰다.
창대(槍-) 창의 길고 굵은 자루.

"정말?"

"아마."

명준은 일어나 앉아 여자의 배를 내려다봤다. 깊이 파인 배꼽 가득 땀이 괴어 있었다. 입술을 가져간다. 짭사한 바닷물 맛이다.

"나 딸을 낳아요."

은혜는 징그럽게 기름진 배를 가진 여자였다. 날씬하고 탄탄하게 죄어진 무대 위의 모습을 보는 눈에는, 그녀의 벗은 몸은 늘 숨이 막혔다. 그 기름진 두께 밑에 이 짭사한 물의 바다가 있고, 거기서, 그들의 딸이라고 불릴 물고기 한 마리가 뿌리를 내렸다고 한다. (1문장 생략)

"딸을 낳을 거예요. 어머니가 나는 딸이 첫애기래요."

총구멍에 똑바로 겨눠져 얹혀진 새가 다른 한 마리의 반쯤 한 작은 새인 것을 알아보자 이명준은 그 새가 누구라는 것을 알아보았다. 그러자 작은 새하고 눈이 마주쳤다. 새는 빤히 내려다보고 있었다. 이 눈이었다. 뱃길 내내 숨바꼭질해 온 그 얼굴 없던 눈은. 그때 어미새의 목소리가 날아왔다. 우리 애를 쏘지 마세요. 뺨에 댄 총몸이 부르르 떨었다. 총구에는 솜구름처럼 뭉실한 덩어리가 얹혔을 뿐. 마스트 언저리에 구름이 옮아왔다.

망가진 기계가 헐떡이듯, 밖으로 나갔던 몸을 간신히 창 안으로 끌어들이면서, 총을 내린다. 거울 속에 비친 얼굴에는 굵다란 진땀이 이마에 솟고, 볼따귀가 민망스럽게 푸들푸들 떨린다.

사람이 올라오는 기척에, 재빠르게 탄알을 뽑으면서 돌아서서, 벽장문을 열고, 먼저 있던 자리에 총을 놓았다. 벽장문을 닫고 돌아선 것과 거의 같이, 선장이 들어섰다.

가까운 사이에 흔히 그렇듯이, 선장은, 명준을 새삼 거들떠보는 일도 없이, 테이블 앞으로 걸어가서, 해도 위에 몸을 굽혔다. 명준은, 낯빛을 감추려고 창문에 붙어 선 채, 선장에게 등을 돌렸다. 해도 위에 컴퍼스 스치는 소리만 바스락댄다.

"미스터 리."

"네."

"인도에 가면 내 근사한 미인을 소개함세."

"미인을요."

"음, 내 조카야. 먼저 우리 집으로 가서 가족들을 만나고."

그는 구부렸던 몸을 일으켜, 멍한 눈으로, 명준이 막아선 창문과 반대 창문으로 멀리 내다보았다. 곧 만나게 될, 가족 생각을 하는 모양이었다. 선장은 끝내 테이블에서 떨어져, 벽장 앞으로 가더니, 문을 열고, 사냥총을 꺼내 들었다. 명준은 굳어졌다. 선장은 엽총을 이리저리 만져 보다가, 먼젓번처럼, 명준에게 넘겼다. 명준은 총을 받아, 제대로 꼼꼼한 몸짓으로 어깨에 댔다. 그는 총대와 몸을 함께 핑그르르 움직여, 바다를 겨냥했다. 총 끝이 가리키는 곳 멀리, 바다와 하늘이 아물락 말락 닿고 있다. 바다를 쏠 것인가.

총몸을 받친 왼팔이 가늘게 떨리기 시작한다. 그는 겨눔을 풀고, 총을 선장에게 돌려주고, 방을 나온다. 뱃간으로 간다. 방 안에 박의 모습은 보이지 않고, 문간에는, 부서진 유리병 조각이 그대로 흩어져 있다. 마루에 널린 유리 조각을 밟는다. 유리는 구두 밑에서 짝짝, 소리를 낸다. 얼마를 그러니까, 더는 소리가 나지 않는다. 방 안을 휘돌아본 후에, 또 갑판으로 나온다. 도무지 앉아야 할지 서야 할지, 허둥거려진다. 그는 선장실을 올려다본다. 또 그곳으로 갈 수도 없다. 캘커타에서 술을 산다던 늙은 뱃사람을 찾아볼까? 한참 걸어서 기관실로 간다. 거기에 그는 없다. 식당에 가 본다. 그곳에도 없다. 안타까워진다. 침실로 간다. 그의 자리는 비어 있고 몸이 불편한 모양인지, 젊은 뱃사람 하나가, 이마에 손을 얹고 누워 있다. 다시 갑판으로 돌아온다. 그 늙은이를 만나서는 어쩌자는 것인가. 그를 찾아 헤매는 일은 그만두기로 한다. 발길은 절로 뒷갑판, 그의 자리로 옮아간다. 그곳은, 여전히 언저리를 얼씬하는 사람의 기척도 없이 햇살만 창창하다. 손잡이틀을 잡고, 아래를 내려다본다. 스크루가 파헤치는 물이랑을 본다.

아무리 보아도 지루하지 않다. 한참 보고 있으면, 물살의 움직임이 이쪽의 마음을 끌어당겨 그의 마음도 바다가 되어, 거기 물거품을 일으키면서, 물이랑을 파헤친다. 착각이 아니라, 확실한 평행 현상이 일어난다. 물결과 마음의 사이는, 차츰 가까워진다. 끝내 그의 몸과 물결은 하나가 된다. 그의 몸은 꿈틀거리는 물이랑을 따라, 곤두박질한다. 꼬이고 풀리는 물결 속에 그의 몸뚱어리가 풀려 나간다. 그의 몸은 친친 막아 놓은 밧줄처럼, 배에 얹힌 대로지만, 스크루의 물거품처럼, 술술 풀려 나가서는, 말간 바닷물이 된다. 몸의 세포가 낱낱이 흩어져, 세포 알알이 물방울과 어울려 튄다.

자꾸 뒤로 뽑아내는 물이랑은, 이윽고, 크낙한 바다의 무게 속에, 가라앉아 버린다. 자취도 없이, 사라진다. 바다의 아물심은 견줄 데 없이 세다. 그는 상처를 줄 수 없는 불가사리다. 그 속에 파묻힌다. 자꾸 몸이 풀린다.

꼬꾸라질 듯 앞으로 숙인 몸을, 황망히 끌어들인다. 손잡이에서 떨어져, 갑판에 주저앉는다. 눈에서는 아직도, 소용돌이쳐 뻗어나는 물결의 그림자가 아물거린다. 그것마저 사라져 버렸을 때 막막한 그림자가 등에 업혀 온다. 또 일어서서, 손잡이를 잡는다. 물결을 바라보고 있으면 마음 놓을 수 있었기 때문이다. 지금 그의 머릿속에는 아무것도 없다. 무엇이든지 바라보면서, 자기 안에 있는 빈 데를 메우지 않으면, 금방 쓰러져 버릴 것 같다. 얼마를 그러고 있다가 또 뱃간으로 돌아온다. 방은 아까처럼 비어 있다.

자기 자리로 올라간다. 자려고 해서가 아니다. 그저 찾는 것도 없이, 머리맡을 어물어물 더듬는다. 손에 딱딱한 물건이 잡힌다. 부채다. 문간에서 기척이 난다.

얼른 돌아다보았으나, 아무도 나타나지는 않는다. 되도록 천천히 다락에서 내려와, 마루에 내려선다. 무슨 할 일이 없는가 찾는 사람처럼, 두리번거린다. 방 안에 새삼스레 그의 주의를 끌 만한 것은 없다. 발끝으로 살살 밀어서 유리 조각을 한곳에 모으고, 꽉 밟는다. 소리가 나지 않는다. 더 힘있게 밟는다. 그만한 힘으로 발바닥을 올려 밀 뿐, 유리는 바스러질 대로 바스러진 모양인지, 꿈쩍도 않는다. 복도로 나선다. 복도에도 인기척은 없다. 선장실로 올라간다. 선장은 없다. 벽장문을 연다. 총이 제자리에 세워져 있다. 벽장문을 닫는다. 서랍을 열고, 아까 선장이 들어오는 바람에 미처 돌려 놓지 못한 총알을 제자리에 놓는다. 몹시 중요한 일을 마친 사람처럼, 홀가분해진다. 테이블로 가서 해도를 들여다본다. 이 배가 밟아 온 자국이 연필로 그려져 있다. 선장이 하는 것처럼 컴퍼스를 손가락으로 꼬나 잡고, 해도 위를 재 보는 시늉을 한다. 한참 장난을 하다가 컴퍼스를 던져 버린다. 그때 여태까지 한 손에 부채를 들고 있었다는 사실을 처음 안다.

아까, 침대에서 손에 잡힌 대로, 들고 온 것이다. 의자에 걸터앉아서 부채를 쭉 편다. 바다가 있고, 갈매기가 있는 그림이 그려져 있다. 부채를 접었다 폈다 하다가, 스르르 눈을 감는다. 머릿속으로 허허한 벌판이 끝없이 열리며, 희미한 모습이 해돋이처럼 차츰 떠올라 온다.

……펼쳐진 부채가 있다. 부채의 끝 넓은 테두리 쪽을, 철학과 학생 이명준이 걸어간다. 가을이다. 겨드랑이에 낀 대학 신문을 꺼내 들여다본다. 약간 자랑스러운 듯이. 여자를 깔보지는 않아도, 알 수 없는 동물이라고 여기고 있다.

책을 모으고, 미라를 구경하러 다닌다.

정치는 경멸하고 있다. 그 경멸이 실은 강한 관심과 아버지 일 때문에 그런 모양으로 나타난 것인 줄은 알고 있다. 다음에, 부채의 안쪽 좀 더 좁은 너비에, 바다가 보이는 분지가 있다. 거기서 보면 갈매기가 날고 있다. 윤애에게 말하고 있다. 윤애 날 믿어 줘. 알몸으로 날 믿어 줘. 고기 썩는 냄새가 역한 배 안에서 물결에 흔들리다가 깜빡 잠든 사이에, 유토피아의 꿈을 꾸고 있는 그 자신이 있다. 조선인 **콜호스** 숙소의 창에서 불타는 저녁놀의 힘을 부러운 듯이 바라보고 있는 그도 있다. 구겨진 바바리코트 속에 시

콜호스 옛날 소련의 집단 농장.

래기처럼 바랜 심장을 안고 은혜가 기다리는 하숙으로 돌아가고 있는 9월의 어느 저녁이 있다. 도어에 뒤통수를 부딪히면서 악마도 되지 못한 자기를 언제까지나 웃고 있는 그가 있다. 그의 삶의 터는 부채꼴, 넓은 데서 점점 안으로 오므라들고 있었다. 마지막으로 은혜와 둘이 안고 뒹굴던 동굴이 그 부채꼴 위에 있다. 사람이 안고 뒹구는 목숨의 꿈이 다르지 않느니. 어디선가 그런 소리도 들렸다. 그는 지금, 부채의 사북 자리에 서 있다. 삶의 광장은 좁지다 못해 끝내 그의 두 발바닥이 차지하는 넓이가 되고 말았다. 자 이제는? 모르는 나라, 아무도 자기를 알 리 없는 먼 나라로 가서, 전혀 새사람이 되기 위해 이 배를 탔다. 사람은, 모르는 사람들 사이에서는, 자기 성격까지도 마음대로 골라잡을 수도 있다고 믿는다. 성격을 골라잡다니! 모든 일이 잘될 터이었다. 다만 한 가지만 없었다면. 그는 두 마리 새들을 방금까지 알아보지 못한 것이었다. 무덤 속에서 몸을 푼 한 여자의 용기를, 방금 태어난 아기를 한 팔로 보듬고 다른 팔로 무덤을 깨뜨리고 하늘 높이 치솟는 여자를, 그리고 마침내 그를 찾아내고야 만 그들의 사랑을.

돌아서서 마스트를 올려다본다. 그들은 보이지 않는다. 바다를 본다. 큰 새와 꼬마 새는 바다를 향하여 미끄러지듯 내려오고 있다. 바다. 그녀들이 마음껏 날아다니는 광장을 명준은 처음 알아본다. 부채꼴 사북까지 뒷걸음질친 그는 지금 핑그르르 뒤로 돌아선다. 제정신이 든 눈에 비친 푸른 광장이 거기 있다.

자기가 무엇에 홀려 있음을 깨닫는다. 그 넉넉한 뱃길에 여태껏 알아보지 못하고, 숨바꼭질을 하고, 피하려 하고 총으로 쏘려고까지 한 일을 생각하면, 무엇에 씌웠던 게 틀림없다. 큰일 날 뻔했다. 큰 새 작은 새는 좋아서 미칠 듯이, 물속에 가라앉을 듯, 탁 스치고 지나가는가 하면, 되돌아오면서, 그렇다고 한다. 무덤을 이기고 온, 못 잊을 고운 각시들이, 손짓해 부른다. 내 딸아. 비로소 마음이 놓인다. 옛날, 어느 벌판에서 겪은 신내림이, 문득 떠오른다. 그러자, 언젠가 전에, 이렇게 이 배를 타고 가다가, 그 벌판을 지금처럼 떠올린 일이, 그리고 딸을 부르던 일이, 이렇게 마음이 놓이던 일이 떠올랐다. 거울 속에 비친 남자는 활짝 웃고 있다.

밤중.

선장은 문을 두드리는 소리에 잠자리에서 몸을 일으켰다. 얼른 손목에 찬 야광 시계를 보았다. 마카오에 닿자면 아직 일렀다.

"무슨 일이야?"

"석방자가 한 사람 행방불명이 됐습니다."

"응?"

"지금 같은 방에 있는 사람이 신고해 와서, 인원을 파악해 봤습니다만, 배 안에는 보이지 않습니다."

선장은 계단을 내려가면서 물었다.

"누구야 없다는 게?"

"미스터 리 말입니다."

이튿날.

타고르호는, 흰 페인트로 말쑥하게 칠한 삼천 톤의 몸을 떨면서, 한 사람의 손님을 잃어버린 채 물체처럼 빼곡히 들어찬 남지나 바다의 훈김을 헤치며 미끄러져 간다.

흰 바닷새들의 그림자는 보이지 않는다. 마스트에도, 그 언저리 바다에도.

아마, 마카오에서, 다른 데로 가 버린 모양이다.

사북 접었다 폈다 하는 부채의 아랫머리나 가위다리의 교차된 곳에 박아 돌쩌귀처럼 쓰이는 물건.
남지나(南支那) 바다 중국 화난 지방의 남쪽에 걸쳐 있는 해역. 태평양에 속하며 대만, 필리핀 제도, 보르네오 섬, 인도차이나 반도에 둘러싸여 있다.

작품 이해

　1959년 「GREY 구락부 전말기」로 문단에 등장한 작가 최인훈은 「광장」을 발표함으로써 일약 1960년대의 문제 작가로 떠오른다. 작품 「광장」은 최인훈 소설의 문제의식이 집중적으로 드러나 있는, 우리 현대 소설에서 '분단 소설'의 시금석이 되는 작품이다. 몇 차례의 개작을 통해 단행본으로 발행된 「광장」은 독재 정치하의 1950년대와 1961년 5·16 군사 쿠데타가 일어나기 전의 접점, 즉 4·19혁명이라는 독특한 시대의 산물이다. 4·19혁명의 문학적 성과가 곧 「광장」인 셈이다.

　「광장」의 주인공 이명준은 철학도로서 남한의 현실에 만족하지 못하고 살아가던 중 아버지가 월북한 남로당계의 거물급 공산당원이라는 충격적인 사실을 알고서 새로운 광장을 찾아 월북한다. 그러나 그는 북한에서도 만족하지 못한다. 거기는 전체의 광장이 있을 뿐 개인의 자유가 말살되는 그러한 세계였다. 오직 '은혜'와의 사랑에서 탈출구를 발견하지만 낙동강 전투에서 은혜는 전사하고 그는 포로가 된다. 포로 석방 시 그는 남한도 북한도 선택하지 않고 중립국으로 향하지만, 결국 바다에 투신자살하게 된다.

　「광장」의 문학사적 의의는 이 작품이 최초로 이데올로기적 금기를 깨고 분단의 문제, 이데올로기의 문제를 정면으로 문제 삼았다는 데에 있다. 1950년대의 소설이 6·25전쟁이 가져다준 피해 의식에서 벗어나지 못하였고, 문제의식 또한 개인의 실존적 차원에 그친 것이었다고 한다면, 「광장」은 당시 사회의 중심적인 모순이 분단에 있음을 직시하고 그것을 추적해 들어감으로써 좀 더 현실의 핵심에 도달한 작품이었다. 그리고 분단은 또한 이데올로기 문제와 분리될 수 없다는 것을 정확히 간파한 것이다.

　이와 함께 「광장」의 또 다른 의의는 이 작품이 남북한의 문제를 밀실과 광장이라는 인간의 본래적인 존재의 문제와 연결하고 있다는 점이다. 인간에게는 누구나 자기의 고유의 밀실이 필요하면서, 동시에 타인과 교섭하면서 공동체적 삶을 살아갈 광장이 필요한 법이다. 그러나 한국 전쟁으로 대표되는 분단 시대는 광장도, 밀실도, 그 어떤 것도 가능하지 않은 현실이었음을 작품은 드러낸다.

그런데 정작 「광장」의 해결 방식은 현실과의 치열한 대결에서 구해진 것이 아니었다. 개인의 밀실만이 존재하는 남한 사회와 전체의 광장만이 있는 북한, 이명준이 파악한 남북한의 실상은 다분히 이상주의라는 그의 관념 속에서 그려진 것이라 볼 수 있다. 중립국행의 배를 탄 이명준은 그가 현실의 어느 곳도 아닌 '회색 지대'에 서 있다는 것을 보여 주며, 분단의 피해 의식에서 채 벗어나지 못했음을 말해 준다. 이명준의 죽음은 회색 지대의 지식인이 필연적으로 도달할 수밖에 없는 경로인 것이다. 1980년대의 화제작이었던 이문열의 「영웅시대」도 「광장」의 한계에서 벗어나지 못한다. 그러나 최근에 발표되고 있는 분단을 주제로 한 일련의 소설에서는 분단 문제를 지식인의 관념으로서가 아니라 한층 근본적인 문제로 접근해 들어가는 발전된 면모를 보여 준다. 최인훈 소설은 1960년대 소설의 한 표본으로서, 분단과 이데올로기 문제를 정면으로 다루어 1950년대 소설과는 다른 경지를 개척한 것으로 평가할 수 있다.

 활동

1. 이 작품에서 제시되는 '광장'과 '밀실'이 상징하는 것은 무엇인가?
2. 작품의 시간 진행 방식을 설명하라.
3. 중립국을 선택한 이명준의 선택이 갖는 한계를 말해 보자.
4. 오늘날 내가 직면한 문제 상황은 어떠한 상황이며, 상황에 대한 선택에서 중립국과 상응하는 선택은 무엇일지 생각해 보자.

읽기 전에

이 작품은 출판사 편집부에서 일하는 중년의 지식인이 주인공입니다. 주인공은 정부의 정책을 믿고 '광주', 지금의 성남으로 이주하지만, 정부는 약속을 지키지 않고 개발에 밀려난 철거민들을 방치합니다. 이 과정에서 주인공은 자신도 모르게 시위에 참여하고, 결국 출판사도 그만두고, 졸지에 가난한 이들과 다를 바 없는 처지에 빠지고 맙니다. 그럼에도 그에게는 '구두'라고 하는, 자신이 대학을 나온 지식인임을 상징하는 소도구가 있기에 위안을 받습니다. 물론 나중에는 그 '구두'조차 버리고 말지만요.

내가 가장 아끼는 물건은 무엇인가요? 그 물건들 가운데 단순히 소중하다는 것을 넘어, 나를 상징적으로 보여 줄 수 있는 물건이 있나요? 있다면 무엇이며, 그것이 갖는 의미는 무엇인지 말해 보세요.

【전략】

　나는 학교 교사로 여러 해에 걸쳐 셋방살이를 하던 끝에 성남에 집 한 채를 장만했다. 문간방 한 칸을 세놓기로 한 나는 권씨 일가를 들이기로 한다. 권씨는 살던 집에서 쫓겨나게 되어 약속한 날보다 사흘이나 먼저 이사를 오는데…….

　이른 아침이었다. 문간방 툇마루에 앉아서 권씨가 구두를 닦고 있었다. 누구나 그렇듯이 그가 솔로 먼지나 터는 정도의 일을 하고 있었다면 나는 그냥 지나쳤을지도 모른다. 바탕과 빛깔이 다르고 디자인이 다른 갖가지 구두를 대여섯 켤레나 툇마루에 늘어놓은 채 그는 털고 바르고 닦는 데 여념이 없었다.
　"그거 팔 겁니까?"
　아침 인사 겸 농담 삼아 나는 그에게 말을 걸었다.
　"팔 거냐구요?"
　갑자기 일손을 멈추더니 그는 내 발을 내려다보았다. 아니, 내가 신고 있는 구두를 유심히 쏘아보는 것이었다. 이윽고 내 바짓가랑이와 저고리 앞섶을 타고 꼬물꼬물 기어 올라오는 그의 시선이 마침내 내 시선과 맞부딪치면서 차갑게 빛났다. 그는 얼굴이 시뻘겋게 달아오르는가 싶더니 어느새 입가에 냉소를 머금고 있었다.

"어떻게 보고 하시는 말씀인지는 모르지만······."

"제가 이거 실례했나 봅니다. 달리 무슨 뜻이 있어서가 아니고······ 다만 구두가 하두 여러 켤레라서······ 전 그저 많다는 의미루다······."

입을 꾹 다물고는 권씨가 더 이상 나를 상대하지 않으려는 의사를 분명히 했으므로 내겐 아무 할 말이 없어져 버렸다. 그는 손질을 마친 구두를 자기 오른편에 얌전히 모시고는 왼편에서 다른 구두를 집어 무릎 새에 끼더니만 헌 칫솔로 마치 양치질하듯 신중하게 고무창과 가죽 틈에 묻은 흙고물을 제거하기 시작함으로써 내게서 사과할 기회를 아주 앗아가 버렸다. 나는 주번 교사를 맡아 다른 날보다 일찍 출근하려던 것도 까맣게 잊은 채로 권씨 앞에서 오래 뭉그적거렸다. 그러나 권씨를 향한 그 찜찜한 마음 덕분에 비로소 권씨를 자세히 관찰할 기회를 얻었다. 여러 날 함께 살면서도 피차 밖으로 나돌며 빡빡하게 지내다 보니 이사 오던 그날 이후로 변변히 대면조차 할 기회가 없었던 것이다.

보아하니 권씨의 구두 닦기 실력은 보통에서 훨씬 벗어나 있었다. 사용하는 도구들도 전문 직업인 못잖이 구색을 맞춰 일습을 갖추고 있었다. 그리고 무릎 위엔 앞치마 대용으로 헌 내의를 펼쳐 단벌 외출복의 오손에 대비하고 있었다. 흙과 먼지를 죄 털어 낸 다음 그는 손가락에 감긴 헝겊에 약을 묻혀 튀튀 침을 뱉어 가며 칠했다. 비잉 둘러 가며 구두 전체에 약을 한 벌 올리고 나서 가볍게 솔질을 가하여 웬만큼 윤이 나자 이번엔 우단 조각으로 싹싹 문질러 결정적으로 광을 내었다. 내 보기엔 그런 정도만으로도 훌륭한 것 같은데 권씨는 거기에 만족하지 않고 계속해서 같은 동작을 반복했다. 그만한 일에도 무척 힘이 드는지 권씨는 땀을 흘렸다. 숨을 헉헉거렸다. 침을 튀튀 뱉었다. 실상 그것은 침이 아니었다. 구두를 구두 아닌 무엇으로, 구두 이상의 다른 어떤 것으로, 다시 말해서 인간이 발에다 꿰차는 물건이 아니라, 얼굴 같은 데를 장식하는 것으로 바꿔 놓으려는 엉뚱한 의지의 소산이면서 동시에 신들린 마음에서 솟는 끈끈한 분비물이었다. 권씨의 손이 방추(紡錘)처럼 기민하게 좌우로 쉴 새 없이 움직이고 있었다. 마침내 도금을 올린 금속제인 양 구두가 번쩍번쩍 빛이 나게 되자 권씨의 시선이 내 발을 거쳐 얼굴로 올라왔다. 그는 활짝 웃고 있었다. 그의 눈이 자기 구두코만큼이나 요란하게 빛을 뿜었다. 사실 그의 이목구비 가운데 가장 높이 사 줄 만한 데가 바로 그 눈이었다. 그는 조로한 편이었다. 피부는 거칠고 수염은 듬성듬성하고 주름이 많았다. 이마가 나오고 광대뼈가 솟은 편이며 짙은 눈썹에 유난히 미간이 좁은 데다가 기형적으로 덜렁한 코가 신통찮은 권투 선수의 그것처럼 중동이 휘었고, 입은 내가 근무하는 학교의 '썰면' 선생과 맞먹을 만했다.(입술이 하 두툼해 썰면 한 접시는 되겠대서 학생들이 붙인 별명이었다.) 오직 눈 하나로 그는 구제받고 있었다. 보기 좋게 큰 눈이 사악하다거나 난폭한 구석은 전혀 찾아볼 수 없게 맑고 섬세했다.

이 순경이 또 찾아왔다. 지나는 길에 잠깐 들렀다지만 반드시 그런 것 같지만도 않은 것이, 대뜸 책망 비슷한 투로 나왔다.

"그러면 못써요, 못써."

"뭐 보고드릴 게 있어야 전화라도 걸든지 하죠."

"보고가 아니고 협조겠죠. 그건 그렇고, 협조할 만한 게 없었다구요?"

"전혀!"

"이거 보세요, 오 선생. 권씨가 닷새 전에 직장을 그만뒀는데두요?"

"직장을 그만두다니, 그럼 또 실직했다는 얘깁니까?"

"출판살 때려치웠어요. 전번하곤 사정이 좀 달라요. 책을 만드는데 저자들 요구대로 고분고분 따르는 게 아니라 틀린 걸 지적하고 저잘 자꾸만 가르치려 드니깐 사장이 불러다가 만좌중에 주의를 주었대요. 네가 저자냐구, 네가 뭔데 감히 고명하신 저자님 앞에서 대거리질이냐고 말이죠. 그

일습(一襲) 옷, 그릇, 기구 따위의 한 벌. 또는 그 전부.
오손(汚損) 더럽히고 손상함.
만좌중(滿座中) 사람들이 모든 좌석에 가득 앉은 가운데. 또는 그 사람들.

랬더니 그담 날부터 출근을 않더라나요."

"오늘 아침만 해도 정상적으로 출근하는 것 같았는데…… 어제도 그랬고……."

"그러니까 주의 깊게 잘 좀 살펴봐 달라는 거 아닙니까."

"이 순경이 그렇게 앉아서 구만린데 내가 구태여 협조할 필요가 있을까요?"

그러자 학사 출신 이 순경이 빙긋 웃었다.

"권씨가 드디어 실직했다는 그 점이 중요합니다. 이제부터 슬슬 오 선생이 맡아야 할 역할이 무엇인지 분명해질 성부릅니다. 권씨가 다시 다른 직장을 붙잡을 때까진 저나 오 선생이나 맘을 놔선 안 됩니다."

내가 꼭 권씨를 감시하고 보호해야 할 이유가 없음을 주장하기에 나는 벌써 지쳐 있었다. 죄가 있다면 셋방을 잘못 내준 죄밖에 없는 줄 누구보다도 이 순경이 잘 알고 있기 때문이었다. 이런저런 이야기 끝에 화제가 다시 권씨에 미쳤다.

"사건 당시 권씨는 주모자급이었습니까?"

"제가 경찰관이 되기 전 일이니까 자세한 건 몰라요. 하지만 권씨가 주모자라기보다 주동자였던 것만은 분명합니다. 거의 완벽할 만큼 증거를 남겼으니까요. 경찰 백차를 뒤엎고 불을 지르고 투석을 하고 시내버스를 탈취해 가지고 시가를 질주하는 사람들 사진 속에서 권씨는 항상 선두를 서고 있었습니다."

"도무지 믿을 수가 없군요. 이불 보따리 하나 제대로 못 메는 사람이 그런 엄청난 일에 선봉을 서다니!"

"하지만 일단 실직만 했다 하면 굶기를 밥 먹듯 한다는 사실만은 믿어도 좋습니다."

"굶지 않을 능력이 있으면서도 굶는 사람은 아마 굶어도 배고프지 않을 겁니다."

"오 선생님, 너무 그렇게 뻣뻣한 척 마십쇼. 접때두 내 얘기했잖아요, 틀림없이 오 선생도 권씰 사랑하게 될 거라구요."

누가 누구를 사랑한다는 일이 얼마나 어렵고 피곤한 것인가를 전혀 모르는 사람처럼 이 순경은 자신만만하게 웃으면서 갔다. 사랑 중에서도 특히 근린(近隣)애를 주머니 속에 든 동전이라도 꺼내듯이 그렇게 손쉬운 것인 줄 아는 모양이었다. 나 역시 한동안은 혼자 있을 때 공중으로부터 울리는 무거운 음성을 들은 적이 있었다. 네 이웃을 사랑하라, 단대리 사람을 사랑하라, 20평 부락 주민을 사랑하라…….

내가 단대리를 떠나기로 결심한 것은 그 사건이 있은 직후였다. 맞다. 그것은 분명히 내게 있어서 하나의 충격적인 사건이었다.

퇴근해서 집으로 돌아가는 길이었다. 집 근처에 이르러 나는 한 떼의 아이들이 천변에서 놀고 있는 걸 보았다. 왁자하게 떠드는 조무래기들 틈에 동준이 녀석도 끼여 있었다. 녀석이 어느새 저렇게 커서 이웃에 친구까지 사귀었나 싶어 나는 먼발치에서 대견스럽게 지켜보았다. 내 아이만 유난히 얼굴이 희었다. 다른 애들이 지나치게 까만 탓인지도 모른다. 특히 그 중에서도 고물 장수의 아들은 방금 굴뚝 속에서 기어나온 꼴이었다. 동준이가 고물 장수 아들에게 뭐라고 소리쳤다. 그러자 깜장이 그 아이가 땅바닥에 양팔을 짚고 개구리처럼 폴짝폴짝 뛰기 시작했다. 동준이가 그 애 앞에다 뭘 던졌다. 그러고 보니 동준이 녀석은 쿠킨지 뭔지 하는 과자 상자를 가슴에 끌어안고 있었다. 고물 장수 아들이 땅에 떨어진 과자를 입으로 물어 올리더니 흙도 안 털고는 그대로 아삭아삭 씹어 먹었다. 먹는 일이 끝나자 고물 장수 아들은 하얗게 이빨을 드러내며 웃고는 다시 스타팅 블록에 들어선 것 같은 자세를 취했다. 동준이가 뭐라고 또 소리쳤다. 깜장이가 이

선봉(先鋒) 무리의 앞자리. 또는 그 자리에 선 사람.
근린(近隣) 가까운 이웃.

번엔 한쪽 팔로 땅을 짚고 그 팔과 가슴 사이로 다른 팔을 넣어 꺾어 올려서 코를 틀어쥔 다음 열나게 뺑뺑이를 돌기 시작했다. 그 애는 대여섯 바퀴도 못 돌아 픽 고꾸라졌다. 일어나서 다시 돌다가는 또 고꾸라졌다. 몇 차례고 반복해서 기어코 지시받은 횟수를 다 채우는 모양이었다. 몇 바퀴나 돌았는지 아이는 다 돌고 나서도 어지러워서 바로 서지를 못했다. 동준이가 과자에다 침을 퉤 뱉어서 땅바닥에 던졌다. 동준이는 삥잉 둘러서서 구경하는 다른 애들한테도 똑같은 방식으로 놀이에 가담할 것을 종용하는 눈치였으나 갈수록 가혹해지는 녀석의 요구 조건에 기가 질려 엄두를 못 내고 군침만 삼키는 듯했다. 동준이가 과자를 쥔 오른팔을 높이 올려 개울 쪽을 겨냥하고 힘껏 팔매질을 했다. 그러자 조금의 주저도 없이 고물 장수 아들이 석축을 타고 제방 아래로 뽀르르 달려 내려갔다. 나는 그 개울에 관해서 일찍부터 잘 알고 있었다. 그것은 공장에서 흘러나오는 폐수와 집집마다 버리는 오물을 한데 모아 탄천(炭川)으로 실어 나르는 거대한 하수도였다.

내가 뒷전에 서서 구경하기 전에는 그와 같은 놀이가 얼마나 길었는지 모른다. 그러나 내가 목격한 것은 그것이 전부였다. 나는 동준이 녀석으로부터 과자 상자를 빼앗아 개울 속에 집어던졌다. 그러고는 녀석의 따귀를 마구 갈겼다. 마음 같아서는 고물 장수 아들을 흠씬 두들겨 주고 싶었는데 손이 자꾸만 내 자식놈 쪽으로 빗나갔다. 동준이 녀석을 한참 때리다가 퍼뜩 생각이 미쳐 뒤를 돌아다보니 고물 장수 아들은 칙칙한 개울물을 따라 천방지축 과자 상자를 쫓아가는 중이었다.

무슨 수를 써서든 이놈의 단대리를 빠져나가자고 아내에게 소리치던 그날 밤엔 영 잠이 오질 않았다. 줄담배질로 밤늦도록 이리 뒤척 저리 뒤척 하면서 내가 생각한 것은 찰스 램과 찰스 디킨스였다. 나하고는 전혀 인연이 안 닿는 땅에서 동떨어진 시대를 살았던 두 사람이 갈마들이로 나를 깨어 있도록 강제한 것이었다.

똑같은 이름을 가진 점 말고도 그들 두 사람은 공통점이 많은 것으로 알려져 있다. 우선 불우한 유년 시절을 보낸 점이 그렇고, 문학 작품을 통해서 빈민가의 사람들에 대한 동정과 연민을 쏟은 점이 그런 모양이었다. 하지만 그들의 성(姓)이 각각이듯이 작품을 떠난 실생활에서의 그들은 성격이 딴판이었다 한다. 램이 정신 분열증으로 자기 친모를 살해한 누이를 돌보면서 평생을 독신으로 지내는 동안 글과 인간이 일치된 삶을 산 반면에, 어린 나이에 구두약 공장에서 노동하면서 독학으로 성장한 디킨스는 훗날 문명을 떨치고 유족한 생활을 하게 되자 동전을 구걸하는 빈민가의 어린이들을 지팡이로 쫓아 버리곤 했다는 것이다. 램이 옳다면 디킨스가 그른 것이고, 디킨스가 옳다면 램이 그르게 된다. 가급적이면 나는 램의 편에 서고 싶었다. 그러나 디킨스의 궁둥이를 걷어찰 만큼 나는 떳떳한 기분일 수가 없었다.

    나도 그랬다. 내 친구들도 그랬다. 부자는 경멸해도 괜찮은 것이지만 빈자는 절대로 미워해서는 안 되는 대상이었다. 당연히 그래야만 옳은 것으로 알았다. 저 친구는 휴머니스트라고 남들이 나를 불러 주는 건 결코 우정에 금이 가는 대접이 아니었다. 우리는 우리 정부가 베푸는 제반 시혜가 사회의 밑바닥에까지 고루 미치지 못함을 안타까워했다. 우리는 거리에서 다방에서 또는 신문지상에서 이미 갈 데까지 다 가 버린 막다른 인생을 만날 적마다 수단 방법을 안 가리고 긁어모으느라고 지금쯤 빨갛게 돈독이 올라 있을 재벌들의 눈을 후벼 파는 말들로써 저들의 딱한 사정을 상쇄해 버리려 했다. 저들의 어려움을 마음으로 외면하지 않는 그것이 바로 배운 우리들의 의무이자 과제였다.

    그러나 그것은 어디까지나 이론에 불과한 것이었다. 자기 자신을 상대로 사기를 치고 있는 것임을 나는 솔직히 자백하지 않을 수 없다. 우리의 분노란 대개 신문이나 방송에서 발단된 것이며 다방이나 술집 탁자 위에서

시혜(施惠) 은혜를 베풂. 또는 그 은혜.

들먹이다 끝내는 정도였다. 나도 그랬다. 내 친구들도 그랬다. 껌팔이 아이들을 물리치는 한 방법으로 주머니 속에 비상용 껌 한두 개를 휴대하고 다니기도 하고, 학생복 차림으로 볼펜이나 신문을 파는 아이들을 <u>한목</u>에 싸잡아 가짜 고학생이라고 간단히 단정해 버리기도 했다. 우리는 소주를 마시면서 양주를 마실 날을 꿈꾸고, 수십 통의 껌 값을 팁으로 던지기도 하고, 버스를 타면서 택시 합승을, 합승을 하면서는 자가용을 굴릴 날을 기약했다. 램의 가슴을 배반하는 디킨스의 머리는 매우 완강한 것이었다. 우리의 눈과 귀와, 우리의 입과 손발 사이로 가로놓인 엄청난 괴리는 우리로서는 사실 어쩔 수 없는 것이어서 도리어 나는 그날 밤새껏 램의 궁둥이를 걸어차면서 잠을 온전히 설치고 말았다.

이 순경이 재차 다녀간 날 밤에 우리 집 문간방에서는 이상하게도 세 살짜리 아이의 칭얼거림이 그치지 않았다. 전에는 없던 일로 영기가 자주 잠을 깨는 눈치였고 이부자리에 지도를 그렸다고 야단을 맞는 모양이었다. 영기의 울음소리가 웬만큼 높아질 때까지는 가만 내버려 두다가 안방에까지 훤히 들릴 정도가 되면 권씨의 위협적인 목소리가 제꺼덕 천장을 타고 내 귀에까지 건너왔다. 그러면 그럴수록 영기 녀석은 울음 속에 세 살답지 않은 보복 의지 같은 걸 담아 비수처럼 휘둘러대는 것이었다. 급기야는 아내를 비롯한 우리 가족 전부가 잠을 깰 지경이 되었다. 저렇게 처마 끝을 들고 서는 애를 달랠 생각도 않는다고 아내가 졸음 겨운 소리로 투덜거렸다. 아닌 게 아니라 권씨 부인은 한마디 말이 없었다. 권씨네가 이사 온 이후로 나는 지금까지 권씨 부인이 하다못해 아야 소리 한마디 하는 걸 듣지 못했다.

"나가 버릴까 부다, 차라리 아빠가 멀리 나가 버리고 말까 봐!"

부르짖음에 가까운 권씨의 비통한 소리가 들렸다. 그러자 어린것의 귀에도 그 말만은 놀라운 효험을 보인 모양이었다. 자지러지던 울음이 갑자기 뚝 그쳤다. 그래도 여전히 빨랫줄마냥 뻗으려던 울음의 꼬리를 아이는 도막도막 잘라 숨 돌릴 겨를 없이 삼키느라고 <u>잦추</u> 사레가 들렸다.

아침이 되어 보니 권씨는 또 구두를 닦고 있었다. 구두 닦기에 권씨는 여느 날보다도 유난히 더 열심이었다.

"간밤엔 죄송했습니다."

권씨가 슬리퍼를 신은 내 발을 상대로 정중히 사과를 했다. 이상한 일이었다. 권씨의 새삼스러운 사과가 내 귀엔 어쩐지, 간밤의 내 솜씨가 과연 어떻더냐고 묻는 성싶게만 들려 두고두고 떨떠름했다.

학교에서 실시하는 가정 방문 주간이 이틀째로 접어드는 날이었다. 학생 하나를 향도로 세워 '별나라' 부락에 거주하는 학부형들을 차례로 찾아다니는 중이었다. 나는 때마침 어느 학교 신축 공사장 근처를 지나가고 있었다. 콘크리트 골조를 비잉 둘러 얼기설기 엮어 지른 비계가 머리 위로 높다랗게 보였고, 시멘트 벽돌을 등에 진 사내들이 흔들거리는 널다리를 줄지어 오르내리고 있었다. 모두들 걷어붙이고 벗어제친 몸들이 무척이나 탐스럽고 강인해 보였는데, 그중에서 유독 한 사내가 내 눈길을 끌었다. 그는 흡사히 널벅지들 틈에 낀 간장 종지로 왜소해 가지고는 후들거리는 다리를 간신히 옮기는 것이었으며, 그토록 힘한 일을 하면서 놀랍게도 완연한 사무원 복장이었다. 비계 바투 밑까지 접근해서 사내의 얼굴을 재삼 확인한 다음 나는 이렇게 외쳤다.

"권 선생, 거기 있는 게 권 선생 아니우?"

그 순간 벽돌장 하나가 똑바로 내 머리를 겨냥하고 무서운 속도로 낙하해 왔다. 잽싸게 몸을 피했기 때문에 다치지는 않았다. 서둘러 널다리를 내려온 권씨가 내 앞에 섰다. 정말 권씨였다. 그의 얼굴에 석고처럼 굳게 새겨진 경악을 보고 나는 그가 나를 죽일 작정으로 그러지 않았음을 알았다. 그는 전신이 땀과 먼지 범벅이었다. 가까이서 보니 베이지색 와이셔츠 위

한목 한꺼번에 몰아서 함을 나타내는 말.
잦추 잦거나 잰 상태로.
바투 두 대상이나 물체의 사이가 썩 가깝게.

에 받쳐 입은 춘추용 해군 기지 잠바는 작업에서 얻은 오손과 주름으로 말
씀이 아니었다. 그러나 구두만은 여전해서 칠피 가죽에 공들여 올린 초콜
릿빛 광택이 권씨의 가장 권씨다움을 외롭게 지켜 주고 있었다.
 "내가 여기 있는 줄 어떻게 알았죠?"
 마치 내가 자기 행방을 일부러 수소문해서 찾아오기라도 했다는 듯이
그는 물었다.
 "학생들 가정 방문을 다니다 지나는 길에 우연히……."
 그는 가득 의심을 담은 눈으로 나와 내 반 학생을 번갈아 노려보았다.
증거까지 손에 쥐여 주는데도 그의 의심이 쉬이 풀릴 기색이 아니었으므로
나는 서둘러 신축 공사장을 뒤로해 버렸다.
 밤이 꽤 늦어 권씨는 귀가했다. 그는 문간방을 거치지 않은 채 내가 들
어 있는 안방으로 직행해 와서 두 홉들이 소주병 하나를 푹 꽂는 기세로 방
바닥에 내려놓았다. 이미 어지간히 취해 있었다.
 "이래 봬도 나 안동 권씨요!"
 피곤에 짓눌렸던 몸뚱이가 이번엔 술에 흠씬 젖어 갱신 못할 지경인데
도 목소리만은 제법 또렷했다.
 "물론 잘 아시리라 믿지만 안동 권씨 허면 어딜 가도 그렇게 괄신 안 받
지요. 오 선생은 본이 해주던가요?"
 내 구두가 자기 구두보다 항상 추저분하고 또 단벌임을 매번 확인하듯
이 이참에는 성씨로써 일종의 길고 짧음을 대볼 작정인 듯했다. 나는 그저
웃어 보였다. 웃으면서도 사람 좋게 보이려는 내 노력이 취중을 뚫고 그의
흔들리는 뇌수 깊이에까지 제대로 전달되기를 바랐다.
 "권 선생, 많이 취하신 모양인데 얘긴 우리 나중에 하고 들어가서 쉬시
죠?"
 팔짱을 낀 채 문간방 너머 마루에 잔뜩 부어터진 얼굴로 서 있는 아내를
흘끔흘끔 곁눈질하면서 나는 권씨를 편히 쉬게 하려는 생각이 순전히 자발

적이며 선의에 찬 것임을 행동으로 강조해 보였다. 권씨가 내 선의를 홱 뿌리쳤다. 그는 반쯤 강제로 일으켜졌던 엉덩이를 도로 털썩 주저앉히더니 병뚜껑을 이빨로 물어 단숨에 깠다.

"전과자허군 벗하기 싫다 이겁니까? 허지만 어럼두 없어요. 오늘은 내 기필코 헐 말 다 허고 물러가리다."

"전과자라구요?"

눈이 벌어진 입만큼이나 되어 가지고 거의 이성을 잃을 정도로 냉큼 뛰어 들어왔으므로 아내의 음성은 자연히 깜짝 반기는 투와 구별할 수 없게 되었다. 그러나 결코 반기는 투가 아님이 다음 말로써 곧 분명해졌다.

"원 세상에, 세상에나! 방금 전과자라구 하셨죠? 지끔 두 분이서 누구 얘길 하시는 거예요? 세상에, 세상에나······."

"아주머닌 모르고 계셨습니까? 오 선생이 얘기하지 않던가요? 바루 제 얘깁니다. 왜요, 제 눈빛이 어쩐지 이상해 보입니까? 아주머니 문자대로 전과자허고 사람—그렇지, 사람이지—사람허고 이렇게 가차이 앉은 게 신기합니까?"

뛰어들 때와 똑같은 기세로 아내는 냉큼 몇 발짝 물러섰다. 빤히 올려다 보는 권씨 앞에서 아내는 새파랗게 질려 가지고 단박 고분고분해졌다. 권씨가 앉으라면 앉고 들으라면 듣는 자세를 취했다.

"모기 앞정갱이 하나 뿌지를 힘도 없는 놈입니다. 뭐 조금도 겁내실 거 없습니다. 편안한 맘으로 내외분이서 제 얘기 들어 주십시오. 잠깐이면 됩니다."

그때까지도 나는 적당히 권씨를 구슬려 문간방으로 돌려보낼 기회만을 노리고 있었다. 그러나 그의 입에서 모기 앞정강이 부러뜨릴 힘도 없다는 고백이 나오고부터는 생각이 달라지지 않을 수 없었다. 그가 하는 말을 들

칠피(漆皮) 옻칠을 한 가죽.

다 보면 모기 앞정강이 하나 어쩌지 못하는 주제에 감히 사회의 안녕과 질서를 뚝뚝 부러뜨린 그 불가사의가 다소 풀릴 것도 같았다.

"아마 프로이트가 한 말일 겁니다."

그는 병째 기울여 소주를 꿀꺽꿀꺽 들이켰다.

"성자와 악인은 종이 한 장 차이랍니다. 악인이 욕망을 행동으로 표현하는 대신에 성자는 그것을 꿈으로 대신하는 것에 불과하답니다."

그가 또 소주병을 기울이려 했으므로 나는 병을 빼앗은 다음 아내를 시켜 간단한 술상을 보아 오게 했다.

"내 입장을 그럴듯하게 꾸미기 위해서 성현을 깎아내릴 생각은 없습니다. 그렇지만 프로이트한테 커다란 위로를 받고 있는 건 사실입니다. 내가 전과자가 될 줄 미리 알구서 일찍이 그런 위로의 말을 준비해 둔 성싶거든요."

술상이 들어왔다. 저녁에 먹다 남긴 돼지 찌개 재탕에다 끼니때마다 보는 밑반찬 두어 가지가 전부였다. 우리는 일차로 주거니 받거니 했다. 그는 말했다.

"물독에 빠진 생쥐처럼 잔뜩 비를 맞던 저 화요일이 있기 전까지 나 역시 오 선생 이상으로 선량한 시민이었지요. 물론 내 안사람도 아주머니만큼이나 착하고 선량했을 겁니다. 불만이 있고 억울한 일이 있어도 기껏 꿈속에서나 해결할 뿐이지 행동으로 나타낼 줄은 몰랐으니까요."

아내더러 술을 더 사 오도록 했다. 술이 들어갈수록 그는 더욱 창백해졌으며, 너름새가 좋아졌다. 술이 그를 지껄이도록 시키고 있음이 분명했다. 그는 말했다.

"모든 게 무리였지요. 우선 나 같은 인간이 태어난 그 자체가 무리였고, 장질부사나 복막염 같은 걸로 죽을 기회 다 놓치고는 아등바등 살아나서 처자식까지 거느린 게 무리였고, 광주 단지에다 집을 마련한 게 무리였고, 이래저래 무리 아닌 일이 하나도 없었습니다."

지상 낙원이 들어선다는 소문이 특히 없이 사는 사람들 사이에 굉장한 설득력을 지닌 채 퍼지고 있었다. 꼭 그걸 믿어서가 아니었다. 외려 그는 처음부터 낙원이란 게 별게 아님을 믿는 편이었다. 다만 차제에 내 집을 마련할 수 있다는 유혹의 손에 덜미를 잡혀 서울에서 통근 거리 안에 든다는 그 이점을 너무 과대평가했던 과오는 인정하지 않는 바 아니다. 결국 그는 당시 형편으로는 거금에 해당하는 20만 원을 변통해서 복덕방 영감쟁이를 통하여 철거민의 입주 권리를 손에 넣었다.

"난생처음 이십 평짜리 땅덩어리가 내 소유로 떨어진 겁니다. 내 차지가 된 그 이십 평이 너무도 대견해서 아침저녁으로 한 뼘 한 뼘 애무하다시피 재고 밟고 하느라고 나는 사실은 나 이상으로 불행한 어느 철거민의 소유였어야 할 그것이 협잡으로 나한테 굴러 떨어진 줄을 전혀 잊고 지낼 정도였습니다. 당시의 나한테는 이 세상 전체가 끽해야 이십 평에서 그렇게 많이 벗어나게 커 보이지는 않았습니다."

가까스로 대지는 마련되었으나 그 위에 기둥을 세우고 비바람을 가릴 여유는 아직 없어 땅을 묵히다가 또 간신히 낡은 텐트 하나를 구해서 버티기를 몇 달이나 했다. 선거철이었다. 지상 낙원 건설의 청사진에 갖가지 공약들이 한 획 한 획 첨가되었다. 곳곳에서 기공식들이 화려하게 벌어지고 건설 붐이 일었다. 당장 막벌이 날품팔이들의 천국이 눈앞에 현실로 바짝 당겨졌다. 갈수록 선거 열풍이 거세짐과 더불어 지가가 열나게 뛰고 사람값이 종종걸음을 치고 하는 그 사이를 부동산 투기업자들이 훨훨 날아다녔다. 그는 생각하기를, 이와 같은 움직임 모두가 자기하고는 하등 상관이 없

프로이트(Freud, Sigmund) 오스트리아의 심리학자·신경과 의사(1856~1939). 정신 분석학의 창시자로, 정신 분석의 방법을 발견하여 잠재의식을 바탕으로 한 심층 심리학을 수립하였다. 저서에 『꿈의 해석』, 『정신 분석학 입문』 따위가 있다.
장질부사(腸窒扶斯) 장티푸스.
차제(此際) 흔히 '차제에' 꼴로 쓰임. 때마침 주어진 기회.
변통(變通) 돈이나 물건 따위를 융통함.
사람값 사람으로서의 가치나 구실.

는 것이려니 했다. 그런 생각이 얼마나 잘못되었나를 그는 선거가 끝났을 때 이십 촉짜리 전등 밑에서 벼락이 머리에 닿듯이 아찔하게 확인했다.

"국회의원 선거가 끝난 바로 그다음 날이었습니다. 이틀만 지났어도 두말 않겠어요. 어제 끝났으면 오늘 그런 겁니다."

한 장의 통지서가 배부되어 왔다. 6월 10일까지 전매 소유한 땅에다 집을 짓지 않으면 불하를 취소하겠다는 내용이었다. 보름 후면 6월 10일이었다. 보름 안에 집을 지으라는 얘기였다. 자기가 날품팔이가 아니래서, 자기 생계의 근원이 여전히 서울이래서 대단지의 부산스런 움직임과는 무관한 것처럼 처신해 온 그는 뒤늦게 사타귀에서 방울 소리가 나도록 뛰어다니지 않으면 안 되었다. 우선 며칠씩 출판사를 무단결근하면서 닥치는 대로 돈을 변통하기에 급급했다. 돈이 되는 대로 시멘트와 블록과 각목을 사서 마누라와 함께 한 단 한 단 쌓아 올리기 시작했다. '저나 내나' 건축엔 눈곱만큼의 지식도 없었지만 그저 본능이 시키는 대로, 이렇게 하면 최소한 넘어지지는 않겠거니 하는 어림 하나로 소위 집을 짓는 엄청난 일을 겁 없이 감행했다. 지상 낙원이란 구호에 합당할 그럴듯한 가옥을 당국에서 요구하지 않는 것이 무엇보다 다행이었고 고마운 일이었다. 건자재가 떨어지면 작업을 중단하고 뛰어나가 비럭질하다시피 돈을 꾸어다 재료를 대기를 몇 차례나 거듭하는 사이에 어느덧 사면 벽이 세워지고 지붕이 씌워졌다. 채 보름도 걸리지 않았다. 외양이나 실질이야 아무렇든 자기가 원하고 당국에서 요구한 그 집이 드디어 완성된 것이다.

"서둘러서 집을 짓도록 명령한 당국에다 외려 감사해야 할 판이었어요. 우리는 한 달 남짓 고대광실에라도 든 기분으로 둥둥 떠서 지냈습니다. 그 한 달 내내 마누라는 은경이 년을 끌어안고 쫄쫄 쥐어짜기만 했지요."

겨우 한숨 돌리려는 참인데 또 통지서가 왔다. 전매 입주자는 분양 전 토지 20평을 평당 8천 원 내지 1만 6천 원으로 계산하여 7월 말까지 일시불로 납부하는 조건으로 불하받으라는 것이었다. 만일 기한 내 납부치 않으면 해약은 물론 법에 의해 6개월 이하의 징역이나 30만 원 이하의 벌금을 과하도록 하겠다는 단서가 붙어 있었다.

"이번 역시 보름 기한이었어요. 보름 되게 좋아합디다. 걸핏하면 보름 안으로 해내라는 거예요."

엎친 데 덮쳐 경기도에서는 토지 취득세 부과 통지서를 발부했다. 관할과 소속이 각기 다른 서울시와 경기도가 이렇게 쌍나발을 부는 바람에 주민들은 거의 초주검 꼴이 되었다. 광주 대단지 토지 불하 가격 시정 대책 위원회라는 유례없이 긴 이름의 임의 단체가 조직되었다. 대책 위원회는 곧 투쟁 위원회로 개칭되었다. 속에 식자깨나 든 것으로 알려져 그는 같은 배를 탄 전매 입주자들에 의해서 대책 위원과 투쟁 위원을 고루 역임하게 되었다.

"그게 만약 감투 축에 든다면, 나한텐 정말 분에 넘치는 감투였어요."

겸손의 말이 아니었다. 그런 일을 감당할 만한 능력도 없을뿐더러 자기는 여전히 광주 단지 사람이 아니며 어디까지나 서울 사람이라는 생각 때문에 맡고 싶지도 않았고, 그래서 뻔질나게 열리는 회의에 한 번도 참석지 않았다. 해결의 실마리라곤 전혀 보이지 않는 가운데 팽팽한 긴장 속에서 7월 말 시한을 넘기고 8월 10일을 맞았다. 투쟁 위원회에서 최후 결단의 날로 정한 바로 그날이었다.

공기가 흉흉했다. 그 흉흉한 공기가 저기압을 불러왔음 직했다. 비가 내렸다. 이른 아침부터 거리에 전단이 살포되고 벽보가 나붙었다. 시간이 되면 가슴에 달기로 한 노란 리본이 나누어졌다. 그는 방 안에서 꼼짝도 않으면서 밖에서 벌어지는 움직임에 잔뜩 신경을 곤두세우고 있었다. 꼭 무슨 일이 일어나고야 말 것을 예감케 하는 분위기였다. 그게 두려웠다. 무슨 일이 일어난다는 건 그에게 있어 일어나지 않느니만 같지 못했다. 비는 간헐적으로 내렸다. 11시가 지났다. 11시에 나와서 위원회 대표들과 면담하기

불하(拂下) 국가 또는 공공 단체의 재산을 개인에게 팔아넘기는 일.

로 약속한 사람이 나타나지 않자 사람들은 기다리는 일을 포기해 버렸다. 모두들 거리로 뛰쳐나오라고 외치는 소리가 골목을 누볐다. 맨주먹으로 있지 말고 무엇이든 되는대로 손에 잡으라고 그 소리는 덧붙이고 다녔다. 누군지 빈지문이 떨어져 나가게 두들기는 사람이 있었다.

"권 선생! 권 선생! 집에 기슈?"

가슴이 덜컥 내려앉는 소리였다. 그는 마누라를 시켜 벌써 출근했다고 거짓말을 하게 했다. 누군지 모를 사내를 따돌리고 나서 그제야 생각해 보니 화요일이 아닌가. 일요일도 아닌데 여태껏 출근하지 않고 빈둥거린 그 이유는 또 뭔가. 별안간 그는 깜짝 놀랐다. 그것은 의타심이었다. 자기도 깊이 관련된 일에 정작 자기는 뛰어들 의사가 없으면서도 남들의 힘으로 그 일이 성취되는 순간이 오기를 기다리는 기회주의의 자세였다. 그것은 여지없는 하나의 자각이면서 동시에 부끄러움의 확인이었다. 그는 후닥닥 일어나 밖으로 나갔다. 그는 길을 가득 메운 채 손에 몽둥이와 각종 연장 따위를 들고 출장소 쪽으로 구호를 외치며 달려가는 사람들을 보았다. 그들과 마주쳤을 때 그는 낮도둑처럼 얼른 샛길로 몸을 피했다. 부끄럽게 자신을 깨달은 뒤끝이니까 한번쯤 발길이 그들 쪽으로 향할 법도 하건만 그의 눈은 완강하게 서울로 가는 버스만 찾고 있었다. 그러나 헛수고였다. 외부로 통하는 교통수단은 이미 두절되어 있었다. 차를 찾는 잠깐 사이에도 전신이 비에 흠뻑 젖었다. 바람을 받으며 엇비슥이 때리는 끈덕진 비로 거리에 나온 사람들은 저마다 후줄근히들 젖어 있었다. 그는 차 잡기를 포기하고 인적이 뜸한 골목만 골라 걷기 시작했다. 생전 처음 걷는 생소한 길을 서울로 통하는 길이거니 하면서 무작정 걷다가 자기와 비슷한 처지의 동무를 만나게 되었다. 몽둥이와 돌멩이를 든 군중을 피해서 요리조리 골목을 누비며 오는 택시였다. 그는 재빨리 골목길 한복판을 결사적으로 막아섰다. 요금은 얼마라도 좋았다. 택시 안엔 일행으로 보이는 신사분 셋이 선승해 있었다. 그들을 태운 택시가 어쩔 수 없이 통과하지 않으면 안 되는 광주 단지의 관문에 다다랐을 때 검문에 걸렸다. 원시 무기로 무장한 일단의 청년들이 살기등등해 가지고 무조건 차에서 내릴 것을 명령했다.
"아하, 투쟁 위원님이 타구 계셨군요. 단신으로 서울까지 쳐들어가서 투쟁하시긴 아무래도 무립니다. 어서 내리십쇼."
웬 청년이 다가오더니 허리를 굽실하고 빙싯빙싯 웃으며 친절히 말했다. 청년은 용케도 그를 알아보는 모양이나 이쪽에서는 상대방이 누군지 전혀 기억에 없었다. 잠시 그가 어물쩍거리자 곁에 있던 다른 청년이 잡담 제하고 몽둥이를 휘둘러 단박에 차창을 박살내 버렸다.
"개새끼들아, 늬들 목숨만 목숨이냐?"
"다른 사람들은 몇 끼씩 굶고 악을 쓰는 판인데 택시나 타고 앉았다니, 늘어진 개팔자로군."
"굶어도 같이 굶고 먹어도 같이 먹어! 죽어도 같이 죽고 살아도 같이 살잔 말야!"
각목이나 자전거 체인 따위를 코앞에 들이대면서 청년들이 가뜩이나 쉰 목청을 한껏 드높이고 있었다. 물론 그러기 전에 차에 탔던 승객들은 차창이 부서져 나가는 순간 밖으로 뛰어나와 이미 절반쯤은 죽어 있었다.
"권 선생님, 저쪽으로 가실까요."
처음 알은체하던 예의 그 청년이 그에게 귀엣말을 했다. 그가 가장 두렵게 느끼는 건 몽둥이가 아니었다. 친절이었다. 청년은 웃음으로 그를 묶어 도로변 잡초 더미까지 손쉽게 연행해 갔다. 그러고는 거기에서 일장의 설교를 늘어놓기 시작했다. "물론 잘 아시겠지만……."이라고 말끝마다 전제하면서 청년은 주로, 지금 이 시간에도 먹고 마시고 춤추고 침대에서 뒹굴고 있을 서울의 유한 계급과 대단지 안의 처참한 생활상을 침이 마르도록 대비시킴으로써 아직도 잠자고 있는 그의 사회적 지각을 새나라의 어린이처럼 벌떡 일어나게 하려는 수작인 줄은 짐작이 되는데, 한마디도 귀에 들어오지 않았다. 대체 사람이 얼마나 잔인하면 이런 판국에서도 저토록 친절할 수 있을까만을 그는 생각하고 있었다. 자신의 설교가 웬만큼 먹혀들었다고 판단했던지 청년은 그를 이끌고 가파른 산등성이를 질러 단지 중심부로 들어갔다.

"바루 저기 저 부근이었어요."

그는 우리 방 들창 쪽을 손으로 가리켰다. 그러나 유감스럽게도 안방 아랫목에 앉아서는 그가 가리키는 저기가 어디쯤인지 가늠키 어려웠다. 우리 내외의 얼굴이 실감한 사람답잖게 맨송맨송한 걸 알아차린 그는 갑자기 벌떡 일어서는가 싶더니 어느새 마루로 뛰어나가고 있었다. 덩달아 내가 뛰어나간 것은 순전히 그를 붙잡기 위해서였다. 언제 들어왔는지 마루 끝 현관 부근에 권씨의 일가족이 오보록이 몰려 차례로 뛰어나오는 우리를 빤히 올려다보고 있었다. 아비를 보자마자 새끼들 입에서 대번에 울음이 터져 나왔다. 잔뜩 부른 배를 금방이라도 마루에 내려놓을 듯한 자세를 취한 채 권씨 부인은 홍당무가 된 자기 남편을 그저 멀뚱히 쳐다볼 따름이었다.

"울 것 없다. 느이 애비 아직 안 죽었다."

가장으로서의 체통 같은 걸 다분히 의식하는 목소리로 그가 낮게 말했다. 그는 내친걸음에 아들딸들 울음의 틈서리를 뚫고 마당에까지 진출했다. 말은 똑바로 하면서도 걸음은 비틀거리는 것이 아마 평형을 잃지 않으려는 그의 의지가 혀 아래까지는 미치지 못하는 모양이었다.

"저기 저쯤이었지요."

방 안에서보다 훨씬 자신이 붙은 소리로 그가 재차 설명했다. 언덕 아래 한참 거리에 달팍 쏟아 부은 듯한 불빛의 무리가 그의 가리키는 손끝에서 놀고 있었다. 어른들끼리 시방 서로 싸우느라고 그러는 것이 아닌 줄을 벌써 알아차렸을 텐데도 아이들은 봇물 터지듯 나오는 울음을 조금도 누그러뜨리려 하지 않았다.

"저것 좀 보라고 청년이 갑자기 소리칩디다. 그렇잖아도 난 이미 보고 있었는데요. 빗속에서 사람들이 경찰하고 한참 대결하는 중이었죠. 최루

탄에 투석으로 맞서고 있었어요. 청년은 그것이 마치 자기 조홧속으로 그려진 그림이나 되는 것같이 기고만장입디다만, 솔직히 얘기해서 난 비에 젖은 사람들이 똑같이 비에 젖은 사람들을 상대로 싸우는 그 장면에 그렇게 감동하지 않았어요. 그것보다는 다른 걱정이 앞섰으니까요. 이 친구가 여기까지 끌고 와서 끝내 날 어쩔 작정인가 하고 말입니다. 그런데 잠시 지켜보고 있는 사이에 장면이 휘까닥 바뀌져 버립디다. 삼륜차 한 대가 어쩌다 길을 잘못 들어 가지고는 그만 소용돌이 속에 파묻힌 거예요. 데몰 피해서 빠져나갈 방도를 찾느라고 요리조리 함부로 대가리를 디밀다가 그만 뒤집혀서 벌렁 나자빠져 버렸어요. 누렇게 익은 참외가 와그르르 쏟아지더니 길바닥으로 구릅디다. 경찰을 상대하던 군중들이 돌멩이질을 딱 멈추더니 참외 쪽으로 벌 떼처럼 달라붙습디다. 한 차분이나 되는 참외가 눈 깜짝할 새 동이 나 버립디다. 진흙탕에 떨어진 것까지 주워서는 어적어적 깨물어 먹는 거예요. 먹는 그 자체는 결코 아름다운 장면이 못 되었어요. 다만 그런 속에서도 그걸 다투어 주워 먹도록 밑에서 떠받치는 그 무엇이 그저 무시무시하게 절실할 뿐이었죠. 이건 정말 나체화구나 하는 느낌이 처음으로 가슴에 팍 부딪쳐 옵디다. 나체를 확인한 이상 그 사람들하곤 종류가 다르다고 주장해 나온 근거가 별안간 흐려지는 기분이 듭디다. 내가 맑은 정신으로 나를 의식할 수 있었던 것은 거기까지가 전부였습니다."

그가 더 이상 이야기를 계속할 눈치가 아니었으므로 나는 비로소 그에게 말을 걸 기회를 얻었다.

"그 뒤 권 선생이 어떻게 되셨는지 물어봐도 괜찮겠습니까?"

"벌써 물어 놓고는 뭘 양해를 구하십니까. 사흘 후에 형사가 출판사로 찾아와서 수갑을 채우더군요. 경찰에서 증거로 제시하는 사진들을 보고 놀랐습니다. 사진 속에서 난 버스 꼭대기에도 올라가 있고 석유 깡통을 들

오보록하다 자그마한 것들이 한데 많이 모여 다보록하다.

고 있고 각목을 휘둘러 대고 있기도 했습니다. 어느 것이나 내 얼굴이 분명하긴 한데 나로서는 전혀 기억에 없는 일들이었으니까요."

이제 그 이야기에 관해서는 들을 만큼 다 들은 셈이었다. 느닷없이 소주병을 꿰차고 들어와서 여태껏 잠자코 입을 봉하고 있던 그 이야기를 새삼스럽게 길게 늘어놓은 이유도 능히 짐작할 수 있었다. 하지만 내겐 아직도 궁금한 구석이 공연한 부담감과 함께 남아 있었다. 차제에 그걸 풀 수만 있다면 피차를 위해서 오히려 잘된 일일 것이었다.

"내가 이 순경을 만나는 줄 진작부터 알고 계셨습니까?"

권씨가 소리 없이 웃었다.

"정확히 말해서 이 순경이 오 선생을 만나는 거겠죠. 어느 한 부분이 장해를 받으면 다른 한 부분이 비상하게 예민해지는 법입니다. 내 경우 그것은 제 육감입니다."

"설마 이 순경한테 고자질했다고 생각하진 않으시겠죠? 이 순경은 그걸 협조라는 말로 표현했습니다만……."

그는 또 소리 없이 웃었다.

"방금 얘기했잖습니까, 경우에 따라서 사람은 자기가 전혀 원치 않던 일을 자기도 모르는 사이에 할 수도 있다고 말입니다. 오 선생도 아마 거기서 예외는 아닐 겁니다. 지금까진 하지 않았지만 앞으로도 협조하지 않는다고 장담하실 필요는 없습니다."

그날 밤 잠자리에 들면서 아내가 내 귀에 속삭였다.

"권씨 그 사람 꼴로 볼 게 아니네요. 어리숙한 줄 알았더니 여간내기 아녜요."

"앉으라면 앉고 서라면 서고, 당신 꼼짝없이 당하더구만."

"아이 분해라!"

불을 끈 다음에 아내가 다시 소곤거려 왔다.

"당신두 보셨죠? 오늘사 말고 영기 엄마 배가 유난히 더 불러 보였어요.

혹시 쌍둥이나 아닌가 싶어서 남의 일 같잖아요. 여덟 달밖에 안 된 배가 그렇게 만삭이니 원……."

"당신더러 대신 낳으라고 떠맡기진 않을 거야. 걱정 마."

나는 그날 밤 디킨스와 램의 궁둥이를 번갈아 걷어차는 꿈을 꾸었다. 내가 권씨의 궁둥이를 걷어차고 권씨가 내 궁둥이를 걷어차는 꿈을 꾸었다.

아내가 권씨네에 대해서 갑자기 관심을 보이기 시작했다. 좀 더 정확히 얘기해서 권씨 부인의 그 금방 쏟아질 것만 같은 아랫배에 관한 관심이었다. 말투로 볼 때 남자들이 집을 비우는 낮 동안이면 더러 접촉도 가지는 모양이었다. 예정일도 모르더라면서 아내는 낄낄낄 웃었다. 임산부가 자기 분만 예정일도 몰라서야 말이 되느냐고 핀잔했더니, 까짓것 알아도 그만 몰라도 그만, 어차피 때가 되면 배아프며 낳기는 마찬가지라면서 태평으로 있더라는 것이었다.

권씨는 여전히 일자리를 구하지 못한 채였다. 일정한 직장이 없으면서도 아침만 되면 출근 복장을 차리고 뻔질나게 밖으로 나가곤 했다. 몸에 붙인 기술도, 그렇다고 타고난 뚝심도 없으면서 계속해서 공사판 같은 데 나가 막일을 하는 눈치였다. "동주운아, 노올자아!" 하고 둘이 합창하듯이 길게 외치면서 일단 안방까지 들어오는 데 성공한 권씨의 아이들은 끼니때가 되어도 막무가내로 버티면서 문간방으로 돌아가지 않는 적이 자주 있게 되었다. 문간방의 사정이 심상치 않다는 징조였다. 그렇다고 권씨나 권씨 부인이 우리에게 터놓고 도움을 청한 적은 한 번도 없었다. 다만 우리로 하여금 그런 꼴을 목격하고도 도울 마음을 먹지 않으면 도무지 인간이 아니게 시리 상황을 최악의 선까지 잠자코 몰고 갈 뿐이었다. 애당초 이 순경이 기대했던 그대로 산타클로스 비슷한 꼴이 되어 쌀이나 연탄 따위를 슬그머니 문간방 부엌에다 넣어 주고 온 날 저녁이면 아내는 분하고 억울해서 밥도 제대로 못 먹었다. 임부나 철부지 애들을 생각한다면 그까짓 알량한 선심쯤 아무렇지도 않다는 주장이었다. 하지만 제게 딸린 처자식조차 변변히 건사 못하는 한 얼간이 사내한테까지 자기 선심의 일부나마 미칠 일을 생각하면 괘씸해서 잠이 안 올 지경이라고 생병을 앓았다. 권씨가 여간내기 아니라고 속삭이던 게 엊그제인 걸 벌써 잊고 아내는 셋방 잘못 내줬다고 두고두고 자탄하는 것이었다.

남편이 여전히 벌이가 시원찮은 상태에서 권씨 부인은 어언 해산의 날을 맞게 되었다. 진통이 시작된 지 꽤 오래되는 모양이었다. 아내의 귀띔으로는 점심 무렵이 지나서부터 그런다고 했다. 학교에서 돌아와 저녁을 먹다가 나는 문간방에서 울리는 괴상한 소리를 들었다. 처음에는 되게 몸살을 하듯이 끙끙 앓는 소리로 시작되었다. 그러다가 느닷없이 몸의 어딘가에 깊숙이 칼이라도 받는 양 한 차례 처절하게 부르짖고는 이내 도로 잠잠해지곤 하면서 이러기를 몇 번이고 되풀이하는 것이었다. 나로서는 그것이 방을 세내 준 이후로 처음 듣는 권씨 부인의 목소리였다.

"당신이 한번 권씰 설득해 보세요. 제가 서너 번 얘길 했는데두 무슨 남자가 실실 웃기만 히믄서 그저 염려 없다구만 그러네요."

병원 얘기였다.

"권씨가 거절하는 게 아니고 돈이 거절하는 거겠지?"

아내는 진즉부터 해산 준비가 전혀 되어 있지 않음을 더러는 흉보고 또 더러는 우려해 왔었다.

"남산만이나 한 배를 갖구서 요즘 세상에 그래 앨 집에서, 그것도 산모 혼자 힘으로 낳겠다니, 아무래두 꼭 무슨 일이 터질 것만 같애요. 달이 다 차도록 기저귀감 하나 장만 않는 여편네나 조산원 하나 부를 돈도 마련이 없는 사내나 어쩜 그리 짝짜꿍인지!"

서둘러 식사를 끝내고 나서 나는 권씨를 마당으로 불러냈다. 듣던 대로 권씨는 대뜸 아무 염려 말라면서 실실 웃었다. 마치 곤경에 빠진 나를 극진히 위로해 주는 투였다.

"둘째 때도 마누라 혼자서 거뜬히 해치웠거든요."

"우리가 염려하는 건 권 선생네가 아니라 바로 우리를 위해서요. 물론 그럴 리야 없겠지만 만의 일이라도 일이 잘못될 경우 난 권 선생을 원망하겠소."

작자가 정도 이상으로 느물거린다 싶어 나는 엔간히 모진 소리를 남기고는 방으로 들어와 버렸다. 정히나 어려우면 분만비를 빌려 줄 수도 있음을 넌지시 비쳤는데도 작자가 끝내 거절한 것은, 까짓것 변두리 병원에서 얼마 들지도 않을 비용을 빌려 쓴 다음 나중에 갚는 그 알량한 수고를 겁낸 나머지 두 목숨을 건 모험 쪽을 택한 계산속일 거라고 나는 단정해 버렸다.

그러나 한결같은 상태로 자정을 넘기고 나더니 사정이 달라졌다. 경산(經産)치고 진통이 너무 길고 악착스러운 데 겁이 났던지 권씨는 통금이 해제되기도 전에 부인을 업고 비탈길을 내려가느라고 한바탕 북새를 떨었다. 북이 북채 위에 업힌 모양으로 권씨 내외가 우리 집 문간방을 빠져나가는 걸 보는 것만으로도 한 근심 더는 기분이었다. 미역근이나 사 놓고 기다리다가 소식이 오면 병원에 가 보라고 아내에게 이르고는 출근했다.

오후 수업이 시작된 바로 뒤에 뜻밖에도 권씨가 나를 찾아왔다. 때마침 나는 수업이 없어 교무실에서 잡담이나 하고 있는 중이어서 수위로부터 연락을 받자 곧장 학교 정문으로 나갈 수가 있었다.

"바쁘실 텐데 이거 죄송합니다."

권씨는 애써 웃는 낯이었고 왠지 사람이 전에 없이 퍽 수줍어 보였다. 나는 그 수줍음이 세 번째 아이의 아버지가 된 데서 오는 것일 거라고 좋은 쪽으로만 해석함으로써 연락을 받는 그 순간에 느낀 불길한 예감을 떨쳐 버리려 했다.

"잘됐습니까?"

경산(經産) 아이를 낳은 경험이 있음.
통금(通禁) 일정한 시간 동안 일반인이 거리를 지나다니거나 집 밖으로 활동하는 것을 못하게 하던 일.
북새 많은 사람이 야단스럽게 부산을 떨며 법석이는 일.

"뒤늦게나마 오 선생 말씀대로 했기 망정이지 끝까지 집에서 버텼다간 큰일 날 뻔했습니다. 녀석인지 년인진 모르지만 못난 애비 혼 좀 나라고 여엉 애를 멕이는군요."

권씨는 수줍게 웃으며 길바닥 위에다 발부리로 뜻 모를 글씬지 그림인지를 자꾸만 그렸다. 먼지가 풀풀 이는 언덕길을 터벌터벌 올라왔을 터인데도 그의 구두는 놀랄 만큼 반짝거렸다. 나를 기다리는 동안 틀림없이 바짓가랑이 뒤쪽에다 양쪽 발을 번갈아 가며 문지르고 있었을 것이었다.

"십만 원 가까이 빌릴 수 없을까요!"

밑도 끝도 없이 그는 이제까지의 수줍음이 싹 가시고 대신 도발적인 감정 같은 걸로 그득 채워진 얼굴을 들어 내 면전에 대고 부르짖었다. 담배 한 대만 꾸자는 식으로 십만 원 소리가 허망히도 나왔다. 내가 잠시 어리둥절해 있는 사이에 그는 매우 사나운 기세로 말을 보태는 것이었다.

"수술을 해야 된답니다. 엑스레이도 찍어 봤는데 아무 이상이 없답니다. 모든 게 정상이래요. 모체 골반두 넉넉허구요. 조기 파수도 아니구 전치태반도 아니구요. 쌍둥이는 더더욱 아니구요. 이렇게 정상인데도 이십사 시간이 넘두룩 배가 위에 달라붙는 경우는 태아가 돌다가 탯줄을 목에 감았을 때뿐이랍니다. 제기랄, 탯줄을 목에 감았다는군요. 빨리 손을 쓰지 않으면 산모나 태아나 모두 위험하대요."

어색하게 들린 것은 그가 '제기랄'이라고 씹어뱉은 그 대목뿐이었다. 평상시의 권씨답지 않은 그 말만 빼고는 그럴 수 없이 진지한 이야기였다. 아니다. 그가 처음으로 점잖지 못한 그 말을 사용했기 때문에 내 귀엔 더욱 더 진지하게 들렸을지도 모른다. 나는 한동안 망설이지 않을 수 없었다. 그의 진지함 앞에서 '아아, 그거 참 안됐군요.'라든가 '그래서 어떡하죠?' 하는 상투적인 말로 섣불리 이쪽의 감정을 전달하기엔 사실 말이지 '십만 원 가까이'는 내게 너무나 큰 부담이었다. 집을 살 때 학교에다 진 빚을 아직 절반도 못 가린 처지였다. 정상 분만비 1, 2만 원 정도라면 또 모르지만 단순히 권씨를 도울 작정으로 나로서는 거금에 해당하는 10만 원 가까이를 또 빚진다는 건 무리도 이만저만이 아니었다. 뿐만 아니라 집안에서 경제권을 장악하고 있는 아내의 양해도 없이 멋대로 그런 큰일을 저질러도 괜찮을 만큼 나는 자유롭지도 못했다.

"빌려만 주신다면 무슨 짓을, 정말 무슨 짓을 해서라도 반드시 갚겠습니다."

반드시 갚는 조건임을 강조하면서 그는 마치 성경책 위에다 오른손을 얹고 말하듯이 엄숙한 표정을 했다. 하마터면 나는 잊을 뻔했다. 그가 적시에 일깨워 주었기 망정이지 안 그랬더라면 빌려 주는 어려움에만 골똘한 나머지 빌려 줬다 나중에 돌려받는 어려움이 더 클 거라는 사실은 생각도 못할 뻔했다. 그렇다. 끼니조차 감당 못하는 주제에 막벌이 아니면 어쩌다 간간이 얻어걸리는 출판사 싸구려 번역일 가지고 어느 하가에 빚을 갚을 것인가. 책임이 따르는 동정은 피하는 게 상책이었다. 그리고 기왕 피할 바엔 저쪽에서 감히 두말을 못하도록 야멸치게 굴 필요가 있었다.

"병원 이름이 뭐죠?"

"원 산부인곽입니다."

"지금 내 형편에 현금은 어렵군요. 원장한테 바로 전화 걸어서 내가 보증을 서마고 약속할 테니까 권 선생도 다시 한번 매달려 보세요. 의사도 사람인데 설마 사람을 생으로 죽게야 하겠습니까. 달리 변통할 구멍이 없으시다면 그렇게 해 보세요."

내 대답이 지나치게 더디 나올 때 이미 눈치를 챈 모양이었다. 도전적이던 기색이 슬그머니 죽으면서 그의 착하디착한 눈에 다시 수줍음이 돌아왔

파수(破水) 분만 때에 양수가 터져 나오는 일. 또는 그 양수.
전치태반(前置胎盤) 태반이 정상 위치보다 아래쪽에 자리 잡아 자궁 안 구멍을 막은 상태. 수정란이 비정상적으로 자궁 아래쪽에 착상하기 때문에 일어나며, 임신 말기에 무통성 출혈을 일으킨다.
야멸치다 남의 사정은 돌보지 아니하고 자기만 생각하다.

다. 그는 고개를 좌우로 흔들어 보였다.

"원장이 어리석은 사람이길 바라고 거기다 희망을 걸기엔 너무 늦었습니다. 그 사람은 나한테서 수술 비용을 받아내기가 수월치 않다는 걸 입원시키는 그 순간에 벌써 알아차렸어요."

얼굴에 흐르는 진땀을 훔치는 대신 그는 오른발을 들어 왼쪽 바짓가랑이 뒤에다 두어 번 문질렀다. 발을 바꾸어 같은 동작을 반복했다.

"바쁘실 텐데 실례 많았습니다."

'썰면'처럼 두툼한 입술이 선잠에서 깬 어린애같이 움씰거리더니 겨우 인사말이 나왔다. 무슨 말이 더 있을 듯싶었는데 그는 이내 돌아서서 휘적휘적 걷기 시작했다. 나는 내심 그 입에서 끈끈한 가래가 묻은 소리가, 이를테면, 오 선생 너무하다든가 잘 먹고 잘살라든가 하는 말이 날아와 내 이마에 탁 눌어붙는 순간에 대비하고 있었는지도 모른다. 그래서 그가 갑자기 돌아서면서 나를 똑바로 올려다봤을 때 그처럼 흠칫 놀랐을 것이다.

"오 선생, 이래 봬도 나 대학 나온 사람이오."

그것뿐이었다. 내 호주머니에 촌지를 밀어 넣던 어느 학부형같이 그는 수줍게 그 말만 건네고는 언덕을 내려갔다. 별로 휘청거릴 것도 없는 작달막한 체구를 연방 휘청거리면서 내딛는 한 걸음 한 걸음마다 땅을 저주하고 하늘을 저주하는 동작으로 내 눈에 그는 비쳤다. 산 고팽이를 돌아 그의 모습이 벌거벗은 황토의 언덕 저쪽으로 사라지는 찰나, 나는 뛰어가서 그를 부르고 싶은 충동을 느꼈다. 돌팔매질을 하다 말고 뒤집혀진 삼륜차로 달려들어 아귀아귀 참외를 깨물어 먹는 군중을 목격했을 당시의 권씨처럼, 이건 완전히 나체구나 하는 느낌이 팍 들었다. 그리고 내가 그에게 암만의 빚을 지고 있음을 퍼뜩 깨달았다. 전셋돈도 일종의 빚이라면 빚이었다. 왜 더 좀 일찍이 그 생각을 못했는지 모른다.

원 산부인과에서는 만단의 수술 준비를 갖추고 보증금이 도착되기만을 기다리고 있었다. 학교에서 우격다짐으로 후려낸 가불에다 가까운 동료들

주머니를 닥치는 대로 떨어 간신히 마련한 일금 10만 원을 건네자 금테의 마비츠 안경을 쓴 원장이 바로 마취사를 부르도록 간호원에게 지시했다. 원장은 내가 권씨하고 아무 척분도 없으며 다만 그의 셋방 주인일 따름인 걸 알고는 혀를 찼다.

"아버지가 되는 방법도 여러 질이군요. 보증금을 마련해 오랬더니 오전 중에 나가서는 여태껏 얼굴 한 번 안 비치지 뭡니까."

"맞습니다. 의사가 애를 꺼내는 방법도 여러 질이듯이 아버지 노릇 하는 것도 아마 여러 질일 겁니다."

나는 내 말이 제발 의사의 귀에 농담으로 들리지 않기를 바랐으나 유감스럽게도 금테 안경의 상대방은 한 차례의 너털웃음으로 그걸 간단히 눙쳐 버렸다. 나는 이미 죽은 게 아닌가 싶게 사색이 완연한 권씨 부인이 들것에 실려 수술실로 들어가는 걸 거들었다.

생명을 꺼내고 그 생명을 수용했던 다른 생명까지 암냥해서 건지는 요란한 수술치곤 너무도 쉽게 끝났다. 보호자 대기석에 앉아서 우리 집 동준이 놈을 얻을 때처럼 줄담배질로 네 댄가 다섯 대째 불을 붙이고 나니까 울음소리가 들렸다.

"고추예요, 고추!"

수술을 돕던 원장 부인이 나오면서 처음 울음을 듣는 순간에 내가 점쳤던 결과를 큰 소리로 확인해 주었다. 진짜 보호자를 상대하듯이 원장 부인이 내게 축하를 보내왔으므로 나 역시 진짜 보호자 입장에서 수고를 치하하지 않을 수 없었다. 잠시 후에 나는 강보에 싸여 밖으로 나오는 권기용 씨의 차남을 대면할 수 있었다. 제 어미 배를 가르고 나온 놈답지 않게 얼굴이 두툼한 것이 속없이 잘도 생겼다. 제왕절개라는 말이 풍기는 선입감에 딱

고팽이 굽은 길의 모퉁이.
척분(戚分) 성이 다르면서 일가가 되는 관계.
암냥 '압령(押領)'의 변한 말. 죄인을 맡아서 데리고 옴. 물건을 호송함.

어울리게끔 목청이 크고 우렁찼다. 병원 건물을 온통 들었다 놓는 억세디 억센 놈의 울음소리를 듣는 동안 나는 동준이 놈을 낳던 날의 감격 속으로 고스란히 빠져 들어갔다.

우리 집에 강도가 든 것은 공교롭게도 그날 밤이었다. 난생처음 당해 보는 강도였다. 자꾸만 누군가 내 어깨를 흔들어 대고 있었다. 귀찮다고 뿌리쳐도 잠자코 계속 흔들었다. 나를 깨우려는 손의 감촉이 내 식구의 그것이 아님을 퍼뜩 깨닫고 눈을 떴을 때 나는 빨간 꼬마전구 불빛 속에서 복면의 사내를 보았다. 그리고 똑바로 내 멱을 겨누고 있는 식칼의 서슬도 보았다. 술 냄새가 확 풍겼다. 조명 빛깔을 감안해서 붉은빛을 띤 검정 계통의 보자기일 복면 위로 드러난 코의 일부와 눈자위가 나우 취해 있음을 나는 재빨리 간파했다.

"일어나, 얼른 일어나라니까."

나 외엔 더 깨우고 싶지 않은지 강도의 목소리는 무척 낮고 조심스러웠다. 나는 일어나고 싶었지만 도무지 일어날 수가 없었다. 멱을 겨눈 식칼이 덜덜덜 위아래로 춤을 추었다. 만약 강도가 내 목통이라도 찌르게 된다면 그것은 고의에서가 아니라 지나친 떨림으로 인한 우발적인 상해일 것이었다. 무척 모자라는 강도였다. 나는 복면 위의 눈을 보는 순간에 상대가 그 방면의 전문가가 못 됨을 금방 알아차렸던 것이다. 딴에 진탕 마신 술로 한껏 용기를 돋웠을 텐데도 보기 좋을 만큼 큰 눈이 착하게만 타고난 제 천성을 어쩌지 못한 채 나를 퍽 두려워하고 있었다. 술로 간을 키우지 않고는 남의 집 담을 못 넘을 정도라면 강력 범행을 도모하는 사람으로서는 처음부터 미역국이었다.

"일어날 테니까 칼을 약간만 뒤로 물려 주시오."

강도는 내가 시키는 대로 했다.

"내놔, 얼른 내노라니까."

내가 다 일어나 앉기를 기다려 강도가 속삭였다.

"하라는 대로 하죠. 허지만 당신도 내가 하라는 대로 해야만 일이 수월할 거요."

잔뜩 의심을 품고 쏘아보는 강도를 향해 나는 덧붙여 말했다.

"집 안에 현금은 변변찮소. 화장대 위에 돼지 저금통하고 장롱 서랍 속에 아마 마누라가 쓰다 남은 돈이 약간 있을 거요. 그 밖에 돈이 될 만한 건 당신이 알아서 챙겨 가시오."

강도가 더욱 의심을 두고 경거히 움직이려 하지 않았으므로 나는 시험 삼아 조금 신경질을 부려 보았다.

"마누라가 깨서 한바탕 소동을 벌여야만 시원하겠소? 난처해지기 전에 나를 믿고 일러 주는 대로 하는 게 당신한테 이로울 거요."

한 차례 길게 심호흡을 뽑은 다음 강도는 마침내 결심을 했다는 듯이 이부자리를 돌아 화장대 쪽으로 향했다. 얌전히 구두까지 벗고 양말 바람으로 들어온 강도의 발을 나는 그때 비로소 볼 수 있었다. 내가 그렇게 염려를 했는데도 강도는 와들와들 떨리는 다리를 옮기다가 그만 부주의하게 동준이의 발을 밟은 모양이었다. 동준이가 갑자기 칭얼거리자 그는 질겁을 하고 엎드리더니 녀석의 어깨를 토닥거리는 것이었다. 녀석이 도로 잠들기를 기다려 그는 복면 위로 칙칙하게 땀이 밴 얼굴을 들고 일어나서 내 위치를 힐끔 확인한 다음 본격적인 작업에 들어갔다. 터지려는 웃음을 꾹 참은 채 강도의 애교스런 행각을 시종 주목하고 있던 나는 살그머니 상체를 움직여 동준이를 잠재울 때 이부자리 위에 떨어뜨린 식칼을 집어 들었다.

"연장을 이렇게 함부로 굴리는 걸 보니 당신 경력이 얼마나 되는지 알 만합니다."

내가 내미는 칼을 보고 그는 기절할 만큼 놀랐다. 나는 사람 좋게 웃어 보이면서 칼을 받아 가라는 눈짓을 보였다. 그는 겁에 질려 잠시 망설이다가 내 재촉을 받고 후닥닥 달려들어 칼자루를 낚아채 가지고는 다시 내 멱을 겨누었다. 그가 고의로 사람을 찌를 만한 위인이 못 되는 줄 일찍이 간파

했기 때문에 나는 칼을 되돌려 준 걸 조금도 후회하지 않았다. 아니나 다를까, 그는 식칼을 옆구리 쪽 허리띠에 차더니만 몹시 자존심이 상한 표정이 되었다.

"도둑맞을 물건 하나 제대로 없는 주제에 이죽거리긴!"

"그래서 경험 많은 친구들은 우리 집을 거들떠도 안 보고 그냥 지나치죠."

"누군 뭐 들어오고 싶어서 들어왔나? 피치 못할 사정 땜에 어쩔 수 없이……."

나는 강도를 안심시켜 편안한 맘으로 돌아가게 만들 절호의 기회라고 판단했다.

"그 피치 못할 사정이란 게 대개 그렇습디다. 가령 식구 중에 누군가가 몹시 아프다든가 빚에 몰려서……."

그 순간 강도의 눈이 의심의 빛으로 가득 찼다. 분개한 나머지 이가 딱딱 마주칠 정도로 떨면서 그는 대청마루를 향해 나갔다. 내 옆을 지나쳐 갈 때 그의 몸에서는 역겨울 만큼 술 냄새가 확 풍겼다. 그가 허둥지둥 끌어안고 나가는 건 틀림없이 갈기갈기 찢어진 한 줌의 자존심일 것이었다. 애당초 의도했던 바와는 달리 내 방법이 결국 그를 편안케 하긴커녕 외려 더욱 더 낭패케 만들었음을 깨닫고 나는 그의 등을 향해 말했다.

"어렵다고 꼭 외로우란 법은 없어요. 혹 누가 압니까, 당신도 모르는 사이에 당신을 아끼는 어떤 이웃이 당신의 어려움을 덜어 주었을지?"

"개수작 마! 그따위 이웃은 없다는 걸 난 똑똑히 봤어! 난 이제 아무도 안 믿어!"

그는 현관에 벗어 놓은 구두를 신고 있었다. 그 구두를 보기 위해 전등을 켜고 싶은 충동이 불현듯 일었으나 나는 꾹 눌러 참았다. 현관문을 열고 마당으로 내려선 다음 부주의하게도 그는 식칼을 들고 왔던 자기 본분을 망각하고 엉겁결에 문간방으로 들어가려 했다. 그의 실수를 지적하는 일은 훗날을 위해 나로서는 부득이한 조처였다.

"대문은 저쪽입니다."

문간방 부엌 앞에서 한동안 망연해 있다가 이윽고 그는 대문 쪽을 향해 느릿느릿 걷기 시작했다. 비틀비틀 걷기 시작했다. 대문에 다다르자 그는 상체를 뒤틀어 이쪽을 보았다.

"이래 봬도 나 대학까지 나온 사람이오."

누가 뭐라고 그랬나. 느닷없이 그는 자기 학력을 밝히더니만 대문을 열고는 보안등 하나 없는 칠흑의 어둠 저편으로 자진해서 삼켜져 버렸다.

나는 대문을 잠그지 않았다. 그냥 지쳐 놓기만 하고 들어오면서 문간방에 들러 권씨가 아직도 귀가하지 않았음과 깜깜한 방 안에 어미 아비 없이 오뉘만이 새우잠을 자고 있음을 아울러 확인하고 나왔다. 아내는 잠옷 바람으로 팔짱을 끼고 현관 앞에 서 있었다.

"무슨 일이라도 있었어요?"

"아무것도 아냐."

잃은 물건이 하나도 없다. 돼지 저금통도 화장대 위에 그대로 있다. 아무것도 아닐 수밖에. 다시 잠이 들기 전에 나는 아내에게 수술 보증금을 대납해 준 사실을 비로소 이야기했다. 한참 말이 없다가 아내는 벽 쪽으로 슬그머니 돌아누웠다.

"뗄 염려는 없어, 전셋돈이 있으니까."

"무슨 일이 있었군요?"

아내가 다시 이쪽으로 돌아누웠다. 우리 집에 들어왔던 한 어리숙한 강도에 관해서 나는 끝내 한마디도 내비치지 않았다.

이튿날 아침까지 권씨는 귀가해 있지 않았다. 출근하는 길에 병원에 들러 보았다. 수술 보증금을 구하러 병원 문밖을 나선 이후로 권씨가 거기에 재차 발걸음한 흔적은 어디에서도 찾아볼 수 없었다.

그다음 날, 그 다음다음 날도 권씨는 귀가하지 않았다. 그가 행방불명된 것이 이제 분명해졌다. 그리고 본의는 그게 아니었다 해도 결과적으로 내 방법이 매우 졸렬했음도 이제 확연히 밝혀진 셈이었다. 복면 위로 드러난 두 눈을 보고 나는 그가 다름 아닌 권씨임을 대뜸 알아차릴 수 있었다. 밝은 아침에 술이 깬 권씨가 전처럼 나를 떳떳이 대할 수 있게 하자면 복면의 사내를 끝까지 강도로 대우하는 그 길뿐이라고 판단했었다. 그래서 아무 일도 없었던 듯이 병원에 찾아가서 죽지 않은 아내와 새로 얻은 세 번째 아이를 만날 수 있게 되기를 기대했던 것이다. 현관에서 그의 구두를 확인해 보지 않은 것이 뒤늦게 후회되었다. 문간방으로 들어가려는 그를 차갑게 일깨워 준 것이 영 마음에 걸렸다. 어떤 근거인지는 몰라도 구두의 손질의 정도에 따라 그의 운명을 예측할 수도 있지 않았을까 하는 생각이 드는 것이었다. 구두코가 유리알처럼 반짝반짝 닦여 있는 한 자존심은 그 이상으로 광발이 올려져 있었을 것이며, 그러면 나는 안심해도 좋았던 것이다. 그때 그가 만약 마지막이란 걸 염두에 두고 있었다면 새끼들이 자는 방으로 들어가려는 길을 가로막는 그것이 그에게는 대체 무엇으로 느껴졌을 것인가.

아내가 병원을 다니러 가는 편에 아이들을 죄다 딸려 보낸 다음 나는 문간방을 샅샅이 뒤졌다. 방을 내준 후로 밝은 낮에 내부를 둘러보긴 처음인 셈이었다. 이사 올 때 본 그대로 세간이라곤 깔고 덮는 데 쓰이는 것과 쌀을 익혀서 담는 몇 점 도구들이 전부였다. 별다른 이상은 눈에 띄지 않았다. 구태여 꼭 단서가 될 만한 흔적을 찾자면 그것은 구두일 것이었다. 가장 값나가는 세간의 자격으로 장롱 따위가 자리 잡고 있을 꼭 그런 자리에 아홉 켤레나 되는 구두들이 사열받는 병정들 모양으로 가지런히 놓여 있었다. 정갈하게 닦인 것이 여섯 켤레, 그리고 먼지를 덮어쓴 게 세 켤레였다. 모두 해서 열 켤레 가운데 마음에 드는 일곱 켤레를 골라 한꺼번에 손질을 해서 매일매일 갈아 신을 한 주일의 소용에 당해 온 모양이었다. 잘 닦인 일곱 중에서 비어 있는 하나를 생각하던 중 나는 한 켤레의 그 구두가 그렇게 쉽사리 돌아오지 않으리란 걸 알딸딸하게 깨달았다.

권씨의 행방불명을 알리지 않으면 안 될 때였다. 내 쪽에서 먼저 전화를 걸기는 그것이 처음이자 마지막이었다. 나는 되도록 침착해지려 노력하면서 내게, 이웃을 사랑하게 될 거라고 누차 장담한 바 있는 이 순경을 전화로 불렀다.

작품 이해

　1970년대 소설에서 윤흥길의 몫은 대단히 크다. 1973년에 발표된 그의 대표작 「장마」를 보나, 4편의 연작으로 창작된 「아홉 켤레의 구두로 남은 사내」를 보나 윤흥길은 1970년대를 대표하는 작가라고 할 수 있다. 「장마」에서 그는 국민학교에 다니는 소년의 시각으로 6·25전쟁과 빨갱이 삼촌과 국군 장교 외삼촌으로 인한 친가와 외가의 불화, 그리고 삼촌이 온다던 날 장마와 함께 나타난 구렁이의 이야기를 그려 낸다. 특히 외할머니가 구렁이를 삼촌으로 생각하고 하는 말을 통해서 6·25전쟁이라는 거대한 이데올로기의 싸움을 샤머니즘적으로 해결하려는 시도를 보여 준 것은 독특한 관점이었다. 「장마」가 당시 주목을 끌었던 것은 바로 6·25를 우리 민족의 오랜 정신사적 전통인 샤머니즘과 연결하려 했기 때문일 것이다.

　이에 반해 「아홉 켤레의 구두로 남은 사내」는 1970년대의 사회 상황과 밀접한 관련을 지니는 작품이다. 1970년대는 급격한 산업화의 진전으로 엄청난 사회적 변화가 이루어졌다. 그로 인해 한국 사회에는 갖가지 모순과 갈등이 팽창하고 첨예화되었다. 윤흥길은 「아홉 켤레의 구두로 남은 사내」를 통해서 이러한 1970년대 상황의 문제점들을 다각적으로 파헤치고 특히 도시 변두리의 하층민의 삶에 주목한다. 그리하여 산업화에 대한 일관된 비판적인 작가 의식을 보여 준다.

　이 작품에서는 권씨라는 인물을 통해서 비인간적인 사회의 보이지 않는 횡포에 의해 좌절된 변두리의 소외된 삶을 그려 낸다. '모기 앞정갱이 하나 뿌지를 힘도 없는' 위인인 그는 대학을 나온 식자로 출판사 직원이었다. 그는 지상 낙원으로 꾸며진다는 말만을 믿고 광주 단지에서 삶의 터전을 마련해 보려다가 당국의 비현실적인 정책에 의해 좌절을 겪는다. 어느 날 당국에 맞서는 광주 단지 주민들의 데모를 피하려고 하다가 자기의 생존권을 위해 필사적으로 투쟁하는 주민들의 모습에 부딪히게 된다. 결국 그는 자기도 모르게 광주 단지 사건의 열렬한 주동자가 되고 그로 인해서 전과자라는 낙인이 찍히게 된다. 이후 권씨는 당국의 주목을 받게 되며, 아이들에게는 제대로 먹이지 못하는 무능력한 아버지요, 임신한 아내에게는 분만에 필요한 입원비조차 마련하지 못하는 무능력한 남편이 된다. 아내의 수술비를 마련하기 위해서 자신이 세들어 살고 있는 집의 주인인 중학교 교사 오 선생을 찾아가나 거절당한다. 결국, 오 선생 집에 강도짓을 하러 들어가나 그것마저 실패하자 자취를 감추고 만다.

그런데 이렇게 가혹한 가난 속에서도 권씨가 완고하게 고집하는 것이 하나 있다. 수술비를 부탁했다 거절당했을 때에도, 강도짓을 하려다가 자신의 정체가 탄로났을 때에도 권씨는 오 선생에게 "이래 봬도 나 대학까지 나온 사람이오."라고 토로한다. 이러한 권씨의 면모가 상징적으로 나타난 대목이 바로 '아홉 켤레의 구두' 그것이다. 권씨는 남루한 옷차림에도 불구하고 늘 코가 반짝반짝하는 잘 닦은 구두를 신고 다녔으며 아홉 켤레의 구두를 정성스레 닦아서 소중하게 보관한다. 주어진 현실을 적극적으로 개혁하려는 의지가 없는, 그러면서도 비굴하게 살기를 거부하는 권씨의 삶에서 구두는 그의 마지막 자존심이었던 것이다. 그러나 비뚤어진 자존심, 현실과의 대응 속에서의 패배를 합리화하려는 지식인의 허영심의 상징인 구두는 연작의 2편 격인 「직선과 곡선」에 오면 권씨 스스로에 의해 불살라진다. 그는 아홉 켤레의 구두를 불살라 버리는 행위를 통해서 지식인으로서의 비뚤어진 자존심을 버리고 현실 속으로 파고들어 갈 수 있는 인간으로 변화한다.

권씨의 이러한 변화는 「창백한 중년」, 「날개 또는 수갑」으로 이어지는 연작을 통해서 잘 표현된다. 아홉 켤레의 구두를 불태우고 새로운 삶의 전기를 모색하려 하던 권씨는 생존이라는 문제 앞에서 현실의 압력에 저항하고 투쟁할 수밖에 없는 노동자들과 일체감을 얻게 된다. 그리하여 권씨는 산업 재해로 팔을 잃은 여공의 팔 값을 받아 내기 위해 사장에게 맞서게 되며 현실의 횡포에 당당히 항거하게 된다.

결국, 작가 윤흥길이 권씨를 통해서 그려 내고자 한 인물은 현대 사회의 횡포에 의해 하층민으로 전락한 인간이 차츰 그 사회의 압력에 대결해 나갈 자신의 태도를 정립하는 적극적인 인물이다. 생존을 위해서 결국은 현실과 투쟁해야 함을 피부로 느끼게 되는 인물인 것이다.

이로써 작가 윤흥길은 1970년대 산업화를 둘러싼 갈등의 가장 중요한 지점에 접근했다고 할 수 있다. 그러나 1970년대는 산업화로 인해 갈등이 심화되면서도 그것을 해결하기 위한 통일적인 노력이 아직은 결여된 시기였다. 민주화 운동이나 노동 운동이 태동의 단계였음을 생각해 볼 때는 더욱 그렇다. 그러므로 「아홉 켤레의 구두로 남은 사내」가 비록 몇 가지 한계를 지녔다 할지라도 시대와 사회 현실에 적극적으로 대응하는 모습으로 변모하는 권씨라는 전형적인 인물을 창조한 이 작품의 가치는 충분히 인정되어야 할 것이다.

 활동

1. 「아홉 켤레의 구두로 남은 사내」에서 '구두'가 상징하는 것은 무엇인가?
2. 주인공이 처한 현실은 사회적인가 실존적인가? 그렇게 판단하는 까닭은 무엇인가?
3. 「아홉 켤레의 구두로 남은 사내」의 권씨가 소중하게 여기는 구두와 같이 나에게 소중한 것은 무엇이며, 왜 그런지 써 보자.

부록

작가 약력 보기 · 작품 출처 · 수록 교과서 보기

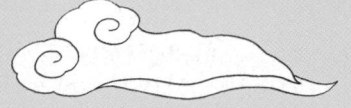
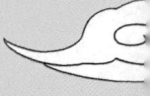

작가 약력 보기

김소진 1963년 12월 3일-1997년 4월 22일
강원도 철원에서 태어나 서울대학교 영문학과를 졸업했다. 1991년 유년의 기억을 배경으로 한「쥐잡기」가『경향신문』신춘문예에 당선되면서 본격적으로 소설을 쓰기 시작하였다. 1995년 신문사를 그만두고 전업 작가로 소설 쓰는 일에만 전념하려 하였으나, 1997년 안타깝게도 췌장암 진단을 받고 같은 해 생을 마감하였다. 대표 작품으로는「열린 사회와 그 적들」,「장석조네 사람들」,「자전거 도둑」등이 있다.

김유정 1908년 1월 11일-1937년 3월 29일
서울에서 태어났다. 1935년『조선일보』신춘문예에「소낙비」가 당선되었으며,『조선중앙일보』신춘문예에「노다지」가 가작으로 입선되어 본격적인 작품 활동을 시작했다. 1937년 젊은 나이에 생을 마감한 김유정은 4년이라는 짧은 창작 기간에 뛰어난 해학 정신으로 독특하게 짜여진 30여 편의 소설과 10여 편의 수필을 발표하였다. 대표적인 작품으로「금 따는 콩밭」,「산골」,「만무방」,「봄·봄」,「안해」등을 발표하였다. 1936년에는「가을」,「두꺼비」,「이런 음악회」,「동백꽃」,「정조」,「슬픈 이야기」,「땡볕」,「따라지」,「연기」,「정분」등이 있다.

박지원 1737년-1805년
서울의 명문 양반 가문에서 태어나 자랐다. 홍대용, 박제가 등과 함께 청나라의 앞선 문물을 배워야 한다는 주장을 펼치는 북학파로 이용후생의 실학을 강조하고, 자유 기발한 문체를 구사하며 여러 편의 한문 소설을 발표했다. 대표적인 저서로『연암집』,『과농소초』,『한민명전의』등이 있고, 작품에「허생전」,「호질」,「마장전」,「예덕선생전」,「민옹전」,「양반전」등이 있다. 또한 중국 열하강을 여행하고 쓴 기행문「열하일기」가 유명하다.

염상섭 1897년 8월 30일-1963년 3월 14일
서울에서 태어나 보성소학교를 거쳐 일본 게이오 대학(慶應大學) 문학부에서 배웠다. 1921년「표본실의 청개구리」로 등단한 이후「암야」,「제야」,「묘지」(후에「만세전」으로 개제) 등을 쓰며 본격적으로 소설가의 삶을 살게 된다. 대표 작품으로「표본실의 청개구리」,「암야」,「제야」,「전야」,「만세전」,「삼대」,「두 파산」,「일대의 유업」등이 있다.

윤후명 1946년 1월 17일-
강원도 강릉에서 태어났다. 1967년 『경향신문』 신춘문예에 시 「빙하의 새」가 당선되어 문단에 등단하였다. 이후 1979년 『한국일보』 신춘문예에 소설 「산역」이 당선된 이후 소설 창작에 많은 관심을 기울였다. 그의 소설은 대체로 정체 모를 상실감, 존재의 불안감, 고독, 절망, 결핍 등을 작가의 특유한 감성을 통해 그려 내는 것이 특징이다. 대표 작품으로는 「돈황의 사랑」, 「부활하는 새」, 「모든 별들은 음악소리를 낸다」, 「원숭이는 없다」, 「협궤열차」, 「홀로 등불을 상처 위에 켜다」, 「가장 멀리 있는 나」, 「새의 말을 듣다」 등이 있다.

윤흥길 1942년 12월 14일-
1942년 전북 정읍에서 태어났다. 1973년 원광대학교 국문과를 졸업하였다. 1968년 『한국일보』 신춘문예에 소설 「회색 면류관의 계절」이 당선되어 문단에 데뷔했다. 그의 작품은 절도 있는 문체로 왜곡된 역사 현실과 삶의 부조리, 그리고 그것을 극복하려는 인간의 노력을 묘사한다. 대표 작품으로는 「황혼의 집」, 「아홉 켤레의 구두로 남은 사내」, 「환상의 날개」, 「무지개는 언제 뜨는가」, 「장마」, 「내일의 경이」, 「에미」, 「완장」, 「꿈꾸는 자의 나성」, 「돛대도 아니 달고」, 「말로만 중산층」, 「빙청과 심홍」, 「빛 가운데로 걸어가면」, 「소라단 가는 길」, 「비늘」 등이 있다.

이문구 1941년 4월 12일 - 2003년 2월 25일
충남 보령의 관촌에서 태어나 자랐다. 1961년 서라벌예술대학 문예창작과에 입학해 김동리, 서정주 등에게 배우고 「다갈라 불망비」로 본격적인 작품 활동을 시작하였다. 이문구는 우리말 특유의 가락을 잘 살려 낸 유장한 문장으로 작가 자신이 경험한 농촌과 농민의 문제를 작품화함으로써, 농민 소설의 새로운 장을 개척한 작가로 평가된다. 대표 작품으로 「이 풍진 세상을」, 「추야장」, 「관촌 수필(1~3)」, 「백면서생」, 「우리 동네 김씨」, 「우리 동네 최씨」, 「우리 동네 유씨」, 「우리 동네 장씨」, 「우리 동네 조씨」, 「장곡리 고욤나무」, 「유자소전」 등이 있다.

이청준 1939년 8월 9일 - 2008년 7월 31일
우리 현대 소설사에서 가장 지성적인 작가로 평가받는 이청준은 전남 장흥에서 태어나 서울대학교 독어독문학과를 졸업하였다. 1965년 「퇴원」으로 『사상계』 신인문학상 공모에 당선되어 본격적인 작품 활동을 시작하였다. 대표 작품으로는 「병신과 머저리」, 「매잡이」, 「이어도」, 「낮은 목소리로」, 「서편제」, 「별을 보여 드립니다」, 「당신들의 천국」, 「낮은 데로 임하소서」, 「따뜻한 강」, 「아리아리 강강」 등이 있다.

이태준 1904년 11월 4일-1960년대
강원도 철원에서 태어났다. 1925년 『조선문단』에 「오몽녀」가 입선되어 작품 활동을 시작하였으며, 세상살이의 섬세한 묘사나 동정적 시선으로 대상과 사건을 바라보는 자세 때문에 단편 소설의 서정성을 높여 예술적 완성도와 깊이를 세워 나갔다는 평가를 받았다. 대표 작품으로는 「달밤」, 「가마귀」, 「이태준 단편선」, 「이태준 단편집」, 「해방 전후」 등과 「구원의 여상」,

「화관」, 「청춘무성」, 「사상의 월야」 등이 있다.

이효석 1907년 2월 23일 ~1942년 5월 25일

강원도 평창군 봉평에서 태어났으며, 1928년 『조선지광』에 단편 「도시와 유령」을 발표하면서 동반 작가로 데뷔하였다. 대표 작품으로는 「행진곡」, 「기우」, 「돈」, 「수탉」, 「산」, 「들」 등과 한국 단편 문학의 전형적인 수작이라고 할 수 있는 「메밀꽃 필 무렵」이 있다.

채만식 1902년 6월 17일 – 1950년 6월 11일

전북 옥구군에서 태어났다. 1924년 『조선문단』에 단편 「세 길로」를 발표하면서 등단하였다. 계급적 관념의 현실 인식 감각과 전래의 구전 문학 형식을 오늘에 되살리는 특유한 진술 형식 창조는 채만식의 소설을 특징짓는 또 다른 요소이다. 대표 작품으로는 단편 「불효자식」과 중편 「과도기」, 「가죽버선」, 「생명의 유희」, 개벽사 입사 이후에 쓴 「낙일」, 「사라지는 그림자」, 「화물 자동차」, 「부촌」, 「치숙」, 「탁류」, 「태평천하」 등이 있다.

최인훈 1936년 4월 13일-

1936년 함북 회령에서 태어났다. 원산중학을 거쳐 원산고등학교 재학 중 한국 전쟁이 일어나자 그해 12월 해군 함정 LST 편으로 전 가족이 월남했다. 목포고를 거쳐 서울대 법대 4학년을 중퇴하고, 군 복무 중이던 1959년 『자유문학』지에 「GREY 구락부 전말기」, 「라울전」이 안수길에 의해 추천됨으로써 등단하였다. 중편 「광장」을 발표함으로써 문명을 확고히 하고, 이후 「회색인」, 「서유기」, 「소설가 구보씨의 일일」, 「태풍」으로 이어지는 5대 장편과 「가면고」, 「구운몽」, 「열하일기」 등의 중편, 「우상의 집」, 「웃음소리」, 「국도의 끝」 등의 단편, 그리고 「크리스마스 캐럴」, 「총독의 소리」, 「주석의 소리」 연작 등 허다한 문제작들을 줄기차게 발표했다.

황석영 1943년 1월 4일 –

1943년 만주에서 태어나 8·15광복 이후 귀국하여 영등포에 잠시 살았다. 고등학교 시절 「입석 부근(立石附近)」으로 『사상계』의 신인문학상에 입선하여 작가로 데뷔했으나 본격적으로 작품 활동을 시작한 것은 1970년 소설 「탑(塔)」과 희곡 「환영(幻影)의 돛」이 『조선일보』 신춘문예에 당선된 이후부터다. 탐미주의적 색깔이 짙었던 초기와 달리 「객지(客地)」를 발표한 뒤로는 리얼리즘에 입각한 「아우를 위하여」, 「한씨연대기(韓氏年代記)」 같은 작품들을 통해 주로 노동과 생산의 문제, 부와 빈곤의 문제를 다루었다. 대표 작품으로는 「객지」와 대하소설 「장길산」, 「한씨연대기」, 「삼포 가는 길」, 「난장」, 「무기의 그늘」, 「손님」, 「오래된 정원」, 「바리데기」, 「개밥바라기별」 등이 있다.

작 품 출 처

작가	작품명	수록 도서	출판사	연도
김소진	눈사람 속의 검은 항아리	눈사람 속의 검은 항아리	강	1997
김유정	봄·봄	원본 김유정 전집	강	1997
무명인	열녀춘향수절가	박동진 창본		
박지원	양반전	이조 한문 단편집(중판) 하	일조각	1997
염상섭	만세전	만세전	창비	2005
윤후명	하얀 배	하얀 배(1995 이상문학상 수상작품집)	문학사상사	1995
윤흥길	아홉 켤레의 구두로 남은 사내	20세기 한국소설 28	창비	2005
이문구	공산토월	관촌 수필	문학과지성사	1977
이청준	눈길	눈길	열림원	2005
이태준	달밤	20세기 한국소설 06	창비	2005
이효석	메밀꽃 필 무렵	20세기 한국소설 08	창비	2005
채만식	태평천하	태평천하	문학사상사	1993
최인훈	광장	광장	문학과지성사	1990
황석영	아우를 위하여	객지(황석영 중단편전집 1)	창작과비평사	2000

수록 교과서 보기

지은이	작품명	교과서(국어, 상·하)
김소진	눈사람 속의 검은 항아리	두산동아–하
김유정	봄·봄	디딤돌–상, 지학사(박갑수)–상, 천재교육(김대행)–하
무명인	열녀춘향수절가	금성–하, 더텍스트–하, 신사고–상 미래엔컬처스–상, 천재교육(김종철)–하 천재교육(박영목)–상, 두산동아–상 천재교육(김대행)–하
박지원	양반전	비상교육–하
염상섭	만세전	신사고–상
윤후명	하얀 배	천재교육(박영목)–상
윤흥길	아홉 켤레의 구두로 남은 사내	디딤돌–하
이문구	공산토월–관촌수필	더텍스트–상, 두산동아–상
이청준	눈길	비상교육–상, 미래엔컬처스–상 천재교육(김대행)–하
이태준	달밤	지학사(방민호)–상, 창비–상
이효석	메밀꽃 필 무렵	두산동아–하, 비상교육–상 천재교육(김종철)–하, 천재교육(박영목)–하 해냄–하, 지학사(박갑수)–하
채만식	태평천하	금성–하, 신사고–상, 해냄–하, 미래엔컬처스–상 천재교육(김종철)–상, 지학사(박갑수)–상
최인훈	광장	디딤돌–하, 천재교육(박영목)–상
황석영	아우를 위하여	금성–상, 창비–상